HEYNE <

DAS BUCH

Rudolf Diesel bricht am Vorabend des Ersten Weltkriegs nach England auf, um ein neues Motorenwerk einzuweihen. Der visionäre Menschenfreund glaubt fest an den Frieden und gerät doch zwischen die Fronten. Sein Ziel: dem Bauern die Arbeit erleichtern und dem Reisenden die Fahrt – aber keinem Militär den Krieg! Doch dann ertrinkt der berühmte Erfinder in einer ruhigen Nacht im Ärmelkanal. Handelt es sich um eine Verschwörung seiner Neider und Feinde? In ganz Europa ist der Rüstungswettlauf in vollem Gang, und vielen ist der friedliebende Ingenieur ein Dorn im Auge.
Viktor Glass nähert sich dem beispiellosen Leben Rudolf Diesels aus literarischer Sicht. Brillant und einfühlsam erzählt dieser historische Kriminalroman eine Geschichte voll Höhen und Tiefen, Liebe und Verrat, Genie und Verzweiflung.

»Das lebendige Bild vom Ende einer bewegenden Epoche und eines tragischen Menschenschicksals.« *Augsburger Allgemeine*

ZUM AUTOR

Viktor Glass, geboren 1950 in Iserlohn, studierte Sinologie und Publizistik in Bochum. Neben mehreren Reiseführern schrieb er Erzählungen und Romane unter Pseudonym. Der Autor lebt in Augsburg.

Viktor Glass

DIESEL

Der rätselhafte Tod des großen Erfinders

Roman

WILHELM HEYNE VERLAG
MÜNCHEN

FSC
Mix
Produktgruppe aus vorbildlich bewirtschafteten Wäldern und anderen kontrollierten Herkünften
Zert.-Nr. SGS-COC-1940
www.fsc.org

Verlagsgruppe Random House FSC-DEU-0100
Das für dieses Buch verwendete FSC-zertifizierte Papier *Holmen Book Cream* liefert Holmen Paper, Hallstavik, Schweden.

Vollständige deutsche Taschenbucherstausgabe 08/2009

Printed in Germany 2009
Umschlaggestaltung: © init, büro für gestaltung, Bielefeld
Druck und Bindung: GGP Media GmbH, Pößneck
ISBN: 978-3-453-40664-3

www.heyne.de

»Der Große lebt nicht für sich, sondern für alle.«

RUDOLF DIESEL

PATENT-URKUNDE

№ 67207

GESETZ v. 7. APRIL 1891

AUF GRUND DER ANGEHEFTETEN BESCHREIBUNG UND ZEICHNUNG IST DURCH BESCHLUSS DES KAISERLICHEN PATENTAMTES

an Rudolf Diesel, Ingenieur,
in Berlin

EIN PATENT ERTHEILT WORDEN.

GEGENSTAND DES PATENTES IST:

Arbeitsverfahren und Ausführungsart für Verbrennungskraftmaschinen.

ANFANG DES PATENTES: 28. Februar 1892.

DIE RECHTE UND PFLICHTEN DES PATENTINHABERS SIND DURCH DAS PATENTGESETZ VOM 7. APRIL 1891 (REICHS-GESETZBLATT FÜR 1891 SEITE 79) BESTIMMT.

ZU URKUND DER ERTHEILUNG DES PATENTES IST DIESE AUSFERTIGUNG ERFOLGT.

Berlin, den 23. Februar 1893.

KAISERLICHES PATENTAMT.

Beglaubigt durch Frank

Bureau-Vorsteher des Kaiserlichen Patentamtes.

PROLOG

Es ist schon fast Mitternacht, als jemand an der Kabinentür klopft. Der Passagier dreht sich verärgert um – er hat soeben den Mantel ablegen und sich zum Schlafen bereit machen wollen. Das Nachthemd, akkurat gefaltet, liegt schon vor ihm auf dem Bett. Er hat ein Abendessen in angenehmer Gesellschaft und einen längeren Spaziergang in sternenklarer Nacht an Deck hinter sich und so einen Rest seiner Kopfschmerzen vertrieben, die ihn fast den ganzen Tag begleiteten. Einige Stunden angenehmen Schlafes werden ihm jetzt guttun, unterlegt mit dem schwach hörbaren Stampfen des Dampfantriebs der *Dresden* und einer kaum merklichen Dünung, die sich erst beim Verlassen der Scheldemündung in den ersten Morgenstunden verstärken wird.

Seine Kopfschmerzen waren heute freilich nicht so heftig, wie er sie von seinen Anfällen her kennt, die gelegentlich auftreten, wenn er unter großem Druck steht; heute war eher ein entspannter Tag, den er zum großen Teil in Gesellschaft des belgischen Industriellen George Carels und seines Chefkonstrukteurs Alfred Luckmann verbrachte. Er hatte viel Fachsimpelei erwartet, aber die beiden waren rücksichtsvoll genug gewesen, ihn nicht mit beruflichen Fragen zu belästigen, sodass er sich morgen in größerem Kreise nicht wird wiederholen müssen.

Diese Reisegefährten werden den Fahrgast später, wenn man ihnen über den Abend Fragen stellen wird, als »völlig guter Dinge« und »keinesfalls seekrank« schildern, in zuversichtlicher Stimmung.

Beim Abendessen mieden sie ebenfalls geschäftliche Themen, es ist ja auch alles besprochen, und der morgige Tag wird genug davon bringen. Ein umfangreiches Programm steht ihm bevor, ein Aufwand, der fast an einen Staatsbesuch denken lässt. Eine Aktionärsversammlung, der er vorsitzen soll, dann die Eröffnung des neuen Werks in Ipswich sowie eine Ehrung, die ihm von offizieller Seite zuteilwerden soll – er rechnet mit einer Ordensverleihung durch den britischen König, aber seine Gastgeber haben sich bislang bedeckt gehalten.

Wie anders war das, als er Jahrzehnte zuvor erstmals nach England kam: als Bettelkind, vertrieben aus seiner Geburtsstadt Paris, auf der Flucht vor Krieg und Belagerung durch die Deutschen – vor den eigenen Leuten!

Er braucht jetzt ein paar Stunden Nachtruhe. Die Störung ärgert ihn, ruiniert die Abrundung des Tages, die Zufriedenheit, die er zum ersten Mal seit langer Zeit empfinden darf.

»Wer ist denn da?« Die Frage richtet der Passagier eher an sich selbst, als er an die dunkel getäfelte Kabinentür tritt und die Hand nach dem Drehknauf ausstreckt.

»Herr Ingenieur, Sie haben etwas vergessen!«, flüstert eine Stimme, die offenbar mit Rücksicht auf schon schlafende Reisende Lärm vermeiden will und sich auf diese Weise unmöglich zuordnen lässt.

Was kann er schon vergessen haben? Die Papiere liegen sicher verwahrt im Tresor der Zahlmeisterei, und es wäre ihm ohnedies nie in den Sinn gekommen, sie zu einem Anlass wie dem Abendessen mitzunehmen. Er ließe sich auch nie so weit gehen, bei Tisch seine Uhr, sein

Notizbuch, seine Brieftasche oder sonst einen Gegenstand abzulegen. Es ist eher die Neugier, die ihn dazu bringt, noch mit dem Mantel in der Hand, die Tür zu öffnen und hinauszuspähen, und der Wunsch, den unwillkommenen Moment möglichst schnell hinter sich zu bringen.

Im Gang brennt um diese Zeit die Notbeleuchtung, sodass er die Person neben der Tür nur als Schatten wahrnimmt. »Was …?«, bringt er einzig noch hervor, dann wird ihm etwas Übelriechendes auf Mund und Nase gepresst – die zweite Person auf der anderen Seite der Kabinentür hat er nicht bemerkt. Kurz wird ihm bewusst, dass er Chloroform einatmet. In Panik reißt er die Augen auf, wirft die Hände hoch, doch das Betäubungsmittel wirkt so schnell, dass er im gleichen Moment das Bewusstsein verliert.

»Schnell!«, zischt einer der Männer dem anderen zu, greift dem Bewusstlosen unter die Achseln und schleift ihn in Richtung Treppe, wo der zweite Mann die Füße nimmt. Gemeinsam tragen sie den leblosen Körper nach oben.

Es gibt keine Zeugen. Niemand wird an Deck sein, die Wache befindet sich zurzeit auf der anderen Seite des Passagierdampfers, das Augenmerk ohnehin eher auf die See gerichtet als auf das, was an Bord geschieht. Wenn ein möglicher Zeuge auftauchte, hätte man eine Ausrede parat: »Dem Mann ist schlecht geworden, er braucht frische Luft, bitte helfen Sie uns doch, den Herrn Ingenieur in seine Kabine zurückzubringen.« Man würde den Plan vertagen müssen, auch wenn sich eine Gelegenheit wie diese so schnell nicht wieder ergäbe. Es ist jedoch kein Zeuge da: Niemand sieht oder hört, wie den beiden Gestalten der schwere leblose Körper aus den Händen gleitet und auf die Planken fällt. Sofort hieven sie ihn wieder hoch, der Mantel indes bleibt liegen. Man schwingt den

Bewusstlosen zweimal hin und her, um ihn mit der nötigen Wucht über die Reling zu schleudern. In niedrigem Bogen fliegt er als dunkler Schatten in die Tiefe und schlägt aufs Wasser. Das Klatschen geht im Rauschen der Bugwelle unter.

Die Mörder drehen sich um und hören Schritte. Es bleibt ihnen gerade Zeit genug, den liegen gebliebenen Mantel ihres Opfers mit einem Tritt in tieferen Schatten zu befördern, dann verschwinden sie im Innern des Schiffes.

Es ist der 29. September 1913, eine ruhige Montagnacht am Ende eines windstillen spätsommerlichen Tages. Im Licht unzähliger Sterne gleitet die *Dresden* aus der Scheldemündung in die offene See.

München-Augsburger Abendzeitung
1. Oktober 1913

London. Unter geheimnisvollen Umständen ist der bekannte Erfinder des Dieselmotors Dr. Rudolf Diesel nach einer Meldung der *Daily Mail* verschwunden. Dr. Diesel war am Montag an Bord des Dampfers *Dresden* von Antwerpen nach Harwich in See gegangen, um einer Generalversammlung der Aktionäre seiner Gesellschaft in London beizuwohnen. Bei der Landung in Harwich wurde Dr. Diesel vermißt, und trotz eifrigen Suchens konnte keine Spur von ihm gefunden werden. Das Bett in seiner Kabine war unberührt. Man vermutet, daß Dr. Diesel in der Nacht über Bord gefallen ist, als er noch einmal an Deck ging, um sich Kühlung zu verschaffen. Ein Selbstmord erscheint nach Angabe seiner Freunde und Bekannten ausgeschlossen, da er sich bei der Abreise von Antwerpen in bester Gemütsverfassung befand und auch seine pekuniären Verhältnisse nichts zu wünschen übrig ließen. (Eine Anfrage bei der Familie des Herrn Dr. Diesel ergab, daß der berühmte Erfinder sich allerdings auf einer Reise nach London befand und daß eine Postkarte aus Antwerpen seine bevorstehende Abfahrt nach Harwich meldete. Hoffentlich findet das Rätsel eine freundliche Lösung. Red.)

München-Augsburger Abendzeitung
2. Oktober 1913

Alles in der Kabine war in Ordnung. Diesel war ein Mann von sehr regelmäßigen Gewohnheiten. Er rauchte nicht. Er war am Abend in bester Stimmung, litt aber stark an Schlaflosigkeit, und Carels spricht die Vermutung aus, daß irgendein plötzlicher Anfall die Ursache eines unerklärlichen Unglücks gewesen sein müsse.

Nur aus diesen merkwürdigen Umständen, die oben bekanntgegeben wurden, erklärt es sich, daß sich Diesels Mitarbeitern sogar der Gedanke an ein freiwilliges Ende des verdienten Mannes aufdrängte, ein Gedanke, der aber bei genauerer Überlegung von der Hand zu weisen ist. Sidney Weitman, der älteste Direktor der englischen Dieselmotoren-Gesellschaft, sagt, er habe seit Jahren mit Diesel in Briefverkehr gestanden und wisse, dass der Verschwundene mit besonderer Freude seinem Besuch in England entgegensah.

1

In der Rue de la Fontaine au Roi, einer schmalen Straße im nördlichen, ärmeren Teil des Pariser Stadtviertels Marais, tritt an einem frühen Augustmorgen des Jahres 1868 aus dem Toreingang des Hauses Nr. 49 ein etwa zehnjähriger Junge mit einem schwer beladenen Handkarren und bleibt zögernd am Straßenrand stehen, zwischen Männern auf der Straße hin und her blickend, die sich derbe Scherze zurufen und grölend lachen.

Um diese Zeit, zwischen fünf und sechs Uhr, gehören die Pariser Gassen, Straßen und Plätze den *balayeurs*, den Straßenkehrern. Sie sind jeden Morgen die unumschränkten Herrscher, sie kommen zu acht oder zehnt in jeden Winkel der Stadt, stürmen zu den Hydranten und drehen sie weit auf, sodass zu beiden Seiten des gewölbten Kopfsteinpflasters breite Ströme von klarem Wasser fließen.

Die Blicke des Jungen folgen ein wenig ängstlich ihren Bewegungen. In die reißende Strömung wird mit kräftigen Strichen der Reisigbesen all der Unrat des vorigen Tages gekehrt. Das Wasser trägt alles mit sich fort, bis es in großen dunklen Gullys verschwindet und unterirdisch in die riesige Kloake transportiert wird, ein System von Röhren, von denen es heißt, man könne sogar mit einem Boot darin fahren.

Jetzt, im Sommer des Jahres 1868, besteht dieser Unrat in erster Linie aus Haushaltsabfällen, die von den Anwohnern auf die Straße geworfen wurden, dem Kot unzähliger halbwilder Hunde und vor allem den Hinterlassenschaften der zahlreichen Pferde, die unter dem allgegenwärtigen lauten Hufgetrappel den größten Teil des Verkehrs in dieser Millionenstadt bewältigen. Es gibt Pferdebahnen und Pferdebusse; Pferde bewerkstelligen den größten Teil des Lieferverkehrs ebenso wie den individuellen Transport derer, die es sich leisten können – vom Einspänner bis zum Vierspänner lassen sie soziale Unterschiede selbst unter den Begüterten deutlich hervortreten. Über der ganzen Stadt liegt der warme Geruch des Pferdedungs wie eine unsichtbare Nebelglocke.

Noch vor den Straßenkehrern sind die *ramasseurs des fumiers* da gewesen, die Dungsammler, die mit kleinen Schaufeln so viele Pferdeäpfel aufsammeln und auf ihre Handwagen werfen, wie sie nur können: Sie verkaufen den Mist für wenige Sous als Dünger an die Gartenbesitzer in den Randgebieten der Stadt. Die Beute einer Morgenstunde reicht vielleicht eben, um an diesem Tag nicht betteln zu müssen. Der Zehnjährige kennt einige dieser Dungsammler vom Sehen, denn oft ist er schon vor fünf Uhr auf den Beinen, wenn er vor Schulbeginn bereits Waren aus dem kleinen Betrieb seiner Eltern an die Kundschaft ausliefern muss. Vor den Dungsammlern fürchtet er sich nicht – sie gehen mit gesenktem Blick ihrer Tätigkeit nach und beeilen sich, so schnell wie möglich wieder davonzukommen. Der Junge hat Mitleid mit diesen Leuten; sie sind meist alt und arm. Er kann in seinem Alter schon gut nachempfinden, was Armut bedeutet. Solange er zurückdenken kann, haben drückende Geldsorgen den Alltag der ganzen Familie bestimmt.

Die Straßenkehrer haben die Ramasseurs längst vertrieben, weil sie sich von ihnen in ihrer Arbeit behindert fühlen, und jetzt hört man in den Gassen für eine Weile allein das Rauschen des Wassers, das Scharren der Besen und den Hufschlag vom nahen Boulevard, unterbrochen vom lauten Hallo der Balayeurs.

Jetzt haben die Männer den Jungen entdeckt, und einer ruft ihm zu: »He, Chignon, was hast du so früh auf der Straße zu suchen?«

»Mach, dass du verschwindest, Chignon, aber schnell«, ruft ein anderer.

»Lass ihn doch!«, wirft ein Dritter ein und kommt auf ihn zu. »Seht mal, was für ein hübsches Jüngelchen das doch ist. Dieser schwarze Lockenkopf mit den schönen braunen Augen! Na, komm doch mal her, mein Kleiner, sieh uns nicht so ängstlich an, als wollten wir dich fressen! Sei lieber ein bisschen nett zu uns!« Alle lachen; es klingt wie Hundegebell zwischen den hohen alten Häusern.

Der Junge antwortet nicht, er versucht, in den Torbogen des Hauses zurückzuweichen, doch einer der Männer macht sich am Rand des Gehwegs zu schaffen und schleudert mit seinem Besen einen großen Schwall Wasser in Richtung des Jungen. Der Rückzug wird ihm so versperrt, denn er muss darauf achten, dass die Pakete auf dem Handwagen, den er hinter sich herzieht, nicht nass werden. So beginnt er zu laufen, in Richtung Canal Saint-Martin, er rennt mit klopfendem Herzen, er keucht.

Chignon haben sie ihn genannt. Das haben sie bestimmt von den Schulkameraden aufgeschnappt, die ihn auf der Straße oft hänseln. Er ist ein Außenseiter – ein Deutscher unter Franzosen, Rodolphe Chrétien Charles Diesel. Seinen richtigen Namen, Rudolf Christian Karl Diesel, darf er in der Schule nicht benutzen, die Lehrer verbieten es, obwohl sie ihn selbst manchmal so nennen, falsch betont, um ihn zu verspotten. *Chignon*, das heißt Haarknoten und bezeichnet die enormen Ausbuchtungen an den Hinterköpfen der Damen, wie sie seit einiger Zeit in Paris Mode sind. Nur trägt der zehnjährige Rudolf keinen Haarknoten, sondern er hat einen ausladenden Hinterkopf, über den ihm der Vater manchmal mit der Hand streicht, wenn er mit Geschäftsfreunden spricht und voller Stolz sagt, dass sich darunter eine außergewöhnliche Intelligenz verberge.

Der kleine Rodolphe weiß schon sehr wohl um seine Intelligenz, und sie ist oft seine einzige Waffe gegen die Feindseligkeiten seiner Umgebung. Jetzt, gegen die Straßenkehrer, hilft ihm aber nur die Kraft seiner Beine, und so schnell er kann, läuft er das Trottoir entlang, das hier leicht bergab geht, sodass er ein gutes Tempo aufnehmen kann. Immer wieder blickt er sich um, weniger nach den Straßenkehrern, die sich längst wieder ihrer Arbeit zugewandt haben, als nach seiner Fracht. Die vielen in steifes Packpapier gewickelten Pakete sind zum Glück auf dem Handwagen gut verschnürt.

Längst sind die Männer außer Sicht, doch der Junge bewegt sich noch immer im Laufschritt, jetzt macht es ihm Spaß. Er muss einen großen verkehrsreichen Platz überqueren, die Place de la République, geschickt weicht er einem knapp an ihm vorbeirasenden Vierspänner aus, nur um gleich darauf vom Kutscher eines aus der Gegenrichtung kommenden Gefährts angeraunzt zu werden. Mit seinem Karren im Schlepptau trabt er den Boulevard Saint-Martin hinauf, nun ist die Hälfte des Weges zum vornehmen Laden der Kellers geschafft. Die unzähligen Gaskandelaber, die Paris nachts in ein Lichtermeer verwandeln, sind erloschen. Wenn er sich im Laden nicht lange aufhält und auf dem Rückweg ebenso schnell ist, hat er noch Zeit, einen kleinen unerlaubten Abstecher zu machen.

Die Kellers betreiben ein bekanntes Geschäft für Lederwaren am Boulevard Montmartre, es gibt in dieser Gegend viele ähnliche Läden, die der Junge regelmäßig beliefert, meist am späten Nachmittag nach der Schule. Die Kellers sind Großabnehmer, Vaters beste Kunden, und heute liefert Rudolf eine Sonderbestellung aus, deren Erlös der Familie Diesel die Existenz für mehr als einen halben Monat sichert.

Rudolfs Vater Theodor ist *maroquinier*, Hersteller von Lederwaren: Reisetaschen, Brieftaschen, Portemonnaies und Etuis aus Saffianleder, deren Aussehen er ständig zu verändern sucht, um mehr davon verkaufen zu können. Immer neue Artikel und Formen denkt der Vater sich aus, und Rudolf muss diese dann häufig den Kunden vorstellen und zum Kauf anbieten. Zum Glück hat er heute nichts von Vaters Neuheiten bei sich – die Kellers, frühere Einwanderer aus Deutschland, schon längst naturalisiert, sind konservative Kunden, die Bewährtes bevorzugen. Wenn Rudolf ihnen Neuheiten vorzustellen hat, muss er sich meist Kritik anhören, die eigentlich dem Vater gebührt, und vom Vater wird er ein zweites Mal gescholten, wenn er bei seiner Rückkehr keine Bestellung für die neue Ware vorweisen kann.

Die Kellers haben bereits auf ihn gewartet, obwohl Rudolf viel früher bei ihnen ist als sonst. Auch einige Angestellte sind schon da. Es geht sehr geschäftig zu in diesem großen Laden, denn einmal im Monat ist Versandtag, an dem Pakete gepackt werden, die für den Export nach England, Belgien, Holland oder in einen der zahlreichen deutschen Staaten bestimmt sind. Ein Teil der Waren aus dem Hause *Théodore Diesel, Maroquinier* geht also gleich ins Ausland.

Nachdem man dem Jungen eine Quittung ausgehändigt hat, verabschiedet er sich eilig und verfällt sofort wieder in einen Trab. Der leere Wagen rattert laut auf dem Straßenpflaster. Am Boulevard de Sébastopol weicht er vom direkten Heimweg ab, geht ein Stück durch die Rue Notre-Dame de Nazareth – er liebt diese Straße, denn hier ist er geboren, auch wenn er sich an seine frühen Kindheitsjahre nicht erinnern kann. Es ist ein Ausflug in eine andere Welt. Hier begegnet man bärtigen Männern mit schwarzen Mänteln und hohen schwarzen Hüten, mit gedrehten langen Schläfenlocken, die *Peijes* heißen, und Frauen mit fülligen Perücken, mit denen sie ihr Haar vor den Blicken Fremder verbergen.

Um diese Zeit sind schon viele Kinder auf der Straße, da ihr Schulunterricht sehr viel früher anfängt als der der anderen Kinder. Rudolf kann ganz leicht erkennen, welche von ihnen Geschwister sind – sie tragen immer Kleidung aus demselben Stoff, Jungen wie Mädchen. Die Jungen mit ihren kurz geschorenen Haaren und den langen Peijes sehen in seinen Augen lustig aus, besonders weil sie diese schimmernden weißen Kappen tragen, die sie *Kippas* nennen und die nur einen kleinen Teil des Kopfes bedecken.

Gegenüber der Synagoge entdeckt Rudolf am Stand einer Bejgel-Bäckerei einen Jungen, den er kennt. Er ist etwa zwei oder drei Jahre älter als er und hat ihn einmal aus einer brenzligen Situation gerettet: Rudolf wurde von Mitschülern bedrängt und mit Fäusten traktiert, und dass er sich nicht wehrte, reizte die anderen umso mehr. Er war wieder einmal *pion* geworden, Klassenbester, und sie nannten ihn deswegen einen Streber. Das ist er aber nicht – was kann er denn dafür, dass ihm das Lernen leichtfällt und er alles sofort begreift und seine Neugier die Gedanken noch weit über das Erlernte hinausgehen lässt? Nein, ein Streber ist er nicht, dazu müsste er schließlich versuchen, sich auf Kosten anderer bei den

Lehrern einzuschmeicheln. Daran ist ihm überhaupt nicht gelegen.

Verzweifelt hatte Rudolf den Mitschülern zu entkommen versucht, doch seine Gegner waren schneller und stärker als er. Da kam dieser Junge da drüben, packte den stärksten von Rudolfs Mitschülern am Kragen und sagte: »Schande soll über dich kommen!«, auf Deutsch, mit einer seltsam altertümlichen Aussprache. Als die Mitschüler vertrieben waren, wollte Rudolf sich für die Hilfe bedanken, doch der Junge winkte ab und verschwand. Rudolf begegnete ihm danach oft und dachte manchmal, er könnte sein Freund sein. Freunde hatte er nämlich keine. Doch immer wenn er den Jungen mit einem Kopfnicken grüßte, erwiderte dieser den Gruß nur heimlich und wandte den Blick ab, als dürfte niemand merken, dass sie sich kannten. So auch jetzt.

An der nächsten Ecke, am breiten Boulevard, ist Rudolf wieder in dem Paris, das ihm vertraut ist, und nun kommt auch sein Ziel in Sicht: ein imposantes altes Gebäude aus grauem Sandstein, mit einer Kuppel und einem Säuleneingang, daneben eine Kirche. Alles zusammengenommen war früher einmal ein Kloster, jetzt befindet sich ein Museum hinter diesen Mauern. Seit er vor zwei Jahren mit seinen Eltern die großartige Weltausstellung besucht hat, zieht es Rudolf immer wieder hierhin. Was für Wunder hatte er da gesehen – die neuesten Erfindungen, die schnellsten Lokomotiven, die ersten Modelle von lenkbaren Luftschiffen, Versuche mit Fotografie –, er lebt in einer unglaublichen Zeit, in der es täglich technische Neuerungen gibt, die den Menschen das Leben erleichtern sollen, und überall versucht man, die Kräfte von Dampf und Gas nutzbar zu machen. Paris ist eine Weltstadt, die größte auf dem europäischen Kontinent, in ihr kommen alle technischen Neuerungen zusammen, die

Stadt ist durchzogen von Röhren, die Gas und Wasser bis in den letzten Winkel transportieren. Es gibt Eisenbahnen und mehrere Fernbahnhöfe, und vor ein paar Jahren segelte sogar ein sensationelles neues Luftschiff mit Dampfantrieb in eintausendachthundert Metern Höhe über der Stadt. Dieses Luftschiff ist auch auf der Weltausstellung zu sehen gewesen, und noch vieles mehr, was der damals Achtjährige mit gierigen Blicken in sich aufnahm.

Einige der Ausstellungsstücke sind jetzt hier, im Musée des Arts et Métiers, wo auch das berühmte Foucault'sche Pendel aufbewahrt wird. Der Junge betritt das Gebäude nicht durch den imposanten Haupteingang – da käme er sich viel zu winzig vor, und außerdem würde man ihn nicht ohne Begleitung eines Erwachsenen hineinlassen. Er kennt aber den Eingang für das Personal, drüben, auf der anderen Seite der ehemaligen Kirche, den hat er schon oft benutzt, um sich ins Haus zu schleichen. Er weiß da ein Gebüsch, hinter dem er seinen Handwagen hochkant an die uralte Mauer des Gebäudes lehnt, dann sieht er zur Uhr am Giebel des Seitenflügels hinauf. Eine halbe Stunde hat er noch, bevor Vater ihn zurückerwartet und er zur Schule muss.

Er bückt sich bereits im Eingang, um unter dem Fenster der Pförtnerloge hindurchzuhuschen, eilt dann einen düsteren Gang entlang, vorbei an Lagerräumen und Werkstätten, wo unbekannte Maschinenteile darauf warten, für die Ausstellung hergerichtet zu werden. Schon ist er in den spärlich beleuchteten Museumsräumen.

Um diese Zeit ist hier niemand. Rudolf kommt selten so früh am Morgen, wenn die Museumswächter noch irgendwo in einer Kammer sitzen, ihren ersten Wein trinken und sich erst anschließend auf ihre Plätze verteilen. Meist ist er abends hier, dann sind die Wärter vor Langeweile und Trunkenheit auf ihren Stühlen schon zusammengesunken und bilden einen Chor schnarchender alter Männer, Veteranen meist, die in irgendeinem Krieg einen Arm oder ein Bein verloren haben und durch ihr Amt als Museumswächter vom Staat eine minimale Versorgung erhalten.

Rudolf tastet nach seinem Notizbuch, das er in der Weste versteckt trägt, und eilt zielstrebig in die Haupthalle, das eindrucksvolle ehemalige Kirchenschiff. Dort, wo früher der Altar thronte, steht jetzt der Cugnot'sche Dampfwagen, eine Apparatur, die nun schon fast einhundert Jahre alt ist. Dampfkraft ist in aller Munde – heute werden die großen Maschinen in den Fabriken mit ihr betrieben, mechanische Webstühle, Druckpressen und vieles andere, und die Eisenbahnen wären ohne Dampfkraft nicht denkbar. Wie schön wäre es, wenn man mit solchen Dampffahrzeugen auch auf den Straßen fahren könnte, ganz frei, ohne Schienen!

Der Junge zeichnet mit geschickten Linien die Grundzüge des Dampfwagens von Cugnot in sein Büchlein. Darin hat er schon etliche Maschinen des Museums porträtiert. Im Grunde sieht das Fahrzeug aus wie eine Lafette für Kanonen, die er schon so zahlreich in der Stadt und ihrer Umgebung zu Gesicht bekommen hat, und auf dem verstaubten Schild neben dem Ausstellungsstück ist auch zu lesen, dass der Artillerieoffizier Nicolas Joseph Cugnot den Auftrag hatte, das Fahrzeug zum Transport schwerer Geschütze zu entwickeln. Rudolf zeichnet den klobigen Rahmen mit den beiden großen Hinterrädern aus Holz, eisenbereift, die aussehen wie die Räder von Leiterwagen, und dem einzelnen kleineren Vorderrad. Vor dieser Konstruktion, außerhalb des Rahmens, hängt ein unförmiger Dampfkessel wie ein monströser Wasserkopf, aus dem der Dampf in die beiden Kolben geleitet wird, die das Vorderrad antreiben.

Er ist so vertieft in sein Zeichnen, dass er den Schatten nicht bemerkt, der sich von hinten nähert und dann dicht an seinem Rücken zum Stillstand kommt. Als sich etwas Schweres auf seine Schulter legt, fällt er vor Schreck beinahe zu Boden; blitzartig erfassen seine Augen einen braunen Lederhandschuh mit der mäandrischen Ziernaht, die sein Vater erfunden hat. Rudolf senkt den Blick, ihm ist kalt, obwohl seine Wangen glühen. In seinem Kopf spürt er einen schmerzhaften Stich wie von einem Messer. Diesen Schmerz kennt er, denn er tritt immer dann auf, wenn unerträgliche Angst oder großer Schrecken ihn überfällt.

Als er sich umwendet, sieht er Schuhe, die nicht seinem Vater gehören, und mit scharfem Kniff gebügelte Hosenbeine von einem Tuch, das sich sein Vater nie leisten könnte.

»Wie kommst du hier herein, was treibst du hier?«, hört er eine fremde Stimme. »Wie heißt du?«

»Ru... Rodolphe«, antwortet er, wagt aber nicht, aufzusehen. »Entschuldigen Sie, ich habe kein Geld. Da bin ich ...«

»Einfach hereingeschlichen«, sagt der Mann streng. »Ich beobachte dich nicht zum ersten Mal.« Er legt einen behandschuhten Finger unter Rudolfs Kinn, führt es sanft hoch, damit dieser ihn anblickt, und Rudolf sieht das Gesicht eines alten Mannes mit grauem, kurz getrimmtem Vollbart. »Und wie heißt du weiter?«

»Diesel, Monsieur.« Das klingt auf Französisch wie »Diselle«, also fast wie ein Mädchenname, und Rudolf weiß aus Erfahrung, dass viele ältere Herren sich daraufhin schmeichelnd über seine hübschen Locken und seine großen dunkelbraunen Augen auslassen. Aber dieser Mann sagt einfach nur: »Rudolf Diesel also.« Er spricht den Namen deutsch aus – die verschluckte erste Silbe ist ihm folglich nicht entgangen. »Den Namen werden wir uns merken müssen.« Plötzlich erscheint ein Schmunzeln auf seinem Gesicht. »Damit meine Leute dich unbehelligt hereinlassen«, setzt er mit einem Augenzwinkern hinzu. »Ich habe schon ein paarmal gesehen, dass du hier Dinge abzeichnest, und ich denke, ein kluger Kopf wie du sollte sich nicht vor einer Pförtnerloge bücken müssen. Das erniedrigt einen Mann nur unnötig. Weißt du, wer ich bin?«

Stumm schüttelt Rudolf den Kopf.

»Ich bin Général Morin, der Direktor des Instituts und des Museums. Aber nenn mich bloß nicht Général, wir sind hier schließlich nicht beim Militär.«

Der kleine Diesel kann überhaupt nichts sagen, er starrt den Mann nur an, und als dieser ihn um sein Notizbuch bittet, reicht er es ihm und schämt sich für das Zittern seiner Hand.

Morin blättert das Büchlein durch.

»Das ist erstaunlich gut«, sagt er, nachdem er einige der Zeichnungen eingehender betrachtet hat. »Oho, was haben wir denn da? Das ist ja wirklich ... Alle Achtung, mein Junge. Du hast wirklich großes Talent, und du begreifst schon, was an den Maschinen wesentlich ist.« Er reicht ihm das Notizbuch zurück. »Komm nur herein, sooft du willst. Vielleicht gehörst du später einmal zu unseren Studenten, die sich drüben in der Bibliothek mit den Plänen der Maschinen befassen.«

Der Junge bedankt sich, jetzt zittert er nicht mehr. Die lobenden Worte des früheren Generals und jetzigen Direktors wecken seinen Mut. »Darf ich etwas fragen, *Maître le Directeur*?«

»Sicher. Nur zu.«

»Dieser Dampfwagen ... Warum wird er denn nicht weiterentwickelt? Es wäre doch schön, wenn man damit an Orte fahren könnte, wo es noch keine Eisenbahnschienen gibt. Oder man könnte auf den Feldern die Ernte damit einfahren.«

»Das wäre zu mühselig, Junge. Man muss den Kessel eine Viertelstunde einheizen, damit man eine Viertelstunde fahren kann, und das geht dann nur sehr langsam. Es gibt noch andere Versuche mit Dampfwagen, vor allem in England. Sie kranken alle daran, dass sie unpraktisch sind. Heute geht man bei der Entwicklung sogenannter Automobile in eine andere Richtung.«

»Ich weiß!«, ruft der Junge begeistert. »Ich war mit meinem Vater auf der Weltausstellung und habe da einen neuen Motor gesehen, der hieß Otto! Den hätte ich gern mal von innen gesehen!«

Der Direktor lacht. »Inzwischen gibt es noch mehr in dieser Richtung. Ich zeige dir in den nächsten Tagen ein paar Modelle, auch Aufschnitte, wenn du willst. Monsieur Cugnot, von dem dieses Exemplar hier stammt, hat auch noch ein viel größeres konstruiert. Damit sollten schwere Geschütze bewegt werden, aber dann zeigte sich, dass damit auch Gefahren verbunden sind.«

»Der Kessel kann explodieren, nicht wahr?«

»Exactement! Der Dampf dehnt sich aus, wenn er heißer wird. Das ist ja das Prinzip. Aber dem Erfinder ist Folgendes passiert: Er hat den Dampfwagen in Gang gesetzt und konnte ihn dann nicht mehr beherrschen. Das Fahrzeug raste plötzlich davon und durchschlug eine Mauer. Das war der erste Automobilunfall der Welt, mein Junge, und danach wurde die Arbeit daran aufgegeben. Komm doch mal mit nach drüben in die Werkstatträume.« Er zieht eine silberne Uhr aus der Westentasche und klappt den Deckel auf. »Wann musst du denn in der Schule sein?«

»Um acht Uhr dreißig.«

»Dann wird es Zeit. Oder soll ich dir eine Entschuldigung schreiben, damit du noch bleiben kannst? Hier lernst du wahrscheinlich mehr als in der Schule.«

Rudolf spürt sofort Panik in sich aufsteigen. Er denkt an seinen Vater, der nicht erfahren darf, dass er sich hier herumgetrieben hat, und an die Lehrer, die eine solche Entschuldigung niemals hinnähmen. Seine Klassenkameraden würden ihn damit hänseln, dass er sich als »Streber« Sonderrechte herausnehme. »Bitte – ich muss jetzt gehen«, sagt er. »Es darf niemand wissen, dass ich hier war.«

»Dann versprich mir, dass du dich bei mir meldest, wenn du das nächste Mal herkommst«, sagt der Direktor. »Komm, hier geht es hinaus. Du gehst künftig erhobenen Hauptes durch das Hauptportal. Als mein Besucher und Gast bist du mir das schuldig.«

Direktor Morin begleitet ihn persönlich zum Vorderausgang, und Rudolf Diesel fühlt sich gar nicht mehr so klein wie noch kurz zuvor – eher wie ein Prinz an der Seite eines richtigen Generals.

Als er wenige Augenblicke später nach Hause rennt, muss er noch einmal umkehren – er hat den Handwagen vergessen, ohne den er nicht zu Hause erscheinen darf. Sein Inneres ist in Aufruhr: Am liebsten würde er vor Glück laut jubeln und jedem erzählen, was er gerade erlebt hat, aber genau dieses Glück darf er mit niemandem teilen. Diese Vorstellung lässt ihm fast das Herz zerspringen.

Ich bin nach Paris gekommen, um mir die Umgebung anzusehen, in der der kleine Chignon, der Junge, der für seinen ausladenden Hinterkopf so viel Spott ertragen musste, aufgewachsen ist. Vor allem will ich das Museum besichtigen, das ihn so sehr fasziniert hat und das eines der ältesten technischen Museen der Welt sein soll. Und natürlich will ich den Cugnot'schen Dampfwagen sehen.

Ich habe mein ungemütliches Hotel früh verlassen und fahre mit der U-Bahn bis zur Station Arts et Métiers, die nach dem Museum benannt ist und deren Konstruktion einen Preis für moderne Architektur bekommen haben soll. Mir bleibt das Besondere daran verschlossen, vielleicht ist die Station aber für Pariser Verhältnisse modern. Das einzig Imposante sind die überdimensionierten Nachbildungen von Maschinenteilen an den Decken und die kreisrunden Vitrinenfenster zwischen den ebenfalls rund gestalteten Durchgängen – hier sind diverse Ausstellungsstücke aus dem Museum im Modell wiedergegeben: eine Montgolfière, ein Benzinmotor, eine der Tauchkugeln, mit denen man während der preußischen Belagerung 1870/71 die Post im Wasser der Seine nach Paris hineintransportiert hat.

Mich blendet die Sonne, als ich mit dem Fahrstuhl nach oben komme. Vor mir liegt ein alter romanischer Gebäudekomplex, Kloster und Kirche, zu späteren Zeiten mit klassizistischen Ergänzungen versehen: das Musée des Arts et Métiers, mein Ziel.

Ich bin viel zu früh. Wochentags ist erst ab zehn Uhr geöffnet. Eintritt sieben Euro, unter dem Eintrittspreis eine lange Liste von unterschiedlichen Ermäßigungsmöglichkeiten: Kinder, Rentner, Soldaten, Journalisten, Schriftsteller, Lehrer, Mitglieder von Kultur- und Fördervereinen, Inhaber diverser Vorteilskarten. Am Türknauf hängt ein bedrucktes Pappschild, durch das der »werte Besucher« erfährt, dass die für heute angemeldeten Schulklassen bevorzugt eingelassen werden und ein individueller Besuch erst ab 11.30 Uhr empfohlen wird.

Ich sehe mich also besser erst in der Umgebung um. Die Rue Notre-Dame de Nazareth, in der Rudolf Diesel geboren wurde, liegt ganz in der Nähe. Eine lange schmale Straße mit dicht aneinandergedrängten alten Häusern, fünf bis sechs Stockwerke hoch, und vielen kleinen Geschäften in den Erdgeschossen – drittklassige Modeboutiquen, Mobilfunkläden, Fahrrad- und Elektrohändler, hin und wieder eine winzige Kneipe. Bei der Betrachtung all dieser Läden frage ich mich, wovon die Besitzer eigentlich leben. Überall gibt es noch Hinterhäuser, die man durch niedrige, düstere Toreingänge erreicht. Dort stehen meist größere Mengen von Fahrrädern und Mopeds, sodass oft nur ganz schmale Durchgänge übrig bleiben. In den kleinen Höfen lagert fast immer Bau- oder Abbruchmaterial. Hier scheint ständig irgendwo renoviert oder umgebaut zu werden. Die Menschen wohnen dicht an dicht, wahrscheinlich in winzigen Appartements. Neben den Haustüren im Innern der Durchgänge findet man dort, wo man zehn oder zwölf Klingeln erwartet, oft sechzig oder mehr.

Die Erinnerungen, die Rudolf Diesel an diese Straße hatte, stammen aus späteren Zeiten nach dem Wegzug der Familie von hier. Als Säugling wurde er zunächst zu einer Amme ins Dörfchen Vincennes gegeben, da die damalige Wohnung der Diesels zum Teil auch die Werkstatt war. Ein Kleinkind hätte da nicht nur gesundheitlichen Schaden genommen, sondern auch bei der Arbeit gestört.

Ich stehe schließlich vor dem Haus mit der Nummer 38, das sich in nichts von den anderen unterscheidet. Eine Gedenktafel, die das Geburtshaus des berühmten Erfinders kennzeichnet, ist nirgends zu finden, und doch entdecke ich den Namen Diesel: Am Eingang des kleinen Ladens im Vorderhaus, dort, wo Diesels Eltern ihre

Werkstatt gehabt haben müssen, verkündet ein angegrautes Kunststoffschild, dass hier mit gebrauchten Jeans gleichen Namens gehandelt wird. Geöffnet wird auf telefonische Anfrage.

Die Straße erinnert noch ein wenig daran, dass sie lange Zeit Teil des jüdischen Viertels war. Es gibt noch eine Synagoge, die mit einer Plakette den Stifter Rothschild ehrt, und schräg gegenüber eine Spezialitätenbäckerei. Durch diese Straße ist der kleine Rudolf immer gekommen, wenn er vom neuen Zuhause der Familie zu seinem liebsten Aufenthaltsort, dem alten Technikmuseum, wollte.

Diesels Familie kam in der Rue de la Fontaine au Roi unter, auf der anderen Seite der viel befahrenen Place de la République. Die Straße sieht noch ärmlicher aus, ist noch enger, dazu verwinkelt und hügelig, sodass man sie nie in voller Länge einsehen kann. Viele Häuser stammen aus dem zwanzigsten Jahrhundert, sehen aber heruntergekommen aus; es gibt hier keine Läden, dafür armselige Cafés, ein paar längst geschlossene Restaurants, viele heruntergelassene Metallgitter. Die Menschen, die mir hier begegnen, sehen arabisch oder afrikanisch aus. Ein Auto parkt am anderen, in der Mitte bleibt nur eine enge Durchfahrt, Fahrräder und Mopeds blockieren die Gehwege. Ein großes Haus, dessen hohe Fenster eine ehemalige Textilfabrik vermuten lassen, ist heute eine Massenunterkunft für afrikanische Flüchtlinge. Ihre wenige Habe stapelt sich zu Bergen von bunten Plastiktüten auf den Fensterbänken.

Auf dem unebenen Pflaster des Gehsteigs gegenüber hausen Menschen in dunkelgrünen, vom Militär stammenden Zelten. Hier und da ragen nackte Füße aus den halb offenen Reißverschlüssen der Eingänge. Ich kann es nicht glauben, dass in einer Weltstadt wie Paris, die auf den ersten Blick einen wohlhabenden Eindruck macht, Menschen unter so unwürdigen Bedingungen leben müssen. Ich verstecke mich hinter einem parkenden Lastwagen, um zwei, drei Fotos zu machen, doch da werde ich entdeckt: Mehrere farbige Männer kommen mit erhobenen Fäusten auf mich zugerannt; ich mache mich auf eine Tracht Prügel gefasst – zu Recht, denn gerade in ihrem Elend steht ihnen doch ein Minimum an Privatsphäre zu. Kaum haben sie mich erreicht, schießen aus den Fäusten Zeigefinger hervor und deuten mit heftigen Bewegungen auf meine Kamera und auf die Zelte. Von den schnellen, aufgeregten Worten verstehe ich nur: »Ja! Ja! Fotografieren Sie das! Zeigen Sie das allen Leuten!«

Es dauert eine Weile, bis ich weitergehen kann. Die Männer stehen hinter mir noch zusammen und diskutieren.

Ich finde das Haus mit der Nummer 49, es ist ein Bau aus den Sechzigern des vergangenen Jahrhunderts. Vorn an der Straße ist ein leer stehender Laden, das Schaufenster von innen mit Kalkfarbe bestrichen. Neben dem Laden gehe ich durch die Toreinfahrt in den engen Hinterhof, der nichts weiter als ein Lichtschacht ist. Früher waren hier links und rechts noch kleine Werkstätten. Schwer vorstellbar, dass die drei Diesel-Kinder hier damals mit zahlreichen Nachbarskindern gespielt haben sollen. Die Anlässe waren auch sicher selten, denn Rudolf, seine ältere Schwester Louise und die kleine Emma mussten schon sehr früh im elterlichen Betrieb mithelfen.

Ich halte mich in dem engen Hof nicht lange auf, denn aus einem Kellerfenster ragt der Plastikschlauch eines Wäschetrockners. Eine penetrant nach Weichspüler riechende Wolke hüllt mich ein.

Heißer nasser Dampf umfängt den zehnjährigen Rudolf, als er von der Avenue Parmentier in die Straße einbiegt, in der er wohnt. Es riecht nach Schmutzwäsche und Kernseife, und er muss einen großen Schritt machen, um dem noch warmen, milchigen Abwasser zu entgehen, das plötzlich aus einem Rohr in der Hauswand springt und sich quer über den Gehweg in den Rinnstein ergießt. Fast wäre er mit der Nase auf dem Pflaster gelandet.

Der Junge weiß aber, dass es hier immer glatt vom Seifenwasser ist, denn an der Ecke befindet sich das Waschhaus für die Nachbarschaft. Die Dienstmädchen kommen hierher, um für die Familien ihrer Herrschaften die Wäsche zu waschen. In diesen Zeiten sind Arbeitskräfte sehr billig, und fast alle Familien haben ein Mädchen.

Bei den Diesels ist eine resolute Österreicherin beschäftigt, die Johanna heißt. Er sieht sie in der Wäscherei, als er sich auf die Zehenspitzen stellt und in das Innere des großen, dampfigen Raumes schaut. Sie hat, wie die anderen Wäscherinnen, nur ihren Kittel an. Das Haar tragen die Frauen mit weißen Tüchern zusammengebunden. Durch das offene Fenster dringt fröhliches Geschwätz, hier, in der Wäscherei, tauschen die Hausmädchen, wenn sie sich treffen, den neuesten Klatsch über ihre Herrschaften aus. Vor Kurzem mussten die Wäscherinnen noch bis an die Seine oder an den Canal Saint-Martin gehen, aber da Paris nun in kaiserlichem Glanz erstrahlt, sind solche ländlichen Gepflogenheiten verboten, und jetzt gibt es diese Waschhäuser überall.

Manchmal lauscht der Junge hier ganz gern. Wenn er Johanna dabei erwischt, dass sie Ausdrücke benutzt, die im Diesel'schen Haushalt verboten sind, hat er sie in der Hand, wenn sie wieder einmal versucht, ihm die Ohren lang zu ziehen oder seine Schläfenhaare zu zwirbeln.

Jetzt aber hat er es eilig, denn er muss pünktlich zu Hause sein. Er hatte heute zwei Stunden früher Schulschluss, weil Monsieur Grenadier, der Physiklehrer, krank geworden ist. Nicht immer werden die Kinder dann nach Hause entlassen, sondern müssen unter Aufsicht eines Mitschülers Aufgaben erledigen, aber heute war der Direktor milde gestimmt. Rudolf ging natürlich nicht direkt nach Hause, sondern ins Museum, um zu versuchen, die Konstruktion eines neuen Dampfkessels zu ergründen. Der Kessel besteht nicht aus einem einzelnen Hohlraum, sondern ist der Länge nach von über hundert Siederohren durchzogen, durch die die Verdampfungsfähigkeit des Wassers deutlich erhöht wird. Direktor Morin hat es ihm erklärt, und Rudolf ist stolz, alles gleich verstanden zu haben.

Zu Hause schleicht er sich an der Werkstatt vorbei, damit Vater ihn nicht sieht. Louise, die zwei Jahre ältere Schwester, entdeckt ihn, aber Rudolf legt sofort den Zeigefinger auf die Lippen. Er hastet nach oben in die Wohnung, die direkt über der Werkstatt liegt. Emma, die Kleine, die vor Kurzem erst in die Schule gekommen ist, sitzt am Küchentisch und weint. Sie hat ihre Hausaufgaben vor sich liegen und muss erste Schreibübungen mit der Metallfeder machen. Das ist eine moderne Erfindung, die den Federkiel abgelöst hat, aber das Schreiben ist damit schwer zu erlernen. Nimmt man zu viel Tinte und vergisst, sie am Rand des Fässchens abzustreifen, gibt es Kleckse – Emmas Blatt ist voll davon. Drückt man zu fest, kann die Spitze der Feder das Blatt einreißen, oder sie biegt sich auseinander, sodass bei den dickeren Abstrichen zwei Linien mit einer weißen Fläche dazwischen entstehen. Das ist bei den Hausaufgaben nicht erlaubt.

»Ich helf dir gleich«, versucht Rudolf seine kleine Schwester zu trösten. Sie ist sein Liebling. Er kann sie nicht weinen noch sonst wie leiden sehen. »Wo ist Mutter? Ich habe sie nicht in der Werkstatt gesehen.«

Emma wischt sich mit dem Handrücken die Tränen aus dem Gesicht. »Bei Kellers«, sagt sie.

Rudolf spürt plötzlich eine freudige Erregung. Wenn Mutter bei Kellers ist, bleibt sie lange weg. Sie versucht dann ganz diplomatisch, die offene Rechnung bezahlt zu bekommen. Das Haus Keller ist zwar der größte Abnehmer der Diesel'schen Lederwaren, aber die Bezahlung der Rechnungen lässt in der Regel lange auf sich warten. Oft besteht die Gefahr, dass die sechs Arbeiterinnen in der Werkstatt und das Hausmädchen Johanna nicht entlohnt werden können. Vater wagt nicht zu mahnen, weil er keinen Kunden verlieren will, besonders die Kellers nicht, die zudem als Landsleute besondere Rücksichtnahme erwarten. Also geht Mutter zu einem privaten Plausch zu Frau Keller und lässt im Gespräch an passender Stelle eine Bemerkung fallen, die dezent auf die offene Rechnung anspielt.

Dass Mutter heute bei Kellers ist, gibt Rudolf die Chance, sich näher mit einer Frage zu befassen, die ihn schon seit einiger Zeit verfolgt. Vor einem halben Jahr hat Vater nämlich eine neue Uhr gekauft, die wuchtig auf dem Küchenschrank thront. Das Besondere daran ist, dass sie nicht nur die vollen und die halben Stunden schlägt, sondern mit eindrucksvollen Glockentönen eine Melodie spielt, und zwar zu einer Uhrzeit, die man vorher mit einem gesonderten Zeiger auf dem Ziffernblatt einstellt. Diese Uhr, laut genug, um unten gehört zu werden, verkündet den Feierabend für die Werkstatt. Wie mag das funktionieren? Rudolf möchte einfach nur ein Mal hinten hineinsehen, aber das ist ihm strikt verboten.

Jetzt breitet er rasch seine Schulaufgaben auf dem Tisch aus, damit es so aussieht, als säße er längst an deren Erledigung. Dann geht er um den Tisch zu Emma, setzt sich neben sie, zeigt ihr, wie man die Feder richtig eintaucht und abstreift – mit dem Rücken am Glas, das vergisst sie immer. Wenn bei den senkrechten Abwärtsstrichen die Mitte frei bleibt, kann man ein wenig mogeln: Man füllt den Zwischenraum einfach mit einem zusätzlichen Strich aus, nur ganz leicht, damit es nicht auffällt. Er zeigt es seiner kleinen Schwester mehrmals, dann versucht sie es selbst.

Rudolf schiebt den Stuhl an den Küchenschrank, steigt hinauf, ergreift mit beiden Händen die Uhr. Sie ist viel schwerer, als er gedacht hat. Er dreht sich um. Seine kleine Schwester starrt ihn mit großen Augen und offenem Mund an. Was der sich traut! Rudolf genießt Emmas Bewunderung, und am liebsten wäre er jetzt mit der schweren Uhr in den Händen schwungvoll vom Stuhl gesprungen, um sie noch mehr staunen zu lassen, aber der Sprung würde unten in der Werkstatt gehört werden. So muss er also ganz vorsichtig vom Stuhl steigen, wobei er ins Wanken gerät. Fast wäre er vornüber auf den Tisch gestürzt. Ein wenig zu heftig setzt er die Uhr auf der Tischplatte ab. Zitternde Glockentöne sind zu hören, zum Glück nur sehr leise.

Er zieht den Stuhl an den Tisch, setzt sich, befasst sich mit der Rückseite der Uhr. Es gibt zwei Flügelschrauben, mit denen man, nach rechts drehend, die Uhr aufziehen und die Zeiger verstellen kann. Links herum lassen sie sich lösen. Rudolf zieht sie ab. In der Mitte der Rückseite befindet sich eine versenkte Schraube, über die man die gelöste Platte ganz vorsichtig hinwegziehen muss, sonst fallen vorn die Zeiger herunter und lassen sich nur schwer wieder anbringen. Die Erfahrung hat er bereits als Achtjähriger bei einer anderen Uhr gemacht. Zum Glück war er damals schon so geschickt, dass er alles wieder in

Ordnung bringen konnte, ohne dass bis zum heutigen Tag jemand etwas davon erfuhr.

Nun liegt das Innere der Uhr offen vor ihm. Da ist der Anker, der auf dem Hemmrad pendelt, die Unruh, links und rechts die beiden großen Federschnecken. Der Gong für die Stunden besteht aus zwei Stahlstiften, die bei einer bestimmten Stellung des Stundenzahnrads durch einen Schlegel angeschlagen werden. Dann entdeckt er die Mechanik, mit der durch kleinere Metallstreifen die Melodie erzeugt wird, und, was noch interessanter ist, die Einstellungsvorrichtung, die für eine Uhrzeit nach Wunsch sorgt. Es ist alles erstaunlich einfach. »Schau dir das an!«, flüstert er vor sich hin, von der Schlichtheit ganz fasziniert. Schon mit dem ersten Blick hätte er das alles aus dem Gedächtnis aufzeichnen können.

Erst als er Emmas Locken an seiner Wange spürt, wird ihm bewusst, dass sie seinen geflüsterten Satz als Aufforderung verstanden haben muss. Sie fragt ihn nach den beiden großen Schnecken aus Metall, die sie als hübsche Zier empfindet, und Rudolf erklärt, dass sie der Uhr die Kraft geben, die sie zum Laufen braucht, und dass man die Kraft immer neu hineinsteckt, wenn man die Uhr aufzieht und die Schnecken damit enger macht. »Es ist wie bei der Standuhr«, erklärt er. »Wenn du mit der Kette die beiden Zapfen hochziehst, steckt deine Kraft, die du dafür gebraucht hast, in den Gewichten wie Geld in einer Spardose. Die Gewichte wandern nach unten, und dabei wird die Kraft nach und nach umgesetzt. Sie verrichtet die Arbeit, die sie tun soll. Bei den runden Federn ist es dasselbe. Dieses Teil hier, das sich ohne Pause bewegt, heißt Unruh und sorgt dafür, dass bei der Standuhr die Zapfen nicht sofort nach unten stürzen und bei dieser Uhr die Federn nicht sofort abschnurren.«

Emma lacht. Rudolf zeigt ihr alles, was ihm interessant

scheint, und wenn sie es noch nicht begreift, so genießt er doch ihre Bewunderung. Seine kleine Schwester, deren Staunen ihn zum Helden macht, lässt ihn alles andere vergessen, sodass er erst, als es zu spät ist, merkt, dass jemand den Raum betreten hat.

Es ist seine Mutter. Sie dreht sich wortlos um, geht die Treppe hinunter und kommt zusammen mit dem Vater wieder herauf. Dahinter taucht die zwölfjährige Louise auf, erst Neugier, dann Schadenfreude im Gesicht.

Rudolf hat Zeit genug gehabt, seine jüngere Schwester wieder an die Schulaufgaben zu schicken. Ein wenig nervös versucht er jetzt, die Uhr wieder zu schließen, doch vor Eifer stößt er unachtsam mit dem Rückendeckel an die mittlere Schraube, die sofort nachgibt. Ohne nachzusehen, weiß er, dass vorn die Zeiger abgefallen sind und das Ziffernblatt nach unten gerutscht ist, direkt vor den Augen der Eltern.

»Ich habe das gleich wieder in Ordnung«, versichert er zaghaft, aber er weiß, wie kläglich sich das anhören muss. Er kann nur noch versuchen, was ihm am wichtigsten ist: Emma zu schützen, indem er sagt, sie habe nichts damit zu tun und er habe sie aufgefordert, ihm zuzusehen. Emmas Tintenfass fällt um. Rudolf zuckt unter der Ohrfeige zusammen, die sie dafür von der Mutter erhält.

Und so wie man ein Unwetter nicht mit bloßen Händen abwenden kann, bricht plötzlich und gewaltig der Jähzorn des Vaters über ihn herein.

Am nächsten Wochenende ist ein Ausflug nach Vincennes geplant. In diesem kleinen Dorf außerhalb von Paris hat die Familie ein bescheidenes Wochenendhäuschen gemietet. Rudolf hasst diese Ausflüge, denn der

Weg ist lang. Man könnte mit dem Bus fahren, aber das kostet sechs Sous pro Person, und Mutter, die ihre Haushaltskasse mit Strenge verwaltet, ist nicht bereit, dieses Geld auszugeben. Man läuft zu Fuß, was mindestens drei Stunden dauert, und diese Zeit nutzt Vater für seine Erziehung.

Oft erzählt er, dass sein Vorbild, der große Denker Jean-Jacques Rousseau, vor Jahren den gleichen Weg gegangen sei, um den berühmten Philosophen Diderot zu besuchen, der im Schloss von Vincennes in Ehrenhaft saß, wie Vater es nennt. Der zehnjährige Rudolf stellt sich in seiner Fantasie vor, dass es ein Gefängnis mit offenen Türen gewesen sein muss. Der Gefangene hätte fliehen können, aber es war gegen seine Ehre. Jedenfalls durfte Besuch kommen, unter anderem dieser Rousseau, für den Vater sich so begeistert. Auf diesem Weg hatte Rousseau seine große Erleuchtung, die ihn zum philosophischen Schriftsteller machte und seinen Ruhm begründete. Manchmal geraten Vaters Vorträge, die sich immer auf ähnliche Weise wiederholen, zur Schwärmerei.

Typisch Vater. Er ufert oft aus, wenn er für ein Thema Feuer und Flamme ist, und Rudolf weiß nicht, was er davon glauben soll, zumal Mutter oft versucht, Vater zu bremsen. Mal hält er sich selbst für einen großen Künstler, besonders dann, wenn er wieder ein neues Muster für eine Brieftasche oder einen ledernen Tabaksbeutel entworfen hat, dann wieder für einen grandiosen Techniker, wenn er gerade ein neues Spielzeug konstruiert, das ihm zufolge den großen Durchbruch auf dem Markt schaffen wird. Spielwaren sind Vaters zweites Standbein, und wenn er ein wenig Zeit erübrigen kann, tüftelt und bastelt er. Die Kinder müssen seine Erfindungen dann ausprobieren, was sie oft nur lustlos tun. Am schwersten ist es für die Kinder, ihm zu folgen, wenn Vater über Philosophie und Religion schwadroniert – in solchen Momenten hält er sich für einen großen Reformator, den Martin Luther der Zukunft.

Der Weg nach Vincennes gehört jedoch stets diesem Rousseau. Unterwegs redet Vater kaum von etwas anderem. In Rudolfs Augen muss das ein Verrückter gewesen sein, wenn er Väter dazu veranlasst, seine Kinder pausenlos zu belehren, ihnen überraschend ein Bein zu stellen, ihnen beim Laufen den Spazierstock zwischen die Beine zu halten, um sie zu Fall zu bringen, oder sie in den Straßengraben zu schubsen. Ob dieser Mann wirklich glaubte, damit könnte man Kinder auf die Tücken und Gefahren des Erwachsenseins vorbereiten? Vater zumindest ist überzeugt davon.

Dass er wegen seiner Bastelei an der Uhr von diesem Wochenendausflug ausgeschlossen wird, empfindet der Zehnjährige daher nicht als Strafe. Vielleicht kann er die Zeit nutzen und die Uhr reparieren. Neulich hat Vater ihn nicht gelassen, weil er Rudolf einfach nicht glauben wollte, dass er es kann. Der Junge aber ist von der Problemlosigkeit der Reparatur überzeugt, er hat das System doch sofort durchschaut!

Verwundert hört er, dass Johanna, das Hausmädchen, den Sonntag frei bekommt, um Verwandte zu besuchen, die auch in Paris leben. Dass seine Eltern ihn ganz allein zu Hause lassen, kann Rudolf sich nicht vorstellen. Hoffentlich bringen sie ihn nicht bei Madame Cadot unter, der geschwätzigen Concierge, die sich für die absolute Herrscherin über die Bewohner des Hauses Rue de la Fontaine au Roi Nummer 49 und der beiden Nachbarhäuser samt Rückgebäuden hält. Immer muss sie alles wissen, aber nie behält sie etwas für sich. Manchmal kommt das, was sie erfährt, völlig verdreht aus ihrem Mund wieder heraus und bringt die Betroffenen in peinliche Schwierigkeiten. Sie ist die selbst ernannte Aufseherin der Kinder. Sie mischt sich in jedes Spiel ein. Die Kämpfe mit dem Holzschwert dürfen nicht wild sein, beim Fangen darf man nicht rennen, und wenn die Mädchen mit kostbaren Kreideresten Hüpfkästchen aufs Pflaster malen, kommt garantiert ein Schwall Putzwasser aus Madame Cadots Fenster, ohne Rücksicht auf die sorgsam gebügelten Kleidchen.

Der Spitzname von Madame Cadot ist *Cadeau*, ohne das »Madame« davor: »Geschenk«, das hört sich genauso an, und sie merkt nicht, dass die Kinder sie damit verspotten. Ihr Gesicht sieht tatsächlich so verknittert aus wie gebrauchtes Geschenkpapier. Sie hat die Angewohnheit, nachmittags um vier Uhr am Fenster ihrer Hausmeisterwohnung zu sitzen, wenn die Kinder aus der Schule kommen, und sich eines zum Aushorchen herauszusuchen. Sie fragt: »Möchtest du einen Biskuit? Ich habe gerade welche von dem alten Herrn am Ende der Straße geschenkt bekommen, sie sind köstlich.« Dann wirft sie einem eines der Gebäckstücke aus dem Fenster zu, aber oft so, dass man es nicht auffangen kann, und wenn es dann auf das Trottoir gefallen ist, sagt sie: »Oh, das ist aber schade! Das kannst du jetzt nicht mehr essen. Komm doch für einen Moment herein, ich habe auch noch heiße Schokolade da.«

Trinkschokolade ist für die meisten der in der Straße lebenden Familien unerschwinglich und daher für die Kinder eine Verlockung, der sie nicht widerstehen können. Rudolf selbst ist bereits mehrmals darauf hereingefallen, und jedes Mal setzte es daheim eine Bestrafung, weil er zu spät kam.

Wenn man sich erst einmal in der Wohnung der Cadeau befindet, dann ist man dort gefangen. Sie setzt sich so an den Tisch, dass man nicht einfach zur Tür hinauskann. Dann stellt sie Fragen, zunächst ganz harmlos, etwa: »Was machst du in der Schule?« Dabei hat man das Fenster im Rücken, und die Tür ist von der dicken Frau versperrt. Wenn man höflich sein will, muss man die Schokolade auch erst austrinken und mindestens zwei Biskuits essen, bevor man die Flucht ergreift.

Rudolf kann auf so eine Frage dann immer sagen, dass er auf dem ersten Platz steht, und das als Ausländer, für den Französisch eine Fremdsprache ist, und dafür lobt sie ihn. Sie ahnt ja nicht, wie sehr er jedoch darunter leidet! Die anderen ziehen ihn wegen seiner guten Noten auf, und weil er bei Abwesenheit des Lehrers selbst Aufsicht über die Klasse führen muss, ist er noch unbeliebter.

Dann beginnt Madame Cadot, ihn nach seinen Eltern zu fragen. Wie gehen die Geschäfte? Zahlen die Kunden regelmäßig? Und wer gehört zu den Kunden? Ach ja, die Kellers, die sind bekannt. Die allererste Adresse in Maroquinerie-Waren am Montmartre. Die können es sich natürlich leisten, die Rechnungen auflaufen zu lassen. Rudolf erfährt, dass seine Eltern zu den Leuten gehören, die bei den Hausbesitzern auf der Kündigungsliste stehen, weil sie ihre Miete unpünktlich bezahlen, und außerdem sind sie Deutsche.

»Bayern!«, hat Rudolf einmal betont. »Kaiser Napoleon ist mit unserem König verbündet!«

»Nur weil der Kaiser für kurze Zeit in Augsburg zur Schule gegangen ist«, sagt Madame Cadot darauf gönnerhaft.

Nein. Bei der schwatzhaften Cadeau will Rudolf auf keinen Fall das Wochenende verbringen.

Und das muss er auch nicht.

Am Sonntag steht die Familie besonders früh auf. Der Weg nach Vincennes ist lang, und man will dort möglichst viel von diesem Tag genießen, der sonnig zu werden verspricht. Das Frühstück ist von Johanna eingepackt worden, man wird es unterwegs bei einer Rast zu sich nehmen. Jetzt kann noch niemand essen. Johanna wird für heute entlassen, denn sie wird ihre Schwester besuchen.

Mutter ist damit beschäftigt, die Kleidung von Emma und Louise zu überprüfen. Alles muss perfekt sitzen und sauber sein; die Familie soll unterwegs einen guten Eindruck machen. Emma protestiert, weil Mutter ihr Zöpfe flechten will, kann sich aber nicht durchsetzen. Es wird englisch gesprochen, wie fast an jedem Morgen, die Kinder sollen, so wollen es die Eltern, mehrsprachig aufwachsen. In der Schule wird französisch geredet, in der Familie deutsch, mit Ausnahme eben in der Zeit vor dem Frühstück, die dem Englischen vorbehalten ist.

Vater ist seit einer Viertelstunde in der Werkstatt. Als er in die Wohnung zurückkommt, hat er ein fingerdickes Seil bei sich, das er mitten auf den Tisch legt. Er hebt die beschädigte Uhr vom Schrank und stellt sie auf den Tisch. »Du weißt, dass du noch eine Strafe zu erwarten hast.«

»Ja, Vater. Ich darf heute nicht mitkommen nach Vincennes. Es ist gerecht.«

»Richtig. Aber das ist nicht alles. Da du hier unbeaufsichtigt bist, könntest du auf der Straße herumstreunen oder in der Werkstatt Unfug treiben. Außerdem habe ich beschlossen, dass du den Gegenstand, den du zerstört hast, die ganze Zeit vor Augen haben sollst. Das soll dich lehren, künftig deine Finger von Dingen zu lassen, die dich nichts angehen.« Der Vater winkt ihn zu sich heran, ergreift das Seil, rollt es ab. Die Mitte des Seils schlingt er zweimal um Rudolfs Hüften, dann jede Seite einmal um den rechten und linken Oberschenkel, knapp unterhalb des Saumes der kurzen Hose. Das Seil fühlt sich rau an auf der Haut.

»Ich werde es nicht zu fest ziehen«, erklärt der Vater ihm. »Es soll eine Strafe sein, aber keine Grausamkeit. Komm, stell dich da hin. Das Gesicht zum Tisch.«

Mit Herzklopfen folgt Rudolf seinen Anweisungen. Will Vater ihn etwa an den Tisch binden? Das kann er doch nicht tun! Rudolf wird einen ganzen Tag und noch dazu eine Nacht allein sein – so lange kann einfach niemand stehen!

»Vater. Bitte nicht«, sagt er leise.

»Sei still und steh gerade.«

Emma und Louise kommen aus dem Schlafzimmer in die Wohnküche, von Mutter sonntäglich herausgeputzt. Louise schaut neugierig zu. Im Gesicht der achtjährigen Emma sind Mitgefühl und Entsetzen abzulesen, als sie sieht, wie der Vater jetzt die beiden Enden des Seils ergreift und links und rechts von Rudolfs Oberschenkeln um die Tischbeine schlingt. Er winkt die Mädchen heran und gibt jedem von beiden ein Seilstück zu halten. Er nickt mit dem Kopf und schickt sie so an das andere Ende des Tisches. »Da auch zweimal um jedes Tischbein wickeln«, befiehlt er.

Louise grinst und macht sich eifrig ans Werk. Emma fängt an zu weinen und lässt ihr Seilstück fallen.

»Emma, es ist nur ein Spiel«, sagt Rudolf und fährt zusammen, als Vater mit einem großen Schritt bei ihr ist und ihr eine Kopfnuss gibt.

»Dummes Ding!«, herrscht er sie an und schickt Rudolf einen zornigen Blick zu. Dann macht er sich daran, die Seilenden selbst zu verknoten, und richtet sich wieder auf. Er sieht Rudolf an. »So. Jetzt leg den Oberkörper auf den Tisch, und streck die Hände aus.«

Rudolf kommt der Aufforderung nach. Er legt sich flach auf den Tisch, die Kante ist genau an seinen Hüften. Er macht die Arme lang, reckt dem Vater die Fingerspitzen entgegen. Er macht die Augen zu und rechnet damit, dass er mit einem Küchenlöffel Schläge auf die Fingergelenke bekommt. Das ist eine Strafe, die Vater gern austeilt, aber er spürt nichts. Als er die Augen öffnet, sieht er, dass Vater die beschädigte Uhr eine Handlänge von seinen Fingerspitzen entfernt aufgestellt hat. Die Zeiger liegen im Innern der gläsernen Klappe.

»Bleib so!«, ruft Vater aus, als Rudolf sich aufrichten will. Er nimmt den Brotkorb von der Anrichte, in dem sich noch drei Brocken Stangenbrot befinden, und stellt ihn so hin, dass Rudolf ihn mit den Fingerspitzen der linken Hand berühren kann. Zur rechten Hand bekommt er ein großes Glas verdünnten Rotweins gestellt. Es ist das übliche Getränk in der Familie, auch für die Kinder. Bloßes Wasser, das mit einem Schwengel aus der Leitung in den Spülstein gepumpt wird, ist ungesund und verursacht Durchfälle.

Die Mutter ist in den Raum gekommen, unterdessen für den Spaziergang nach Vincennes zurechtgemacht, und begutachtet Vaters Werk. Sie greift unter dem Spülstein hinter den Vorhang und holt einen Blecheimer hervor, stellt ihn vor Rudolfs Beine unter den Tisch. »Damit du dir nicht in die Hose machst«, sagt sie. Sie nimmt einen nassen Putzlappen und legt ihn über den Eimer. »Zieh ihn sorgfältig wieder darüber, wenn du etwas gemacht hast«, sagt sie. »Dann stinkt es nicht so.«

Louise kichert. Jetzt erntet auch sie eine Kopfnuss.

»Wie soll ich denn das machen!«, protestiert Rudolf. »Ich komme doch mit den Händen gar nicht daran!«

»Du hast doch Fantasie«, spottet der Vater. »Du willst doch Erfinder werden, also erfinde was.« Er zieht aus der

Anrichte eine Schublade aus Porzellan, auf der »Mehl« steht, und streut ein wenig graues Mehl um die Tischbeine. »Du wirst nicht mit dem Tisch durch die Küche wandern«, erklärt er dazu. »Die Spur ist im Mehl zu sehen. Für jeden Zentimeter bleibst du morgen früh noch eine Stunde länger so stehen.«

»Nimm nicht so viel Mehl«, ist Mutters einziger Kommentar. »Zwei Tischbeine reichen.«

Die Familie bricht auf und lässt Rudolf zurück. In der Tür dreht die kleine Emma sich um und sieht ihren Bruder an. In diesem Moment tut ihr Blick ihm mehr weh als seine hoffnungslose Lage.

Es ist dunkel, als der Junge von einem Geräusch erwacht. Benommen hebt er den Kopf vom Tisch, kann sich im ersten Moment nicht orientieren. Er hat mit dem Oberkörper auf der Tischplatte gelegen; die untere Hälfte seines Körpers ist wie abgestorben. Dann fallen ihm die Schmerzen wieder ein, das Brennen in den Beinen, die Nadelstiche, die immer unerträglicher wurden. Der Schwindel, der ihm die Sinne zu nehmen drohte. Die Wut.

Wieder dieses Geräusch. Es muss von der Tür her kommen. Vielleicht haben die Eltern ein Erbarmen und sind vorzeitig zurückgekommen. Oder sie haben Johanna, das Hausmädchen, beauftragt, am Abend nach ihm zu sehen. Das hätte sie früher tun sollen. Aber warum kommt sie dann nicht endlich? Lässt sie ihn einfach im Stich? Seine Gedanken kreisen darum, was er in den letzten Tagen gesagt oder getan haben könnte, was das Hausmädchen ihm jetzt möglicherweise verübelt. Oder hatte Vater ihr einfach die Anweisung gegeben, der Wohnung fernzubleiben und ihn hier seiner Strafe zu überlassen?

In den ersten beiden Stunden hatte Rudolf sich noch gesagt, sein Vater habe recht. Zumindest werde er es gut gemeint haben.

»Strafen bilden den Charakter«, sagt Vater oft. Wenn er guter Dinge ist, erklärt er den Kindern, dass er sie »nur aus Liebe« so streng erziehe. Die Kinder sollen es später im Leben leichter haben als er. Strenge bereitet auf die Probleme vor, die einen erwarten. Disziplin hilft, sie zu bewältigen. »Mut, Beharrlichkeit und Selbstvertrauen sind die Tugenden, die zum Ziel führen«, predigt er zu unzähligen Gelegenheiten.

Rudolf hat die ganze Zeit die beschädigte Uhr vor Augen gehabt, bis der Einbruch der Dunkelheit und seine Entkräftung den Anblick vor seinen Augen verschwimmen ließen. Hat Vater sie wirklich da hingestellt, damit Rudolf einen Weg findet, sie zu reparieren? Aber dann hätte er ihn nicht fesseln und die Uhr nicht außer Reichweite stellen dürfen.

Rudolf konnte sich nicht befreien – je mehr er seine Beine bewegte, desto schmerzhafter scheuerte der Strick auf seiner Haut. Es war qualvoll, so bewegungslos zu stehen. Nach drei Stunden waren seine Beine so müde, als wäre er den Weg nach Vincennes mitgelaufen. Dann fingen sie an zu schmerzen. Er konnte sie nicht bewegen. Er kniff die Zehen ein, entspannte sie wieder, aber das änderte nicht viel. Er versuchte, sich am Boden niederzulassen, aber brennend schnitt ihm das Seil in die Hüften. Einmal presste er ein Schimpfwort hervor, das er von Johanna gehört hatte, doch es erleichterte ihn kaum. Dann riss er sich wieder zusammen. Was sind schon vier oder fünf Stunden?, dachte er. Die Wachen vor dem Palais Bourbon stehen viel länger, und sie rühren sich nicht ein bisschen.

Warum musste Vater sich so eine Strafe ausdenken?

Hätte es nicht genügt, ihm ein paar Ohrfeigen zu versetzen? Das hätte wehgetan, wäre aber inzwischen fast vergessen. Und hätte Rudolf seinen Fehler wiedergutmachen dürfen, stünde die Uhr jetzt auf dem Schrank und schlüge ordnungsgemäß.

Rudolf findet, dass der Vater zu hart ist und ungerecht dazu. Oder warum hat er Emma vorhin eine Kopfnuss gegeben? Nur weil sie Mitgefühl mit ihrem Bruder hatte?

Warum? Warum? Warum? Immer mehr fällt ihm auf, was er an Vaters Strafen nicht versteht. Manche Dinge lässt er einfach durchgehen und bedenkt sie lediglich mit einem Lächeln, und nicht selten sogar werden sie mit »Helles Köpfchen« kommentiert. Dann wieder gibt es Kleinigkeiten, die mit ungeheuren Strafen einhergehen. So wie neulich. Rudolf kam eine Viertelstunde zu spät von der Schule, weil die Cadeau ihn in ihren Fängen hatte. Er wollte nicht erzählen, dass die Concierge ihn wieder einmal nach den Geschäften des Vaters befragt hatte, und benutzte stattdessen eine Ausrede: »Ich habe unterwegs getrödelt.« Blick zu Boden, Schamesröte, das hätte normalerweise gereicht und wäre ihm sogar als Ehrlichkeit angerechnet worden. Vielleicht hätte er einhundert Mal schreiben müssen: »Ein Diesel trödelt nicht.« Doch seine große Schwester hatte bereits verraten, dass sie ihn in der Wohnung der Concierge hatte verschwinden sehen, und so musste Rudolf am nächsten Tag mit einem Schild um den Hals in die Schule gehen: »*Je suis un menteur* – Ich bin ein Lügner«, zweisprachig, damit es auch ja jeder verstand. Monsieur Grignolet, der Staatskundelehrer, hatte vor allen Mitschülern darüber gespottet: »Warum tragen Sie dieses Schild, Rodolphe? Ach, schweigen Sie lieber. Wenn es stimmt, kann ich Ihnen ohnehin nicht glauben.« Und die ganze Klasse hatte gelacht.

Das würde Rudolf seinem Vater nie vergessen. Und auch alles andere nicht. Je länger er hier gefesselt am Tisch stand, desto mehr ähnlicher Begebenheiten kamen ihm in den Sinn.

Vater ist ungerecht und verteilt seine Strafen willkürlich. Er lässt seinen Kindern nie ihren Willen, denn ihr Wille ist nur da, um gebrochen zu werden.

Ein Beispiel ist Rudolfs Interesse für Technik. Früher hat Vater ihn auf Weltausstellungen mitgenommen, die seit Jahren regelmäßig in Paris stattfinden und auf denen es die neuesten Erfindungen zu sehen gibt – auf allen Gebieten. Dampfkraft! Elektrizität! Fotografie! Paris ist das Zentrum der Welt, was solche Neuerungen betrifft. Und kaum hatte Rudolf angefangen, sich dafür zu begeistern, beschied ihn der Vater: »Werde nicht übermütig! Du wirst einmal meine Werkstatt erben, und ich werde dich nach und nach in das Lederwarenhandwerk einweihen. Wenn du technisch interessiert bist, freut mich das. Ich stelle mir vor, dass auch du einige interessante Spielzeuge erfinden kannst. Einen Kreisel, der Musik macht, wenn er sich dreht, oder vielleicht eine kleine Eisenbahn, die man mit einem Uhrwerk aufziehen kann, wie wäre das? Traust du dir das zu?«

Wieder hört er das Geräusch. Ein Schlüsselbund klirrt. Da muss jemand an der Tür sein und verschiedene Schlüssel im Schloss probieren. Einbrecher? Rudolf könnte nicht einmal fliehen. »Hilfe!«, will er rufen, doch aus seiner Kehle kommt kein Laut. Entsetzt sieht er, wie die Tür sich öffnet. Irgendwo im Treppenhaus muss eine Laterne stehen, durch deren Licht sich ein großer, bedrohlicher Schatten abzeichnet, der sich nun ins Zimmer bewegt. Jetzt bückt sich die Gestalt, nimmt eine Petroleumlampe vom Boden, und da erkennt er Madame Cadot, die Concierge. Er kann sich nicht daran erinnern, bei ihrem Anblick jemals so erleichtert gewesen zu sein. »Bitte, binden Sie mich los«, fleht er.

»Ach, du bist hier! Ich habe ein Geräusch gehört und dachte, ich sehe mal nach dem Rechten.« Sie hält die Lampe höher, über ihren Kopf, um besser sehen zu können, stellt sie dann vor ihn auf den Tisch, verschränkt ihre Arme vor der Brust und sieht auf ihn herab. »Du bist ja gefesselt! Warum bist du nicht mit den anderen fort?«

Er antwortet nicht sofort. Was geht die das denn an? Was hat diese Frau hier überhaupt zu suchen, wenn sie nicht den Auftrag bekommen hat, ihn loszubinden? Sie wusste offenbar nicht einmal, dass er sich in der Wohnung befand. Er wiederholt seine Bitte.

Sie schüttelt den Kopf. »Du wirst schon etwas ausgefressen haben, Bürschchen. Ich bin nicht dazu da, mich in die Erziehung deiner Eltern einzumischen. Du hast sie sicher verdient.«

»Ich habe nur die Uhr da auseinandergenommen und muss sie bis morgen reparieren. Ich weiß, wie es geht.«

»Ach, und deshalb haben sie dich also festgebunden?«

Er greift zu einer Notlüge. »Johanna sollte am Nachmittag kommen und mich losbinden, aber sie hat mich wohl vergessen.«

Madame Cadot macht ein mürrisches Gesicht. »Du lügst. Du bist schon immer ein Lügner gewesen. Das stand ja neulich deutlich genug auf deinem Schild! Dein Vater ist ein Mann mit Prinzipien, der seine Kinder zu erziehen weiß. Schade, dass du ein Deutscher bist – deshalb wird er nie einen anständigen Franzosen aus dir machen können. Aber einige Leute in der Nachbarschaft sollten sich ein gutes Beispiel an deinem Vater nehmen.« Sie wendet sich zum Gehen.

»Madame!«, ruft er ihr nach. »Ich verrate, dass Sie hier in der Wohnung waren. Sie wollten spionieren!«

»Was fällt dir ein! Halt dein unverschämtes Mundwerk! Ich muss hier nach dem Rechten sehen, wenn ich Geräusche höre, die mich an Einbrecher glauben lassen.«

Er weiß, dass sie lügt. Er hat sicher keinen Lärm gemacht, denn er hat geschlafen. Madame Cadot schließt die Tür; Rudolf ist wieder im Dunkeln und allein. Er lässt sich nach vorn auf den Tisch fallen, da er das Stehen nicht mehr aushalten kann. Er schluchzt. Aus seiner Wut wird Verbitterung. Er wird es allen zeigen. Nur ein paar Jahre noch, dann ist er erwachsen und muss sich von niemandem mehr etwas bieten lassen. Bis dahin wird er immer der Beste sein, erst in der Schule und dann im Studium. Eines Tages wird er zusammen mit General Morin im Portal des Musée des Arts et Métiers stehen, und der General wird ihn mit *Maître* anreden und ihm zu seinem Diplom gratulieren. Rudolf wird seine große Erfindung der Öffentlichkeit vorstellen – einen neuen Dampfwagen, mit leichterem Gestell und stärkerem Antrieb, und der Wagen wird über die Straßen von Paris rollen wie heute noch die Pferdekutschen. Er selbst wird den Kutschbock besteigen und den Wagen lenken. Von dort oben würde er seinem Vater zurufen: »Mut, Beharrlichkeit und Selbstvertrauen haben mich zu dem gemacht, was ich jetzt bin.« Es würde Vater vor Augen führen, dass er selbst diese Eigenschaften nicht besitzt. Der Wagen und sein Erfinder würden davonfahren, die Eltern immer kleiner werden.

»Johanna, sehen Sie nach, wo der Junge wieder steckt.« Frau Elise Diesel blickt nur kurz auf, dann beugt sie sich mit einem Seufzer wieder über ihre Buchführung. Sie hat den Tisch direkt ans Fenster gerückt, um das Licht auszunutzen. Das Haus besitzt noch keine Gasbeleuchtung, und Lampenpetroleum ist in den letzten Wochen beinahe täglich teurer geworden.

Die Geschäfte ihres Mannes gehen schlecht. Viele französische Kunden kaufen nicht mehr bei Theodor Diesel, weil sie Deutsche sind, und die Kellers, ihre Hauptabnehmer, haben einen großen Teil ihrer Versandkundschaft in den deutschen Staaten verloren. Sie denken daran, ihren deutschen Namen in einen französisch klingenden abzuändern, um nicht auch noch die Ladenkundschaft zu verlieren. Der Versuch Theodor Diesels, einen Direktverkauf zu betreiben, ist fehlgeschlagen – er hat kein Schaufenster, und außerdem verirren sich Leute, die nach Lederwaren suchen, kaum in die ärmliche Rue de la Fontaine au Roi. In der Rue Montmartre gibt es ein Fachgeschäft neben dem anderen, dort kann man vergleichen und um Preise feilschen. Zurzeit stellt Theodor Diesel deshalb überwiegend Blechspielzeug her, das sich an Straßenecken und in den Hinterhöfen größerer Wohnblocks verkaufen lässt. Letzteres wiederum ist die Aufgabe des inzwischen zwölfjährigen Rudolf. Er wird nur wenig verkaufen, denn große Teile der Stadtbevölkerung sind verarmt, oft teilt er seinen Standplatz mit anderen Kindern, die einfach nur betteln. Doch jeder Sou, den er mit nach Hause bringt, zählt.

Um vier Uhr hat der Junge Schulschluss. Es ist schon fast sechs, und er ist immer noch nicht da. Johanna hat ihn auf der Straße nicht entdeckt. Elise ist in ihre Addition vertieft, als Theodor aus der Werkstatt kommt. »Wo bleibt *Rodolphe*?« Er fragt es auf Französisch, da die Familie sich jetzt auch zu Hause nur noch französisch unterhält, damit die Kinder sich eine bessere Aussprache angewöhnen. In der Öffentlichkeit mit fremdem Akzent zu sprechen macht einen verdächtig: In Paris hat sich eine allgemeine Angst vor Spionen breitgemacht, seit eine Zeitung kolportiert hat, dass sich rund zweihunderttausend deutsche Soldaten in Paris auskennen, weil sie die Stadt gelegentlich als Touristen besucht haben – umgekehrt ist das kaum der Fall. Kaum ein französischer Soldat hat je die preußische Hauptstadt oder eine der Hauptstädte in den kleineren Ländern besucht. Jeder, der mit Akzent spricht, könnte mit dem Feind in Verbindung stehen.

Seit Wochen spricht man in Paris von kaum etwas anderem als von Krieg.

Elise sieht ihren Mann an, der mit grauem und unendlich müdem Gesicht in der Tür steht. »Soll ich Louise schicken, um ihn zu suchen?«

Theodor schüttelt den Kopf, er braucht das Mädchen unten in der Werkstatt. Außerdem weiß er, dass die jungen Burschen sich schon nach Louise umdrehen. Mit ihrer überschlanken Gestalt, dem blassen Gesicht und den auffallend großen braunen Augen wirkt sie auf Männer bereits sehr anziehend.

In diesem Moment ist Rudolf auf der Treppe zu hören. Sein Schritt ist schleppend. Dann erscheint er neben seinem Vater, hält sich mit einer schmutzigen Hand am Rahmen fest. Sein Haar ist zerzaust, sein Hemd zerrissen, sein Gesicht rot geschwollen und geprellt.

Theodor Diesel sieht seinen Sohn erschrocken an. »Hast du dich geprügelt?«

»Nein.«

»Warum siehst du dann so aus?«

»Das Schutzkomitee hat mich festgehalten und geschlagen«, erklärt der Junge in klarem Französisch, das den Vater daran erinnert, dass seine eigene Aussprache unvollkommen ist.

»Schutzkomitee? Was soll denn das sein?« Von einer solchen Einrichtung hat die Familie noch nie etwas gehört.

»Die Jungen in meiner Klasse haben eins gegründet«, sagt Rudolf. »Sie wollen das Stadtviertel von Spionen und Kollaborateuren frei halten.« Er berichtet, dass er heute bei einem sehr schwierigen Test die höchste Punktzahl erreicht hat. Da er schon lange Klassenbester war, wollte ihn der Lehrer für eine öffentliche Medaille vorschlagen, was den Hass der Mitschüler nur noch mehr anstachelte. Sie haben ihm nach der Schule aufgelauert, ihn in einen Hinterhof gedrängt, festgebunden und malträtiert. »Sie haben ein Tribunal veranstaltet und mir eine Liste mit Vorwürfen vorgelesen, und dann haben sie mich geschlagen. Jeder.«

»Und du hast dir das gefallen lassen?« Theodor ist plötzlich wütend, und er vergisst, dass auch im Familienkreis nur noch französisch geredet werden soll. »Habe ich dir nicht beigebracht, dich zu wehren? Ich will dir zeigen, wie man das macht!« Er packt seinen Sohn bei den Schultern und schubst ihn gegen einen Schrank.

»Theodor!« Seine Frau springt auf und schlägt dabei ihre Hände vor den Mund.

»Oh, habe ich dir wehgetan?«, fragt der Vater, über seine eigene Impulsivität erschrocken. »Das wollte ich nicht.«

Die Mutter nimmt Rudolf in den Arm und sagt: »Komm, wasch dich erst einmal. Und gib Johanna dein Hemd zum Flicken.«

Vater wendet sich der Treppe zu. »Aber sorgt dafür, dass er sich in einer Viertelstunde mit der Ware auf den Weg machen kann.«

Viele ansässige Deutsche haben Paris bereits verlassen. Preußische und Truppen ihrer Verbündeten stehen im Nordosten Frankreichs und rücken unaufhaltsam auf Paris vor. Die Stadt ist teilweise von der Versorgung abgeschnitten, doch immer mehr Menschen fliehen vor den Deutschen in die Stadt. Die Preise für Lebensmittel schnellen in die Höhe, es gibt einen regelrechten Versorgungsnotstand. Bettler und Obdachlose werden als »unnötige Esser« aus der Stadt deportiert, und bald nennt man auch die noch verbliebenen Deutschen so.

Anfang September 1870 hängen überall Plakate in der Stadt, mittels derer der Militärgouverneur verfügt, alle Nichtfranzosen hätten die Stadt unverzüglich zu verlassen. Bei Sedan hat Frankreich die entscheidende Schlacht verloren. Louis Napoléon, der als Kaiser Napoléon III. der oberste Befehlshaber der französischen Armee war, befindet sich seither in preußischer Gefangenschaft. Seine Frau Eugénie ist nach England geflohen.

Bei Diesels gehen die Besucher ein und aus – Freunde und Verwandte kommen, um sich zu verabschieden –, Bekannte aus Mutters Gebetskreis etwa, mit denen sie sich regelmäßig bei dem strenggläubigen Pater Appia getroffen hat. Viele verlassen Paris, um bei Verwandten auf dem Land notdürftig Unterkunft zu finden.

An einem Sonntag kommt auch Onkel Wilhelm, Vaters Bruder. Er sieht aus, als hätte er tagelang nicht geschlafen, sein Gesicht ist eingefallen, seine Augen liegen tief in den Höhlen. Rudolf weiß, dass er an Schwindsucht leidet, hat aber nur eine ungefähre Vorstellung, was das ist. »Ich fahre morgen. Ich habe gehört, die Tore werden geschlossen. Wer weiß, wie lange man noch aus der Stadt herauskommt. Ihr solltet euch auch beeilen.«

»Wir bleiben hier«, erwidert Vater. »Wir haben Vorräte angelegt.«

»Pah!« Sein Bruder sieht ihn entsetzt an. »Was glaubst du denn, wie lange ihr damit hinkommt? Weißt du denn nicht, was diese Belagerung bedeutet? Sie kann ein halbes Jahr oder länger dauern, und wenn eure Vorräte aufgebraucht sind, werdet ihr wohl kaum von den Franzosen mitversorgt.«

»Aber wo sollen wir hin? Wir können nicht einfach ans Meer fahren wie du – wie stellst du dir das vor? Sollen wir hier alles aufgeben?«

»Euch wird nichts anderes übrig bleiben.«

Vater schüttelt den Kopf. »Wilhelm, du musst ans Meer fahren, das verstehe ich. Du brauchst viel frische Luft, sie wird dir guttun. Aber wir haben unser Geschäft hier! Wir können nicht völlig neu anfangen. Und wo auch?«

»Ich habe nach England an meine Freundinnen geschrieben«, sagt Mutter leise. »Aber es ist noch keine Antwort gekommen.«

Wilhelm nickt und schweigt. Er steht schließlich auf und legt seinem Bruder eine Hand auf die Schulter. »Denkt an die Kinder, sage ich euch. Fangt an zu packen.« Er umarmt einen nach dem anderen. Als Rudolf seinen Onkel so nahe spürt, denkt er, dass er ihn nie wiedersehen wird. Er muss schlucken und wendet sein Gesicht ab.

Kaum ist der Onkel fort, zieht Vater seinen Mantel über. »Also gut, vielleicht hat er recht. Ihr packt das Wichtigste, nur vorsorglich. Ich gehe noch einmal los und versuche herauszufinden, wie die Lage ist. Es muss eine Ausnahmeregelung geben! Wir sind schon so lange hier! Achtbare Leute, die von eigener Hände Arbeit leben und niemandem auf der Tasche liegen! Außerdem sind wir nicht aus Preußen, sondern aus dem verbündeten Bayern!«

»Das hilft uns jetzt doch auch nicht mehr«, unterbricht ihn Mutter. Er sieht sie durchdringend, fast traurig an, dann geht er ohne jedes weitere Wort.

Rudolf und seine Schwestern müssen beim Packen helfen. Mutter überlegt rasch, was hierbleibt und was mit auf die Reise geht, wenn man nun doch fortmuss. Sie wickelt alles Zerbrechliche in Handtücher, dann werden mit Laken große Ballen daraus genäht. Louise nimmt den Käfig mit dem Kanarienvogel, den sie von Onkel Wilhelm zum Geburtstag bekommen hat, und bringt ihn zu Madame Cadot. Rudolf hilft, die seit einiger Zeit gehorteten haltbaren Lebensmittel in Kartons aus dem Warenlager zu verpacken. »Wir lassen Johanna etwas Geld hier, damit sie uns die Sachen nachschicken kann.« Mutter hievt einen der schweren Kartons auf den Küchenschrank, schreibt mit Kreide eine Nummer darauf, die sie auch in ihr Notizbuch einträgt, dahinter den Inhalt des Pakets.

»Kommt Johanna nicht mit?« Für Rudolf ist es undenkbar, dass sie ohne ihr Hausmädchen aufbrechen.

»Sie wird bei ihrer Cousine in Orléans bleiben, bis hier geordnete Verhältnisse einkehren. Dann wird sie sich wieder um den Haushalt kümmern, bis wir zurück sind.«

Es wird den ganzen Abend gepackt. Nachbarn schauen herein, teils aus Neugier, teils um Abschied zu nehmen, denn sie haben Gerüchte gehört. Viele bedauern, dass »die netten Deutschen« gehen müssen, und wünschen ihnen Glück. Niemand scheint daran zu zweifeln, dass auch sie Paris verlassen müssen.

Vater kehrt spät am Abend zurück und erzählt, dass er von einer Behörde zur anderen geschickt worden sei und Stunden in Warteschlangen verbracht habe. Überall, wo er vorsprach, habe es nur Kopfschütteln gegeben, nirgends auch nur ein Funke Hoffnung. Noch vor dem Schlafengehen packt er sein Werkzeug in eine Holzkiste und nagelt sie mit wütenden Hammerschlägen zu.

In der Nacht schreckt Rudolf plötzlich aus dem Schlaf: Unten poltert jemand heftig gegen die Tür der Werkstatt und ruft immer wieder: *»Monsieur Diesel! Monsieur Diesel! Venez vite!«* Rudolf hört, wie Vater aufspringt und barfüßig die Treppe hinunterläuft. Sofort ist auch er aus dem Bett und versteckt sich auf dem oberen Treppenabsatz. Er sieht Vater im Morgenrock die Lampe halten und die Haustür öffnen. Vor ihm steht der alte Francis, der als Faktotum bei den Kellers arbeitet. Er redet hastig und völlig außer Atem auf Vater ein: Drüben, im Viertel unterhalb des Montmartre, gehen Soldaten von Haus zu Haus, treiben die ausländischen Bewohner aus den Wohnungen und bringen sie zu Sammelstellen für den Abtransport – ohne jede Habe! »Madame Keller sagt, die Soldaten kämen auch hierher! Sie müssen vorher verschwunden sein, wenn Sie nicht alles verlieren wollen!«

Rudolf dreht sich um, als jemand seine Schulter berührt. Louise und Emma stehen in ihren bodenlangen Nachthemden direkt neben ihm, und jetzt ist auch Mutter da und scheucht alle drei Kinder zurück. »Los, Kinder, wir müssen uns anziehen!« Widerstrebend geht Rudolf mit. Ein Frösteln durchläuft ihn, das nicht allein von der Morgenkälte herrührt. In diesen Augenblicken, so spürt er, verändert sich ihr Leben, und nichts wird mehr so sein, wie es einmal war.

Die Uhr schlägt gerade zwei, als sie angekleidet sind. Gleich darauf kommt Vater herein und sieht sie voller Achtung an. »Kellers sind geflüchtet«, sagt er. »Francis sagt, von der Gare Saint-Lazare fahren noch Züge zur Küste. Los, alles, was mitsoll, kommt sofort auf den Handwagen. Elise, zieh den Kindern die Mäntel über. Wer weiß, wie lange wir unterwegs sein werden.«

Rudolf, der als Erster angezogen ist, trägt einen schweren Koffer die Treppe herunter und nutzt die Gelegenheit, um in Vaters Werkstatt zu huschen. Unter dem Fenster steht ein kleiner Schreibtisch, in dessen oberstem Schubfach Rudolfs größter Schatz aufbewahrt liegt: die Bronzemedaille, die er kürzlich wegen seiner hervorragenden schulischen Leistungen verliehen bekommen hat. Er nimmt sie aus der Schatulle und betrachtet ehrfürchtig die Inschrift: »A Mr. R. Diésel 1870«. Plötzlich hört er seine Mutter rufen. Er lässt die Medaille schnell in seine Hosentasche gleiten und eilt nach oben, um das nächste Gepäckstück zum Abtransport in Empfang zu nehmen.

»Hier entlang, bitte! Zügig aufschließen! He, Sie da vorn mit dem Handwagen! Stellen Sie sich hier an zur Kontrolle!« Ein Offizier versucht, die Menschen, die sich aus allen Richtungen auf den Bahnhofsvorplatz drängen, in Warteschlangen einzuordnen. Seine Arme sind ständig in Bewegung, ganz so, als wäre er ein Dirigent. Die Menschen schieben hierhin und dorthin, an einer Stelle gibt es Streitereien und Geschrei, woanders halten Mütter ihre Kleinkinder über dem Rinnstein ab. Soldaten gehen immer wieder die Reihen entlang, die sich nur langsam vorwärtsdrängen. Rudolf ist aufgeregt – er ist noch nie mit der Eisenbahn gefahren, und nun soll es mit einem Mal ins Ausland gehen. London, die größte Stadt der Welt! Er kann es kaum erwarten.

»Wann soll unser Zug fahren?«, fragt Mutter nun schon zum dritten Mal.

Vater zieht seine Taschenuhr heraus, lässt den Deckel aufspringen. »In einer halben Stunde«, sagt er und atmet tief durch. »Bestimmt hält sich heute niemand an den Fahrplan. Die Leute hier wollen doch alle weg. Ich hoffe nur, dass für uns noch Platz ist.« Schnell steckt er seine Uhr ein, als sich einer der Soldaten nähert.

Der Uniformierte, dessen Mund fast ganz unter einem bürstenförmigen Schnauzbart verborgen ist, hat es aber nicht auf sie abgesehen, sondern spricht eine alte Frau in Lammfellmantel an, die einen Hund auf dem Arm trägt. »He, Sie! Haben sie das da nicht gelesen?« Er deutet auf ein Plakat mit der Aufschrift: »Haustiere sind vorn am Schalter abzuliefern«.

»Mein kleiner Coco muss mit«, erwidert die Frau mit starkem deutschen Akzent.

Der Soldat schüttelt den Kopf. »Unsinn! Ne dites donc pas de conneries! In den Zügen, die heute noch fahren, ist nicht einmal Platz für alle Menschen. Geben Sie den Hund her!«

»Nein.« Die alte Frau versucht, den Hund in ihrem Mantel zu verbergen, doch in diesem Moment springt das Tier zu Boden und verschwindet im Gewühl der Menschen. Der Soldat bekommt den Hund nicht mehr zu fassen. Die Frau rennt hinterher, ruft: »Coco, Coco!« Dann wird auch sie von der Menschenmenge verschluckt.

»Was machen die mit dem Hund?«, fragt Louise, und Vater antwortet: »Keine Ahnung.« Hinter ihnen sagt ein Mann: »Der wird geschlachtet«, und grinst. In diesem Moment sieht Rudolf zwei schwarz gekleidete junge Kerle, die sich mit einem Messer am Handwagen der Familie zu schaffen machen. Rudolf stößt seinen Vater an, dieser fährt herum, sieht den Burschen, der gerade versucht, einen der Stricke zu durchtrennen, und ruft: »Halt! Ihr Diebe!« Die beiden jungen Männer tauchen in der Menge unter, noch bevor die Soldaten aufmerksam werden können.

»Das hast du gut gemacht, mein Junge«, sagt Vater und klopft seinem Sohn anerkennend auf die Schulter.

Die Schlange der Flüchtlinge hat sich inzwischen weitergeschoben, Familie Diesel ist jetzt in der Bahnhofshalle und endlich am Gepäckwagen, wo Beamte die Papiere kontrollieren. Gepäckstücke müssen aufgemacht werden, auch zwei Koffer der Diesels. »Was ist in der schweren Holzkiste da?«, will ein dicker, vollbärtiger Beamter wissen.

»Werkzeug«, antwortet Vater.

»Bleibt hier. Ist beschlagnahmt.« Der Beamte winkt einen Kollegen heran.

»Das können Sie nicht tun! Ich bin Maroquinier. Ich muss meine Familie ernähren! Sehen Sie, das sind meine Frau und meine drei Kinder … Die Älteste ist kränklich!« Vater redet auf den Beamten ein, dann muss er die Kiste öffnen und erklärt jedes einzelne Werkzeug. Schließlich darf er die Kiste wieder verschließen und sie einladen.

»Aber der Handwagen bleibt hier«, sagt der Beamte. »Das ist kriegswichtiges Material. Aucune discussion!« Er gibt einem Kollegen ein Zeichen, und der nimmt den Handwagen mit fort. Vater protestiert noch, aber da werden sie in der Schlange schon weitergeschoben, und es geht in die Waggons. Soldaten weisen die Reisenden ein, jedes Achtpersonenabteil wird mit zehn Leuten gefüllt. Rudolf klettert als Erster die hohen Trittbretter hinauf, reicht erst seinen Schwestern die Hand, dann seiner Mutter.

Das Abteil ist dunkel, zumal Vaters ganze Gestalt jetzt den Eingang ausfüllt. »Sie können doch hier nicht alle herein!«, ruft eine aufgebrachte Frauenstimme. »Es ist ohnehin schon zu eng!«

»Unsere Familie bleibt zusammen«, entgegnet Rudolfs Mutter. »Die Kinder benötigen nicht viel Platz.«

»Kinder stiften nur Unruhe!« Diese Stimme gehört einer Frau mit bombastisch großem, blumenüberladenem Hut.

»Sie dürfen gern selbst das Abteil wechseln, Madame.« Mutter hat mit herausfordernder Miene gegenüber der Frau mit dem großen Hut Platz genommen, direkt neben einem Herrn in englischem Jackett, der sich augenblicklich eine Pfeife anzündet. Vater, der als Letzter hereingekommen ist, findet keinen Platz mehr, obwohl Rudolf und die Mädchen auf der Holzbank sehr eng zusammenrücken.

»Ich gehe ins Nachbarabteil«, bietet Rudolf an.

»Du bleibst!« Mutters Ton duldet keinen Widerspruch, das merkt der Junge gleich. Es ist Vater, der auf das Trittbrett zurückweicht und ins Nachbarabteil klettert. Die Dame mit dem großen Hut lässt das Fenster auf der anderen Abteilseite herunter und wedelt den Pfeifenqualm hinaus.

»Würden Sie bitte das Fenster schließen?«, gleichzeitig deutet Mutter auf Louise. »Meine Tochter ist nicht gesund.« Sie blickt den Raucher an. »Tabakrauch ist auch schädlich für sie.«

Der Mann klopft, ohne zu zögern, seine Pfeife am Fensterrahmen aus, aber die Frau mit dem Hut verschränkt trotzig die Arme vor ihrer ausladenden Brust. Mutter steht auf und schiebt das Fenster selbst wieder zu.

Rudolf sitzt direkt an der Tür, die auch ein kleines Fenster hat, und starrt hierdurch hinaus auf den Bahnsteig. Draußen ist es unglaublich laut. Auf einem Gleis weiter hinten fährt ein anderer Zug an, und die Lokomotive füllt die Halle mit dunklem, stinkendem Qualm. Noch immer schieben sich Menschenmengen am Waggon vorbei, drängen dem vorderen Teil des Zuges entgegen, und irgendwann fangen die Leute an, einfach die Trittbretter zu erklimmen und sich außen an den Türgriffen festzuhalten. Vor der Abteiltür stehen mittlerweile zwei junge Männer, und Rudolf kann nur hin und wieder zwischen ihren dunklen Silhouetten hindurch in die Bahnhofshalle schauen.

Dann, nach langem Warten, schreckt Rudolf plötzlich zusammen. Er war eingedöst, und jetzt spürt er, wie der Zug sich bewegt, ganz langsam, mit rhythmisch sich wiederholenden Erschütterungen. Er richtet sich auf und sieht sich im Abteil um. Mutter liest in einem christlichen Traktat und hält es so, dass die anderen Mitreisenden den Titel sehen können, aber dann holpert der Zug über zahlreiche Weichen, und das Ruckeln wird so stark, dass ihr ein Weiterlesen unmöglich ist. Im Abteil ist es heller geworden, Mittag muss längst vorüber sein. Rudolf späht zwischen den Männern hindurch, die sich draußen vor dem Fenster drängen, sieht das Häusermeer von Paris, Fabriken mit Rauch speienden Schloten, das große Gaswerk mit den riesigen Kohlehalden, die als schwarzes Gebirge ihre Umgebung hoch überragen. Es dauert fast eine Stunde, bis sie endgültig aus der Stadt sind.

Die Fahrt dauert eine Ewigkeit. Draußen zieht inzwischen eine menschenleere Landschaft vorbei, nichts als Äcker und Stoppelfelder.

Immer wieder muss der Zug auf einem Nebengleis halten, um einem Militärtransport Platz zu machen. Dann geht es draußen schlagartig geschäftig zu, Wachleute rufen Kommandos, einmal steigt der Schaffner aus und unterhält sich heftig gestikulierend mit einem Offizier. Rudolf kann nicht wieder einschlafen. Der Kopf seiner kleinen Schwester Emma ist an seine Schulter gesunken und erfüllt ihn mit Wärme. Mutter schnarcht leise neben ihm, der ältere Herr gegenüber dafür umso lauter und unregelmäßig. Die Luft ist verbraucht. Als die Dame mit Hut bei einem Halt die Fensterscheibe herunterlässt, wird es bitterkalt, und zwei Mitreisende streiten darum, ob das Fenster wieder geschlossen werden soll oder nicht.

Für das Umsteigen in Rouen brauchen die Diesels fast eine Stunde. In dichtem Nebel, im Schein einer Gaslaterne, nehmen die Reisenden ihr Gepäck in Empfang und verladen es in den anderen Zug. Es ist gespenstisch, wie diese vielen Menschen sich in der dampfigen Dunkelheit fast schweigend bewegen, wie in einem Traum, der in einen Albtraum umzuschlagen droht.

Die Fahrt nach Dieppe kommt Rudolf kurz vor, vielleicht hat er auch geschlafen, ohne dass er es gemerkt hat. Es ist schon wieder Nacht. Kalter Wind weht vom Wasser her. Trotz seiner Müdigkeit ist er hellwach. Alle müssen helfen, das Gepäck zum Schiff zu tragen, das als riesig schwarzer Koloss am Kai liegt. Auch Emma bekommt einen schweren Koffer. Vater sucht die Billetts. Hatte er sie nicht in der Innentasche, oder sind sie doch in der Umhängetasche verstaut? Schließlich kann er sie vorzeigen. Sie gehen über eine steile Gangway, die zur Seite hin nur durch schlaffe Taue gesichert ist. Die Menschenschlange gerät ins Stocken, von hinten drängen die Leute nach. Rudolf bekommt ein Schwindelgefühl, als er sieht, wie tief unten das dunkle Hafenwasser funkelt – und schaut schnell weg. Nur langsam geht es die Gangway hinauf.

Oben bläst ihnen ein kalter Wind entgegen. Rudolf versucht, einen Blick aufs Meer zu werfen, aber im Licht des kleinen Leuchtturms an der Hafenausfahrt erkennt er nur ein schwarzes Schimmern. Mit ihrem Gepäck wird die Familie zu einer breiten Tür geschickt, hinter der eine Treppe ins Schiffsinnere führt.

»Bitte lassen Sie uns durch«, wendet sich Vater an die Leute, die dicht gedrängt auf der Treppe sitzen. »Sie können doch nicht die ganze Treppe versperren!«

»Da geht es nicht weiter, das sehen Sie doch!«

»Dort ist alles voll!«

»Suchen Sie sich mit ihrem Gepäck einen anderen Platz! So eine Impertinenz!« Die Leute rufen alle durcheinander.

Vater bahnt sich einen Weg durch das Gedränge an Deck, stolpert über einen Koffer und findet Halt an einer Taurolle. Und hier, zwischen Taurolle und Reling, ist auch Platz für sie, unter freiem Himmel. Den schweren Holzkoffer, den er über der Schulter trägt, stellt er ab und lässt seine Frau darauf sitzen. Die Mädchen schmiegen sich an die Mutter.

In diesem Moment geht ein dumpfes Dröhnen durch das Schiff, und der Boden bebt unter den Füßen. Eine schwarze Wolke quillt aus einem der mächtigen Schornsteine und verdeckt den Sternenhimmel, gleich darauf sind die Passagiere an Deck in dichten, nach Ruß und Schwefel stinkenden Nebel eingehüllt. Rudolf hält sich am Mantel seines Vaters fest, bis er wieder sehen kann. Das Schiff beginnt zu schwanken und nimmt Fahrt auf.

»Vater, kann man die Maschinen sehen? Die müssen ja riesig sein!«

»Da dürfen wir nicht hin. Und außerdem müssen wir einen Platz im Schiff finden, damit wir uns in der Kälte nicht den Tod holen! Komm!«

Sie klettern abermals über ausgestreckte Beine und Gepäckstücke, erreichen eine andere Treppe, die nach unten führt, aber auch hier ist kein Durchkommen. Die Leute sind in Decken oder Mäntel gehüllt, viele schlafen. Man weiß nicht, wohin man seine Füße setzen soll. Von unten, aus dem Schiffsinnern, kommt warme Luft, die verbraucht und säuerlich riecht.

»Es hat keinen Sinn«, sagt Vater. »Gehen wir zurück.« Es dauert eine halbe Ewigkeit, bis sie zu Mutter, Emma und Louise zurückgefunden haben. Rudolf und sein Vater lassen sich vorsichtig auf den Planken nieder, um die

Mädchen nicht zu wecken. Jetzt ist die Kälte noch unbarmherziger zu spüren als vorhin, denn auf offener See weht ein eisiger Wind.

Die ganze Familie drängt sich dicht aneinander. So nahe waren sie sich noch nie zuvor.

Zum ersten Mal in seinem Leben ist Rudolf im Ausland, weit entfernt von seiner Geburtsstadt. London und Paris sind die beiden Metropolen der Welt, die Zentren der Politik, des geistigen Lebens und des Fortschritts. Er hat sich auf London gefreut, doch wie wenig erfreulich ist die Ankunft! Die Familie trifft mit Bündeln, Kisten und Koffern ein und weiß nicht, wohin. Mutter hat vorab einen Brief an eine alte Freundin geschickt, auf deren Hilfe sie zählt. London ist als Ziel nur gewählt worden, weil Mutter einen Teil ihrer Jugend hier als Gouvernante verbracht und später noch lange mit den Freundinnen korrespondiert hat, doch an der London Bridge Station, wo der Zug mit unzähligen Flüchtlingen von Newhaven her eintrifft, wartet niemand auf die fünf Diesels. Zuerst wandern sie ziellos umher, dann lassen sie sich schließlich am Themseufer auf einer Bank nieder, erschöpft und hungrig.

Gegen Abend begeben sie sich in ein Café in der Nähe, um sich aufzuwärmen und etwas zu essen. Vater verhandelt mit dem Mann an der Theke, auch die Kellnerin kommt hinzu. Es hört sich an wie ein Streit, aber Rudolf versteht nur sehr wenig. Längst sind keine anderen Gäste mehr da, denn es gibt in England eine frühe Sperrstunde. Schließlich verstaut Vater das Gepäck in einer Ecke und öffnet den Koffer mit den Warenmustern, mit denen er sich in London als Taschenmacher bewerben will. Er holt eine Brieftasche und eine zierliche Damengeldbörse mit Klappbügel heraus, beides eigenhändig gefertigt, und verschenkt sie. Der zwölfjährige Rudolf hat das Gefühl, dass sein Vater damit noch viel mehr fortgibt, als es den bloßen Anschein hat.

Doch im Augenblick gilt allein, dass sie hier auf den Bänken des Cafés schlafen dürfen. Mutter und Louise haben jeweils eine schmale Bank für sich. Rudolf und seine kleine Schwester müssen sich eine teilen – als Emma ihm in die Arme gelegt wird, wacht sie nicht einmal auf. Vater verlässt das Café, das am nächsten Tag erst um elf Uhr wieder geöffnet wird. Bis dahin, hofft er, wird er eine Bleibe für sie alle gefunden haben.

Louise hat in der ganzen Nacht immer wieder Hustenanfälle gehabt. Die Fahrt über den Ärmelkanal hat sie noch kränker gemacht. Rudolf hat ohnehin nicht schlafen können, da die kleine Emma in der Nacht schwer wie ein Stein auf ihm lag. Er hat versucht, einen Arm und das linke Bein unter ihr hervorzuziehen, ohne sie zu wecken, und dann wurde sein Bedürfnis, zur Toilette zu gehen, immer dringender, am Ende glich es einer Qual. Noch vor dem ersten Morgengrauen ertönt draußen Hufschlag und der Lärm eisenbeschlagener Räder auf dem buckligen Pflaster, Emma stöhnt und dreht sich herum – Rudolf nutzt die Gelegenheit und befreit sich, tastet sich durch die fremde Dunkelheit, doch braucht er nur seinem Geruchssinn zu folgen; die sanitären Verhältnisse in London sind bei Weitem nicht so modern wie in Paris. Als er zurückkommt, setzt er sich auf einen Stuhl und schlummert ein, den Kopf auf eine der Tischplatten gelegt.

Das Klirren von Glas und Porzellan weckt ihn. Es ist längst hell, die Kellnerin von gestern ist da und spült Tassen in einer Schüssel. Sie scheint ebenso schlecht gelaunt zu sein wie am vorangegangenen Abend.

Wenig später, das Café hat bereits geöffnet, kommt Vater und umarmt seine Kinder und seine Frau. »Ich habe endlich etwas gefunden. Herbert Street Nummer 20! Merkt euch diese Adresse! Das ist unser neues Zuhause!«

»Zu Hause waren wir in Paris«, sagt seine Frau. »Ich weiß nicht einmal, wo diese Straße ist.«

»In Hoxton.« Vater winkt ab. »Packt alles zusammen, nehmt euch eine Droschke, und wartet am Abend nicht auf mich. Ich sehe mich nach einer Arbeit um, die uns alle ernährt, und zwar *gut* ernährt. London ist ein ganz anderes Pflaster als Paris.«

Rudolf versteht nicht, wieso die Eltern einerseits so sparsam sind, und wundert sich, warum sie nun plötzlich das viele Geld für eine Droschke ausgeben.

Eines Morgens weckt ein Ausruf Mutters die ganze Familie. »Ein Brief aus Paris! Von Madame Cadot! Endlich!«

Sie erfahren, wie es inzwischen in der Heimat steht: Der Belagerungsring der Deutschen ist noch nicht vollkommen geschlossen, zumindest war er es vor vier Tagen noch nicht, als Madame Cadot diesen Brief schrieb. Noch immer strömen Menschen auf der Flucht vor den preußischen Truppen in die Stadt. Die Lebensmittel werden immer knapper und teurer, viele Familien aus der Nachbarschaft müssen schon betteln, die Hungersnot ist nicht mehr abzuwenden. In ganz Paris herrscht Chaos – mit Zerstörungen, gewaltsamen Demonstrationen, Barrikaden und blutigen Straßenkämpfen. In der Rue de la

Fontaine au Roi, direkt unter Madame Cadots Fenster, hat es Kämpfe mit der Polizei und dabei mehrere Tote gegeben.

»Wenn wir nur einen Weg finden könnten, uns wenigstens die Lebensmittel schicken zu lassen!« Theodor Diesel klingt völlig ratlos. »Ich gehe noch einmal mit einigen Warenmustern los und suche Arbeit. Irgendetwas muss sich doch finden lassen.«

»Und ich versuche, mir von einer Bekannten etwas Geld zu leihen«, sagt Mutter. »Eine Schande, dass unsere Lebensmittel in Paris verderben, während wir hier nichts zu essen haben.«

Rudolf sieht seine Mutter an. »Die Leute in Paris haben auch nichts zu essen«, sagt er. »Und es wird dort immer schlimmer. Vielleicht solltet ihr an Madame Cadot schreiben, dass sie unsere Vorräte an Bedürftige verschenken soll, bevor sie schlecht werden.«

»Sie soll sie verkaufen«, sagt Vater. »Das Geld können wir gut gebrauchen.«

»Wir haben zwar selbst nichts, aber wir verdienen nicht an denen, die ärmer sind als wir«, sagt Mutter. »Das wäre unchristlich. Abgesehen davon würde uns das Geld wohl nicht erreichen, sondern unterwegs beschlagnahmt werden.«

Vater nickt. »Stimmt. Du hattest eine gute Idee«, sagt er und legt Rudolf eine Hand auf die Schulter.

»Wie wäre es, wenn ich Privatunterricht gäbe?«, schlägt Louise vor. »Ich kann gut Französisch, und die Mädchen hier in England wollen es alle lernen.«

»In den besseren Kreisen jedenfalls.« Mutter verspricht, sich darum zu kümmern. Es wird leichter sein, eine solche Arbeit für Louise zu finden, als Leute um ein Darlehen oder um direkte Unterstützung zu bitten.

In den nächsten Tagen kann Louise tatsächlich in vier

verschiedenen Häusern Französischunterricht geben und bringt regelmäßig Geld mit nach Hause. Vater findet stundenweise Arbeit, und Mutter hat immerhin kleine Näharbeiten. Das Geld ist sehr knapp. Rudolf geht zur Schule, so ist er wenigstens nicht im Weg – das Zimmer, das sie bewohnen, ist winzig. Ihr Gepäck – die Koffer und Kisten – dient als Schrank, Tisch oder Sitzgelegenheit, und auf dem einzigen, schmalen Sofa schlafen sie abwechselnd. Rudolf ist froh, dieser Enge entfliehen zu können. Schon nach kurzer Zeit kann er dem Schulunterricht gut folgen, nun zahlt es sich aus, dass zu Hause in den letzten Jahren vor dem Frühstück immer englisch gesprochen wurde. Die Sprache hört sich hier zwar völlig anders an, als er sie gelernt hat, aber er kommt schnell mit ihr zurecht.

Die Schule dauert nicht bis nachmittags, sodass Rudolf hier mehr Zeit für sich hat als in Paris. Niemand achtet mehr darauf, dass er pünktlich kommt. Im Gegenteil: Solange er fortbleibt, können die anderen sich über den zusätzlichen Platz freuen. An den Nachmittagen geht er daher oft ins Britische Museum und entdeckt nach wenigen Tagen auch das South-Kensington-Museum, das bald sein liebster Aufenthaltsort wird. Dort gibt es eine große technische Abteilung mit zahlreichen Maschinen – selbst die neuesten Erfindungen werden hier ausgestellt. Hier fühlt Rudolf sich fast so zu Hause wie im Musée des Arts et Métiers, nur fehlt ihm Monsieur Morin, der über jedes seiner Ausstellungsstücke eine Geschichte erzählen konnte und mit Rudolf über die »technische Revolution« und den erstaunlichen Wandel der Welt ebenso wie über Details der Erfindungen diskutiert hat. Einmal schreibt Rudolf einen langen Brief an den alten General und schildert ihm begeistert, was er in London alles zu sehen bekommt, erhält jedoch nie eine

Antwort. Wahrscheinlich hat dieser Brief sein Ziel nicht erreicht.

Die Post funktioniert nur noch sehr eingeschränkt, die Behörden der neuen Republik haben provisorische Wege zur Beförderung gefunden: Aus der Stadt hinaus geht es per Brieftaubenpost oder mit einem lenkbaren Ballon – in die Stadt hinein gelangen die Briefe mit Schwimmkugeln, die in Moulins, einhundert Kilometer vor Paris, in der Seine zu Wasser gelassen werden, unter Wasser in der Strömung schweben und in Paris mit Netzen abgefangen werden.

Manchmal steht Rudolf auf einer Brücke und schaut dem emsigen Treiben auf der Themse zu. Besonders interessieren ihn die Dampfschiffe. Er sieht, dass die Maschinen es mit Müh und Not schaffen, die Schiffe anzutreiben.

Die Männer, die darauf arbeiten, müssen schwer schuften: Neben den Transportgütern werden Unmengen von Kohle verladen. Schwitzende, schmutzige Männer schleppen die Säcke über eine wippende Planke an Bord. In seiner Fantasie konstruiert der Junge eine Apparatur mit Transmissionsriemen, über welche die Dampfkraft vom Motor eines Schiffes auf Kräne übertragen werden kann, die wiederum die Ladung an Bord hieven oder die schwere Ankerkette emporziehen. Durch solch ein System von Kränen und Riemen, wie man es aus Webereien und anderen Fabriken kennt, würden die Schiffe ihr Aussehen an Deck zwar grundlegend verändern, aber die Menschen hätten eine wesentliche Arbeitserleichterung. Als Rudolf seinem Vater einmal davon erzählt, lächelt dieser und sagt, dann würden die Armen wohl überhaupt keine Arbeit mehr finden.

Vater hat inzwischen eine feste Anstellung in seinem Beruf. Zunächst sind die Diesels begeistert, dass er ein

Pfund pro Woche verdient, aber es stellt sich schnell heraus, dass man davon in London bei Weitem nicht leben kann. Louise arbeitet jetzt in einer kleinen Privatschule, verdient dort aber nur wenig. Mutter hofft immer noch, dass einige der in Paris zurückgelassenen Kisten ankommen, insbesondere die mit der Nähmaschine, eine der ersten von Singer, damit könnte sie weitaus mehr Nähaufträge als derzeit annehmen.

Alles ist ungewiss. Vater schreibt nach Augsburg, wo sein Bruder Rudolf und weitere Verwandtschaft leben, von ihnen erhofft er sich ein Darlehen.

Es dauert fast zwei Wochen, bis die Antwort kommt. Doch statt Geld schickt Vaters Bruder einen Vorschlag, der Rudolf begeistert: Der Zwölfjährige soll nach Augsburg kommen, in die Obhut von Vaters Cousine Betty, die mit einem Lehrer verheiratet ist. Betty war selbst als Waisenkind in der Familie aufgenommen worden, und jetzt möchte sie die Gelegenheit nutzen, sich erkenntlich zu zeigen. Ihr Mann, Professor Barnickel, hat seinen Lehrstuhl an der Augsburger Gewerbeschule, wo Rudolf Aufnahme finden könnte.

»Was hältst du von der Idee?«, fragt Elise ihren Mann und faltet nervös den Brief immer kleiner zusammen.

Theodor Diesel zaudert. »Ich weiß nicht. Vielleicht können wir bald nach Paris zurückkehren, alle zusammen, und dann kann Rudolf seine Ausbildung dort fortsetzen. Danach nehme ich ihn dann zu mir in die Werkstatt.«

Das ist jedoch nicht die Aussicht, wie Rudolf sie für sich entworfen hat. »Ich könnte ja erst einmal nach Augsburg gehen, dann liege ich euch hier nicht auf der Tasche«, schlägt er eifrig vor. »Außerdem kann ich dort zur Schule, dann wird meine Ausbildung nicht unterbrochen, und mein Deutsch wird auch besser.«

»Barnickels wirst du auch auf der Tasche liegen«, sagt

Vater. »Wir müssten ihnen versprechen, für deinen Unterhalt aufzukommen, auch wenn die Bezahlung erst in späteren Jahren erfolgen könnte.«

Rudolf sieht sich schon auf der Gewinnerstraße und drängt nach. »Ich könnte ja Französisch unterrichten, so wie Louise jetzt. Immerhin war ich in Paris Klassenbester. Das Geld kann ich zu meinem Unterhalt beitragen. Bitte sagt Ja.«

»Und wer bringt dich hin?«, gibt seine Mutter ihm zu bedenken. »Die Reise ist lang und beschwerlich. Sie dauert mehrere Tage, und es wird unterwegs sehr kalt sein, da es auf den Winter zugeht. Du bist nicht gerade kräftig.«

»Ist er doch!«, kräht Emma. »Rudolf ist ganz stark, und was er will, das kann er auch.«

Die Bewunderung seiner kleinen Schwester rührt Rudolf. Er wird seine Familie vermissen, das weiß er jetzt schon, aber Emma am meisten von allen.

»Ich weiß, dass ich ein paarmal umsteigen muss«, sagt er, »und dass die Reise durch mehrere Länder geht. Das macht aber nichts. Ich habe ja nicht viel Gepäck zu tragen.«

»Warten wir noch ein paar Tage ab«, sagt sein Vater. »Wir wissen nicht, was geschieht. Vielleicht können wir tatsächlich nach Paris zurückkehren. Wenn die Franzosen sich ergeben, sind wir Deutschen aufseiten der Machthaber.« Sonst hat er immer betont, aus Bayern zu sein, aufseiten Napoleons, und mit den übrigen Deutschen nichts zu tun zu haben. »Oder wir fahren alle zusammen nach Augsburg, wenn wir hier in London nicht zurechtkommen. Oder wir bleiben hier, und ich mache mich wieder mit einer eigenen Firma selbstständig, sobald der Rest der Werkzeuge eintrifft. England ist ein wichtiger Markt für Lederwaren, und hier gibt es nicht so viele geschickte Leute wie mich.«

Oder, oder, oder, denkt Rudolf, wagt aber nicht, es laut zu sagen. *England hat auch die Möglichkeit, gute Mechaniker auszubilden – ich müsste dafür nur auf die richtige Schule kommen.* Dafür sieht er unter den gegenwärtigen Umständen jedoch keine Chance. Aber Onkel Christoph ist Professor an einer Gewerbeschule!

»Ich will nach Augsburg«, sagt er. »Dann habt ihr mehr Platz hier und einen Esser weniger. Wenn ihr nachkommen wollt, bin ich schon mal da und kenne mich in der Stadt aus. Und wenn ihr in London oder Paris fest angesiedelt seid, kann ich immer noch kommen. Bitte, ja? Ich werde in Onkel Barnickels Schule lernen und auch gute Zeugnisse bekommen, ganz bestimmt. Und die sind überall etwas wert.«

»Aber denk doch an die lange Zugreise! Es ist Krieg, kein Fahrplan stimmt mehr, ständig sind Kontrollen, und wer weiß, wo du landest! Wahrscheinlich brauchst du mehrere Tage, bis du am Ziel bist.« Seine Mutter hat Angst um ihn.

»Aber im Krieg gibt es Freifahrscheine für Flüchtlinge. Ich werde mich erst einmal erkundigen«, sagt Vater. »Außerdem brauchst du richtige Pässe, ein paar Empfehlungsschreiben dazu, und auf jeden Fall nimmst du diesen Brief von Onkel Rudolf mit. Und immer, wenn du irgendwo einen längeren Aufenthalt hast, schreibst du uns unbedingt eine Nachricht, damit wir deinen Weg verfolgen können.«

Rudolf sieht seine Eltern dankbar an, erst Vater, dann Mutter, und sagt: »Macht euch keine Sorgen. Ich finde den Weg schon.«

Das Schiff schwankt und schlingert, als es gegen den Sturm ankämpft, aus den Tiefen hört man das Rumoren der Dampfmaschine. Das sind nicht die einzigen Gründe, weshalb Rudolf nicht schlafen kann. Er friert, trotz des schwarzen Paletots aus Wolle, und durch das undichte Bullauge kommt immer wieder Wasser ins Innere. Er befürchtet, sein Pappschild, das er vor der Brust trägt, könnte nass und unleserlich werden. Ein wenig erinnert es ihn an ein anderes Schild, das er vor langer Zeit in Paris tragen musste: »Ich bin ein Lügner.« Auf diesem aber hat Vater sein Reiseziel und den Fahrweg niedergeschrieben. Er weiß es auswendig, aber da er durch Holland muss und der dortigen Sprache nicht mächtig ist, ist er auf das Schild angewiesen. Seine Eltern konnten die Fahrtkosten nicht aufbringen, also haben sie ihn in Harwich einer Gruppe von Reisenden anvertraut, die ihn in Holland zum deutschen Konsul bringen sollte, aber diesen Leuten war die Unterbringung auf dem Schiff zu ungemütlich, und so haben sie sich Zusatzbilletts für die erste Klasse gekauft, ohne den Jungen weiter zu beachten.

Er kommt sich verloren vor. Der Abschied von seiner Familie ist ihm schwergefallen, und nun haben ihn auch die Leute, denen er anvertraut war, verlassen. An Schlaf ist nicht zu denken. Am Boden kampiert eine französische Familie mit fünf Kindern – er bittet die Eltern, auf sein Gepäck aufzupassen, und überlässt ihnen seinen Schlafplatz. Er muss sich bewegen, sonst friert ihn zu sehr.

Neugierig sieht er sich an Bord um, doch an Deck ist es noch kälter, der Wind bläst eisig, und Rudolf fürchtet, durch das heftige Schlingern des Schiffes auf den glatten Planken auszurutschen. In einem verglasten Aufbau entdeckt er Licht, sieht einen Mann in Uniform darin stehen und steigt die Stufen hinauf.

Der Mann dreht sich um, entdeckt den Jungen, und Rudolf fragt: »Sind Sie der Kapitän?«

Der Uniformierte nickt. »Müsstest du nicht längst schlafen?«

»Ich kann nicht«, erwidert Rudolf. »Alles schaukelt, und auf meine Liege tropft immer Wasser. Darf ich Ihnen bei der Arbeit zusehen?«

»Da gibt es nicht viel zu sehen«, brummt der Kapitän. »Aber komm herein.« Als Rudolf neben ihn tritt, erklärt der Kapitän ihm die Armaturen.

»Steuern Sie von hier aus auch die Maschine?«, will Rudolf wissen.

»Nein, das geht nicht«, sagt der Mann. »Ich führe das Ruder, kontrolliere die Geschwindigkeit und den Kurs, und alles andere machen die Männer im Maschinenraum.« Er greift nach einem Schlauch, auf dem ein Trichter sitzt, und ruft einen Befehl hinein. Gleich darauf verändert sich das mächtige Stampfen, das aus dem Bauch des Schiffes dringt.

»Wir haben viel Zeit verloren«, sagt der Kapitän. »Wir müssen gegen den Wind ankämpfen und gegen die Ebbe. Wir hätten längst unser Ziel erreichen müssen, aber nun fahren wir gegen das ablaufende Wasser. In einer Stunde sind wir dann in der Rheinmündung, von da an wird es leichter.« Wieder erteilt er einen Befehl, den Rudolf nicht versteht.

»Ich würde gern mal in den Maschinenraum sehen.«

»Das ist zu gefährlich, Junge.« Außerdem soll Rudolf die hart arbeitenden Männer nicht stören, die ununterbrochen Steinkohle aus dem Bunker in die Feuerung der beiden riesigen Dampfmaschinen schaufeln.

»Wenn Sie so viel Steinkohle für eine Überfahrt mitnehmen müssen, wird das Schiff aber ganz schön schwer.«

Der Kapitän sieht ihn an, nur kurz, und richtet den Blick wieder nach vorn. »Stimmt«, sagt er. »Die Kohle nimmt viel Frachtraum in Anspruch. Unsere Maschinen sind veraltet und besonders gefräßig. Im Frühjahr kommt das Schiff auf die Werft, dann wird neueste Dampftechnik eingebaut.« Es scheint den Kapitän zu amüsieren, dass Rudolf jetzt zu fachsimpeln beginnt.

»Du willst auch mal Kapitän werden, was?«

»Nein, Ingenieur«, erwidert Rudolf. »Ich will die beste Dampfmaschine bauen, die es gibt.«

Mit sieben Stunden Verspätung trifft das Schiff endlich in Rotterdam ein. Im Hafen wird Rudolf gemeinsam mit anderen Flüchtlingen von einem Beamten des Konsulats abgeholt. Sie bekommen eine gute Mahlzeit und die Fahrkarten nach Emmerich, zur preußischen Grenze. Mit dem Zug geht es weiter. Rudolf hat einen Platz am Fenster bekommen, wo ständig ein kalter Luftzug geht, der ihm Kopfschmerzen verursacht. Die Landschaft ist flach, überall durchziehen Kanäle die Wiesen, und staunend beobachtet er, wie breite Lastkähne von Menschen gezogen werden, die sich auf schmalen Pfaden an beiden Ufern abmühen. Wenn sich da zu beiden Seiten Schienen befänden, auf denen Dampfloks führen, oder wenn die Lastkähne Platz hätten für einen Dampfmotor … Aber dann müsste das Schiff auch Kohlen mitführen und könnte weniger Fracht transportieren. In seiner Fantasie spielt Rudolf etliche Möglichkeiten durch. Schließlich versucht er zu schlafen, doch er hat sich erkältet und spürt aufkommende Zahnschmerzen. Er lehnt nicht ab, als ein Mitreisender ihm ein kleines Gläschen Schnaps anbietet.

Die Einreisekontrolle in Emmerich dauert Stunden. Die Beamten sind sehr genau und fürchten, dass Spione ins Land gelangen könnten. Der Zwölfjährige wird hartnäckig von ihnen befragt, denn aus seinen Papieren geht hervor, dass er zwar aus London kommt, vorher aber in Paris gelebt hat, und das macht ihn verdächtig. Man will ihn zurückschicken, aber da setzt sich ein fremder Mann für Rudolf ein, und es kann weitergehen.

Der Mann, der ihm geholfen hat, ein älterer, sehr beleibter Herr, stellt sich als Handlungsreisender vor und lädt Rudolf ein, in seinem Abteil zweiter Klasse mitzufahren. Rudolf hat nur ein Billett für die dritte, aber der Mann verspricht, die zwei Silbergroschen Differenz für ihn zu zahlen, wenn der Schaffner kommt.

Rudolf ist noch nie zweiter Klasse gefahren. Das Abteil ist größer, hier sind die Bänke gepolstert, und vor den Fenstern gibt es Vorhänge als Sonnenschutz. Mit ihnen im Abteil sitzen nur noch zwei Unteroffiziere, doch auch die steigen zwei Stationen später aus.

Der Handlungsreisende fragt Rudolf, warum er allein eine so weite Reise unternehme. Rudolf erzählt ihm von der Flucht aus Paris, von den Tagen in London und den Verwandten in Augsburg, zu denen er jetzt unterwegs sei.

»Schaffst du denn die Schule? Dafür musst du doch verschiedene Sprachen beherrschen.«

»Das fällt mir leicht. Wir haben uns zu Hause immer in drei Sprachen unterhalten.«

»Aber bestimmt nicht perfekt!«, bemerkt der Mann lachend.

»Doch, bestimmt! In Paris war ich Klassenbester, und ich habe für meine Leistungen sogar eine Medaille bekommen. Hier!« Rudolf kramt sie aus der Tasche hervor und zeigt sie dem Mann, der sie in Augenschein nimmt und anerkennend nickt.

»Sehr gut! Da sitze ich ja einem Genie gegenüber! Was sind denn deine Lieblingsfächer?«

»Mathematik und Physik, außerdem interessiere ich mich sehr für Technik.« Rudolf gerät ins Schwärmen. Auf mehreren Weltausstellungen ist er gewesen, die größten technischen Museen der Welt kennt er, und in Paris hat er Foucaults Pendel gesehen. Zu wissen, dass die Erde sich dreht, ist die eine Sache – es handgreiflich zu erleben eine ganz andere. Mit großer Begeisterung redet er davon, noch lieber aber erzählt er von dem Dampfwagen, der im selben Museum zu sehen ist. Er kann seinem Mitreisenden sogar eine Zeichnung davon in seinem Notizbuch zeigen.

»Schönes Leder«, sagt der füllige Herr. »Mir gefällt dieses feine Rautenmuster.«

»Ein Entwurf meines Vaters«, sagt Rudolf stolz. »Théodore Diesel, Maroquinier in Paris.«

»Ach, kenn ich doch«, sagt der Mann. »Diesel, ja, der berühmte Lederwarenfabrikant. Erstes Haus am Platze, hab selbst auch eine Brieftasche von dort.« Die Mappe, die er vorzeigt, stammt tatsächlich von Rudolfs Vater. Der Junge erkennt das Muster, und der kleine, absichtlich vernähte Knoten in Form eines K an der einen Ecke verrät ihm, dass diese Brieftasche nur an Kellers geliefert wurde, für den Export. Der Mann erzählt, er sei Weinhändler aus Ochsenfurt, holt eine unförmige Flasche hervor und bietet Rudolf davon an. Rudolf nimmt einen Schluck; der Wein lindert die stärker werdenden Zahnschmerzen ein wenig. Der Mann fragt Rudolf, ob er schon einmal eine Weinkellerei gesehen habe – dort kämen jetzt auch Maschinen zum Einsatz, in erster Linie beim Keltern. Rudolf ist neugierig, aber die Einladung, jetzt gleich für zwei oder drei Tage mitzukommen – das falle in diesen wirren Zeiten doch niemandem auf –, schlägt er aus. Als der Weinhändler bei der zweiten Flasche davon zu schwärmen beginnt, dass er in seinem Lager zwar den besten Rotwein habe, ein ganzes Vermögen, dieser aber längst nicht zu vergleichen sei mit den wunderschönen braunen

Knabenaugen und der Sanftheit dieses vollen dunklen Haars, da beginnt Rudolf nach einer Möglichkeit zu suchen, diesem merkwürdigen Reisegesellen zu entwischen. Doch das gelingt ihm erst in Frankfurt.

Am Frankfurter Bahnhof gibt es einen längeren Aufenthalt. Rudolf geht in einen Warteraum, isst dort etwas Warmes und legt sich auf einer Bank schlafen. Plötzlich wird er unsanft geschüttelt. »He! Wach auf, du Herumtreiber!«

Er blinzelt ins Licht und erschrickt vor der schwarzen Gestalt, die groß und bedrohlich vor ihm steht. Es dauert eine Weile, bis er an der Kleidung einen Geistlichen erkennt. »Was ist? Fährt der Zug schon?«

»Was hat ein Junge in deinem Alter hier zu suchen?« Die Stimme des Mannes ist für einen Geistlichen ungewöhnlich barsch.

»Ich muss nach Augsburg und warte hier auf meinen Zug.« Rudolf nestelt im Mantel nach seinem Schild und zeigt es ihm.

»So etwas kann sich jeder selbst machen. Ich kenne keine Eltern, die ihr Kind zu Kriegszeiten auf so eine Reise schicken. Du bist nichts als ein Streuner und gehörst in die Verwahranstalt. Los, komm mit!«

»Ich muss zum Zug!« Rudolf zieht ängstlich sein Gepäck an sich.

»Das könnte dir so passen! Nimm deine Sachen, los, los, los! Ein bisschen schneller! Die Kiste trägst du, und ich nehme die Tasche, damit du mir nicht davonrennst! Da lang!« Der Priester hat die Reisetasche schon in der Hand, und Rudolf bleibt keine andere Wahl.

»Bitte!«, fleht er. »Ich werde in Augsburg erwartet!«

»Das werden wir feststellen! Ich schreibe einen Brief an die dortigen Behörden, und bis die Antwort kommt, bleibst du bei mir in Gewahrsam.«

Rudolf betrachtet den Geistlichen genauer. Er hat einen starren Blick, ist unrasiert, der Kragen ist nicht gestärkt und fleckig. Als sie das Gebäude verlassen, entdeckt Rudolf auf der anderen Straßenseite einen Polizisten. Den könnte er bitten, die Sache aufzuklären, und er ruft: »Herr Wachtmeister, Herr Wachtmeister! Helfen Sie mir!« Damit, dass der angebliche Pfarrer die Tasche fallen lässt, hat er nicht gerechnet. Der Mann mit dem schwarzen Umhang rennt sofort los. Der Polizist verfolgt ihn noch bis zur nächsten Straßenecke, dann kommt er zurück und tritt auf Rudolf zu: »Korrekt, dass du gleich nach mir gerufen hast. Hier treibt sich viel Gesindel herum. Was genau ist passiert?«

Rudolf gerät ins Stottern, denn beim Erzählen kehrt die Angst zurück.

»Deine Papiere, Junge«, sagt der Polizist und streckt ihm fordernd eine Hand entgegen.

Rudolf hat in dem Beutel unter seinem blauen Paletot alles griffbereit: den Brief vom Vater, mehrere Empfehlungsschreiben sowie die Pässe vom holländischen, preußischen und bayerischen Konsulat in London – große, mehrfach gefaltete Bögen mit Unterschriften und Siegeln. »Hier habe ich auch die Fahrkarten von Rotterdam bis Emmerich und bis hierher. Das Billett nach Augsburg muss ich mir noch am Schalter holen.«

Der Polizist überfliegt alles nur kurz. »Komm mal mit.«

»Sperren Sie mich ein?« Rudolf spürt, wie sich seine Kehle zuschnürt.

»Gibt es dafür denn einen Grund?« Der Polizist zwinkert ihm zu, ergreift die Holzkiste, die Rudolf abgestellt hat, und schwingt sie sich auf die Schulter. Rudolf nimmt seine Tasche.

Die Schalter im Bahnhof sind noch geschlossen. Über einem hängt ein handgemaltes Schild mit der Aufschrift »Flüchtlinge«, davor hat sich eine lange Schlange gebildet. Der Polizist führt Rudolf an den Wartenden vorbei und klopft an das Fenster. Jemand reißt den Vorhang hinter der Scheibe zur Seite, öffnet die Sprechklappe und ruft: »Verdammt noch mal, könnt ihr nicht abwarten? Um neun wird geöffnet und keine Sekunde früher!« Erst jetzt wird dem Bahnbeamten klar, dass ein Polizist vor ihm steht. »Ähm, bitte untertänigst um Verzeihung. Was darf ich für Sie tun?«

»Es geht um den Jungen hier«, versetzt der Polizist zackig. »Auf der Flucht. Muss nach Augsburg. Würde sagen, in der dritten Klasse ist er nicht gut aufgehoben.«

»Da werden die Fahrkarten ohnehin schon knapp. Wir bringen ihn zweiter Klasse unter, und er soll den Schnellzug von Bahnsteig vier nehmen.« Der Bahnbeamte schreibt mit einem dicken Bleistift »Würzburg« auf eine Karte und schiebt sie Rudolf hin. Der Polizist begleitet ihn durch die Sperre bis zum Zug und hebt ihm das Gepäck hinein. Rudolf bedankt sich bei ihm. »Das ist sehr freundlich von Ihnen, Herr Wachtmeister.«

»Eines will ich dir mit auf den Weg geben, mein Junge. Wenn man so ein hübscher Kerl ist wie du, sollte man fremden Erwachsenen, die nett zu einem sind, tunlichst aus dem Weg gehen.«

Einen weiteren Tag und eine Nacht ist Rudolf unterwegs. Die Nacht ist besonders hart: Von Würzburg nach Augsburg fährt nur ein Güterzug, der an jeder Station hält.

Wagen werden abgehängt, andere angehängt. Die Passagiere müssen jedes Mal aussteigen und sich anschließend neue Plätze suchen. Der Wind ist eisig. Rudolf ist übermüdet, kann aber nicht schlafen, weil die Zahnschmerzen schlimmer geworden sind. Er kann kaum noch an etwas anderes denken. Als der Morgen graut, liest er die Stationsnamen, und mit jedem fühlt er sich seinem Ziel näher: Donauwörth, Meitingen, Gersthofen, Oberhausen …

Endlich in Augsburg! Rudolf kann sich kaum mehr auf den Beinen halten, klettert mit dem schweren Gepäck aus dem Zug, stolpert und stürzt der Länge nach auf das gefrorene Pflaster.

Sofort sind zwei Bahnbeamte bei ihm und helfen ihm auf. Sie erkennen, dass Rudolf ganz benommen ist. »Bist du verletzt?«, fragt einer.

Rudolf schüttelt den Kopf. »Zahnschmerzen«, sagt er. »Und Kopfschmerzen. Alles tut mir weh! Können Sie mir sagen, wo die Schaezlerstraße ist? Da wohnt mein Onkel.« Er zeigt seine Karte, auf der die Adresse vermerkt ist.

»Das ist nicht weit. Ich bringe dich hin.«

In der Bahnhofsstraße stehen prachtvolle Hotels, deren Fassaden ihn ein wenig an Paris erinnern. Das Klappern von Pferdehufen und das Rasseln eisenbeschlagener Wagenräder hallen von den Häuserwänden wider. Heimweh trifft Rudolf wie ein Faustschlag in die Magengrube und er kämpft mit den Tränen.

Wenige Minuten später stehen sie vor einem herrschaftlichen Haus. Der Beamte begleitet ihn bis in den dritten Stock, wo sein Onkel Rudolf mit Frau Louise und zwei Kindern wohnt. Die Tante ist zuerst an der Tür, sie macht große Augen. »Mein Gott, wie siehst du denn aus! Du musst ja völlig erledigt sein! Komm herein, ich lasse dir ein Bad richten! Bestimmt bist du hungrig und halb verdurstet. Rudolf, der Junge ist da!«, ruft sie nach ihrem Mann. Sie drückt Rudolf fest an sich, der verlegen ist, weil er ihren vollen, weichen Busen spürt.

Sein Onkel kommt aus der Stube, gefolgt von zwei etwa gleichaltrigen Jungen, seinen beiden Vettern. »Da bist du ja endlich!« Der Onkel begrüßt ihn mit einem kräftigen Handschlag. »Seit gestern früh bin ich zu jedem Zug gegangen, der aus Mannheim kam.«

»Ich bin über Würzburg gefahren«, sagt Rudolf, »mit dem Güterzug.«

»Dann hast du wohl nicht viel geschlafen? Zeig mal deine linke Wange her. Du lieber Himmel, die ist ja ganz dick und entzündet! Louise, lass bitte Doktor Geiger rufen. Und ihr zwei«, er wendet sich an seine Söhne, »sagt bitte drüben Tante Betty und Onkel Christoph Bescheid, dass unser Rudolf angekommen ist.«

Unser Rudolf. Im Körper des Jungen steigt eine wohlige Wärme auf.

Die beiden Vettern laufen zur gegenüberliegenden Wohnungstür, ziehen am Griff einer Messingstange, und gedämpft erklingt hinter der Tür eine Glocke. Rudolf kann nicht sehen, wer öffnet, denn er wird schon in die Wohnung von Onkel und Tante geführt, in hohe Räume mit Stuckdecken und polierten dunklen Möbeln.

Zuerst nimmt er ein Bad, denn so schmutzig, wie er sich fühlt, traut er sich nicht, sich zum Essen zu den anderen zu setzen. Er genießt es, den Schwamm mit dem heißen Wasser immer wieder über sich auszudrücken und sich mit einer Wurzelbürste abzuschrubben. Das Hausmädchen hat ihm frische Kleidung hingelegt, die einem seiner Vettern gehört. Eine Viertelstunde später betritt er einen Raum, aus dem Stimmen an sein Ohr dringen.

Barnickels, seine künftigen Pflegeeltern, sind gekommen, um ihn zu begrüßen. Tante Betty mustert ihn von oben bis unten. »Wie groß du schon bist!«, sagt sie. »Da müssen wir dir ja bald lange Hosen schneidern lassen!«

»Setz dich zu uns, mein Junge, nur nicht so schüchtern!« Professor Barnickel deutet auf den freien Stuhl neben sich. »Du wirst hungrig sein. Erzähl uns alles von deiner Reise.«

Alle sitzen bereits am Tisch, sie haben mit dem Essen auf ihn gewartet. Rudolf nimmt zaghaft Platz, er fühlt sich von allen angestarrt. Das Hausmädchen trägt das Frühstück auf, große Weißbrotscheiben, dick mit Butter und Marmelade bestrichen, für die Erwachsenen gibt es Kaffee und für die Kinder heißen Kakao. Rudolf bekommt kaum einen Bissen herunter, er kann kaum kauen und möchte am liebsten sofort schlafen gehen, und dennoch richtet er Grüße aus und beantwortet viele Fragen. Sein Deutsch ist noch nicht flüssig, immer wieder flicht er französische Ausdrücke ein und muss nach deutschen Vokabeln suchen. Das ist ihm peinlich, aber offenbar nimmt hier niemand daran Anstoß. In der Schule wird es anders sein, fürchtet er, und nimmt sich vor, hart daran zu arbeiten. Er will in Augsburg nicht der Außenseiter sein, der er in Paris gewesen ist.

2

Augsburger Abendzeitung

20. Oktober 1870

In Paris wird, wie ein Brüsseler Korrespondent der Kölnischen Zeitung berichtet, die Stimmung der besitzenden Klassen in Folge der Umtriebe der äußersten Partei eine ängstlichere. Rochefort, welcher mit der Organisation des Straßenkampfes betraut ist, hatte angeordnet, alle Wohnungen und Läden, die sich im 1. Stock (zu ebener Erde) befinden, auszuräumen, die Mauern, die von einem Hause zum anderen führen, zu durchbrechen, so daß alle Häuser in Verbindung stehen, und Schießscharten nach der Straße hin anzulegen. Beim Beginn des Straßenkampfes soll nämlich von dort aus auf die Preußen geschossen werden. In der Umgegend von Paris wird im Augenblicke furchtbar geplündert, natürlich nicht von den Preußen, sondern von dem Pariser Gesindel, das sich die Gelegenheit zu nutzen macht, um ungestört rauben und stehlen zu können. Die Raubzüge erstrecken sich bis in die Normandie hinein, wo mehrere Bauernhöfe niedergebrannt wurden. – Die Umgegend von Paris gewährt einen sehr trostlosen Anblick. Es ist dort fast alles niedergebrannt worden, und man sieht hier und da kaum noch einen Baum. Die Häuser, die stehen geblieben, sind öde und verlassen.

Augsburger Abendzeitung
21. Oktober 1870

Unser drittes Infanterie-Regiment »Prinz Carl«, das schon bei Sedan seine Fahnen mit Ruhm bedeckte, hat auch in der Schlacht bei Orléans mit ausgezeichneter Bravour gekämpft. Leider beklagt das Regiment den Verlust vieler Helden.

Nachts 12 Uhr zog das Regiment bei Mondschein durch die brennenden Häuser, über die blutenden und jammernden Verwundeten in die Stadt Orléans ein.

Augsburger Abendzeitung
3. November 1870

Am 22. Okt. fuhr von Orléans ein Zug Verwundeter und Kranker – zusammen 200 – ab, von denen gestern abends 71 hier ankamen, nachdem die Übrigen in Karlsruhe, Stuttgart, Ulm usw. Unterkunft gefunden hatten. Von Orléans bis Arpajon wurde die Eisenbahn, jedoch ohne Maschine, benützt; Pferde zogen die Wägen in langsamem Schritte und nur bei Tage durfte man fahren, weil Franktireurs teuflische Mittel ersinnen, die jede Vorsicht zu Schanden machen und das Leben der Verwundeten der größten Gefahr aussetzen. Nicht selten mußte der Zug, trotzdem die Eisenbahn fortwährend begangen und untersucht wird, anhalten, bis die Eskorte-Mannschaft Steine, Bretter, Büchsen mit Sprengpulver und ähnliche Hindernisse beseitigt hatte. Von Arpajon bis Nogent nahm die Patienten eine preußische Proviantkolonne, die rückwärts ging, auf. Seit der Einnahme von Orléans soll es übrigens den Truppen, die unter von der Tann stehen, sehr gut gehen, da sie sämmtlich einquartirt sind und sich einer trefflichen Verpflegung erfreuen.

Ich sitze in der Augsburger Staats- und Stadtbibliothek und blättere in dicken Sammelbänden mit Zeitungen aus der Zeit, in der Rudolf Diesel nach Augsburg kam. Die Blätter berichten fast ausschließlich über den Krieg: offizielle Verlautbarungen, telegrafische Nachrichten, »Ballonpost«, selbst Briefe einfacher Soldaten werden zitiert. Jede Ausgabe endet mit einer langen Liste von Namen der Gefallenen. Der Zwölfjährige wird das alles kaum gelesen haben, aber im Haushalt der Barnickels wurde ein Zeitungsabonnement gehalten, und sicher hat man dem Jungen das Wichtigste erzählt.

Ich schaue auf, als ein Schatten auf die Zeitungsseiten fällt. Eine der Bibliothekarinnen steht neben mir. »Sie müssen bitte Ihre Arbeit unterbrechen«, sagt sie. »Der Lesesaal wird gleich geschlossen.«

»Kann ich die Mappen bis morgen hier liegen lassen?«

Die Frau nickt und deutet auf einen Tisch, auf dem sich schon mehrere Bücherstapel türmen.

Wenig später trete ich aus der Bibliothek ins Freie, in grelles Sonnenlicht. »Kaiserwetter« hätte man früher gesagt – von irgendwoher ist Musik zu hören. Die Augsburger Schaezlerstraße ist hier von prächtigen alten Großbürgerhäusern gesäumt, die heute Behörden oder Anwaltskanzleien beherbergen. In einem davon, Nummer 8, ein dreistöckiges Bürgerhaus mit kleinerem Dachgeschoss und klassizistischer Fassade, hat Rudolf Diesel als Jugendlicher gewohnt.

Familie Barnickel hat den Jungen herzlich aufgenommen. Man ließ ihn sich zuerst ein paar Tage erholen und kleidete ihn neu ein. Seine beiden Vettern machten ihn mit Augsburg bekannt, einer kleinen Stadt von rund fünfzigtausend Einwohnern, die gerade erst über ihre Mauern hinauszuwachsen begann. Das Leben hier muss ihm nach seinen weltstädtischen Erfahrungen beschaulich vorgekommen sein, aber er fand in dieser Stadt etwas vor, was für seine Zukunft entscheidend wurde: eine Schule, die einzigartig war und seinen Bedürfnissen entsprach. Die Augsburger Gewerbs- und Industrieschule war ein Übergangsmodell, hervorgegangen aus der Polytechnischen Schule nach französischem Vorbild. Im Gebäude des ehemaligen Katharinenklosters gab es Unterrichtsräume, die wie Hörsäle aussahen, schräg ansteigend, sodass man von den Bänken einen guten Blick auf das Katheder und das Experimentierpult hatte, und es waren Werkstatträume da, in denen die Schüler selbst Experimente durchführen konnten. Werkzeuge und Materialien wurden den Schülern frei zur Verfügung gestellt, was Rudolf hellauf begeisterte.

Die Schule war in zwei Stufen gegliedert – bevor man in die Industrieschule aufgenommen wurde, die zur Polytechnischen Hochschule führte, musste man die zweijährige Kreisgewerbeschule besuchen, an der Rudolf Diesels Ziehvater, Professor Christoph Barnickel, als Mathematiklehrer arbeitete. An die Schüler wurden hohe Anforderungen gestellt, und der Wettbewerb unter ihnen wurde gefördert, indem mit jeder Benotung auch der aktuelle Stand in der Rangfolge innerhalb einer jeweiligen Klasse mitgeteilt wurde. Rudolf kannte das System bereits aus Paris. Er setzte seinen Ehrgeiz daran, seinen

Namen möglichst schnell an die Spitze zu setzen. Nach wenigen Wochen sprach und schrieb er ein einwandfreies Deutsch, und schon Ende 1870 gehörte er zu den Besten seines Jahrgangs. Das genügte ihm nicht, und so sah man, wenn man von der Straße aus zu seinem Zimmer im dritten Stock hinaufblickte, oft bis nach Mitternacht den schwachen Schein der Petroleumlampe.

Das ganze Haus ist still, und von der Straße dringt um diese Zeit kein Hufgetrappel mehr herauf. Rudolf, inzwischen dreizehn geworden, sitzt am Tischchen vor seinem Fenster. Das Kratzen seiner Schreibfeder kommt ihm in dieser Stille extrem laut vor, und er fürchtet schon, seine beiden Mitbewohner damit zu wecken, zwei Buben, die wie er als Pflegekinder im Hause Barnickel wohnen. Zugleich ist er so vertieft in sein Schreiben, dass er nicht bemerkt, wie jemand ins Zimmer kommt. Er erschrickt, als sich eine Hand auf seine Schulter legt. Nur knapp kann er verhindern, dass der Tintenklecks, der sich aus seiner Feder löst, auf dem ordentlich beschriebenen Briefpapier landet.

»Willst du nicht langsam Schluss machen?«, wird er gefragt. Es ist Onkel Christoph, den er in der Schule mit »Herr Professor« anreden muss wie alle anderen Schüler auch. Rudolf ist verwundert, weil der Onkel zu ihm ins Zimmer gekommen ist. Es ist üblich, dass dieser sich nach dem Abendessen in sein Studierzimmer zurückzieht und sich nicht mehr blicken lässt. Tante Betty ist es, die sonst zum Gutenachtsagen kommt.

Onkel Christoph nimmt sich jetzt sogar einen Stuhl und setzt sich zu ihm. Rudolf spürt sein Herzklopfen bis hinauf in die Kehle. Er überlegt, was er angerichtet haben könnte, und rechnet mit einer Strafpredigt für etwas, das er nicht getan hat. Doch Onkel Christoph wirft einen Blick auf den Tisch, greift nach dem Löschpapierhalter und entfernt damit den Tintenklecks, der auf die Tischplatte getropft ist. Bange verfolgt Rudolf sein Tun.

»Wem schreibst du?«

»Meinen Eltern und meinen Schwestern. Der Brief ist fertig, ich muss nur noch unterschreiben, dann gehe ich ins Bett.«

»Gut. Es ist schon fast ein Uhr … Du hast Heimweh, nicht wahr?«

Rudolf weiß nicht, was er darauf antworten soll. Er hat großes Heimweh, fürchtet sich aber, undankbar zu scheinen, wenn er das zugibt. Onkel Christoph und Tante Betty tun sehr viel für ihn – sie verpflegen ihn, kaufen ihm gute Kleidung, haben ihm eine Uhr geschenkt und sogar ein Klavier angeschafft, auf dem er bisher als Einziger spielt. Wie kann er da zugeben, dass er Heimweh hat?

»Ich habe Emma und Louise lange nicht gesehen«, sagt er, »und ich möchte wissen, was in Paris passiert, ob Vaters Geschäft jetzt besser geht und ob sie alle gesund sind. Vater schreibt so wenig.« Ängstlich, dass sich das wie ein Vorwurf anhören könnte, setzt er rasch hinzu: »Das ist ja ein gutes Zeichen, sicher hat er viel Arbeit.«

Onkel Christoph streicht mit einer Hand über seinen Spitzbart und nickt. »Du arbeitest auch sehr viel, mein Junge, und das macht mir Sorgen. Du bist in der Schule der Beste, du hast Ehrgeiz, dann gibst du Französischunterricht, um etwas zu deinem Unterhalt beizutragen, und jeden Abend sitzt du bis in die Nacht hier, schreibst Briefe oder brütest über diesem oder jenem Problem. Ich möchte, dass du öfter an die frische Luft gehst und dir Freunde suchst, mit denen du spielen kannst.«

Spielen, denkt Rudolf verächtlich, *ich bin doch kein Kind mehr*, und blickt den Onkel fest an. »In einem Jahr ist Prüfung. Ich will in die Industrieschule. Meine Eltern werden das nur erlauben, wenn ich ein Stipendium bekomme, und dazu muss ich die Nummer eins bleiben.«

»Und die deutsche Staatsbürgerschaft besitzen«, fügt der Onkel hinzu. »Ich habe deinen Vater schon daran erinnert, er wird sie für dich beantragen.« Er steht auf und stellt den Stuhl an seinen Platz zurück. »Ich habe deinem Vater auch geschrieben, dass ich es für ratsam halte, dich hier in Augsburg zu behalten. Noch einmal die Schule zu wechseln täte dir nicht gut, und die wirtschaftlichen Verhältnisse deiner Eltern ließen es auch nicht zu, dass du jetzt schon wieder bei ihnen wohnst. Nach dem Krieg gehen ihre Geschäfte keinesfalls besser als vorher. Andererseits solltest du deine Familie wiedersehen, damit ihr einander nicht fremd werdet. Ich habe das Geld, das du durch den Unterricht verdient hast, nicht in die Haushaltskasse einfließen lassen, sondern auf ein Sparkonto eingezahlt. Wenn du im nächsten Jahr die Prüfung hinter dir hast, wird es für ein Retourbillett reichen. So, und jetzt leg dich schlafen.« Er zwinkert ihm zu und verlässt das Zimmer.

Wie soll ich denn jetzt schlafen?, denkt Rudolf. Er ist ganz aufgeregt. Er wird die Eltern wiedersehen! Louise wird fast erwachsen sein, und Emma ein ganzes Stück größer, als er sie in Erinnerung hat. Und Paris! Was wird sich alles verändert haben?

Er gießt kaltes Wasser in die Waschschüssel, macht nur eine Katzenwäsche und zieht sich um. Kaum dass er sich hingelegt hat, schläft er schon tief und fest.

Am Nachmittag des Folgetages kommt Rudolf dem Rat Professor Barnickels nach und verlässt das Haus, nachdem er seine Schulaufgaben erledigt hat. Er hat vor, zum Wertachbrucker Tor zu gehen, wo außerhalb der Stadtmauern vor wenigen Jahren eine riesige Fabrik gebaut worden ist, die Maschinenfabrik Augsburg AG. Schon manches Mal hat er beim Werktor gestanden oder rittlings auf der Mauer gesessen und von dort in die Hallen hineingeschaut, in denen Dampfmaschinen, Buchdruckpressen, Getriebe und andere Maschinenteile hergestellt werden. Er könnte stundenlang zusehen, wie riesige Werkstücke von schwitzenden, ölverschmierten Männern bearbeitet werden. Über sechshundert Leute arbeiten hier, und die Fabrik ist in ganz Deutschland berühmt. Deutschland – das sagt man erst wieder seit einem Jahr, seit der Krieg zwischen Frankreich und Preußen beendet ist. Bayern, Württemberg und der Norddeutsche Bund haben sich zum Deutschen Reich zusammengeschlossen, der preußische König ist Kaiser geworden, und überall sind Kreuzer, Silbergroschen und Thaler durch die neue Währung der Mark abgelöst worden. Nur in Bayern gilt noch die alte Landeswährung.

Nächste Woche wird er seinem Pflegevater wieder Geld übergeben können, das er durch seine Französischstunden verdient. Im neuen Schuljahr will Rudolf nicht nur Französisch, sondern auch Mathematik unterrichten.

Kaum ist Rudolf auf der Straße, sieht er in einiger Entfernung Kinder aus der Nachbarschaft, die in einer kleinen Parkanlage Räuber und Gendarm spielen. Zwei Klassenkameraden sind dabei, Karli und Georg. Rudolf erinnert sich an die gestrige Ermahnung des Professors, sich gleichaltrige Freunde zu suchen – hier wäre doch die Gelegenheit!

Die Kinder laufen springend und Haken schlagend an ihm vorbei. Karli ist in der Rolle des Gendarms, der jetzt einen der anderen Jungen ergriffen hat und ihn zu einem mit Zweigen abgesteckten Rasenstück, dem Gefängnis, führt. Rudolf geht auf Karli zu, zögert, nimmt dann all seinen Mut zusammen und fragt: »Darf ich mitspielen?«

Karli beachtet ihn nicht, rennt an ihm vorbei, um schon dem Nächsten nachzujagen. Rudolf sieht ihm nach, dann tritt er auf Georg zu, der als einer der Räuber im Gefängnis bleiben muss, bis ihn ein anderer durch Abschlagen befreit. Aus Paris kennt Rudolf die Spielregeln, nur wird dort mit ebenso vielen Räubern wie Gendarmen gespielt. Hier muss nur einer alle anderen fangen.

»Ich möchte gern mitspielen«, sagt er zu Georg.

»Verschwinde, du Streber! Du willst uns nur aushorchen und bei deinem Professor verpfeifen!«

Rudolf spürt Wut im Bauch, wendet sich aber ab, ohne auf die haltlose Anschuldigung einzugehen. Er ist kein Streber. Ist es etwa seine Schuld, dass er sich im Unterricht alles leicht merken kann und deswegen gute Noten bekommt? Schon wieder muss er sich den Vorwurf gefallen lassen, jemand zu sein, der sich auf Kosten anderer voranbringt und Kameraden beim Lehrer anschwärzt, um selbst besser dazustehen. Das hat Rudolf noch nie getan, eher im Gegenteil: Immer ist er bereit, seinen Klassenkameraden zu helfen und ihnen geduldig zu erklären, wenn sie etwas nicht verstanden haben. Einigen von ihnen gibt er Französischunterricht und gewährt denen, die aus weniger begüterten Familien kommen, einen Preisnachlass. Im Haushalt seiner Pflegeeltern spricht er nie über Mitschüler, und der Professor fragt ihn auch nie nach ihnen aus. Er weiß, warum die anderen so von ihm denken. Sie halten ihn für hochnäsig, dabei ist er nur schüchtern. In Paris hat er erlebt, dass er als Fremder abgelehnt wurde, ein Deutscher und außerdem noch Protestant im katholischen Frankreich. Hier spürt er die gleiche Ablehnung und weiß dafür keinen Grund. Er wird keine Freunde finden, alle misstrauen ihm. Seine geballten Fäuste in die Hosentaschen stopfend, geht er weiter, ohne sich noch einmal nach den lärmenden Kindern umzusehen.

Gleich darauf ruft jemand seinen Namen. »Rudolf! Was machst du auf der Straße! Musst du nicht lernen?« Es ist Gertrud, das Hausmädchen der Barnickels, die gerade mit schwer beladenen Einkaufsnetzen um die Ecke gebogen ist. »Komm mit nach Hause.«

Er schüttelt den Kopf. »Der Herr Professor hat gesagt, ich soll an die frische Luft gehen.«

»Dabei hat er sicher vergessen, dass es heute etwas früher Abendessen gibt, weil er und Madame ins Theater wollen. Komm.«

»Ach so. Na, dann trage ich eins deiner Einkaufsnetze.«

»Du?« Aus ihrem ganzen Gesicht schlägt ihm Spott. »Du wirst dir das Kreuz brechen, du halbe Portion. Was meinst du, was so ein Netz wiegt?«

»Ich habe schon ganz andere Gewichte geschleppt«, sagt er und nimmt ihr das größere der beiden Netze ab.

Sie lächelt ihn an. »Du willst wohl den starken Mann markieren, was?«

»Ein kleines Kind bin ich jedenfalls nicht mehr.« Die Griffe schneiden ihm in die Handfläche. Er denkt, dass es besser wäre, sie mit einem Taschentuch zu umwickeln, will sich jetzt aber keine Blöße mehr geben. Bis nach Hause ist es nicht weit, er macht große Schritte und geht voraus.

Gertrud hat ihn gleich eingeholt. »So, so«, sagt sie. »Kein kleines Kind mehr. Hast du denn schon mal geküsst?«

»Natürlich. Meine Eltern und meine beiden Schwestern. Und Tante Betty gibt mir jeden Abend einen Gutenachtkuss.«

Jetzt lacht sie. »Doch nicht so einen Kinderkuss! Ich meine einen richtigen, wie bei einem Liebespaar.«

Er schüttelt den Kopf, antwortet nicht, sieht sie nicht an. Sie haben das Haus erreicht, Gertrud geht auf der Treppe voran. Ihr Schritt auf den hölzernen Stufen klingt schwer. Trotz ihrer neunzehn Jahre ist sie kräftig gebaut wie eine Marktfrau. Als Rudolf unter dem hell- und dunkelblau gestreiften Leinenkleid ihre Knöchel weiß hervorschimmern sieht, steigt ihm das Blut in die Wangen, und er senkt den Blick starr auf die eigenen Schuhe.

Auf dem Treppenabsatz bleibt Gertrud stehen, so plötzlich, dass er gegen sie stößt. Sie stellt ihr Netz ab und ergreift seine Schultern. »Ich zeig's dir. Aber kein Wort zu irgendwem.« Sie zieht ihn an sich, und schon spürt er ihre vollen Frauenlippen auf den seinen. Ihre Zunge schiebt sich in seinen Mund, öffnet sanft die Zahnreihen des verdutzten Jungen, sucht nach seiner Zunge, und als sie sie gefunden hat, wird ihm bei der Berührung schwindlig. Er glaubt, gleich rücklings in die Tiefe zu fallen, reißt die Augen auf und sieht nur Gertruds geschlossene Lider.

»So macht man das.« Auf einmal ist ihre Stimme sanft. Sie lässt seine Schultern los und streicht ihm mit einer Hand über sein Haar. Dann ergreift sie beide Einkaufsnetze und eilt die Treppe hinauf.

Rudolf kann sich nicht bewegen, bis er oben die Wohnungstür zuschlagen hört.

Die Abschlussprüfung der Gewerbeschule ist für Rudolf der größte Triumph seines bisherigen Lebens. Als der Schulleiter das Ergebnis bekannt gegeben und das Schlusswort gesprochen hat, springt Rudolf von seinem Sitz auf und läuft nach hinten, wo sich Tante Betty zwischen den Eltern seiner Mitschüler von ihrem Stuhl erhebt. Alle sind im besten Sonntagsstaat erschienen, alle waren bei der gesamten öffentlichen Prüfung zugegen, und alle wenden sich ihm zu und applaudieren, als er jetzt mit großen Schritten auf Tante Betty, die »Frau Professor«, zueilt und sich von ihr umarmen lässt. Sie hat Freudentränen in den Augen. »Du bist der Beste der ganzen Schule! Gratuliere, mein Junge! Was für eine Ehre!«

Die Leute schieben sich an ihnen vorbei zum Ausgang, er hört sie murmeln, erhascht Satzfetzen wie »Was für ein Schüler!« und »Nimm dir den zum Vorbild!«. In seinen Gedanken läuft die Prüfung noch einmal ab, die vielen Fragen vom Podium herab, das Stottern der Mitschüler, die zaghaften Antworten, und demgegenüber seine eigenen Antworten, klar und sicher, ohne ein Zittern in der Stimme, ohne ein Zögern des Geistes. Die Lehrer wissen, dass er sie nicht blamieren wird, die Fragen richten sich immer öfter an ihn: ein wahres Sperrfeuer, das aus den Reihen der Lehrer kommt. Und dann, nach einer Beratungspause, werden die Ergebnisse verlesen, die Reihenfolge der Namen richtet sich nach der Punktzahl. Es wird immer spannender, doch Rudolf weiß schon, dass sein Name zuletzt kommt. Er ist Jahrgangsbester – und nicht nur das: Er hat die höchste Punktzahl in der gesamten Geschichte der Schule erreicht! Längst ist ihm der Platz in der höheren Schule sicher, der Weg zum Studium ist offen, er ist seinem Ziel, Ingenieur zu werden, einen großen Schritt näher gekommen. Ihm stünde ein Stipendium zu, wenn er das Augsburger Heimatrecht hätte.

Professor Barnickel ist vom Podium nach hinten gekommen, zusammen mit Rektor Pfeiffer, dem Leiter der Schule, und dem Herrn vom Ministerium. Sie schütteln ihm die Hand, Rudolf erlebt es wie im Traum und nimmt die Lobesworte, die sie ihm zusprechen, kaum wahr. Er denkt nur: Ich muss das Stipendium bekommen! Meine Eltern müssen zustimmen! Wenn er nach Paris fährt, will er sie persönlich darum bitten. Ach, warum können sie an seinem großen Tag nicht hier sein, um sich mit ihm zu freuen! Noch heute muss er ihnen schreiben.

»Ich habe etwas mit Ihnen zu besprechen, Rudolf«, sagt sein Pflegevater zu ihm. Zum ersten Mal wendet der Professor sich so an ihn. Das »Du« gehört der Kindheit an, die mit diesem Tag zu Ende gegangen ist.

Tante Betty geht nach Hause, um die Vorbereitung eines festlichen Abendessens zu überwachen. Rudolf wird von Professor Barnickel in die Innenstadt geführt, zum Café *Kernstock* in der Annastraße. Hier treffen sich Theaterbesucher nach der Vorstellung, und im Saal probt die »Augsburger Liedertafel«. Rudolf betritt das vornehme Lokal zum ersten Mal. Er bestaunt die mit dunkelrotem Samt bezogenen Sessel und die prachtvollen Kronleuchter.

Der Professor bestellt sich einen Kaffee und für Rudolf ein Zitronensorbet, eine orientalische Köstlichkeit, deren Rezept die Engländer aus Konstantinopel mitgebracht haben und die zurzeit das Modegetränk in ganz Europa ist. Rudolf hat es noch nie probiert.

Christoph Barnickel spricht erst, als die Getränke da sind. Er hat erraten, was Rudolf bewegt. »Sie haben große Ehre für sich und für uns eingelegt, Rudolf«, sagt er. »Die ganze Familie ist stolz auf Sie. Ihre Eltern sicher auch, wenn sie davon erfahren. Ich habe schon vor ein paar Tagen ein Schreiben von Ihrem Vater bekommen, aber ich wollte Ihnen vor der Prüfung nichts davon erzählen.«

Rudolf verspürt eine Enge im Hals. Er hätte sich über Post von zu Hause – so nennt er Paris noch immer – freuen müssen, doch er ahnt, dass der Brief keine guten Nachrichten enthält.

»Ihr Vater hat den Wunsch, Sie zu sich in die Werkstatt zu nehmen, damit Sie sein Handwerk erlernen und später den Betrieb übernehmen können. Es ist ihm auch unangenehm, dass er so wenig Unterhaltsgeld für Sie schicken kann.«

»Wenn ich ein Stipendium bekäme …«, sagt Rudolf, aber Professor Barnickel lässt sich nicht unterbrechen.

»Leider kann er auch das Fahrgeld nicht schicken, sodass Sie Ihren Besuch verschieben sollen. Ich habe ihm gegenüber nie erwähnt, dass ich Ihr Stundengeld auf einem Sparbuch angelegt habe.«

Rudolf weiß nicht, was er dazu sagen soll, er nippt an seinem Sorbet, nimmt den exotischen Geschmack aber kaum wahr. Er hat sich so sehr auf seinen Besuch in Paris gefreut, er hat Heimweh nach den Eltern und besonders nach seinen Schwestern. *Nur jetzt nicht heulen*, sagt er sich. Der Besuch wäre dringend gewesen, denn er hätte seinem Vater gern klargemacht, welche Bedeutung es hat, dass dieser sich um das Heimatrecht seines Sohnes kümmert.

»Er ist einverstanden«, sagt der Professor. Rudolf hat einen Moment lang nicht zugehört, aber sein Pflegevater hat es bemerkt. »Sie fahren nach Paris, aber erst später. Sie werden hier die Industrieschule besuchen.«

»Aber ich habe kein Stipendium!«

Professor Barnickel nickt. »Dafür ist gesorgt. Rektor Pfeiffer hat mit mehreren wohlhabenden Bürgern gesprochen, und es ist eine Summe von sechzig Gulden zusammengekommen. Das reicht für Kleidung und Bücher im ersten Jahr, und dann sehen wir weiter. Natürlich wohnen Sie weiterhin bei uns.«

Rudolf wäre ihm am liebsten um den Hals gefallen, aber er bedankt sich ruhig und artig, wie es sich gehört. Zugleich überlegt er, in welcher Form er mehr zum Familieneinkommen beitragen kann. Vielleicht sollte er den Preis seiner Unterrichtsstunden erhöhen, das steht ihm jetzt zu. Und er kann auch noch mehr Stunden geben. Andererseits muss er die Zeit nutzen, um möglichst viel zu lernen. Ein Jahr hat er gewonnen, das zweite wird ihm auch zufallen.

Professor Barnickel winkt die Bedienung heran und steckt ihr einen Geldschein zu.

»Kommen Sie, Rudolf. Man erwartet uns zu Hause. Beim Essen habe ich noch eine Überraschung für alle, doch Sie sollen sie als Erster erfahren. Wir fahren für eine Woche an den Starnberger See, um uns zu erholen. Sie müssen wissen, dass die Kräfte eines Menschen nicht unerschöpflich sind. Wer etwas leistet, muss auch daran denken, sich immer wieder neue Kraft zu holen.«

Die Reise nach Paris dauert zweiundvierzig Stunden, und als sich mit besseren Straßen, größeren Dörfern und den ersten Fabriken die Großstadt ankündigt, ist Rudolf zunehmend aufgeregt. Wie lange hat er seine Familie nicht gesehen, wie lange schon war er nicht in Paris! So vieles wird sich verändert haben, dass er sich vielleicht kaum noch zurechtfindet. Seine Eltern hat er in mehreren Briefen auf sein Kommen vorbereitet. Sie sollten wissen, dass er für sein Leben Pläne gemacht hat und dass es ein Ziel gibt, von dem abzuweichen er nicht bereit ist. Er will Ingenieur werden. In ihren Briefen haben sie ihm immer wieder davon abgeraten. Sie möchten, dass er sofort nach Beendigung der Schule nach Paris zurückkehrt, um Geld zu verdienen, und so dazu beiträgt, ihre ständigen Geldsorgen zu verringern. Rudolf macht diese Reise nicht nur, um seine Eltern und die beiden Schwestern wiederzusehen, sondern er will bei Vater und Mutter um Verständnis werben. Er will ihre Bedenken ausräumen und sie bitten, ihre Widerstände aufzugeben. Er ahnt, dass es ein schwerer Kampf werden wird, aber er weiß um sein Durchsetzungsvermögen. Sie haben ihn jahrelang nicht gesehen und unterschätzen ihn, weil sie noch Rodolphe, das schüchterne Kind, in Erinnerung haben. Sie haben Angst vor den Kosten eines Studiums – dagegen kann er Ersparnisse und ein eigenes kleines Einkommen durch seine Unterrichtsstunden anführen.

Diese Gedanken machen der Vorfreude Platz, als der Zug immer häufiger über Weichen rattert und ständig das Gleis wechselt. Die Lok gibt ein lang gezogenes Pfeifsignal von sich. Rudolf fühlt sich an die Flucht vor ein paar Jahren erinnert. Schon fährt er in die Gare de L'Est ein, hat das Fenster heruntergelassen, beugt sich hinaus und hält nach seinen Eltern Ausschau.

Auf dem Bahnsteig sind sie nicht auszumachen. Rudolf nimmt seinen Koffer und seine mit Geschenken gefüllte Umhängetasche und geht bis zur Sperre, wo er seine Fahrkarte vorzeigen muss. Da, auf dem Platz vor dem Gitter, entdeckt er seine Mutter, die sich herausgeputzt hat wie eine feine Dame – für seinen Empfang! Neben ihr ... ist das Louise? Nein, das muss Emma sein! Er winkt. Nun kommt sein Vater, den er erst jetzt erkennt, auf ihn zu. Rudolf hat die Absperrung hinter sich, lässt den Koffer stehen und umarmt seinen Vater. Wie alt er aussieht! Das müssen die Sorgen und die viele Arbeit sein, die sich da in seinem müden und ausgezehrten Gesicht abzeichnen.

Emma kommt auf ihn zugerannt. Rudolf breitet die Arme aus, fängt seine Schwester im Sprung, wirbelt sie zweimal im Kreis herum und küsst sie dann auf beide Wangen. »Wie schön du geworden bist!« Er hatte sagen wollen: »Wie groß«, aber es ist ihm so herausgerutscht. Emma errötet, und sein Herz schlägt schneller, als sie aus ihren runden braunen Augen zu ihm aufschaut. Mutter umarmt ihn nur kurz und flüstert ihm zu: »So etwas darfst du ihr nicht mehr sagen. Sie ist jetzt eine junge Dame!« Lauter setzt sie hinzu: »Du bist groß geworden! Und was für schicke Kleidung du trägst!«

»Deine Gasteltern werden dich wohl gegen meinen ausdrücklichen Wunsch verwöhnt haben«, sagt Vater. »Komm. Mutter hat dein Lieblingsessen vorbereitet.« Er greift nach Rudolfs Gepäck, aber Rudolf ist schneller, nimmt den Koffer und die Umhängetasche. Es wäre ihm peinlich, wenn Vater sein Gepäck trüge.

Rudolf weiß gar nicht, ob er ein Lieblingsessen hat. Essen ist für ihn etwas Nebensächliches – es gibt vieles, was er mag, und kaum etwas, was er nicht mag. Ihm fällt auf, dass Vater gesagt hat, Mutter selbst habe das Essen vorbereitet. Haben sie denn kein Hausmädchen mehr? Und wo ist seine ältere Schwester?

»Warum ist Louise nicht mitgekommen?«, fragt er.

»Ich habe sie vor ein paar Tagen zu Madame Charroux aufs Land gebracht«, sagt Mutter. Madame Charroux ist die Bäuerin, die ihnen vor Jahren oft die Wochenendwohnung in Vincennes vermietet hat. »Rudolf – deine Schwester ist sehr krank. Sie hat die Schwindsucht. Sie verträgt die Luft in Paris nicht mehr, vielleicht wird es auf dem Lande wieder besser.«

Schwindsucht! Als Sechzehnjähriger weiß Rudolf

schon, dass es gegen diese Krankheit kein Heilmittel gibt. Er erinnert sich an Louises häufige Hustenanfälle. Warum haben sie alle damals geglaubt, sie habe sich nur erkältet? Onkel Wilhelm hat auch die Schwindsucht gehabt. Damals, bei Kriegsbeginn, hatte er seine ganze Habe verkauft und war ans Mittelmeer gefahren, auf die Îles d'Hyères bei Toulon, wo ein besonders gesundes Klima herrscht, dort aber auch nur noch ein halbes Jahr gelebt. Plötzlich spürt Rudolf eine große Sehnsucht nach seiner älteren Schwester, mit der er sich oft gestritten hat und die er doch liebt.

Der Weg zur Wohnung dauert fast eine Stunde. Die Familie lebt nicht mehr in der Rue de la Fontaine au Roi. Rudolf weiß, dass die Eltern alles unversehrt vorgefunden haben, obwohl es in Briefen und Zeitungsberichten stets hieß, die Wohnungen der Deutschen seien zerstört und geplündert worden. Sogar die verpackten Lebensmittel waren noch da, und Louise hat von Madame Cadot ihren Kanarienvogel zurückbekommen, den ihr Onkel Wilhelm geschenkt hatte. Doch kaum hatten sie die Wohnung wieder bezogen, brachte Madame Cadot die Kündigung der Vermieterin, die künftig selbst in den Räumen wohnen wollte.

Die neue Wohnung enttäuscht Rudolf, denn sie sieht nicht viel anders aus als die alte: Sie ist nicht größer, dient zum Teil als Lager für Vaters Werkstatt, und auch die Möbel kennt er alle noch. Wenn sich etwas verändert hat, so ist alles nur älter und schäbiger geworden. Auf dem Küchenschrank steht die große Uhr, deren Zeiger noch immer lose hinter der Glasabdeckung liegen.

Mutter stellt etwas zu trinken auf den Tisch – Rotwein vermischt mit abgekochtem Wasser, auch das kennt Rudolf noch von früher. Dem Brunnenwasser kann man also immer noch nicht trauen. Er fragt, wie es seinen Lieben ergangen ist. Einiges weiß er aus Briefen, aber jetzt merkt er, dass die Eltern ihren Alltag beschönigt haben. Die Geschäfte gehen schlecht, in der Stadt herrscht eine deutschenfeindliche Stimmung, und Kellers fallen als Großabnehmer aus. Das Geld, das Louise als Klavierlehrerin verdient hat, fehlt jetzt spürbar. Die Familie lebt ärmlicher als je zuvor.

»Noch ein Jahr, dann hast du die Schule hinter dir«, sagt Vater. »Dann wirst du mich in der Werkstatt entlasten können, und ich eröffne einen Verkaufsstand an einem der großen Boulevards. Du wirst sehen, mein Junge, dann geht es aufwärts.«

Rudolf schüttelt den Kopf. Weiß Vater denn nicht, dass es inzwischen Fabriken mit großen, von Dampfkraft angetriebenen Steppmaschinen gibt, mit deren Hilfe man Brieftaschen und Geldbörsen, Schulranzen und dergleichen billig und in großen Mengen herstellen kann? Noch sind diese Maschinen zu riesig, um in Vaters Werkstatt Platz zu finden, und für so einen kleinen Betrieb zu teuer, aber wenn Vater sich mit mehreren Leuten zusammenschließen könnte, um gemeinsam eine Dampfmaschine zu betreiben, dann könnten sie ihre Werkstätten rund um die Maschine ansiedeln und ihre Näh- und Steppmaschinen über Keilriemen damit verbinden. So wäre allen geholfen, und sie könnten der Konkurrenz standhalten – die Produktion wäre billiger, Vater könnte weniger für seine Ware verlangen und doch mehr verdienen.

Vater braust auf, als Rudolf davon spricht. »Ach, der Herr Gewerbeschüler weiß Bescheid! Der Herr Gewerbeschüler durchschaut das System! Der Herr Gewerbeschüler kann seinem Vater jetzt vorschreiben, wie er sein Geschäft zu führen hat!«

Rudolf ist erschrocken. So empfindlich hat er seinen Vater nicht in Erinnerung. »Keineswegs!«, sagt er rasch.

»Es war nur eine Idee. Es liegt mir fern, meinen Eltern Vorschriften machen zu wollen. Dazu habe ich viel zu großen Respekt vor euch und eurer Arbeit. Aber ist es nicht so, dass das rein Handwerkliche immer weniger Anerkennung findet?«

»Das ist eine Frage der Qualität«, sagt Vater, jetzt wieder ruhig. »Und auf Qualität will ich setzen. Solche Dinge haben Bestand. Wenn du erst wieder hier bist, wird alles besser. Ich möchte aber, dass du nach der Schule noch ein halbes Jahr in Augsburg bleibst und dort arbeitest. Du kannst Unterricht geben oder irgendwo in einer Werkstatt Geld verdienen. Vielleicht beim Taschenmacher Geiger, dann kannst du noch neue Erfahrungen in unseren Betrieb einbringen. Wichtig ist mir, dass du deinen Verdienst dazu verwendest, den größten Teil der Schulden zu bezahlen, die bei deinen Gasteltern aufgelaufen sind, denn ich kann erst in ein paar Jahren an eine Begleichung denken.«

Von dieser Sorge kann Rudolf seinem Vater einiges nehmen. Er leistet schon lange einen finanziellen Beitrag zum Haushalt der Barnickels, und die Schulden sind bei Weitem nicht so hoch, wie Vater annimmt.

»Redet später darüber«, sagt Mutter, die gerade aus der Schlafkammer kommt. Sie hat ihr Sonntagskleid gegen einen schlichten Hauskittel eingetauscht. »Ihr habt doch noch acht Wochen Zeit, bis die Ferien zu Ende sind. Jetzt gibt es erst einmal etwas zu essen.« Sie verschwindet in der Küche.

Rudolf nickt dem Vater zu. »Sie hat recht. Ich helfe dir in der Werkstatt, solange ich hier bin. Dabei können wir dann eine Menge besprechen.«

Es gibt Kartoffelpuffer. Die hat Rudolf tatsächlich gern gegessen – früher, als Johanna sie noch machte. Die Ränder von diesen hier sind dunkel und hart. Das Fett hat

Mutter offenbar mehrfach verwendet, denn es schmeckt leicht ranzig. Selbst an dieser Kleinigkeit müssen die Eltern also sparen. Dieser Gedanke schmerzt Rudolf. *Ich will mir alle Mühe geben, mein Studium schnell zu Ende zu bringen,* sagt er sich. *Wenn ich es geschafft habe, kann ich meine Eltern versorgen und ihnen ein viel besseres Leben ermöglichen.*

Es ist das dritte Mal, dass Rudolf mit Mutter und Emma nach Vincennes unterwegs ist. Vater ist zu Hause geblieben, um an einem Auftrag zu arbeiten. Ein Laden an der Rive Gauche, dem linken Seineufer, hat vierzig Geldbörsen in zwei verschiedenen Varianten bestellt. Vater hatte schon lange keinen so großen Auftrag mehr, und es ist der erste, der aus diesem Teil der Stadt kommt. Sogleich macht er sich große Hoffnungen: Vielleicht ist das sein geschäftlicher Durchbruch. Rudolf bietet an, ihm zu helfen, aber Mutter sagt, es reicht, wenn einer aus der Familie den heiligen Sonntag durch Arbeit schändet.

Sie ist bitter geworden, denkt Rudolf, so hat sie sich ihr Leben gewiss nicht vorgestellt.

Auf dem Weg nach Vincennes versucht Emma, die Hand ihres großen Bruders zu halten, so wie früher. Mutter aber drängt sich zwischen sie und geht den ganzen Weg in der Mitte. Sie seien keine Kinder mehr, und es gehöre sich nicht, so nahe beieinanderzugehen. Rudolf versucht, sich seine Verletzung darüber nicht anmerken zu lassen. Er würde doch seiner kleinen Schwester keine Avancen machen! Mutter ist inzwischen strenger auf Form bedacht als früher.

Sie kommen an einer Wiese vorüber. Emma läuft über das Gras und pflückt Blumen, die sie Louise mitbringen will. In ihrem weiten rosa Kleid mit der weißen Schürze sieht sie in diesem Moment wieder kindlich aus, unbeschwert wie ein Schmetterling. Sie lacht, als sie stolpert und sich überschlägt. Mutter schimpft, weil ihr Kleid Flecken bekommen hat, die nur schwer herauszuwaschen sein werden.

Als sie das Haus von Madame Charroux erreichen, zieht Emma am breiten, bestickten Glockenstrang – das macht ihr Spaß. Sie hält die Blumen mit ausgestreckten Armen vor sich. Die Hausfrau öffnet und blickt sie entgeistert an. »Es tut mir leid«, sagt sie nach einer Weile.

Rudolf versteht sofort. Er spürt eine Kälte, die seinen Brustkorb umklammert. Er tritt zwischen Mutter und Emma und legt die Arme um sie, zieht sie an sich.

»Wo ist Louise?«, fragt Mutter. Sie zittert. Ihr ungeschminktes Gesicht ist bleich.

»In der Stube«, sagt Madame Charroux. Ihre Stimme ist belegt und klingt fremd. »Sie hatte einen Blutsturz, und ich habe den Doktor gerufen. Es war zu spät. Bitte kommen Sie.«

Mutters Körper entgleitet Rudolfs Umarmung und fällt mit einem dumpfen Geräusch auf den Boden. Emma schluchzt laut auf, schleudert die Blumen von sich und wirft sich über Mutter. Ihr schmaler Körper bebt heftig. Rudolf fühlt sich hilflos und weiß nicht, was er tun soll. Er lässt sich auf die Knie fallen, achtet nicht auf den Schmerz, berührt sanft seine Mutter und Schwester an der Schulter. Der Versuch, die beiden zu trösten, kommt ihm linkisch vor – seine Hände werden feucht von den eigenen Tränen.

Die Rückkehr nach Augsburg ist für Rudolf wie das Erwachen aus einem furchtbaren Traum, denn der Tod seiner Schwester geht ihm sehr nahe. Es ist nicht nur der Verlust eines geliebten Menschen, es ist die Erkenntnis der Endlichkeit des Lebens, die ihn bedrückt. Wie viel Zeit wird ihm selbst wohl bleiben, um all das zu schaffen, was er sich vorgenommen hat?

Barnickels freuen sich, ihn wieder bei sich zu haben. Sie haben die Todesnachricht bereits erhalten, und Tante Betty schließt Rudolf tröstend in ihre Arme. »Wir haben schon befürchtet, Sie kämen nicht mehr zurück, lieber Rudolf«, sagt ihr Mann.

»Ich bin froh, wieder hier zu sein.« Rudolf erwidert den kräftigen Händedruck. »Ich würde gern heute Abend mit Ihnen sprechen.«

Der Professor nickt. Es ist im Hause Barnickel üblich, dass jedem der Pflegekinder abwechselnd eine Sprechstunde im Arbeitszimmer zugestanden wird, in der man mit dem Familienoberhaupt seine Sorgen und Nöte erörtern kann, die man bei Tisch nicht zur Sprache bringen möchte.

Während des Essens berichtet Rudolf von der Reise. Er vermeidet es, von Louises Tod zu sprechen, schildert hingegen das karge Leben der Eltern. Seine Pflegeeltern wollen wissen, ob man in Paris viele Spuren von Krieg und Revolution zu sehen bekommt, immerhin hatte es die Belagerung und danach das Chaos der *Commune* gegeben. Rudolf berichtet, dass Paris wieder ebenso schön ist wie früher, die Straßen sind wieder von Tausenden von Gaslaternen erleuchtet, in den Geschäften gibt es all das zu kaufen, was das Herz begehrt, und es finden wieder große Bälle statt, von denen überall bunte Plakate künden. »Wer aus Deutschland kommt, hat es aber schwer«, sagt Rudolf.

Professor Barnickel streicht über seinen Spitzbart. »Deine Eltern sollten besser daran denken, nach Augsburg überzusiedeln«, sagt er.

»Aber Sie haben ihnen doch erst kürzlich in einem Brief davon abgeraten.«

Der Professor nickt. »Nicht generell. Ihr Herr Vater wollte das gleiche Geschäft, das er in Paris betreibt, hier in Augsburg eröffnen. Das würde ihm nicht gelingen, denn es gibt schon genug Konkurrenz, gegen die er sich behaupten müsste. Außerdem hat er sich noch nicht um das Bürgerrecht bemüht.« Ohne den Hauch eines Vorwurfs stellt er diese Dinge fest.

»Ihr Vater könnte als Angestellter in einer großen Firma arbeiten«, sagt Tante Betty. »Als Buchhalter wird er hier immer Arbeit finden. Er muss sich nur eine bessere Handschrift angewöhnen, aber das wird ihm sicher nicht schwerfallen.«

»Das werde ich ihm schreiben«, sagt Rudolf.

Eine halbe Stunde später sitzt er seinem Gastvater im Arbeitszimmer gegenüber, zwischen ihnen der große schwarze Schreibtisch, auf dessen Platte sich nach außen hin Nachschlagewerke und Arbeitsmappen von Mitschülern Rudolfs stapeln. Die Wände sind vom Boden bis zum hohen Plafond hinter Regalen voller Bücher fast gar nicht zu sehen. Rudolf ist immer befangen, wenn er hier sitzt, und zugleich fesselt ihn der Anblick der Bücher – das Wissen von Jahrhunderten steckt zwischen ihren Deckeln.

»Der Tod Ihrer Schwester bedrückt Sie sehr«, sagt der Professor.

Rudolf nickt.

»Aber da ist doch noch etwas.«

Überrascht hebt Rudolf den Kopf. Er fühlt sich durchschaut. Er weiß nicht, ob er von dem sprechen darf, was ihn bekümmert. »Ich will nicht respektlos gegenüber meinen Eltern wirken«, sagt er. »Aber wir sind uns fremd geworden. Sie haben sich verändert, und ich mich auch.«

»Sie sind älter und klüger geworden, Rudolf. Ihre Erlebnisse in der Zeit der Trennung waren unterschiedlich. Da braucht man eine Weile, um sich wieder aneinander zu gewöhnen. Ich hoffe, es hat keinen Streit gegeben.«

»Nein. Ich habe oft nicht zu widersprechen gewagt. Aber wissen Sie, Onkel Christoph, ich habe mich so sehr auf das Wiedersehen gefreut, und dann war ich einfach nur enttäuscht.« Es fällt ihm schwer, dieses Wort auszusprechen, aber er hat sonst niemanden, mit dem er offen darüber reden könnte. Was während der »Sprechstunde« in diesem Zimmer zur Sprache kommt, unterliegt einer Art Beichtgeheimnis, und selbst das unaufgeforderte Geständnis einer Übertretung bliebe ohne Strafe.

»Enttäuscht? Das müssen Sie mir erklären.«

»Meine Eltern haben eine Weile in London gelebt. Sie haben dort neue Erfahrungen gesammelt und sind dann nach Paris zurückgekommen. Die Wohnung war unversehrt. Die Nachbarn waren freundlich zu ihnen, obwohl die Deutschen immer noch als Feinde gelten, auch nach dem Friedensvertrag. Meine Eltern haben eine andere Wohnung, an einem für ein Geschäft günstigeren Platz. Es wäre die beste Gelegenheit gewesen, sich etwas Neues zu überlegen oder sich geschäftlich mit anderen Leuten zusammenzutun, aber nichts hat sich geändert. Vater geht seiner Arbeit nach wie eh und je, doch hat er aufgehört, neue Muster zu entwerfen. Er stellt von früh bis spät seine Mappen und Taschen, Etuis und Lederbeutel her, ohne zu wissen, ob er sie auch verkauft. Ein Auftrag, der ein kleines bisschen über das Gewohnte hinausgeht, ist Anlass zu großen Hoffnungen und zu noch größeren Plänen, die schon in der Woche danach wie ein Kartenhaus in sich zusammenfallen. Er bewegt sich nicht, Onkel Christoph. Er hat keinen Mut und keine wirkliche Hoffnung, auch wenn er sich Mutter und mir gegenüber verstellt.«

Christoph Barnickel greift nach seiner Tabakspfeife, die er sich nur in diesem Zimmer gönnt, stopft sie und zündet sie an. Erst als die ersten wohlriechenden Wolken zur Zimmerdecke aufsteigen, antwortet er.

»Sie haben gut beobachtet, lieber Rudolf. In den Briefen, die ich mit Ihren Eltern austausche, kommt Ähnliches zur Sprache. Sie müssen aber geduldig sein. Das Leben ist für beide nicht leicht, zumal sie gerade erst ein Kind verloren haben.«

»Das macht die Sache noch schwieriger«, sagt Rudolf und massiert mit einer Hand seine hohe Stirn, hinter der er einen dumpfen Druck verspürt, wie so oft, wenn ihn etwas stark bewegt. »Wir sind eine religiöse Familie, aber meine Eltern geraten, wie ich fürchte, auf einen Irrweg. In Paris gibt es viele Leute, die behaupten, Kontakt mit den Toten aufnehmen zu können. Meine Eltern haben an Sitzungen von spiritistischen Zirkeln teilgenommen und angeblich Louises Stimme gehört, die sagt, es gehe ihr im Jenseits sehr schlecht und sie habe Heimweh.«

»Das ist ja entsetzlich! Ihre Eltern glauben wirklich an solchen Unsinn?«

»In den ersten Tagen waren sie beide davon überzeugt, aber dann hat Mutter sich abgewandt, und ich bin sicher, ihre Hingabe an die Kirche ist seither noch tiefer geworden. Aber Vater … Ich weiß nicht, was ich sagen soll. Er glaubt an diese Geschichte, und zugleich sieht er darin eine Möglichkeit für die Zukunft. Kurz bevor ich abgereist bin, hat er gesagt, er will das Handwerk des Spiritismus erlernen, um anderen Menschen zu helfen und somit einen kleinen Nebenverdienst zu haben. Zugleich möchte er aber die katholische Kirche reformieren und glaubt, die Welt brauche einen zweiten Luther, der die Magie und die Mystik wiedererweckt. Und dieser zweite Luther glaubt er zu sein.«

Christoph Barnickel bläst eine große Rauchwolke in die Luft. »Machen Sie sich keine Sorgen, Rudolf«, sagt er dann. »Jeder Mensch zeigt seine Trauer anders. Ihre Eltern werden ins Alltagsleben zurückfinden, und Sie selbst stehen ja bereits mit beiden Beinen darin. Ich habe übrigens zwei Neuigkeiten für Sie.«

»Ist vielleicht schon Post von ihnen gekommen?« Rudolf war zwei Tage unterwegs. Wenn ein Brief der Eltern da ist, müssen sie ihn schon vor seiner Abreise losgeschickt haben.

»Nein«, sagt Professor Barnickel und beugt sich vor, um ihm direkt in die Augen zu sehen. »Rudolf, Sie müssen Ihre Sachen packen.«

Rudolf wird kalt. Also doch! Seine innerste Furcht wird Wirklichkeit! Er muss nach Paris zurück, weil seine Eltern den Unterhalt für ihn nicht zahlen können und sein eigener Beitrag zu gering ist. Kaum glaubt er, was er stattdessen zu hören bekommt.

»Wir werden umziehen«, sagt Professor Barnickel. »Es gibt Familienzuwachs! Der Bankier von Stetten hat seine Gattin verloren und kann sich nicht allein um seine vier Söhne kümmern. Er will sie aber auch nicht einfach dem Hauspersonal überlassen, sondern wünscht sich eine angemessene Erziehung für sie. Sie werden zu uns kommen, oder vielmehr ziehen wir mit ihnen zusammen. Herr von Stetten hat eine große Wohnung am Moritzplatz für uns alle angemietet, weil unser hiesiges Domizil dann zu klein wäre. Sie werden ein großes Zimmer für sich allein bekommen, Rudolf. Genügend Platz und Ruhe zum Studieren! Sie können sich eine eigene kleine Bibliothek einrichten.« Er deutet mit einer schwungvollen Bewegung auf seine Bücherwände. »Einen kleinen Grundbestand werde ich Ihnen zur Verfügung stellen, denn es gibt in meiner Bibliothek einiges aus meiner Studienzeit, was Sie zum Lernen gebrauchen können, während es bei mir nur noch aus sentimentalen Beweggründen herumsteht.«

Rudolf ist überwältigt von diesem Angebot. »Wie kann ich Ihnen dafür nur danken?«

»Indem Sie beharrlich Ihren Weg gehen«, sagt Professor Barnickel. »Das heißt nicht, dass Sie sich gegen Ihre Eltern stellen sollen. Ich werde Ihnen helfen, sie zu überzeugen. Ich weiß, Sie haben ein hohes Lebensziel, und ich möchte, dass Sie es erreichen. Machen sie sich daher keine Sorgen um Ihre Eltern. Die werden eines Tages stolz auf Sie sein, und das werde ich ihnen deutlich vor Augen führen. Dies fällt mir umso leichter, da ich noch eine zweite Neuigkeit habe.«

Rudolf hat das Gefühl, er wird mit Wohltaten überhäuft. Er senkt den Blick und sagt: »Ich verdiene es nicht, bevorzugt zu werden. Was ist mit Gernot und Joseph?« Das sind die beiden anderen Pflegekinder, die zurzeit im Barnickel'schen Haushalt leben.

»Hier wird jeder nach seinen Fähigkeiten gefördert«, sagt der Professor. »Die beiden werden nicht zurückstehen. Für Sie habe ich jedoch etwas, das Sie sich erst noch verdienen müssen. Im Laufe des neuen Unterrichtsjahres kommt ein königlicher Commissär an unsere Schule. Sagt Ihnen der Name von Bauernfeind etwas?«

»Ja.« Wie mechanisch auswendig gelernt fängt Rudolf an, Worte herunterzurattern: »Karl Max von Bauernfeind. Ingenieur und Geodät. Er hat nicht nur unsere Industrieschule gegründet, sondern auch die Technische Hochschule in München.«

»Richtig. Als Commissär Seiner Majestät bereist er demnächst ganz Bayern, um an den renommiertesten Schulen die besten Schüler zu ermitteln. Ich habe Sie gemeldet, Rudolf, und es wird ein Gespräch zwischen Ihnen und Herrn von Bauernfeind geben.«

Rudolf ist zugleich geschmeichelt und erschrocken. Er fürchtet, in Gegenwart des berühmten Mannes, der zudem als Beauftragter Seiner Majestät des Königs reist, kein Wort herauszubekommen.

»Machen Sie mir Ehre«, hört er Professor Barnickel sagen. »Herr von Bauernfeind wird vor allem wissen wollen, ob Ihre hervorragenden Noten ihrem Können entsprechen oder auf Begünstigung zurückzuführen sind. Sie leben nun mal im Haushalt eines Professors der Schule.« Wieder bläst Barnickel eine Rauchwolke in die Höhe des Raumes. »Wenn Sie das Gespräch gut hinter sich bringen, sind Ihre ersten beiden Jahre auf der Technischen Hochschule in München durch ein Stipendium gesichert. Rudolf, Sie haben jetzt Verantwortung. Für sich, für Ihre Familie und ausnahmsweise auch einmal für mich. Ich weiß, Sie werden mir keine Schande bereiten.«

Die Neuigkeiten machen Rudolf benommen. Er weiß kaum, was er sagen soll, als er sich von seinem Wohltäter verabschiedet. In seinem nur vom Mond erhellten Zimmer kniet er nieder, und in jugendlicher Frömmigkeit dankt er Gott und betet für seine Eltern, für Emma und für Louises Seelenheil.

Das Schuljahr geht bereits seinem Ende zu, als Rudolf eines Tages überraschend zu Herrn Rektor Pfeiffer gerufen wird. Zusammen mit zwei Mitschülern wartet er auf dem Flur. Sie rätseln, was wohl der Anlass zu dieser

Vorladung zum Schulleiter sein könnte. Keinem von ihnen fällt ein Vergehen ein, für das eine Strafpredigt zu erwarten wäre. Einzeln werden die Schüler dann hereingebeten, der erste kommt eine Viertelstunde später zurück und erzählt danach aufgeregt, dass der angekündigte Commissär da sei, ein sehr strenger Herr, der schwierige Fragen stelle. Der zweite Schüler bleibt noch länger, und Rudolf gehen in dieser Zeit allerhand Fragen durch den Kopf, auf die er sich gefasst macht. Er hat keinerlei Hinweise im Vorhinein darüber bekommen, welche Fächer abgefragt werden, doch er fühlt sich in allen Bereichen sicher.

Endlich wird er aufgerufen. Er erwartet, dass der Commissär hinter dem Schreibtisch des Rektors sitzt und er selbst während der Prüfung davorsteht. Doch in einer Ecke des Raumes stehen drei Sessel um einen kleinen Tisch, auf dem ein Dossier mit Rudolfs Namen liegt. Dort sitzen Direktor Pfeiffer und Karl Max von Bauernfeind, ein stattlicher Mann in braunem Anzug und mit borstig abstehendem Vollbart. Mit seiner hohen Stirn und dem lockigen, nach hinten gekämmten dunklen Haar sieht er aus wie der frühere amerikanische Präsident Lincoln, von dem Rudolf einmal ein Bildnis gesehen hat. Eine goldene Uhrkette prangt über der Weste, und der Commissär trägt ein Monokel, durch das er ihn jetzt prüfend ansieht.

Rudolf bleibt in gebührendem Abstand stehen, schlägt die Hacken zusammen und grüßt.

»Das also ist Ihr Musterschüler«, sagt Bauernfeind. Er deutet auf den freien Sessel. »Setzen Sie sich, Diesel.«

Zaghaft nimmt Rudolf Platz. Ihm ist es nicht geheuer, mit dem Schulleiter und dem hohen Besuch an einem Tisch zu sitzen, als kämen sie zum Kaffee zusammen. Herr von Bauernfeind ist jedoch freundlich, schlägt einen lockeren Plauderton an und befragt ihn nach seiner Familie, seinen Freunden, seinen persönlichen Interessen. Erst als Rudolfs Scheu gewichen ist, kommen fachliche Fragen.

Rudolf kann alle beantworten, er hat den Stoff sämtlicher Fächer präsent, schließlich bereitet er sich schon auf die nahende Abschlussprüfung vor. Der Commissär ist beeindruckt. Er weiß, dass Rudolf in allen Fächern eine Eins hat, und stellt ihm auch Fragen, die über das bloße Lernpensum in der Schule hinausgehen.

»Exzellent!«, sagt der Prüfer schließlich. »Herr Diesel, jemanden wie Sie brauchen wir auf der Technischen Hochschule. Sie haben das Zeug zu einem der fähigsten Techniker weit und breit, und Sie werden es weit bringen. Ich verspreche Ihnen hiermit ein Stipendium für die Technische Hochschule in München.« Er nennt eine Jahressumme, die Rudolf den Atem verschlägt. Mit ungefähr dem gleichen Betrag ernährt Vater in Paris die ganze Familie!

»Was machen Sie nach der Abschlussprüfung?«, fragt der hohe Besucher. »Bis zum Beginn des Semesters sind zwei Monate Zeit.«

»Ich werde arbeiten«, sagt Rudolf. »Ich gebe Unterricht in Französisch und Mathematik, außerdem muss ich mir eine Unterkunft in München suchen.«

»Fahren Sie nicht zu Ihren Eltern nach Paris?«

»Ich will mich bemühen, die Zeit dafür zu finden.« Rudolf weiß nicht, was der Commissär mit dieser Frage bezweckt. »Ich habe sie lange nicht gesehen.«

»Während des Studiums werden Sie kaum dazu kommen«, sagt Bauernfeind. »Also sollten Sie vorher fahren. Kennen Sie Paris gut?«

»Sicher. Ich habe bis zu meinem zwölften Lebensjahr dort gelebt, und ich habe für meinen Vater Ware ausgeliefert. Ich war auf der Weltausstellung und oft im Technischen Museum, dem Musée des Arts et Métiers. Ich habe nicht weit davon gewohnt.«

»Das möchte ich auch gern einmal sehen. Die Sammlung ist weltberühmt.« Bauernfeind lehnt sich gelassen zurück, und Rudolf erkennt, dass die Prüfung zu Ende ist und dieser Teil des Gesprächs nicht mehr dazugehört. Er wundert sich, dass der Königliche Commissär ihm so viel Zeit widmet.

»Herr Diesel«, sagt Bauernfeind weiter, »vor Beginn des neuen Semesters muss ich eine Dienstreise machen, die mich erst nach Paris, dann nach Burgund und anschließend in die Schweiz führt. Mein Französisch ist nicht besonders gut, da meine Schulzeit weit zurückliegt. Ich bekäme einen Dolmetscher mit auf die Reise, aber es ist mir lieber, meine Verhandlungen direkt zu führen. Ich brauche einen Tutor, der mit mir und meinen Mitarbeitern die wichtigsten Vokabeln vor den Gesprächen repetiert. Die Reise dauert nur zwei Wochen. Kommen Sie doch mit! Sie können mich durch Paris führen, mich ins Burgund und in die Schweiz begleiten und bekommen alles bezahlt. Obendrein ein kleines Taschengeld.«

Rudolf ist überrascht und verlegen. »Ich weiß nicht, ob ich das annehmen kann.«

»Sie müssen, Herr Diesel. Sie müssen! Ich war schon mehrmals in Paris und habe nur das gesehen, was man offiziell zu sehen bekommt. Sie zeigen mir das wahre Paris. Ich will wissen, wie die Menschen leben und arbeiten. Und ich will Ihre Eltern kennenlernen.«

Genau das will Rudolf vermeiden. Er kann doch diesen Mann nicht in sein Elternhaus führen, wo Armut und Enge herrschen! Er kann den Commissär, der fast Ministerrang hat, nicht mit dieser bedrückenden Atmosphäre konfrontieren, ohne Vater und Mutter einer ungeheuren

Peinlichkeit auszusetzen. Außerdem befürchtet er, dass seine Eltern sich offen gegen sein beabsichtigtes Studium aussprechen. Er blickt den Rektor, Professor Pfeiffer, Hilfe suchend an. Der Schulleiter lächelt ihm aufmunternd zu, nickt zweimal.

»Ich habe gehört, Ihre Eltern stehen einem Studium nicht wohlwollend gegenüber«, sagt Max von Bauernfeind. »Diese Frage werde ich mir erlauben mit ihnen direkt zu klären. Ich werde in Paris ein paar Termine haben, und Ihre Aufgabe wird es sein, Herr Diesel, Ihre Eltern in ein Restaurant zu bringen, in dem ich sie treffen kann. Ich werde Ihren Eltern vor Augen führen, welche Chancen Sie hier in Bayern haben und wie sehr unser Land Studenten wie Sie braucht. Kümmern Sie sich um Ihre Wohnung in München, ein paar Adressen werden Sie in meinem dortigen Büro bekommen. Ich lasse Ihnen Mitteilung machen, wann die Reise losgeht. Sie sind einverstanden?«

»Es ist mir eine große Ehre«, sagt Rudolf mit leicht bebender Stimme.

Bauernfeind nimmt sein Monokel in die Hand und sieht ihn direkt an. »Wenn Sie der Mensch sind, der meinem Eindruck entspricht, dann ist die Ehre ganz meinerseits, Herr Diesel.«

An der Münchener Hochschule sitzt Rudolf in einem bis auf den letzten Platz besetzten Hörsaal. Die Vorlesungen von Professor Carl Linde sind ein besonderer Magnet. Der in ganz Europa berühmte Erfinder der Kältemaschine ist ein junger Mann, erst Mitte dreißig, der direkt aus der Praxis kommt und bis vor Kurzem als Konstrukteur bei der Maschinenfabrik Krauss in München gearbeitet hat. Die Studenten strömen aber nicht deshalb in seine Vorlesungen, sondern weil er besonders anschaulich und mit viel Humor unterrichtet.

Rudolf, einer der Jüngsten unter den Studenten, ist stolz, dass er jetzt hier sitzen darf. Herr von Bauernfeind hat alle seine Versprechen wahr gemacht – er hat ihm ein privates Stipendium eines Nürnberger Stifters verschafft und ihn mit auf die Reise genommen, die unglaublich hektisch verlief. Lediglich zwei Tage waren für Paris vorgesehen. Am ersten führte Rudolf den hohen Herrn mit einer vierspännigen Kutsche, die dieser gemietet hatte, durch die Stadt. Die Fahrt endete am Musée des Arts et Métiers, das großen Eindruck auf Max von Bauernfeind machte. Etwas Vergleichbares gibt es weder in Bayern noch im übrigen Deutschland. Am Abend trafen sie in einem vornehmen Lokal mit Rudolfs Eltern zusammen. Vater und Mutter hatten sich mit geliehener Kleidung herausgeputzt, um ihren Sohn in so illustrer Gesellschaft nicht zu blamieren. Max von Bauernfeind sprach von Rudolfs großer Begabung, die nicht verschwendet werden dürfe. Aus diesem Grunde habe Rudolf das Stipendium bekommen und könne sich noch weitere verdienen. Vater und Mutter erklärten sich mit Rudolfs Studium endlich einverstanden, und Vater sicherte zu, sich schnell um das erforderliche Bürgerrecht zu kümmern.

Rudolf kehrt abrupt aus seiner Gedankenwelt zurück, als Professor Linde mit energischem Schritt hereinkommt und auf das Podium steigt, ein hagerer junger Mann mit gutmütigem Blick unter buschigen Augenbrauen. Die Studenten begrüßen ihn, indem sie auf ihre Tische klopfen. Linde verschränkt seine Hände hinter dem Rücken und blickt in die Runde, bis im Hörsaal Stille herrscht, abgesehen von zwei Kommilitonen, die flüsternd in ein Gespräch vertieft sind.

»Herr von Cramer! Herr Ganghofer!«, ruft Professor Linde ihnen mit klarer Stimme zu. »Ich bin Ihnen sehr dankbar, dass Sie so anschaulich unser heutiges Thema illustrieren! In dieser Vorlesung geht es um Energieverschwendung.«

Alles lacht. Professor Linde gibt dem Famulus, der neben der Tür Posten bezogen hat, ein Zeichen, worauf dieser einen Rolltisch hereinfährt, auf dem zehn gläserne Maßkrüge und eine große Wasserkanne auf einem Wachstuch stehen.

»Jetzt brauche ich einen Freiwilligen, der bei diesem Experiment mitwirkt.« Sein Blick richtet sich auf den Jüngsten im Saal. »Herr Diesel, wie wäre es mit Ihnen?«

Rudolf Diesel erhebt sich sofort und marschiert die breiten Stufen zum Podium hinunter – er fühlt, wie sich alle Aufmerksamkeit auf ihn richtet.

Professor Linde legt ihm eine Hand auf die Schulter. »Bei diesem Experiment ist es wichtig, dass Sie es mit verbundenen Augen durchführen. Sind Sie bereit?«

Rudolf bejaht und wundert sich, dass der Professor ihm ein schwarzes Tuch um den Kopf bindet, ohne ihm vorher zu erklären, was er machen soll. Jetzt ergreift Professor Linde ihn an beiden Schultern und dreht ihn mehrmals um die eigene Achse – mal rechts herum, dann links herum und wieder rechts, bis Rudolf die Orientierung verloren hat. Als er angehalten wird, schwankt er, als stünde er blind auf einer Leiter, allerdings ohne zu wissen, wie hoch.

Professor Linde drückt ihm die schwere Kanne in die Hand und sagt, für alle hörbar: »In diesem Gefäß befinden sich exakt zehn Liter Wasser, rot gefärbt, damit auch die Hinterbänkler es sehen. Unsere Versuchsperson wird dieses Wasser nun gleichmäßig auf die zehn Maßkrüge verteilen. Bitte fangen sie an, Herr Diesel.«

Rudolf weiß nicht, wo sich die Krüge befinden, und ist froh, dass Professor Linde ihn an den ersten heranführt. Rudolf verschüttet gleich zu Anfang eine Menge Wasser, weil seine Hände aufgrund des Gewichts der Kanne zittern. Er hat keine Ahnung, wie voll der Krug schon ist und ob er in der Mitte, links oder rechts in der Reihe steht. Er probiert vorsichtig, vergießt weiteres Wasser, bis er am Geräusch erkennt, dass es in ein Gefäß läuft. Dann muss er sich zum nächsten Krug vortasten. Obwohl die Kanne immer leerer wird, kommt ihm das Gewicht zunehmend größer vor, bis endlich kein Wasser mehr darin ist. Sein Gesicht fühlt sich heiß an.

Linde nimmt ihm das Tuch ab. Rudolf Diesel sieht, dass er den Inhalt der Kanne zum größten Teil neben die Maßkrüge geschüttet hat statt in sie hinein. Es ärgert ihn, dass der Professor ausgerechnet ihn für dieses kindische Experiment als Versuchsperson gewählt hat. Linde weiß, dass Rudolf am liebsten alles perfekt macht und sich gelegentlich kritisch über Leute auslässt, die sich mit weniger zufriedengeben. Und nun diese Katastrophe, vor aller Augen! Warum diese Demütigung? Linde hätte diesen Ganghofer nehmen sollen, dem wäre das egal gewesen.

»Hervorragend«, sagt Carl Linde. »Wir haben dieses Experiment im kleinen Kreis geprobt, und es wurde dabei deutlich mehr Wasser an den Krügen vorbeigegossen. Herr Diesel hat es bisher als Einziger geschafft, dass in jedem der Krüge wenigstens ein bisschen ist. Bitte schütten Sie jetzt alles, was in den Krügen gelandet ist, zusammen in einen.«

Rudolf kommt der Aufforderung nach. In den meisten Krügen ist nur ein Fingerbreit Wasser, und er gießt es in den halb vollen Krug, der sein erster gewesen sein muss. Der Krug ist nicht einmal ganz voll, als alle anderen geleert sind.

»Fast neun Prozent«, vernimmt er die Stimme des Professors. »Damit haben wir den Beweis, dass unser lieber Diesel effektiver arbeitet als eine Dampfmaschine. Bitte setzen Sie sich wieder, Herr Diesel. Vielen Dank.«

Unter dem applaudierenden Prasseln der Fingerknöchel im Saal geht Rudolf an seinen Platz. Als er sitzt, sieht er, dass Professor von Linde noch einen Teil des Wassers vergossen hat, sodass der Maßkrug nur noch halb voll ist. Linde hält ihn hoch, zusammen mit der leeren Zehnliterkanne.

»Fünf Prozent!« Die Stimme des Professors überschlägt sich beinahe. »Lediglich fünf Prozent, meine Herren, sehen Sie sich das an! Diese Kanne hier repräsentiert die Steinkohle, die zur Erzeugung des Dampfes in herkömmlichen Dampfmaschinen benötigt wird. In diesem halben Maßkrug ist das Ergebnis, das wir am Ende erhalten – die Kraft, die schließlich die Arbeit leistet.«

Das ist typisch für Linde: Seine Experimente sind nicht immer rein physikalisch oder technisch, sondern oft anschauliche kleine Scharaden, die ein Faktum erlebbar und damit unvergesslich machen. Rudolfs Ärger verwandelt sich in erregte Aufmerksamkeit.

»Wo bleibt die Energie, die in der Kohle steckt?«, fragt Linde. Er geht um das Pult herum, die Hände wieder auf dem Rücken, und blickt seine Studenten an. »Ein großer Teil wird bei der Verbrennung als Abgas durch den Schornstein geschickt«, sagt er. »Dieser Teil ist unwiederbringlich verloren und mit ihm auch ein gewisser Prozentsatz an Wärme. Die übrige Wärme wird zur Erzeugung des Wasserdampfes verwendet, der in den Zylinder gepresst wird, um den Kolben zu bewegen. Bei den ersten Modellen der Maschine wurde auch der Dampf in die Atmosphäre geblasen. Inzwischen gibt es Versuche, wenigstens diese Energie weiterzunutzen, aber der größte

Teil geht immer noch verloren. Dazu haben wir noch Reibungsverluste. Das Wichtigste ist aber das Temperaturgefälle zwischen dem zugeführten Frischdampf und dem entstehenden Kondensat. Dieses Gefälle sorgt dafür, dass die in der Steinkohle enthaltene Energie nur unvollkommen ausgenutzt wird.« Er tritt an die Tafel, zeichnet zwei Koordinaten und untermauert seine Aussage mit einer Kurve, wie seine Studenten sie aus den Thermodynamik-Vorlesungen bereits kennen.

»Sie sehen, meine Herren, die Dampfmaschine, die wir als die wichtigste Errungenschaft der modernen Technik betrachten, die Königin der Maschinen, ist weit davon entfernt, vollkommen zu sein. Denken Sie zurück an das Beispiel der Steinkohlegruben in Wales, das ich Ihnen neulich vorgestellt habe. Die dort verwendeten Dampfmaschinen schafften es gerade, das Wasser aus den Gruben zu schöpfen, verbrauchten dafür aber so viel Kohle, dass sich ihr Betrieb nicht rentierte. Die Bergbaubesitzer meldeten reihenweise Konkurs an.«

Er hält inne und ermahnt die beiden Studenten, die sich bereits am Anfang der Vorlesung unterhalten haben, zur Aufmerksamkeit.

»Meine Herren, bis vor wenigen Jahren hat sich niemand gefragt, ob der geringe Ausnutzungsgrad der Dampfmaschine tatsächlich eine natürliche Notwendigkeit ist. Das ist er nicht, wie Sie sich denken können! Die Formeln zur theoretischen Berechnung sind längst in der Literatur vorhanden. James Watt in Glasgow war der Erste, der sich ernsthaft für die Vorgänge im Innern der Dampfmaschine interessierte. Er unternahm zahlreiche Versuche und hielt die Ausnutzung der Kraft bei unterschiedlichen Bedingungen in Kurvendiagrammen fest.«

Wieder entstehen an der Tafel Koordinatenkreuze mit verschiedenen hyperbelartigen Kurven, die Linde so eifrig erläutert und mit Formeln versieht, dass er das nahe Ende der Vorlesung nur durch die zunehmende Unruhe unter den Studenten bemerkt. Rudolf Diesel überträgt jede Zeichnung, jede Formel, jede Erläuterung in sein Heft. In seinem Vortrag hat Linde die Vorzüge und Nachteile der Versuche von Savery, Newcomen und zahlreichen anderen Maschinenbauern verglichen, die bestrebt waren, der Dampfmaschine mehr Leistung abzuringen und zugleich die Gefährlichkeit von Kessel und Zylinder zu beseitigen, die durch zu hohen Druck oder unzureichendes Material häufig explodierten und dabei zahlreiche Arbeiter in den Tod rissen.

»Nur noch ein Hinweis, dann können Sie gehen«, sagt Linde. »Ich habe Ihnen bereits die Versuche von Ericsson vorgestellt, der nicht mit Dampf arbeitet, sondern mit der Spannkraft heißer Luft. Seine Maschine arbeitet mit nur geringem Überdruck, benötigt dafür riesige Ausmaße und arbeitet unwirtschaftlich. Das hat ihren Erfolg verhindert. Ich glaube aber, dass Ericsson sich auf dem richtigen Weg befindet.«

In Rudolfs Gedanken taucht wie aus dem Nichts ein Bild auf, hervorgerufen durch die Worte »Überdruck« und »heiße Luft«. In seiner Augsburger Schulzeit hat er einmal der Demonstration eines Luftdruckfeuerzeugs beigewohnt: In einem Glaszylinder befand sich ein Kolben, den der Physiklehrer mit einem kräftigen Schlag seiner Hand nach unten trieb, worauf ein Stückchen Zunder, das sich am Boden des Kolbens befand, plötzlich aufglühte. Die zusammengepresste Luft hatte sich erhitzt. Lag hier etwa die Lösung?

»Es gibt, rein rechnerisch, eine ideale Ausnutzung von Energie, die in einem Gas vorhanden ist«, sagt Linde, den Rücken seinen Hörern zugewandt, »nämlich wenn der Druck des Gases bei gleichbleibender Temperatur verändert wird. Mit ihr kann die bei einer Verbrennung entstehende Wärme in maximal verwertbare Arbeit umgewandelt werden.« Er zeichnet ein neues Diagramm, eine neue Hyperbel. »Druckminderung bei gleichbleibender Temperatur – das nennt man isothermische Zustandsänderung. Die Zustandsänderung eines Gases, bei der Wärme weder zu- noch abgeführt wird, nennen wir adiabatisch. Sadi Carnot hat bereits vor über fünfzig Jahren berechnet, wie der höchste thermische Wirkungsgrad – innerhalb gegebener Temperaturgrenzen – die höchste erreichbare Ausbeute an mechanischer Arbeit ergibt.« Seine Grafik zeigt jetzt zwei isothermische und zwei adiabatische Kurven. »Es ist also wichtig, dass ein möglichst hohes Wärmegefälle angestrebt wird. Dieser bislang theoretische Prozess ist noch von niemandem umgesetzt worden und wahrscheinlich praktisch gar nicht durchführbar, aber stellen Sie sich vor, es gäbe eine Maschine, die auf diese Weise den höchsten Wärmeausnutzungsgrad erreichen könnte! Sie würde alle bisher bekannten Maschinen in den Schatten stellen.« Er schreibt mit kräftiger Schrift eine Formel an die Tafel. »Diesen Vorgang bezeichnet man als Carnot'schen Kreis- oder Idealprozess. Darüber hören Sie mehr in meiner nächsten Vorlesung am kommenden Dienstag. Ich danke Ihnen, meine Herren.«

Füße trampeln Applaus, dann drängt alles der Tür zu. Das, was Linde da geschildert hat, lässt Rudolf Diesel nicht los. Das müsste es geben: *eine Maschine mit dem höchsten Wärmeausnutzungsgrad …*, denkt er und notiert an den Rand seines Heftes: »Studieren, ob es nicht möglich ist, die Isotherme zu verwirklichen!«

Als Rudolf den Hörsaal verlässt, treten die beiden Studenten, die mehrfach die Vorlesung gestört haben, auf ihn zu. »Kommst du mit uns auf ein paar Bier in den Schelling-Salon?«, fragt ihn Ludwig Ganghofer.

Rudolf Diesel lehnt ab. Biertrinken und die damit verbundene Geselligkeit sind unproduktiv für ihn. Er spürt auch ein leichtes Kopfbrummen, wie des Öfteren nach längerer Konzentration, aber davon brauchen die beiden nichts zu wissen. »Ich muss jetzt in Ruhe über einiges nachdenken«, sagt er. »Und um sechs will ich noch zur Universität, um mir dort eine Vorlesung über Goethes Dichtung anzuhören.«

Das ist kein vorgeschobener Grund. Rudolf Diesel nutzt jede Gelegenheit, um sich Bildung anzueignen, und besucht dazu Vorlesungen aus unterschiedlichen Wissensgebieten. Ob Naturwissenschaft oder Medizin, Literatur oder Geschichte – alles versucht er in sich aufzunehmen. Er fühlt sich zu Großem berufen und will sich geistig möglichst umfassend bilden. Dass er studieren kann, erscheint ihm als großes Glück und Privileg, und deshalb spürt er fast eine Verpflichtung, keine Zeit zu verschwenden. Auch für ein Leben in gehobenen Kreisen, wie es ihm undeutlich vorschwebt, kann eine solche Bildung nur von Nutzen sein.

Er weiß, dass die beiden ihn nur zum Mitkommen überreden wollen, um sich dann seine Notizen auszuleihen. Die braucht er aber heute Abend selbst. Wie so oft will er zu später Stunde, wenn er in seiner kleinen Kammer in der Barer Straße sitzt, die wichtigsten Dinge, die er heute erfahren hat, beim Schein seiner Petroleumlampe ausarbeiten. Er verabschiedet sich und lenkt seine Schritte in Richtung Prinz-Carl-Palais, wo er in den Englischen Garten gehen will, denn er achtet darauf, dass er neben seinem Studium genug frische Luft und Bewegung bekommt. Es ist ein angenehmer Julinachmittag, sonnig und mit einem leichten, erfrischenden Wind.

Kaum ist er ein paar Schritte gegangen, holt ihn jemand ein. Es ist Oskar von Miller, ein Freund, den er im Hause seines Mäzens Max von Bauernfeind kennengelernt hat. Oskar studiert an der gleichen Hochschule, ist zwei Semester weiter als Rudolf und hat ihm empfohlen, sich für Lindes Vorlesungen einzuschreiben. Mit seiner kräftigen Gestalt, dem kantigen, typisch bayerischen Schädel und dem stets finsteren Blick unter den vorstehenden Augenbrauen könnte man ihn eher für einen Holzfäller als für einen angehenden Ingenieur halten. Unter den Kommilitonen hat er den Spitznamen »der Urmensch«. Rudolf weiß, dass sich hinter dem finsteren Gesicht Intelligenz und Strebsamkeit verbergen, die sich mit seiner eigenen messen können, und beide haben schnell entdeckt, dass sie dieselbe Begeisterung für Technik und in gleichem Maße ehrgeizige Ziele haben.

»Kennst du die zwei da etwa?«, fragt Oskar mit einer Kopfbewegung nach hinten.

»Ja«, sagt Rudolf. »Sie sind in Augsburg auf dieselbe Schule gegangen wie ich, nur eine Klasse unter mir. Justus von Cramer kommt aus Aichach wie du, und Ludwig Ganghofer ist ein Förstersohn aus Welden, einem Dorf im Holzwinkel. Sie haben beide nicht viel Lust zum Studieren, weil ihre Eltern sie dazu verdonnert haben. Dieser Ganghofer möchte lieber Schriftsteller werden, hat er mir vor einiger Zeit erzählt, und er schreibt schon an einem Theaterstück. Wahrscheinlich liegt ihm das wirklich besser. Die beiden wollten mich überreden, mit ihnen ein Bier trinken zu gehen. Ich geh lieber in den Englischen Garten.«

»Dahin bin ich gerade unterwegs.« Von Miller zwinkert ihm zu. »Vielleicht bekommen wir ein paar hübsche

Gouvernanten zu Gesicht. Ich habe heute keine Vorlesung mehr. Aber dich scheint etwas zu bewegen … Ich leiste dir lieber Gesellschaft, wenn es dir recht ist.«

»Gern.« Rudolf erzählt ihm auf dem Weg, was er gerade in Lindes Vorlesung gehört hat.

Oskar kennt die Carnot-Theorie, hat sich aber nie die gleichen Gedanken gemacht wie sein Freund. »Das ist mit einer Dampfmaschine niemals zu bewerkstelligen«, sagt er. »Kein Versuch, deren Wirkungsgrad zu erhöhen, ist jemals über die Zehnprozentmarke hinausgekommen.«

»Muss es denn eine Dampfmaschine sein?« Rudolf erzählt, dass er in Paris auf der Weltausstellung einen Ottomotor gesehen hat, der mit lautem Knall einen Kolben in die Höhe trieb, aber dann verstummte. Inzwischen gibt es zahlreiche Verbesserungen an diesem »atmosphärischen Gasmotor«, und es gibt den kleinen Motor von Lenoir, der vor Jahren Gas in einen Zylinder presste und dieses mit einem elektrischen Funken zur Explosion brachte. Auch hier wurde der Kolben einmal in die Höhe getrieben, setzte ein Schwungrad in eine drehende Bewegung und fiel wieder in Ruhestellung. An der Verbesserung dieser Modelle wird überall in der Welt gearbeitet.

»Du hattest Glück, dass du in Paris gelebt hast«, sagt Oskar. »Wenn man Weltausstellungen besuchen kann, ist man direkt an der Quelle.« Sie haben inzwischen den Englischen Garten erreicht, spazieren ins Gespräch vertieft die Wege entlang und achten nicht auf ihre Umgebung. Ohne die thematischen Fesseln von Vorlesungen und Seminaren lassen die Freunde ihren Gedanken freien Lauf und kommen von einem Thema zum anderen.

»Es müsste überall Weltausstellungen geben – und nicht nur einmal im Jahr, sondern immer.« Oskar von Miller sieht seinen Freund an. »Die technischen Errungenschaften der Menschheit müssten für alle zugänglich sein – die modernsten Erfindungen wie auch die Irrtümer und Kuriositäten, damit jeder Interessierte sie studieren kann und vielleicht genau die Idee hat, die es braucht, um solche Maschinen zu verbessern.«

»So wie das Museum, das ich dir geschildert habe«, sagt Rudolf. Sie steigen den kleinen Hügel zum Monopteros hinauf, einer tempelähnlichen Aussichtsplattform, von wo aus sie fast den gesamten Englischen Garten überblicken und das Panorama der großen Stadt vor sich haben. Hinter den Prachtbauten der Residenz, der Frauenkirche und der Theatinerkirche ragen in der Ferne Schornsteine auf, die dunklen Rauch in das Blau des Himmels schicken. Auf der Anhöhe trägt der frische Wind Rudolfs Kopfbrummen mit sich fort.

»Sieh dir das an!«, sagt Rudolf. »All dieser Qualm – verschwendete Energie! Das ist nicht besser geworden als zu Zeiten von Cugnots Dampfwagen.« In diesem Augenblick denkt er an seine ältere Schwester, die an Schwindsucht gestorben ist. Als Ursache dieser Krankheit gilt schlechte Luft, und damit wird es in den großen Städten im Lauf des Industriefortschritts immer katastrophaler. Die meisten Menschen betrachten diese Erscheinung aber eher als positiv: Wo der Schornstein raucht, da gibt es Arbeit.

»Hast du den auch gesehen?«

Rudolf braucht einen Moment, bis er gewahr wird, dass sein Freund noch vom Dampfwagen spricht. »Sicher. Sogar abgezeichnet. Ich zeige dir mal mein altes Notizbuch. Du musst dir das so vorstellen: Der Wasserkessel hing vorn vor dem Wagen und wurde über ein offenes Feuer geschoben, bis das Wasser im Kessel verdampft war und genügend Druck hatte. Mit diesem Druck, der in zwei Kolben geleitet wurde, konnte man gerade so lange fahren, wie das Aufheizen an sich gedauert hat. Der Rauch und der größte Teil der Hitze stiegen beinahe ungenutzt in die Atmosphäre auf, am Kessel vorbei.« Er macht eine ungeduldige Handbewegung. »Es hat sich nichts geändert, es sei denn zum Schlimmeren. Damals gab es nur diesen einen Dampfwagen. Heute jedoch gibt es in jeder Stadt gleich mehrere Fabriken, die mit Dampfmaschinen arbeiten, und überall steigt Rauch in die Luft und lässt sich als Ruß nieder, der die Häuser verschmutzt, und die Menschen atmen diesen Rauch ein. Das kann nicht ewig gut gehen! In den großen Städten werden viele Bewohner schon krank davon. Es muss eines Tages Maschinen geben, die all das, was jetzt noch an Energie in Rauch aufgeht, nutzen können. Weißt du, Oskar, ich denke über einen Motor mit einem maximalen Wirkungsgrad nach. Das wäre doch etwas!«

»Da nimmst du dir aber ganz schön viel vor.«

»Aber nichts Unmögliches, oder?«

Zusammen verlassen sie den Aussichtshügel und wandern weiter durch den Englischen Garten.

»Sieh mal«, sagt Rudolf, »so ein Motor sollte kompakt und erschwinglich sein, damit ihn sich nicht nur finanzkräftige Fabrikanten leisten können. Jeder kleine Handwerker soll Zugang dazu haben und den Fortschritt in seinen Betrieb holen können. Ich denke an meinen Vater in Paris, der gerade wieder einmal fürchtet, sein Geschäft aufgeben zu müssen. Oder stell dir einen Schneider vor, der seine Nähmaschinen mit den Füßen antreibt, eine Concierge, die die schweren Einkaufsbeutel der Hausmädchen per Hand mit dem Flaschenzug in den fünften Stock befördert, einen Hafenarbeiter, der die Kräne mit Muskelkraft betreibt, einen Treidelgänger, der mit Seilen Schiffe durch Kanäle ziehen muss, und viele, viele andere, die harte körperliche Arbeit verrichten oder die die Konkurrenz der großen Fabriken und Generalunternehmer fürchten müssen. Im Bergbau, in der Eisengießerei, in der Seefahrt und im Eisenbahnwesen sollte dieser Motor einsetzbar sein.« Es gibt gewiss noch viele Möglichkeiten mehr, die er jetzt noch nicht einmal ahnt, und spielerisch lässt er seiner Fantasie freien Lauf. Er wird Großes schaffen! In seinem Tagtraum sieht Rudolf eine bessere Welt, in der jeder Mensch sein Auskommen hat, seine Familie ernähren kann und genügend freie Zeit hat, um sich in seinem Beruf weiterzubilden und sich Kunst, Literatur und Theater zuzuwenden.

»Wo du gerade vom Theater sprichst«, sagt Oskar, »ich habe eine Freikarte für das Staatstheater heute Abend. Es gibt *Nora* von Ibsen. Hast du Lust, mitzukommen? Du weißt ja, ich kenne die Hauptdarstellerin und könnte dir noch eine Karte besorgen, wenn du möchtest.«

»Danke. Ich habe das Stück bereits gesehen, sogar mit dem ursprünglichen Schluss. Wer spielt denn die Nora?«

»Rate mal. Du kennst sie auch.«

»Jenny Elizabeth Rosengart?« Rudolf ist überrascht. »Der Name wäre mir aufgefallen, wenn ich ihn auf den Plakaten gesehen hätte.« Rudolf erinnert sich an die lebhafte amerikanische Schauspielerin. Sie war auf dem Ball im Odeon gewesen, den der König vor drei Wochen herausragenden Studenten, jungen Wissenschaftlern und Künstlern gestiftet hatte. Sie hat Oskar und Rudolf fast den ganzen Abend mit Beschlag belegt und ihnen mit viel Witz und Ironie erklärt, was hier in München anders ist als in ihrer Heimatstadt Baltimore. Rudolf hatte sich lange nicht mehr so amüsiert. Davon, dass sie die Nora spielt, hat sie nichts erzählt.

»Sie ist eingesprungen, weil die Hauptdarstellerin erkrankt ist«, sagt Oskar. »Es sind immer mehrere, die eine solche Rolle mitlernen, weil sie auf ihre große Chance hoffen. Also, kommst du mit?«

Rudolf schüttelt den Kopf. Er hat das umstrittene Stück bereits in beiden Varianten gesehen und kann sich nicht vorstellen, dass diese quirlige Person eine solche Rolle überzeugend spielen kann, auch möchte er seine Pläne für den Abend nicht ändern. Er verabschiedet sich, um seine Vorlesung an der Universität nicht zu versäumen, und lässt den Freund an der Brücke über den Eisbach zurück.

»Herr Diesel, haben Sie noch einen Moment Zeit für mich?« Carl Linde winkt seinen Assistenten zu sich. »Ich möchte gern etwas mit Ihnen besprechen.«

Rudolf ist in seinem letzten Semester, steht wenige Wochen vor der Abschlussprüfung und ist zum engsten Mitarbeiter des gerade einmal sechzehn Jahre älteren Professors geworden. Er kennt sich aus in diesem Maschinenlabor, das Linde in der Polytechnischen Hochschule hat einrichten dürfen, um unter den Augen der Studenten an seiner Kältemaschine zu arbeiten, denn so kann er sie an seinen Forschungen beteiligen. Das ist eine bisher unerhörte Neuerung in der technischen Wissenschaft.

Rudolf Diesel greift sich mit beiden Händen an den Kopf, da er von einer Schmerzattacke überfallen wird, wie in den letzten Monaten schon häufig. Er hat zu viel gelernt, gedacht, gegrübelt. Er hat auch private Sorgen gehabt. Sein Vater hat die kleine Firma in Paris aufgeben müssen, die Familie ist nach München übergesiedelt, und Rudolf wohnt nun bei ihnen. Zu Hause gibt es oft heftige Auseinandersetzungen, die ihn belasten.

Vater hat für kurze Zeit als angestellter *Portefeuillier* Arbeit in seinem Beruf gefunden. Gewiss war es schwer für ihn; wer über viele Jahre selbstständig war, kann sich nicht leicht unterordnen. Sein Arbeitgeber hat Vater auch mehrmals verwarnt, weil er abstruse religiöse Gedanken in der Werkstatt verbreitete und die magnetischen Heilkräfte seiner Hände pries, die er angeblich bei einer Wallfahrt erlangt habe. Vater wurde entlassen und hat sich dann als Heilmagnetiseur in München selbstständig gemacht, was Rudolf peinlich ist. Was geschähe bloß, wenn jemand seine marktschreierischen Anzeigen in der Abendzeitung läse und Rudolf damit in Verbindung brächte? »Die heilende Kraft des Magnetismus beseitigt Krankheiten! Bei Asthma, Migräne, nervösen Störungen und vielen anderen Leiden wirken die begnadeten Hände von Maître Théodore aus Paris wahre Wunder! Garantierte Erfolge in nur wenigen Sitzungen!« Rudolf lebt in ständiger Angst, jemand an der Hochschule könnte davon erfahren.

Von Neuem schießt ein stechender Schmerz durch seinen Schädel. Ein menschliches Gehirn ist offenbar doch nicht so grenzenlos aufnahmefähig, wie einige Mediziner behaupten. Mit dem Druck auf die Schläfen lässt der Kopfschmerz nach. Rudolf denkt für eine Sekunde, die heilenden Hände seines Vaters könnten vielleicht doch helfen, aber dann schreibt er diesen Gedanken einem Hauch von Irrsinn zu, den der Schmerz mit sich brachte.

Er betritt zusammen mit Linde den Kälteraum des Labors. Zahlreiche Rohre ziehen sich den Wänden und unter der Decke entlang. Trotz des herrlichen Sonnenwetters draußen ist es hier kühl, und an den Rohren hat sich ein weißer Belag gebildet, wie Reif. Sie bleiben vor einer Apparatur stehen, die wie eine große Pumpe aussieht. Linde setzt die Maschine in Betrieb, das Schwungrad dreht sich, die Zeiger der Armaturen schlagen aus, und der Professor notiert die angezeigten Werte in einer Tabelle. In gleichmäßigem Rhythmus wird im Zylinder Ammoniakgas zusammengepresst und komprimiert durch das kompliziertе Leitungssystem geschickt, um einen Temperaturabfall zu erzeugen.

»Kommerzienrat Sedlmayr ist mit dem Fortgang unserer Entwicklungsarbeit zufrieden«, sagt Linde. »Er versteht zwar nicht ganz, warum ein Gas, das mechanische Arbeit verrichtet, dabei Wärme verliert und somit Kälte erzeugt, aber das muss er auch nicht. Die Hauptsache ist, dass es funktioniert – nicht nur hier im Labor, sondern auch in seinem Brauhaus. Die Maschine, die hier vor uns steht, arbeitet nicht mehr mit Methylether wie unsere ersten Modelle, sondern mit Ammoniak, das leichter und billiger zu beschaffen ist und noch eine Menge weiterer Vorteile hat, wie Sie wissen.«

Rudolf Diesel ist mit der Apparatur und ihrer Entwicklung bereits vertraut, seit er Lindes Erster Assistent ist. Er kennt auch Gabriel Sedlmayr, den reichen Besitzer der Brauerei *Zum Spaten*. Dieser ist mehrfach hier gewesen und hat sich über die Entwicklung der Kältemaschine informiert, immerhin wäre der Bau ohne seine Finanzierung gar nicht möglich gewesen. Eine Maschine, die das ganze Jahr über Kälte liefern kann, gäbe den Brauereien die Möglichkeit, auch ganzjährig zu brauen, nicht nur im Winter, wenn das Eis mühselig auf zugefrorenen Seen und Flüssen geschnitten werden muss. Das ganze Jahr bei konstanter Temperatur zu gären, diese Möglichkeit gab es bisher nicht. In mehreren Brauereien finden Probeläufe von Nachbauten der Eismaschine statt. Eine Schweizer Firma, Gebrüder Sulzer in Winterthur, hat bereits mit der serienmäßigen Herstellung begonnen. Zuerst waren die Brauer skeptisch, aber der vergangene Winter ist sehr mild gewesen. Es gab wenig Eis und große Verluste, und das hat viele überzeugt, sich mit der Eismaschine zu befassen und in die Anschaffung zu investieren.

Was Diesel hier vor sich sieht, ist ein verbessertes Modell der Maschine, deren Entwicklung Sedlmayr finanziert hat.

»Sie stehen nun vor Ihrem Examen«, sagt Linde, »und ich habe keinen Zweifel daran, dass Sie es als einer der Besten bestehen werden. Was haben Sie anschließend vor?«

»Ich werde mir einen Platz in der Industrie suchen«, sagt Rudolf. »Ich brauche eine Möglichkeit und genügend Zeit, meine Idee weiterzuentwickeln.«

»Ja, der Wärmemotor! Wenn Ihnen das gelänge! Aber Sie haben recht – Sie benötigen die praktische Erfahrung in der Produktion. Vielleicht werden Sie es schaffen, wenn Sie vierzig oder fünfzig sind. Sie brauchen viel Geduld und eine Menge Geld. Was halten Sie davon, bei mir zu arbeiten?«

»Hier? Als Ihr Assistent?«

Linde schüttelt den Kopf. »Ich bin dabei, zusammen mit Sedlmayr und anderen Geldgebern eine Firma zur Herstellung meiner Eismaschine zu gründen, und ich denke daran, Sie zu engagieren. Sie sind mit meiner Arbeit bestens vertraut, Sie sind ein hervorragender Mann, und Sie besitzen die richtige Einstellung zu unserem Beruf.«

Rudolf ist geschmeichelt, als er Lindes Formulierung »unser Beruf« hört, so als ob er schon ein Kollege sei. »Aber mir fehlt die Erfahrung«, sagt er.

»Die werden Sie bekommen. Herr Diesel, Sie sprechen doch Französisch wie ein Franzose. Das kommt mir sehr gelegen. Wir planen nämlich, ein Zweigwerk in Frankreich zu errichten, voraussichtlich in Paris. Da möchte ich Sie gern einsetzen! Wenn Sie sich bewähren, können Sie in wenigen Jahren bis zum Direktor aufrücken. Aber schon wieder haben Sie recht, zunächst müssen Sie ein wenig Praxiserfahrung sammeln. Ich denke deshalb daran, Sie nach dem Examen in die Schweiz zu schicken, in die Fabrik der Gebrüder Sulzer. Dort können Sie sich als Volontär all die praktischen Dinge aneignen, für die in meinen Vorlesungen und in den theoretischen Lehrgängen meines Kollegen Schröter, die Sie so bravourös gemeistert haben, nicht genügend Raum war. Was sagen Sie, lieber Diesel? Schlagen Sie ein!«

Rudolf Diesel blickt auf seine Schuhspitzen. Das Angebot ist überwältigend. Er sieht seine Zukunft für die nächsten Jahre gesichert und wird auch seine Eltern versorgen können und seine Schwester Emma, solange sie noch bei ihnen lebt. Für ihn bedeutet es, der neuerlichen Enge des Elternhauses in München endgültig zu entfliehen.

Professor Linde deutet sein Schweigen als Zögern. »Sobald unser Werk in Paris die Anfangsprobleme überwunden hat, werde ich Ihnen Raum und Zeit zur Verfügung stellen, damit Sie an Ihren eigenen Ideen arbeiten können.«

Er reicht ihm auffordernd die Hand. Rudolf schlägt ein.

3

Augsburger Abendzeitung
27. Juli 1879

München. Während in allen größeren Städten zur Zeit die todte Saison ihre Rechte geltend macht und die Menschen an Langeweile verschmachten lässt, pulsiert das Leben in unserer Hauptstadt noch einmal so rasch: Promenaden werden nicht leer, Theater und Vergnügungslokale strotzen von Gästen; die Rückwirkungen des 19. Juli, des Eröffnungstages der internationalen Kunstausstellung, machen sich bemerkbar. Ganze Heerzüge von Fremden lassen die Herzen der Hoteliers, aber sicher nur vor Freude, erzittern; man hört auf den Straßen und in den Restaurationen alle Idiome der deutschen Sprache, sowie alle fremden Zungen reden. Der lebhafte Franzose hat seine Scheu vor dem »Milliardenreich« abgelegt, Amerika und England haben schon ein paar Karawanen in Form von Gesellschaftsreisezügen gesandt, die ein riesiges Aufsehen erregten, als sie in fünfzehn oder mehr Zweispännern durch die Straßen fuhren. Sogar die Trachten des Orients sieht man dann und wann aus dem Innern einer Kutsche auftauchen – für den Anfang können wir die Entwicklung des sommerlichen Verkehrs als höchst günstig bezeichnen.

Nachdem jetzt auch die Witterungsverhältnisse besser geworden sind, fällt es unseren Gästen nicht schwer, sich zu amüsieren. Die Bürgersängerzunft hielt ihr jährliches Waldfest in der Nähe der Bahnstation Planegg ab. Weit vom Wege ab, unter mächtigen Tannen, war ein Biwakplatz ersehen worden und bald lagerte ein zahlreicher Nomadenstamm im Schatten der Waldeinsamkeit. Kaum irgendwo schmeckt der urdeutsche Trunk besser als im Zechgaden unserer Altvorderen. Rauschende Musik tönte wiederhallend bis in die ferne Lichtung, wo das scheue Reh seine Äsung sucht. Es war schon stockfinster, Wurzelmännchen und Irrwische trieben ihr boshaftes Unwesen kreuz und quer, als die Gesellschaft den Weg zum Bahnhof einschlug. Der Zug ward bis auf den letzten Kubikmillimeter besetzt.

Augsburger Abendzeitung

9. August 1879

München. Gestern Abends 6 ein Viertel Uhr fiel der mit dem Augsburger Zuge hier ankommende Spängler Wilh. Neubauer von Augsburg im Zentralbahnhofe von dem noch im Gang befindlichen Zug, wurde überfahren und blieb sofort todt. Gestern Abend kurz nach 8 Uhr wurde an dem Eckthurme der neu erbauten Einsteighalle des Zentralbahnhofes an der Bayerstraße eine Probebeleuchtung mit vier elektrischen Flammen angestellt und fiel selbe sehr gut aus, da durch diese vier Flammen der ganze Bahnkomplex bis zur Hackerbrücke fast in Tageshelle verwandelt schien und sich die Gasflammen wie ganz primitive Öllichtchen dagegen ausnahmen.

Augsburger Abendzeitung

27. August 1879

Wie aus Berlin gemeldet wird, ist dort neuerdings die strengste Überwachung der musikalischen und deklamatorischen Vorträge in öffentlichen Lokalen beabsichtigt. Unter Anderem ist durch Polizeiverordnungen bestimmt worden, daß die erforderliche polizeiliche Erlaubniß zu derartigen Vorstellungen 24 Stunden vor ihrem Beginn unter Vorlegung der zur Aufführung oder zum Vortrag bestimmten Stücke, Lieder, Gedichte eingeholt werden muß. Die strengste Fernhaltung der mitwirkenden Personen vom Publikum ist angeordnet, alles Einsammeln von Geldbeiträgen untersagt.

Augsburger Abendzeitung

31. Oktober 1879

München. Unter der Mannschaft der 2. Eskadron des 3. Chevalier Regiments, welche in der alten Isarkaserne untergebracht ist, ist der Typhus in epidemischer Form aufgetreten und sind über 10 Prozent in ärztlicher Behandlung. Auch die im September von Freising hierher verlegte 8. Eskadron des genannten Regiments hat einen Typhus-Kranken.

Die Zeitungen aus der Studienzeit Rudolf Diesels berichten von einem eher heiteren Alltag – Theaterveranstaltungen, Kunstausstellungen, Vereinsseligkeit. Die großen Erfindungen dieser Zeit finden nur Erwähnung, wenn sie sich auf das Alltagsleben auswirken. Nach dem Krieg gegen Frankreich ist das Deutsche Reich geeint, wobei die einzelnen Länder noch eine weitgehende Selbstständigkeit besitzen. Das gemeinsame Post- und Eisenbahnwesen, Rechtswesen und viele andere Aufgaben des Staates werden erst nach und nach aufgebaut, und die Zeitungen bringen lange aufklärende Berichte, zum Beispiel darüber, wie das neue Handels- und Vertragsrecht funktioniert. Der Anzeigenteil weist zunehmend Heiratsannoncen auf; der Anteil der Frauen, die einen Ehepartner suchen, ist dabei recht groß – der Nachhall des Krieges. Wöchentlich findet man eine Gesundheitsstatistik, der man entnehmen kann, dass die Zahl der Cholera- und Typhusfälle in den Städten des Deutschen Reiches zunimmt.

Rudolf Diesel kann sein Examen im Juli 1879 nicht ablegen, denn auch er wird Opfer einer Typhusepidemie. Nun finden die Kopfschmerzen, die seit einiger Zeit stärker wurden und die er auf das intensive Studium und die Vorbereitung zum Examen geschoben hat, eine andere Erklärung. Ständige Müdigkeit, Gliederschmerzen, Fieber, eine schmerzhafte Anschwellung der Milz und Darmblutungen kommen hinzu. Unmittelbar vor der Prüfung wird er in ein Sanatorium eingewiesen. Kaum ist er genesen, tritt er sein Praktikum bei Gebrüder Sulzer in Winterthur an. Ihm wird in Aussicht gestellt, dass er nach seiner Rückkehr im Januar ein gesondertes Examen ablegen kann. Er lässt Sorgen zurück. Die geliebte Tante Betty, die Frau Professor Barnickels, hat die Epidemie nicht überlebt, und der Lehrer und Ziehvater, den Rudolf sehr verehrt, ist ein gebrochener Mann. Rudolfs Eltern geraten zunehmend in Armut, da der Vater sein Geschäft als Heilmagnetiseur immer mehr zum Forum versponnener religiöser Ideen macht und die Kunden mit seinen unerbetenen Endlosvorträgen in die Flucht schlägt. Rudolf weiß, dass er seine Eltern baldmöglichst unterstützen muss.

Zum ersten Mal im Leben trägt Rudolf Diesel die grobe blaue Kleidung des Arbeiters. Er meldet sich bei Werkmeister Egli, dem er als Praktikant zugeteilt ist, und der führt ihn zu seinem Arbeitsplatz. In für Rudolf ungewohnt klingendem Schweizerdeutsch gibt der Meister ihm den Auftrag, aus einem großen Stück Metall einen Schraubenschlüssel zu feilen. Das hat Rudolf bereits auf der Augsburger Industrieschule gelernt – er liefert die fertige Arbeit bereits nach einer Woche ab. Der Meister ist erstaunt und setzt ihn in der Schraubenschneiderei und an der Bohrmaschine ein. Auch hier kann Rudolf nichts Neues lernen und entfernt sich von seinem Arbeitsplatz, um sich in der Fabrik umzusehen.

Die Sulzer-Werke sind eine riesige Fabrik mit über 1300 Arbeitern. Hier werden Maschinen aller Art hergestellt, vor allem Pumpen, Dampfkessel und komplette Dampfmaschinen, aber auch einige der Linde'schen Eismaschinen in der verbesserten Form. Rudolf geht umher, schaut den Arbeitern zu, fragt sie nach dem, was sie machen, lässt sich Werkzeuge und deren Gebrauch erklären. Er versucht, den Bau einer Maschine vom Anfang bis zur Fertigstellung zu verfolgen. Gerade als er das schwere Schiebetor zur Nachbarhalle aufstemmen und hinübergehen will, ruft jemand: »He, Diesel! Was machen Sie da?« Es ist Werkmeister Egli.

»Ich möchte mich umsehen.«

Der Meister ist ungehalten. »Sie wissen, dass das verboten ist, oder? Marsch, zurück an Ihre Arbeit! Wenn Sie zu wenig zu tun haben, werde ich dafür sorgen, dass sich das ändert! Sie verlassen Ihren Arbeitsplatz nicht mehr ohne meine Erlaubnis, sonst gibt es einen Verweis in Ihre Papiere.«

Rudolf bekommt wieder ein Werkstück zu feilen, eine stupide Arbeit, die ihn mehr als acht Tage beschäftigt. Für Rudolf ist das verschwendete Zeit, und das macht ihn wütend. Kaum schrillt die Glocke zur Mittagspause, wirft er die Feile hin und erhebt sich. Er folgt aber nicht den Arbeitern in die Kantine, sondern geht direkt zum Bürogebäude – er verlangt, den Direktor persönlich zu sprechen.

Herr Sulzer nimmt sich Zeit für ihn; immerhin ist Rudolf mit einer Empfehlung von Carl Linde zu ihm gekommen und war auch schon zweimal im Hause Sulzer zum Essen eingeladen. Rudolf spürt die Sympathie, die ihm der Direktor entgegenbringt. Sein Ärger ist abgeklungen, als er im Büro des Direktors steht, jedoch erklärt er mit fester Stimme, dass sein Praktikum wenig Sinn habe, wenn er es damit vergeude, Schraubenschlüssel und andere Werkzeuge zu feilen. »Meine Zeit hier ist begrenzt«, sagt er, »und ich möchte so viel wie möglich lernen.« Er beklagt sich nicht über Meister Egli, sondern nur über die eigene Lage. Der Direktor bemerkt dies wohlwollend und fragt ihn, was ihn denn am meisten interessiere, und als Rudolf »Alles« sagt, bricht Herr Sulzer in Lachen aus und erhebt sich. »Na, dann kommen Sie mal mit.«

Gemeinsam gehen sie in die Kantine hinüber, wo die Arbeiter an langen Tischen sitzen und unter lautem Geklapper und Stimmengewirr ihr Mittagsmahl einnehmen. Beim Eintreten des Direktors wird alles still. Direktor Sulzer geht mit ihm an einen der kleineren Tische, an dem mehrere Meister beim Essen sitzen. Sie halten inne, als sie ihren Dienstherrn vor sich sehen, und fast gleichzeitig machen sie Anstalten, sich von ihren Plätzen zu erheben. Der Direktor winkt ab.

»Meine Herren«, sagt er, »ich habe es vor einigen Tagen mangels Zeit versäumt, Ihnen unseren Praktikanten, Herrn Rudolf Diesel aus München, in gebührendem Maße vorzustellen. Er wurde mir von Herrn Professor Linde empfohlen als sein bester Student und bisheriger Assistent, der an der Entwicklung der Kältemaschine beteiligt ist, so wie wir sie jetzt hier bauen. Herr Diesel steht unmittelbar vor seinem Examen und gilt schon jetzt als ein herausragendes Talent. Ich möchte Sie bitten, ihm alles zu erklären, was er wissen möchte, und ihm überall Zugang zu gewähren, auch was Berechnungen und Pläne betrifft. Ich werde zudem im Kontor Bescheid geben, dass man ihm Einblick in die Kostenrechnungen verschafft. Herr Diesel wird, das sollten Sie wissen, in naher Zukunft die neue Niederlassung der Linde-Eismaschinenfabrik in Paris leiten, und er soll bei uns alles lernen, was er dazu an Rüstzeug benötigt.« Er deutet spaßhaft eine Verbeugung in Rudolfs Richtung an und sagt: »Ich hoffe, Sie werben unsere besten Meister und Arbeiter nicht dorthin ab.«

Die Werkmeister murmeln, rücken am Tisch zusammen, und jemand holt noch einen Stuhl heran, damit Rudolf zwischen ihnen Platz nehmen kann. Nacheinander geben die Männer ihm über den Tisch hinweg die Hand, wobei sich jeder erhebt und Rudolf sich ihnen, immer noch stehend, entgegenbeugt. Direktor Sulzer hat sich bereits verabschiedet, macht aber auf dem Weg zum Ausgang noch hier und da bei den Arbeitern halt, um sich nach deren Zufriedenheit mit dem Essen zu erkundigen.

Rudolf Diesel sitzt neben Meister Egli. »Das hätten Sie mir aber sagen können«, raunt dieser ihm zu.

»Entschuldigen Sie, aber aus meinem Munde hätte es anmaßend geklungen. Als ob der Praktikant sich vor dem Meister großtun wollte.« Er ist froh, dass Eglis Miene sich aufhellt.

Rudolf bekommt von einer Bedienung einen Teller mit Essen vorgesetzt. Es ist ein Privileg der Meister, sich nicht in die Schlange vor dem Ausgabeschalter einreihen zu müssen. Ihre Mahlzeit ist auch erheblich besser. Rudolf meint, es gehörte sich umgekehrt – die Arbeiter leisten oft schweren körperlichen Einsatz und bedürfen daher der besseren Verpflegung. Mit einer Erbsensuppe und einer Scheibe Brot ist es nicht getan. Rudolf spricht seine Gedanken jedoch nicht aus, hier ist er nur Gast.

In den nächsten Tagen erhält er anspruchsvollere Aufgaben, nutzt aber über die Hälfte seiner Zeit damit, sich in den verschiedenen Fabrikbereichen umzusehen. Er hat sich vorgenommen, die Entstehung eines Produktes – einer Pumpe, eines Dampfkessels oder einer ganzen Maschine – von Anfang bis zum Ende zu verfolgen und sich dabei nicht nur die Arbeitsvorgänge, sondern auch die Pläne anzusehen. Besonders konzentriert er sich auf Lindes Kältemaschine, die er aus dem Münchener Maschinenlabor bereits kennt. Jetzt sieht er, mit welchen Problemen die Arbeiter in der Praxis zu kämpfen haben.

Er wird überall freundlich begrüßt. Mittlerweile hat sich herumgesprochen, dass er angehender Ingenieur ist und damit eher zu den »Herren« gehört, die in der Firma das Sagen haben. Die Arbeiter scheinen es ihm hoch anzurechnen, dass er bei seinen Gängen durch die Hallen trotzdem den blauen Drillich und keinen weißen Kittel trägt. Er stellt Fragen, und die Leute merken, dass er sie ernst nimmt, wenn sie ihm antworten. Er diskutiert mit ihnen über die verwendeten Materialien und über Details ihrer Arbeit und notiert sich Antworten, von denen er weiß, dass sie auf praktischer Erfahrung beruhen.

»Schade, dass Sie bald wieder fortgehen, Herr Diesel«, sagt einmal einer der Arbeiter in leidlich verständlichem Hochdeutsch, der gerade damit beschäftigt ist, Kühlrohre für eine riesige Eismaschine zu biegen, die für die berühmte Waldschlösschen-Brauerei bestimmt ist.

»Ich muss ja meine Prüfung noch machen«, sagt Rudolf Diesel. »Das, was ich von Ihnen und Ihren Kollegen hier gezeigt bekomme, wird mir dabei unschätzbare Dienste erweisen.«

Der Arbeiter sieht ihn an, wischt seine Hände an der ölfleckigen Hose ab und sagt: »Solche Anerkennung hört unsereiner selten. Wissen Sie, wir arbeiten hier von früh bis spät, zehn Stunden, sechs Tage in der Woche, haben eine halbe Stunde Mittagspause, und immer heißt es: Sind Sie noch nicht fertig? Geht es nicht schneller? Und nie ist der Meister zufrieden. Ich bin jetzt zwanzig Jahre hier, Herr Diesel, ich war nie krank, und ich mache meine Arbeit immer so gut wie möglich. Perfektion, das ist der Wahlspruch der Firma Sulzer, und wir alle versuchen, so fehlerfrei wie möglich zu arbeiten. Sie sind der Erste, der mich fragt, warum ich etwas so oder so und nicht anders mache. Und zugleich sind Sie der Erste, der meine Meinung anerkennt, obgleich Sie einen viel höheren Bildungsstand haben. Sie machen Notizen für sich statt Vorschriften für uns. Sie wären hier ein guter Werkmeister, und ich hoffe, genau wie viele andere Kollegen, dass Sie nach Ihrer Prüfung hier arbeiten.«

»Ein Werkmeister hat lange Jahre Praxis«, ist Rudolfs Antwort. »Ich bin ein Mann der Entwicklung und der Theorie. Ich zeichne und berechne, was mir ohne Kenntnis der Praxis allerdings wenig nützen würde. Darf ich Ihren Worten entnehmen, dass Sie hier unzufrieden sind?«

»Nein, nein«, sagt der Mann, »das wollte ich damit nicht sagen. Bis auf ein paar ewige Nörgler sind wir zufrieden und arbeiten gern hier. Wir bekommen jeden Tag ein Essen, das satt macht und schmeckt. Unsere Familien leben in Werkwohnungen, die ordentlich und sauber sind. Wahrscheinlich haben wir Arbeiter es hier so gut wie nirgendwo sonst in Europa. Ich wollte Ihnen nur sagen, Herr Diesel, dass Sie genau hierher passen. Alle meine Kollegen und ich würden es begrüßen, wenn die Herren Direktoren Sie zum Bleiben überreden würden.«

In diesem Moment gibt es im hinteren Teil der Halle ein metallisches Donnern und gleich darauf Schreie. Die Arbeiter drehen sich um, fast alle mit einem Entsetzen auf ihrem Gesicht. Sie wagen es aber nicht, ihren Arbeitsplatz zu verlassen. Rudolf läuft dem Werkmeister hinterher. Am Ende der Halle beugen sich mehrere Personen über einen Mann, der am Boden liegt. Die Schreie sind verstummt. Der Meister bahnt sich einen Weg durch die Menge der Umstehenden. Rudolf, dicht hinter ihm, sieht, wie sich der Mann in seinem eigenen Blut wälzt.

»Sanitäter!«, will der Meister rufen, bringt aber nur ein heiseres Flüstern heraus. Einer der Arbeiter sagt, dass schon jemand unterwegs sei. Der Verletzte, erfährt Rudolf, ist von einem noch nicht fest verankerten Maschinenteil getroffen worden, einem gusseisernen Block, der aus dreieinhalb Metern Höhe auf ihn herabstürzte. Der Brocken hat einen Teil seines Gesichts und eine seiner Schultern zerschmettert. Das Blut, das soeben noch in Schwallen aus der Wunde pulsierte, versiegt jetzt zu einem stockenden Rinnsal. Rudolf wendet den Blick ab. Der Werkarzt und zwei Helfer treffen ein, gleich darauf hört er jemanden sagen: »Zu spät. Er ist tot.« Dann sagt ein anderer: »Sieben Kinder … die arme Frau!«

Rudolf sieht zum Meister hin. In den bleigrauen Staub auf dessen Gesicht legen Tränen helle Linien frei.

Am Abend geht Rudolf in das Städtchen hinein. Die Läden sind schon in vorweihnachtlicher Pracht geschmückt. Es hat geschneit, aber Pferdefuhrwerke und zahlreiche Fußgänger haben den Schnee in eine graue matschige Masse verwandelt. Rudolf geht, ohne auf seinen Weg zu achten. Ihm wollen die Bilder, die er durch die Erlebnisse an diesem Tag in sich aufgenommen hat, nicht aus dem Kopf. Er stellt sich vor, wie die Frau des Arbeiters vom Tod ihres Mannes erfährt, hört ihren ungläubigen Aufschrei und das Weinen der Kinder. Vielleicht sagt der Überbringer der Nachricht – einer der Meister oder jemand aus dem Kontor –, dass sie sich keine Sorgen wegen der Wohnung machen müsse, dass die Firma Gebrüder Sulzer sich um sie und ihre Kinder kümmern werde, bis die Kleinen im arbeits- oder heiratsfähigen Alter wären.

Wenigstens sind diese Leute versorgt, diesbezüglich sind die Sulzer-Werke vorbildlich. Rudolf Diesel hat oft von Unfällen in großen Fabriken gelesen und weiß, dass die Familien der Opfer dadurch fast immer in hoffnungslose Armut gestürzt werden. Ob in großen Webereien, in Eisengießereien, Bergwerken oder Maschinenfabriken, überall geschehen schwere Unfälle. Erst vor wenigen Wochen ist in Mannheim der Kessel einer Dampfmaschine explodiert und hat dreißig Leute in den Tod gerissen. Es stand in allen Zeitungen. Warum wird für die Sicherheit in den Fabriken nicht mehr getan? Darf es denn sein, dass die Unternehmer solche Unfälle lediglich als Verlust in ihrer Bilanz verbuchen?

Rudolf Diesel findet sich am Bahnhof wieder. Da er an diesem Tag vor dem Schlafengehen nicht mehr lernen wird und auch keine Briefe mehr schreiben möchte, beschließt er, in den Wartesaal zweiter Klasse einzukehren, wo an schlichten Wirtshaustischen Getränke serviert werden. Er entscheidet sich für ein Dünnbier, das angenehm süßlich schmeckt und ihn nicht benommen macht. Ihm fällt der Arbeiter ein, mit dem er heute geredet hat. Wie einfach es doch war, den Mann zufrieden an seine Arbeit zurückkehren zu lassen!

Ein Arbeiter, denkt Rudolf, ist nun einmal ein Mensch mit Hoffnungen, Gefühlen, Erfahrungen und Wissen, nicht nur der lebende Bestandteil einer Maschine, den die Technik bisher noch nicht zu ersetzen gewusst hat. In einem Betrieb ist jeder Einzelne wichtig, ob er nun Pläne macht, ob er sie umsetzt und die Ergebnisse schafft oder ob er im Kontor über den Büchern sitzt. Der eine kommt ohne den anderen zu nichts, alles greift ineinander wie ein Räderwerk. Wenn Rudolf zu bestimmen hätte, würde er nach dieser Erkenntnis handeln.

Er *wird* so handeln! Das nimmt er sich fest vor. Eines Tages wird er sich an einem Platz im Leben befinden, an dem er auch die Möglichkeit dazu hat. Er möchte mehr als der Direktor einer Fabrik sein – denn das ist ein Ziel, das er bereits in einem Jahr erreicht haben wird. Er möchte an wirklich maßgeblicher Stelle stehen, dort, wo er die Bedingungen, unter denen die Menschen heute noch leben, verändern kann.

Als er später im Bett liegt und in den Schlaf hinübergleitet, sieht er vor sich das Bild eines Uhrwerks, in dem alle Räder zusammenwirken, um ihre große Aufgabe zu erfüllen: die Zeit, die niemand sehen oder fühlen kann und die trotzdem verrinnt, zu messen. Dieses Uhrwerk ist komplizierter als alle, die er je zuvor gesehen hat. Vielleicht ist es in der Lage, die Zukunft zu erfassen und irgendwann in Bogengrade zu unterteilen. Gerade als er mit den Händen in dieses unübersichtliche Werk eingreift, um es genauer zu untersuchen, wird er gestört. Er gerät an eine einzige Schraube, sie fällt heraus, und das verwirrende Räderwerk stürzt in sich zusammen wie ein klirrender und scheppernder Wasserfall.

»Ich bringe das schon in Ordnung, Vater«, hört er sich in seiner Kinderstimme sagen.

Die Stadt seiner Geburt und seiner ersten Kinderjahre ist bei jedem Besuch eine völlig andere. Keine Stadt in der Welt verändert sich und wächst so schnell wie Paris. Hier und da werden eindrucksvolle Stadtvillen errichtet, die Fuhrwerke sind zahlreicher und prächtiger, große Geschäfte sind entstanden, in denen man fast alles kaufen kann, statt sich wie bisher in viele verschiedene Läden bemühen zu müssen. In nahezu alle Häuser hat man Leitungen legen lassen, die sauberes, trinkbares Wasser bis in die Küche transportieren. Die Restaurants, Cabarets und Ballsäle haben bis weit in die Nacht geöffnet, und nach Einbruch der Dunkelheit scheint das Leben im Kristallglanz der Lichter überhaupt erst zu beginnen – alle Welt scheint hier zu feiern. Paris ist ein ständiges Fest.

Rudolf Diesel hat ein Junggesellenzimmer bezogen, das nur zwei Straßenzüge vom Seineufer entfernt liegt. Von hier fährt er täglich mit dem Fährboot zur Arbeit. Die neue Eisfabrik wird direkt an der Seine am Quai de Grenelle errichtet. Rudolf wirkt beim Aufbau mit. Der Geldgeber und Inhaber der französischen Patente für Eismaschinen ist Baron von Hirsch, einer der bekanntesten Finanziers dieser Zeit. Er ist international tätig und nimmt auch Einfluss auf die französische Politik. Zunächst zahlt er Rudolf ein sehr geringes Praktikantengehalt, das gerade eben zum Leben reicht. In Paris muss Rudolf aber repräsentieren; er bekommt als künftiger Direktor der Eisfabrik häufig Einladungen und ist auf entsprechende Kleidung angewiesen. Seine Eltern schreiben ihm ständig Briefe und bitten ihn um Geld – Vater will seine »Studien« als Heilmagnetiseur und Spiritist vorantreiben und fragt beinahe jede Woche an. Sie scheinen nicht zu glauben, dass Rudolf so wenig verdient, schließlich ist er doch jetzt Ingenieur! Mutters Briefe sind noch fordernder: Sie erinnert Rudolf an die Dankespflicht des Kindes gegenüber seinen Eltern und führt dabei allerhand christliche Argumente ins Feld. Rudolf hält diese Briefe für überflüssig – schon lange überlegt er, wie er seiner Familie in München unter die Arme greifen kann, deren finanzielle Situation immer schwieriger wird. Er versteht nicht, wieso Vater so viel Geld dafür ausgibt, sich von irgendwelchen obskuren Meistern okkulte Kunstgriffe beibringen zu lassen. Sieht Vater denn nicht, dass das Ganze ein groß angelegter Schwindel ist?

Gerade hat er wieder einen Brief seiner Eltern bekommen, in dem sie ihm vorwurfsvoll erklären, dass Emma jetzt die Einzige ist, auf die sie sich stützen können. Sie unterrichtet ebenfalls Französisch und verausgabt dabei ihre Kräfte. Sie sei ganz blass und mager, schreiben die Eltern, und sie könnte krank werden wie Louise, wenn er sich nicht auf seine Pflicht besinne und endlich mehr schicke als ein kleines Almosen. Mutter zitiert aus dem ersten Johannesbrief des Neuen Testaments: »Wenn aber jemand dieser Welt Güter hat und sieht seinen Bruder darben und schließt sein Herz vor ihm zu, wie bleibt dann die Liebe Gottes in ihm?« Dann fügt sie aus dem Jakobusbrief an: »Und wer da weiß Gutes zu tun und tut's nicht, dem ist's Sünde.«

Voller Zorn wirft er den Brief auf den Tisch. Warum müssen seine Eltern ihn mit der Nase auf Louises Tod stoßen und seine Gefühle für die jüngste Schwester ausnutzen, um mehr Geld von ihm zu fordern? Warum kann Vater diese unsinnigen Studien nicht für ein halbes Jahr unterbrechen? Außerdem müsste er, wenn er als Heiler nur halb so gut wäre, wie er behauptet, längst im Geld schwimmen!

Rudolf hat ihnen mehrfach erklärt, dass er in den ersten Monaten, in denen die Fabrik aufgebaut wird, nur ein Lehrlingsgehalt bekommt, und erst danach wird er so viel verdienen, dass er sie unterstützen kann. Was er ihnen zuletzt geschickt hat, das hat er sich an Kleidung und vom Mund abgespart, und er wird künftig auch auf die Fähre verzichten und einen mehr als einstündigen Fußmarsch zur Arbeit machen, um ihnen auch dieses Geld zukommen zu lassen – das sind dann aber zwei Stunden, die ihm täglich fehlen werden.

Er öffnet seinen Schreibsekretär und legt einen Briefbogen auf die Tischfläche, da hört er unten die Hausglocke läuten. Seine Wirtin eilt die Treppe hinab, um zu öffnen, wenig später klopft sie an Rudolfs Zimmertür.

»Ein Billett für den Herrn Ingenieur«, sagt sie atemlos, als er öffnet. »Der Bote wartet unten auf Antwort.«

Rudolf öffnet den Umschlag und entnimmt ihm ein Kärtchen in etwa der Größe einer Visitenkarte. Die schnörkelige Schrift ist ihm unbekannt. »Habe soeben vernommen, Sie sind in Paris«, liest er flüsternd. »Bitte darum, dass sie mich in meinem Künstlersalon beehren. Heute um zwanzig Uhr, Boulevard Saint-Germain Nummer 27. Um Antwort wird gebeten.«

Er dreht die Karte um. »Jenny Elizabeth Rosengart, Schauspielerin« steht da.

»Meine Güte, Jenny!« Er nimmt eine seiner eigenen Karten aus einem Fach des Sekretärs, notiert nur »Ja!« darauf und drückt sie der Zimmerwirtin in die Hand. »Sind meine Hemden schon aus der Wäscherei zurück?«

»Sauber und gebügelt«, bekommt er zur Antwort. »Einen gestärkten Kragen kann ich Ihnen von meinem Sohn leihen.« Die Wirtin geht mit seiner Karte nach unten.

Rudolf zieht sich um. Er hat nicht gewusst, dass Jenny in Paris ist. Sie ist ihm ja aus München bekannt, von jenem Ball im Odeon. Sein Freund Oskar von Miller bekam von ihr häufig Freikarten für Theatervorstellungen, und irgendwann ist Rudolf ihr auf einer Tanzveranstaltung in Schwabing wiederbegegnet. »Da ist ja mein hübscher Student«, hatte sie ihn begrüßt.

Jetzt ist sie also hier. Rudolf erinnert sich gut an Jenny. Ihre schmale, feingliedrige Gestalt ist fast ständig in Bewegung. Sie kleidet sich extravagant und ist der Mode immer ein kleines Stück voraus. Sie nimmt in Gesellschaft kein Blatt vor den Mund und hat sich dadurch schon manchen Fauxpas geleistet, aber das kümmert sie nicht. Sie wird von Männern umschwärmt, und man verzeiht ihr leichten Herzens. Auch Rudolf fühlt sich in ihren Bann gezogen, und so ist er ein wenig nervös, als er sich auf den Weg macht.

Sein Puls beschleunigt sich noch, als er vor dem Haus am Boulevard Saint-Germain steht und am Glockenstrang zieht. Ein Dienstmädchen kommt und führt ihn in die erste Etage, wo ihn eine elegante Dame erwartet: Jenny trägt die neueste Pariser Mode, ein dunkelblaues Satinkleid mit bauschigen Ärmeln und gepolstertem Hinterteil, das man respektlos *Cul de Paris* – »Pariser Hintern« – getauft hat. Sie wirbelt auf ihn zu, umarmt ihn und zieht ihn dann mit sich. »Wie wunderbar, dass Sie sich Zeit nehmen konnten! Kommen Sie, Rudolf, ich stelle Sie meinen Gästen vor.« Schon befindet er sich in einem Salon mit zahlreichen Besuchern und wird mit Schauspielerinnen und Sängerinnen, Malern, Schriftstellern, Offizieren und Privatiers bekannt gemacht, doch er kann sich die vielen Namen nicht alle merken.

Jenny weicht den ganzen Abend nicht von seiner Seite. Sie hat viel erlebt, seit sie aus München fort ist, und es scheint, als wollte sie ihm alles auf einmal erzählen. Hier in Paris ist sie eine ganz andere geworden, und obwohl sie zehn Jahre älter ist als Rudolf, macht sie auf ihn den Eindruck eines jungen Mädchens. Ihre blauen Augen strahlen und nehmen ihn gefangen. Sein Blick hängt an ihren Lippen, wenn sie mit ihrer klaren, perlenden Stimme redet. Ihr helles Lachen klingt ihm wie Musik. Als getanzt wird, schweben sie miteinander durch den Raum, und Rudolf nimmt die übrigen Gäste kaum noch wahr. Viel zu schnell geht der Abend vorbei, und als sie ihn beim Abschied bittet, sie morgen Abend zu einem Hausball bei den Ronsards, einer bekannten Kaufmannsfamilie, zu begleiten, sagt er ohne Umschweife zu.

Er geht nicht gleich nach Hause, sein Zimmer käme ihm jetzt zu eng vor. Mit beschwingtem Schritt spaziert er durch die Straßen, die vom Lichterglanz unzähliger Kandelaber erhellt sind. Sein Körper und Geist fühlen sich federleicht, wahrscheinlich aufgrund der Nachwirkungen des Champagners.

Rudolf Diesel hasst es, zu warten. Er hat keine Ahnung, weshalb man ihn in das Stadtpalais des Barons von Hirsch, einen Prachtbau an den Champs-Élysées, gerufen hat. Erst vor zwei Wochen hat er hier vorgesprochen, um den Finanzier der Linde'schen Eisfabrik um eine Gehaltserhöhung zu bitten. Von einhundert Franc im Monat kann in Paris niemand leben. Der Baron hat ihn nicht einmal vorgelassen, sondern ihn durch einen Angestellten nach seinem Anliegen fragen und dieses dann abweisen lassen. Er habe kein Geld zu verschenken, hat es geheißen. Heute früh kam ein Bote in die Eisfabrik, um auszurichten, Rudolf möge sich unverzüglich in das Haus des Barons begeben.

Eine halbe Stunde sitzt er nun untätig hier, während in der Fabrik viel Arbeit wartet. Er hat sich nicht einmal die Zeit nehmen können, sich für diesen Besuch umzuziehen. Es ist ihm unangenehm, dem Baron in seinem schlichten Arbeitsanzug gegenüberzutreten, der noch einen schwachen Geruch von Ammoniak ausdünstet, wie er in der gesamten Eismaschinenfabrik herrscht, selbst in den Büroräumen.

Rudolf erhebt sich von seinem Platz und wandert im Raum umher. An den Wänden hängen Grafiken mit Ansichten aus der Neuen Welt. Er stellt sich vor, wie es wäre, dort zu leben. Alles ist dort freier und leichter, hat er gehört. Die gesellschaftlichen Konventionen sind nicht so streng, und selbst ein einfacher Mensch kann dort zu Vermögen kommen, wenn er Ideen hat und sich durchzusetzen weiß. Jenny Rosengart plant, bald in ihre Heimat zurückzukehren und ein Engagement in New York anzunehmen. Vielleicht reist er ihr nach und verwirklicht dort seine großen Pläne. Er ist sich jedoch nicht sicher. In den letzten Wochen hat er viel Zeit mit Jenny verbracht. Sie hat ihm ein völlig anderes Paris als das ihm bekannte gezeigt: Die Welt der Boheme mit ihren endlosen und manchmal abstrusen philosophischen Gesprächen, den nächtelangen Atelierfesten und überbordenden Ausschweifungen. Diese Welt behagt ihm nicht, und manchmal fragt er sich, ob Jenny wirklich die Frau ist, an deren Seite er sein Leben verbringen mag. Er ist verliebt, sie ist hinreißend, und er lässt sich gern mit ihr sehen, aber er sieht auch sein Lebensziel in Gefahr, und daher zieht er immer öfter seine Arbeit vor, wenn sie ihn zu einer Veranstaltung mitnehmen will. Jenny versteht nicht, wie wichtig es ihm ist, abends, nach der anstrengenden Arbeit in der Fabrik, auch noch zu Hause an seinem Schreibtisch zu sitzen und Berechnungen anzustellen über einen Motor, der bisher nur in seiner Vorstellung existiert.

Ein Bediensteter in einer hellblauen Fantasieuniform betritt den Raum. »Der Herr Baron lassen jetzt bitten«, sagt er in einem blasierten Tonfall, ohne den Besucher anzusehen.

Rudolf folgt ihm ins Arbeitszimmer, wo ihn augenblicklich der Geruch von Zigarrenrauch umfängt. Der Raum ist leer bis auf einen verglasten Bücherschrank und einen riesigen Eichenschreibtisch mit zwei Besucherstühlen und einem hochlehnigen Sessel, in dem der Baron sitzt und in einer Akte blättert. Hinter ihm hängt eine Weltkarte an der Wand, auf der die verschiedenen Unternehmungen des Finanziers markiert sind: die Orient-Eisenbahn, welche kürzlich die Hohe Pforte in Konstantinopel in Auftrag gegeben hat, die Brauereien im Elsass und im Burgund, die beiden Werften in Belgien und das argentinische Dorf für jüdische Flüchtlinge aus dem Zarenreich, über das die Zeitungen so voll des Lobes berichtet haben.

Rudolf geht über den weichen Teppich an den Schreibtisch und grüßt höflich.

Baron von Hirsch blickt auf. »Setzen Sie sich, Herr Diesel.«

Rudolf nimmt Platz und wartet, bis sein Gegenüber den Ordner zuschlägt und ihn ansieht.

»Ich habe mir die Bücher der Eisfabrik angesehen. Die Geschäfte gehen schlecht«, sagt der Baron. »Seit acht Wochen ist nicht eine einzige Eismaschine verkauft worden. Es ist nicht einmal ein Auftrag avisiert.«

Rudolf sieht darin einen Vorwurf. »Das hat zwei Gründe«, sagt er. »Durch den strengen Winter ist genügend Natureis vorhanden. Da kommt keine Brauerei auf die Idee, eine Eisanlage bauen zu lassen. Ich sehe darin die Chance, an der Verbesserung unserer Maschinen arbeiten zu können. Wissen Sie, die Franzosen bevorzugen kristallklares Eis, und ich bin durch Berechnungen und Experimente auf ein Verfahren gestoßen, mit dem wir ein solches herstellen könnten. Solange wir keine Bestellungen haben, können wir die erforderlichen Versuche durchführen. Ich wollte Sie ohnehin in den nächsten Tagen um die Erlaubnis dazu bitten. Ich lasse Ihnen meine Unterlagen noch heute zugehen.«

»Das hat Zeit, Herr Diesel. Ich bin sicher, Sie werden für Ihre Versuche freie Hand bekommen. Heute möchte ich Sie nur über eine geschäftliche Veränderung informieren. Wie ich gerade andeutete, lohnt es sich für mich nicht, in Eismaschinen zu investieren. Ich habe deswegen mit Herrn Linde eine entsprechende Korrespondenz geführt und ihm mitgeteilt, dass ich aus dem Projekt aussteige. Der Bankier Fabry wird meine Rolle übernehmen, sich aber stärker im Hintergrund halten. Linde wird die Geschäftsleitung selbst antreten, und da das durch die Entfernung zwischen Paris und München unmöglich ist, macht er Sie zu seinem Stellvertreter, und zwar ab sofort. Sie sehen, Herr Diesel, Ihre gewünschte Gehaltserhöhung kommt schneller, als Sie gedacht haben.«

Er beugt sich zur Seite und nimmt einen Umschlag aus dem obersten Schubfach seines Schreibtisches, schiebt ihn Rudolf zu und sagt: »Ihren Vertrag hat Linde schon ausarbeiten lassen. Sehen Sie ihn sich in Ruhe an, und reichen Sie bitte eines der beiden Exemplare morgen oder übermorgen an mich zurück.«

Rudolf Diesel entnimmt dem Umschlag den Vertrag und deutet auf den edlen bordeauxroten Gänsekiel, der im kristallenen Tintenfass steht. »Darf ich?«

Baron von Hirsch nickt. Rudolf nimmt das Schreibzeug, streift die Tinte am Rand des Fässchens ab und setzt seine Unterschrift unter den Vertrag. Während er den Schriftzug mit dem Löschpapierhalter trocken wiegt, sagt er: »Herr Linde vertraut mir, und ich weiß, dass er mich niemals übervorteilen wird.« Er reicht von Hirsch den Vertrag zurück.

»Von diesem Augenblick an hat sich Ihr bisheriges Gehalt um das Zwanzigfache erhöht, Herr Diesel. Meinen Glückwunsch! Ich habe Ihre Arbeit genau verfolgt und bin überzeugt, dass Sie Ihr Geld wert sind. Die Kassenanweisung für diesen Monat habe ich bereits ausgestellt. Sie können sich Ihren Lohn noch heute abholen. Und in einem halben Jahr wird sich Ihr bisheriges Gehalt noch einmal verdoppeln, da ich daran denke, Ihnen dann ein paar organisatorische Aufgaben in meinen belgischen Firmen zu übertragen. Ich habe mit Linde vereinbart, dass ich Sie auch in Anspruch nehmen darf, sofern Sie damit einverstanden sind.«

Rudolf verspürt einen leichten Schwindel, und er presst die Fingerspitzen beider Hände für einen Moment an seine Schläfen. Das zwanzigfache Gehalt, und in einem halben Jahr das Doppelte! Jetzt kann er seine Eltern unterstützen und Emma entlasten. Er muss sich nicht mehr von Jenny Rosengart aushalten lassen, wenn sie zusammen ausgehen. Das ist ihm immer unangenehm gewesen, obschon sie vermögend ist und ihr Geld leichtfertig ausgibt. Er kann regelmäßig eine kleine Summe sparen und später in sein Projekt investieren, auch wenn die Idee, die sich in den letzten Monaten immer deutlicher in ihm manifestiert hat, in den nächsten Jahren wohl nicht verwirklicht werden kann: Ihm wird die Zeit fehlen. Weder von Hirsch noch Linde sind Männer, die ihr Geld verschenken. Er wird hart arbeiten müssen.

Der Baron erhebt sich, kommt um den Schreibtisch herum und streckt Rudolf die Hand entgegen. Rudolf kann gerade noch rechtzeitig aufstehen, um nicht unhöflich zu wirken, und erwidert den festen Händedruck.

»Am kommenden Sonntag wird Herr Linde aus München hier eintreffen«, sagt der Baron. »Wir werden um zwanzig Uhr in der Brasserie Bofinger im vierten Arrondissement speisen. Ein Tisch ist bereits reserviert. Wir rechnen mit Ihrem Kommen.«

Rudolf kennt das Lokal. Er hat sich als Zehnjähriger einmal hineingeschlichen, weil er von Schulkameraden gehört hatte, es sei wie ein Palast. Er fand das Gerücht damals bestätigt, als er zwischen den luxuriös dekorierten Tischen hinaufschauen konnte in eine gewaltige glitzernde Glaskuppel. Noch jetzt glaubt er den Duft von elsässischem Sauerkraut und gesottenen Schweinsfüßen in der Nase zu spüren.

Vertraulich beugt sich der Baron zu Rudolf vor. »Ich möchte Sie bitten, ohne die amerikanische Dame zu erscheinen, mit der Sie in letzter Zeit häufiger gesehen werden. Wie ich erfahren habe, ist sie geschieden und seit einiger Zeit dabei, ein ererbtes Vermögen zu verprassen, und sie verkehrt in der Demimonde. Herr Diesel, das ist nicht Ihr Stil. Sie haben doch nicht etwa vor, diese Halbweltdame zu ehelichen?«

»Nein«, sagt er und unterdrückt seinen Ärger darüber, dass Baron von Hirsch offenbar Nachforschungen über seinen privaten Umgang angestellt hat. Er sagt sich zugleich, dass diese Handlungsweise üblich und vernünftig ist, wenn man einen Menschen, den man nicht kennt, mit einem so wichtigen Posten betraut. Immerhin wird Rudolf künftig der Herr über mehr als fünfzig Arbeiter sein.

An diesem Abend lenkt ihn der Spaziergang, den er täglich zu seiner Erholung unternimmt, in die Rue de la Fontaine au Roi, wo er Jahre seiner Kindheit verbracht hat. Die Straße kommt ihm enger vor als in seiner Erinnerung, und die Beleuchtung scheint ihm düsterer als irgendwo sonst in Paris. Er schaut an der bröckelnden Fassade des alten Hauses hinauf. Hinter keinem der Fenster brennt Licht. Es ist kaum zu glauben, dass er hier gelebt hat, mit Emma, Louise und den Eltern. Er sieht sich als kleinen Jungen das Trottoir entlanglaufen, den Handwagen und die Stimmen der Straßenkehrer hinter sich. Er ist in nur wenigen Jahren einen weiten Weg gegangen, aber noch nicht einmal die Hälfte bis zu seinem Ziel.

Die nächsten Monate bringen Rudolf viel Arbeit. Er ist jetzt für alles zuständig: für die Konstruktion, für die Qualitätskontrolle, für den Verkauf, für die Reparatur. Er hat inzwischen zwei Patente angemeldet, das erste als Dreiundzwanzigjähriger im September 1881 für die Herstellung von Klareis in Flaschen: Die *Carafes frappées transparentes* sind in ganz Frankreich als Erfrischungsgetränk beliebt, und Diesel begegnet seiner Erfindung in allen Cafés und Restaurants von Paris. Das zweite Patent betrifft eine Maschine zur Klareisfabrikation für die Industrie. Sie findet in erster Linie in Brauereien und Hefefabriken Verwendung, aber Rudolf Diesel stellt eine Liste von weiteren denkbaren Anwendungsmöglichkeiten zusammen – und diese Liste wird immer länger. Die Maschinen werden in Paris gefertigt, aber nach ganz Frankreich und Belgien ausgeliefert. Sie müssen vor Ort aufgebaut und eingerichtet werden. Da Diesel sich als ihr Konstrukteur am besten damit auskennt, ist er es, der diese Aufgabe übernimmt. Oft ist er mehrere Tage in Folge unterwegs und schläft in der Eisenbahn. Mal erklärt er einem neuen Kunden in Lyon die Bedienung der Eismaschine, dann muss er am nächsten Tag schon in Reims zur Stelle sein, um nach einer defekten Apparatur zu sehen, denn die Maschinen arbeiten noch keineswegs zuverlässig. Zwischendurch muss er sich um die Leitung der Firma kümmern, muss die Buchhaltung kontrollieren und sich die Probleme der Arbeiter anhören. Oft kommen sie in sein Büro, wenn sie kleinere Verletzungen haben, meist Verbrennungen. Er fragt sie bei dieser Gelegenheit nach ihrem Wohlergehen, und sie erzählen ihm freimütig von ihren Familien.

Er hatte nicht von Beginn an ein solch gutes Verhältnis zu seinen Arbeitern. Wohlmeinend hatte er Arbeitsbedingungen eingeführt, die nirgendwo sonst galten: Die Leute konnten ihre halbe Stunde Mittagspause nach eigener Entscheidung zwischen zwölf und zwei Uhr nehmen und mussten nicht alle gleichzeitig ihren Arbeitsplatz verlassen. Am Vormittag und am Nachmittag durften sie eine fünfzehnminütige Pause frei wählen, und die Zeit, die sie auf der Toilette verbrachten, wurde nicht mehr angerechnet.

Schnell merkten die Arbeiter, dass nun die Zeit, die sie nicht an ihrem Platz verbrachten, gar nicht mehr zu kontrollieren war. Oft standen sie in kleinen Gruppen auf dem Betriebsgelände herum, die Hände in den Taschen, und hielten einen Schwatz.

Es war offenbar ein Irrtum, zu glauben, die Leute brächten die gleiche Disziplin auf wie er selbst. Sie sehen keinen Grund, weshalb sie sich für den Gewinn eines Unternehmers ins Zeug legen sollten, wenn niemand sie dazu zwingt. Sie verhalten sich daher, als hätte er ihnen bezahlten Urlaub gegeben, den sie lediglich auf dem Werkgelände verbringen. Solange er ihnen keine Einsicht vermitteln kann, hilft nur strenge Disziplin. Die Leute murrten, als er diese wieder einführte, aber er machte deutlich, dass die Qualität der Maschinen und die Zuverlässigkeit der Auslieferung leide, und das bedeute einen Rückgang der Aufträge und somit den Verlust an Arbeit für alle. Danach gab es vereinzelt Sabotageakte, weil manch einer nicht bereit war, wieder auf die gerade erst erlangte Freiheit zu verzichten. Zum Beispiel funktionierte an einem Tag, an dem er einen belgischen Industriellen über das Werkgelände führte, nicht eine einzige Maschine. Ein anderes Mal riss ein Gasrohr, das angesägt war, und mehrere Arbeiter wurden verletzt – die Berührung mit eiskaltem Gas ruft Wunden hervor, die wie Verbrennungen aussehen. Als er den Schuldigen fand, hat er ihn nicht entlassen, sondern ihn gezwungen, die Verletzten aus seinem Lohn zu entschädigen und sie um Verzeihung zu bitten.

Heute ist er bei den Arbeitern beliebt. Sie wissen, dass hinter seiner Strenge eine tiefe Menschenfreundlichkeit liegt. Dass er immer für sie zu sprechen ist, ist keine Floskel. Er hört ihnen zu, wenn sie zu ihm kommen. Er geht mittags nicht ins Restaurant zum Essen, sondern setzt sich in der Kantine zu ihnen an den Tisch, und längst haben sie ihre Befangenheit verloren. Wenn jemand zu Verwandten aufs Land fährt, findet Rudolf Diesel am Montag darauf häufig einen Korb Eier auf seinem Schreibtisch, köstlichen Käse, Wein oder duftendes Landbrot. Diese

Sympathie seiner Arbeiter gibt ihm Auftrieb. Er besitzt große Selbstsicherheit und Überzeugungskraft im Umgang mit Kunden, was zum Erfolg der Klareismaschine beiträgt. Er vermittelt seine Patente in verschiedene europäische Länder und hofft, dass auch Carl Linde in München dieses Gerät bauen wird. Als Rudolfs Schwester Emma den Witwer Christoph Barnickel heiratet, bei dem er die Jahre seiner Jugend verbracht hat, und damit den ehrwürdigen Mann zu seinem Schwager macht, reist Rudolf nach München. Dass diese beiden, deren Alter so unterschiedlich ist, zueinandergefunden haben, mutet ihn etwas seltsam an, aber er gönnt den beiden geliebten Menschen ihr gemeinsames Glück aus frohem Herzen.

Er nutzt die Gelegenheit, um sich mit Carl Linde zu treffen. Es ist ein lauer Abend, über der Stadt liegt ein gleißend blaues Licht. Sie speisen im Hofbräukeller in Haidhausen, wo vor einem halben Jahr die bisher größte von Lindes Eismaschinen aufgebaut wurde. Rudolf berichtet bei einem köstlichen Rinderschmorbraten vom Erfolg seiner Klareismaschine. Die technischen und wirtschaftlichen Einzelheiten kennt Carl Linde längst, denn Rudolf Diesel versorgt ihn alle vierzehn Tage mit Geschäftsberichten. Rudolf berichtet eher von seinen Besuchen bei Kunden, erzählt Anekdoten, die er mit den Besitzern von Großbrauereien und den Menschen in den Fischverarbeitungsbetrieben in der Bretagne erlebt hat, berichtet von Reisen durch Belgien, wo inzwischen sogar ein Trappistenkloster eine Eismaschine besitzt. Schließlich fragt er, warum Linde nicht in Deutschland produziert, denn schließlich sei er doch Eigentümer der Patente, da Rudolf bei ihm angestellt ist.

»Rudolf«, sagt Carl Linde, »hier in Bayern denken die Leute anders. Klareis ist ihnen nicht so wichtig. Die Flaschen, die da in Paris verkauft werden und mit denen Sie mir so viel Geld und Erfolg einbringen, gehen hier gar nicht, und den Braumeistern ist es egal, ob ihre Eisblöcke klar oder trübe sind. Wichtig bleibt allein die Temperatur und die langsame Schmelzung. Ich finde Ihre Idee großartig, und in Frankreich hat sie auch Erfolg, aber der Versuch, hier eine Klareismaschine abzusetzen, würde scheitern. Ich kenne allerdings jemanden, der vielleicht bereit wäre, in Deutschland eine solche Maschine zu bauen und anzubieten. Sie müssten ihn nur mit Ihrer Begeisterung anstecken.«

»Das würde ich mir vielleicht zutrauen. Um wen geht es? Können Sie mir eine Empfehlung geben?«

»Wir werden ihn heute Abend sehen«, sagt Linde. »Er besucht auf königliche Einladung den *Tristan*, eine Wagner-Aufführung in der Staatsoper. Anschließend wird er sich hierher kutschieren lassen, um zu seiner Erholung mit uns einen Schoppen Wein zu trinken.« Er sieht Rudolf an. »Vielleicht ist Ihnen sein Name ein Begriff: Heinrich Buz.«

»Maschinenfabrik Augsburg?«

»Richtig. Buz ist bereit, sich für die Finanzierung eines Modells einzusetzen, aber ich kann Ihnen nichts garantieren, Rudolf. Es gibt täglich und überall Neuerungen, und wir Unternehmer wissen gar nicht, wo wir zugreifen sollen. Soll ich auf den Plan eines lenkbaren Luftschiffes eingehen? Soll ich in ein elektrisches Turbinenkraftwerk am Walchensee investieren oder gar in den irrwitzigen Plan, das ganze Land mit Drähten zu überziehen, um Strom in jede Fabrik Bayerns zu bringen – vielleicht sogar bis nach Nürnberg oder Würzburg?«

»Ja«, sagt Rudolf. »Eine solche Investition würde sich bestimmt lohnen. Die beiden letzten Projekte hören sich erstaunlich nach meinem Freund Oskar von Miller an. Sie kennen ihn, er war oft in Ihren Vorlesungen.«

»Sie haben richtig geraten. Ich glaube aber, von Miller ist damit auf einem Irrweg. Wie soll so etwas funktionieren, Elektrizität von hier nach Nürnberg oder Würzburg zu schicken? Der größte Teil der Energie geht doch unterwegs verloren. Stellen Sie sich den ungeheuren Leitungswiderstand vor! Es wird auf jeden Fall billiger sein, den Strom durch Turbinen vor Ort zu erzeugen.«

In diesem Moment betritt ein stattlicher Herr in Frack und Zylinder den Gewölbesaal, legt seine Kopfbedeckung auf eine Ablage und kommt an ihren Tisch. Carl Linde übernimmt die Vorstellung.

»Sie sind also der begabte junge Ingenieur aus Paris, von dem mir Herr Linde so viel erzählt hat«, sagt Buz auf Französisch. Die lebhaften Augen unter der hohen Stirn mustern ihn wohlwollend.

»Ich lebe zurzeit in Paris und bin dort auch geboren«, sagt Rudolf auf Deutsch, »aber ich bin eigentlich Bayer und habe mehrere Jahre in Augsburg gelebt.«

Im Lauf des Gesprächs erzählt Rudolf, dass er häufig, wenn seine Pflegeeltern ihn an die frische Luft geschickt haben, durch das Wertachbrucker Tor hinaus zur Augsburger Maschinenfabrik gegangen ist, um den Arbeitern durch ein offenes Tor oder von der Mauer hinunter zuzusehen.

»Das waren Sie?« Heinrich Buz erinnert sich, dass vor Jahren die Arbeiter von einem Jungen sprachen, der sie ständig beobachtete, und sie rätselten darüber, ob er vielleicht für eine andere Firma spioniere oder ob er ein Verrückter sei, der sehnsüchtig darauf wartete, endlich arbeiten gehen zu dürfen.

Rudolf lacht. »Dann war ich eher ein Spion, aber nur für mich selbst. Ich wollte wissen, was da in der Fabrik vor sich ging. Ich habe mich schon sehr früh für Maschinen interessiert.« Er beschreibt, wie er als Junge einmal über mehrere Tage die Montage einer Druckmaschine beobachtet hatte. Er weiß noch jedes Detail, sodass Heinrich Buz erstaunt ist über die Genauigkeit seiner Erinnerung und die Exaktheit seiner Beschreibung. »Das hört sich an, als hätten Sie damals bereits ihr Studium hinter sich gehabt.«

»Herr Diesel hat eine hervorragende Auffassungsgabe und ein erstaunliches Gedächtnis«, sagt Carl Linde. »Ich habe ihn während meiner Hochschulzeit oft darum beneidet, und ich bin froh, dass er jetzt für mich arbeitet. Einen besseren Mann hätte ich nicht finden können.«

Heinrich Buz sieht Rudolf an. »Sie haben sich damals gewiss gewünscht, die gesamte Fabrik besichtigen zu können, nicht wahr?«

»Ja. Das ist für mich natürlich ein Traum gewesen. Sie bauen weiterhin Druckpressen und Dampfmaschinen?«

»Alles, was in Auftrag gegeben wird«, sagt Buz. »Kommen Sie doch einmal zur Besichtigung. Ich erfülle Ihnen Ihren Wunsch gern nachträglich.«

»Morgen?«

Buz lacht über diese prompte Frage. »Gern übermorgen. Wenn Sie mich um sieben in der Frühe im *Bayerischen Hof* abholen, fahren wir gemeinsam mit der Eisenbahn nach Augsburg. Dann können Sie mir unterwegs von Ihrer Klareismaschine und Ihren weiteren Plänen berichten.«

Carl Linde hebt schalkhaft einen Zeigefinger. »Kommen Sie nur nicht auf die Idee, mir Herrn Diesel abzuwerben.«

An diesem Abend wird nicht mehr über Berufliches geredet, denn Buz ist nach der langen Wagner-Vorstellung erschöpft. Es entwickelt sich ein leichtes, amüsantes Gespräch. Rudolf Diesel, den oberflächlichen Unterhaltungen bislang eher abgeneigt, stellt jetzt fest, wie angenehm so etwas sein kann. Ihm kommt eine Erinnerung an einen Ausflug nach Vincennes, als er vielleicht acht Jahre alt war: Vater blieb stehen und zeigte Rudolf und seinen beiden Schwestern zwei Ameisen, die sich auf dem trockenen Lehm des Weges entgegenkamen. Die winzigen Tiere berührten sich, tasteten sich eine Weile gegenseitig mit ihren Fühlern ab und setzten dann ihren Weg fort. »Das tun sie, um festzustellen, ob sie aus demselben Bau stammen. Die Menschen machen etwas Ähnliches, wenn sie einander noch nicht gut kennen: Sie reden über dies und das, über lauter unwichtige Dinge, was ihnen aber hilft, sich darüber Klarheit zu verschaffen, ob der andere ein Mensch ist, mit dem man auskommen kann.«

Rudolf stellt fest, dass ihm Heinrich Buz, der etwa doppelt so alt sein mag wie er selbst, ein guter Gesprächspartner sein wird – nicht nur auf der Fahrt nach Augsburg, die für übermorgen verabredet ist. Er hofft nach diesem Abend, jemanden gefunden zu haben, mit dem er sich brieflich über technische Probleme austauschen kann. Er mag Buz' Art, keine Zeit mit höflichen Floskeln zu verschwenden, sondern ohne Umschweife auf den Punkt zu kommen. Rudolf nennt ihn in Gedanken einen »rationellen Menschen« – als den er auch sich selbst bezeichnet.

Als Rudolf Diesel nach Paris zurückkehrt, stürzt eine ganze Flut von Problemen auf ihn ein. In Reims, Dijon, Cambrai und Tours sind Kühlanlagen ausgefallen, alle wegen des gleichen Problems. Er ist der Einzige, der sich mit der Maschine auskennt, und er muss überall persönlich erscheinen. Er nimmt sich vor, in nächster Zeit gleich mehrere geeignete Leute aus der Belegschaft so weit zu instruieren, dass sie ihn vertreten können. Das hat er bisher versäumt.

Er schafft es, in einer Woche alle vier Kunden zufriedenzustellen, indem er, wie schon gewohnt, seinen Schlaf im Eisenbahnwaggon absolviert, und am Samstagabend kann er eine Einladung wahrnehmen, die auf Empfehlung von Heinrich Buz zustande gekommen ist. Die seit Jahrzehnten in Paris ansässige deutsche Familie Brandes veranstaltet jede Woche einen *Jour fixe* – einen Abend, an dem sich in Paris ansässige Deutsche und einige Franzosen, die ihre deutschen Konversationskenntnisse aufbessern möchten, im Haus Brandes treffen. Es wird über Musik, Kunst und Literatur gesprochen, und zu späterer Stunde spielt eine Pianistin zum Tanz auf, die Tochter einer verarmten polnischen Adelsfamilie, die von den Brandes gefördert wird.

Als Rudolf Diesel die Brandes-Villa zum ersten Mal betritt, ist er beeindruckt von den kostbaren Teppichen, den vornehmen Möbeln aus Ebenholz und den zahlreichen Gemälden an den mit Seidentapeten bespannten Wänden. An diesem Abend wird über den gerade erschienenen Roman *Notre-Dame de Paris* des Dichters Victor Hugo gesprochen, und die Meinungen schwanken zwischen romantischer Begeisterung und heller Entrüstung. Man spricht ausschließlich deutsch.

Einmal will Rudolf sein Brillenetui holen, das er in der Tasche seines Mantels vergessen hat, und begibt sich in das mit dunklem Holz getäfelte Empfangszimmer, von dem mehrere Türen abgehen. Eine davon ist halb geöffnet, und während er das Zimmer betritt, nimmt er eine Bewegung wahr. Als er den Blick hinwendet, sieht er ein Mädchen mit hellen, skandinavisch anmutenden blonden Haaren und tiefblauen Augen: ein Kontrast und ein

Blick, der ihn in einer einzigen Sekunde verzaubert. Ihre Lippen sind leicht geöffnet, als ob sie erschrocken wäre, ihre Augen eine einzige Frage, auf die er keine Antwort hat. In diesem Augenblick wandeln sich die gedrechselten Türpfosten zu Bäumen in einem Märchenwald, zwischen denen eine scheue Fee hervorspäht, die sofort verschwindet, als er einen Schritt auf sie zu macht. Wieder eine Sekunde später weiß er nicht einmal, ob dieser Moment Wirklichkeit war.

Rudolf braucht eine Weile, bis er in den Salon zurückkehrt. Die junge Polin spielt einen wilden Cancan, und die Anwesenden tanzen ausgelassen. Ihm kommt das Leben auf einmal unwirklich vor. Hat er gerade einen Geist gesehen? Einen Engel? Oder sind das alles hier verrückt gewordene Gespenster? Befindet er sich in einem Zirkuskabinett? Hat er bisher wirklich gelebt, oder ist er soeben aus dem Innern einer aufplatzenden Pflanzenfrucht in diese Welt geworfen worden? Ist die Wirklichkeit eine Illusion? Für diesen Fall muss der Boden unter seinen Füßen ein unendlich tiefer schwarzer Abgrund sein.

Die Hausherrin kommt auf ihn zu, ein Champagnerglas in der Hand. »Sie sind so blass, mein Lieber. Fühlen Sie sich nicht wohl?«

»Ich weiß nicht«, sagt er. »Ich habe da draußen ein Mädchen gesehen.« Er weiß sofort, dass seine Worte sich dumm anhören müssen.

Madame Brandes wirft den Kopf nach hinten und lacht. »Ein Mädchen! Womöglich war es sehr blond?«

»Ja. Ich glaube, ich habe sie erschreckt. Sie ist sofort davongelaufen.«

»Das ist unsere neue Hauslehrerin Martha. Sie ist erst in dieser Woche aus Deutschland eingetroffen. Sie gefällt Ihnen also?«

»Ich habe sie nur für eine Sekunde gesehen«, sagt Rudolf, und er hat das Gefühl, als ob nicht er selbst, sondern ein anderer spricht. »Ich weiß nicht. Sie hat so hilflos ausgesehen. Vielleicht braucht sie jemanden, der ihr in Paris zur Seite steht.«

Madame Brandes legt ihm vertraulich die freie Hand auf die Brust. »Und dieser Jemand wären Sie gern. Männer wollen immer die Beschützer sein. Aber warum nicht? Kommen Sie doch am nächsten Samstag wieder. Vielleicht kann ich Martha überreden, an unserem Jour fixe teilzunehmen, und dann liegt es an Ihnen, ob sie mit Ihnen tanzt.«

Jenny. Er hat sie schnell vergessen. Rudolf sieht ungeduldig dem nächsten Abend bei den Brandes und einem Treffen mit dem geheimnisvollen Mädchen namens Martha entgegen. Zweiundzwanzig ist sie, hat er an jenem Abend erfahren, und er weiß auch, dass sie die Tochter eines Notars aus Remscheid bei Düsseldorf ist. Ihr Vater ist vor einem halben Jahr gestorben und hat eine Frau mit zehn Kindern zurückgelassen. Sie hat die Arbeit als Hauslehrerin angenommen, um zum Unterhalt der Familie beizutragen. Als er am Samstag wieder bei Familie Brandes zu Gast ist, hofft er, die schöne junge Frau wieder zu Gesicht zu bekommen, doch ihrem schüchternen Wesen geschuldet lässt sie sich den ganzen Abend nicht blicken. Frau Brandes merkt ihm die Enttäuschung an und hat Mitgefühl. Sie verrät ihm, dass in der kommenden Woche ein Ball des Deutschen Hilfsvereins stattfindet. Sie und ihr Mann werden teilnehmen und Martha überreden mitzukommen. Er solle nur da sein und sie dann zum Tanz auffordern, da dürfe sie nicht Nein sagen.

Rudolf hat von den Brandes eine Einladungskarte erhalten, und sie haben ihm einen Platz an ihrem Tisch reserviert.

Beim Eintreten sieht er als Erstes Martha, wie sie gerade aufsteht. Sie trägt ein gestärktes hellblaues Leinenkleid mit schmaler Taille, im Rücken eine dunkelblaue Schleife, deren breite Bänder ihr bis zu den Waden herabreichen, ihr Haar ist kunstvoll hochgesteckt. Sie strahlt eine jugendliche Frische aus, die ihn sofort in Bann zieht. Frau Brandes trägt Sorge dafür, dass Rudolf dem Mädchen gegenüber Platz nimmt. Befangen senkt Martha den Blick und errötet, was sie in seinen Augen besonders schön macht. Behutsam beginnt er eine Konversation, fragt sie, was sie in Paris mache, obwohl er die Antwort darauf schon kennt. Allmählich weicht ihre Scheu, sie erzählt von den Kindern im Hause Brandes und von ihren eigenen Geschwistern, die weit jünger sind als sie selbst, da sie aus der zweiten Ehe des Vaters stammen. Rudolf entnimmt ihren Worten, wie sehr sie Kinder mag. Sie fragt auch ihn nach seinem Leben, nach seinem Beruf. Von Frau Brandes hat sie schon gehört, dass er Ingenieur und der Erfinder der beliebten Carafes frappées ist, die auch auf diesem Ball serviert werden.

»Damit werden Sie bestimmt eines Tages sehr erfolgreich sein«, sagt sie.

»Das hält sich in Grenzen. Ich stelle diese Flaschen ja nicht her, sondern habe nur die Erfindung gemacht. Das Patent gehört meinem Arbeitgeber, aber er zahlt mir ein gutes Gehalt. Darf ich bitten?« Die Musik hat eingesetzt, und Rudolf fordert Martha mit einer Verbeugung zum Tanz auf. Er will an diesem Abend weder über Geld noch über seine Arbeit reden. Er will dieses bezaubernde Mädchen, das sich so schlicht und doch stilvoll zu kleiden weiß, in seinen Armen halten. Ein leichter Rosenduft umhüllt sie. Martha tanzt leichtfüßig und sicher, er muss sie kaum führen. Es ist, als seien sie beide vom ersten Takt an aufeinander eingestimmt. Die Gestalten der anderen Tänzer um sie herum verschwimmen zu Schemen, er sieht nur noch Martha, sieht in ihre Augen, die so klar und strahlend sind wie ein Bergsee im Sonnenlicht. Enttäuschend schnell ist der erste Tanz vorbei, doch er geleitet sie nicht zum Platz zurück, sondern bittet um den nächsten Tanz, und so geht es fort, Runde um Runde, bis Martha schließlich schwer atmend eine Pause wünscht. Am Tisch ist sie dann aufgekratzt, redet fröhlich über die Schönheit der Musik und dieses Abends, sieht dabei stets nur ihn an. Kurz vor Mitternacht, als der Saal sich zu leeren beginnt und das Ehepaar Brandes aufbricht, hilft Rudolf Martha im Foyer in ihren Mantel, und sie sagt: »Ich habe nicht gewusst, dass Techniker, die immer nur mit Maschinen zu tun haben, auch Kavaliere sein können.«

Er lächelt sie an. »Werden wir uns wiedersehen?«

»Wer weiß«, sagt sie. »Lassen wir uns überraschen.«

Mit dieser Antwort gibt er sich nicht zufrieden. Als er wenig später in seiner Junggesellenwohnung sitzt, schiebt er seine Zeichnungen und Berechnungen zur Seite und schreibt ihr mit flammenden Worten einen Liebesbrief, den er noch in derselben Nacht aufgibt. Er weiß, er wird nicht schlafen können. Er wird nur an sie denken. Er hat ihr geschrieben, er werde morgen um acht zu ihr kommen. Er muss sie sehen, muss in ihre Augen blicken, ihre Nähe fühlen, selbst wenn es nur für eine Minute ist.

Die Zeit bis dahin dehnt sich zu einer Ewigkeit, und die Arbeit des nächsten Tages lenkt ihn kaum ab. Immer wieder zieht er seine Uhr aus der Tasche, klappt sie auf, starrt das Ziffernblatt an, hält sie ans Ohr. Die Uhr geht, und es muss wohl stimmen: Was ihm wie eine Stunde vorkam, sind kaum fünf Minuten gewesen.

Am Abend zieht er sich eilig um und packt das Buch, das er in der Mittagszeit besorgt hat, hübsch als Geschenk für Martha ein. Es ist Victor Hugos *Notre-Dame de Paris*, über das bei Brandes an dem Abend gesprochen wurde, an dem Rudolf sie zum ersten Mal sah. Dann eilt er los. Er ist fünf Minuten vor der Zeit da, doch Martha muss hinter einem der Fenster gestanden und nach ihm Ausschau gehalten haben. Sie kommt ihm entgegen, und im Vorgarten des Hauses fallen sie einander in die Arme.

In den nächsten Tagen sehen sie sich oft. Sie nehmen jede Gelegenheit wahr, um an Gesprächs- oder Musikabenden deutscher Vereine teilzunehmen. Rudolf weiß, dass das Ehepaar Brandes die Beziehung zwischen ihm und Martha gutheißt, sehen sie in ihm doch den aufstrebenden jungen Ingenieur, der es bereits in frühen Lebensjahren zum Leiter einer Fabrik gebracht hat.

Rudolf findet in Martha auch die ideale Begleiterin für seine Abendspaziergänge, eine Gewohnheit, die er bei jedem Wetter einzuhalten pflegt, sofern seine Pflichten ihn nicht von Paris wegrufen. Martha ist eine kluge Zuhörerin, mit der er über alles sprechen kann, was ihn bewegt. Sie glaubt an ihn in einem Maße, wie es nie zuvor ein Mensch getan hat. Er kann ihr seine Gedanken offenlegen, mit ihr über seine Pläne sprechen, die jemand anders vielleicht als zu hochtrabend oder als Ausgeburt einer wirren Fantasie bezeichnet hätte. Er weiß, dass sie die Frau ist, die er ein Leben lang an seiner Seite wissen will. Seit er ihr das gesagt hat, betrachten sie beide sich als verlobt.

An einen milden Spätsommerabend führt ihr Weg sie auf den Montmartre hinauf, den höchsten der Hügel, die

Paris wie ein Ring umschließen. Von hier oben aus hat man bei gutem Wetter eine Fernsicht von fünfzig Kilometern. Doch heute ist es dunstig: Eine Luftschicht liegt wie ein Deckel über dem weiten Talkessel und hält den Rauch aus unzähligen Schornsteinen und Fabrikschloten über der Stadt gefangen. Der Blick über das Meer von Dächern ist dennoch beeindruckend.

Das ist jedoch nicht der einzige Grund, weshalb sie heute die steilen Straßen hier hinaufsteigen. Ihr Interesse gilt der großen Baustelle auf dem höchsten Punkt, wo eine gewaltige Basilika entsteht, eine Kirche, die zugleich ein Denkmal und eine Pilgerstätte sein soll. Sie wird zum Andenken an die gefallenen Franzosen des vergangenen Krieges und als Mahnmal für die Opfer der Commune errichtet. Als die Regierung der Dritten Republik gerade erst vereidigt war, wurde mit viel Pomp ein »nationales Gelübde« abgelegt, dieses Symbol der Besinnung und Hoffnung zu errichten – und nun wird dafür seit vielen Monaten Geld in ganz Frankreich gesammelt. Der Architekt Abadie hat mit seinem Entwurf, einem von dreiundachtzig, den Wettbewerb gewonnen – nach dessen Plänen wird ein monumentaler Bau errichtet, in dem sich südländische und orientalische Stilelemente vereinen. Die Entwürfe, die Rudolf und Martha kürzlich in einer Ausstellung gesehen haben, weckten Erinnerungen an die Hagia Sofia in Konstantinopel und an den Markusdom in Venedig. Böse Zungen behaupten, die fertige Basilika zum Heiligen Herzen werde aussehen wie eine belgische Buttercremetorte.

Zurzeit entsteht ein viereckiger Glockenturm hinter dem noch unvollendeten Kuppelbau – in diesem Turm soll in etwa zwei Jahren eine Glocke von achtzehn Tonnen Gewicht aufgehängt werden. Sie ist bereits bei einer Gießerei in Besançon in Auftrag gegeben. Die Fundamente, die ein solches Gewicht tragen sollen, sind dreiunddreißig Meter tief in den weichen Sandstein des Untergrunds versenkt worden, erzählt Rudolf.

»Ich kann mir nicht vorstellen, dass diese Kirche jemals fertig wird«, sagt Martha. »Man baut doch jetzt schon seit vielen Monaten daran. Und dieser scheußliche graue Stein wird später sicher noch hässlicher, wenn sich der Ruß aus den Fabrikschloten darauf absetzt. Stell dir vor, in Zukunft thront ein riesiger schwarzer Bau über der Stadt. Das muss die Menschen doch bedrücken.«

»Ein Denkmal für die Toten eines Krieges darf ruhig hässlich sein, aber dieses wird es nicht.« Rudolf hebt einen Steinsplitter aus dem Schutt, der am Rand des noch unbefestigten Vorplatzes liegt. »Das ist Travertin-Gestein«, sagt er. »Es wird bei Château-Landon abgebaut, nicht weit von Paris, und es weist eine spezielle Eigenschaft auf: Durch die chemische Reaktion mit der Luft sondert es Calcit ab, was dazu führt, dass dieses Gestein mit der Zeit immer heller wird. In späteren Jahren wird die *Église du Sacré-Cœur* in weißer Pracht über den Dächern der Stadt leuchten. Schau dir diesen Stein einmal an.« Er hält ihn ihr auf der flachen Hand entgegen. »Ist er nicht wie ein kleines Herz geformt?«

»Ja, du hast recht! Was für ein Zufall!«

»Bewahre es gut auf«, sagt er. Er blickt um sich, überzeugt sich, dass niemand herschaut, dann küsst er die Fingerspitzen ihrer linken Hand und schließt sie um den Stein. »Solltest du jemals Anlass haben, an meiner Liebe zu zweifeln, dann nimm dieses Steinchen in die Hand, und du wirst dich daran erinnern, dass ich dir mein Herz geschenkt habe – für immer und alle Zeit.«

»Ach, Rudolf!« Sie traut sich nicht, ihn zu umarmen, denn um sie herum sind viele Leute, die neugierig den Fortgang der Bauarbeiten betrachten. Es war von Rudolf schon gewagt, ihr in der Öffentlichkeit die Fingerspitzen zu küssen.

»Komm«, sagt er, »ich lade dich in ein Café ein.«

»Sind wir dann nicht zu spät zurück? Ich habe nur noch eine Stunde Zeit, und die brauchen wir für den Weg.«

»Nicht wenn wir mit der Droschke fahren. Ich möchte dir etwas erzählen.«

Wenig später sitzen sie in einem der kleinen Lokale, die dieses Viertel bei Künstlern und Studenten so beliebt machen. Viele davon sind verrufen, aber Rudolf hat ein Café gewählt, das Martha betreten kann, ohne sich dafür schämen zu müssen. Kaum sitzen sie, lässt sich ein Porträtzeichner am Nachbartisch nieder und beginnt, Marthas Gesichtskonturen auf seinem Block zu skizzieren. Rudolf gibt ihm ein Trinkgeld und schickt ihn einen Tisch weiter. Er bestellt beim Kellner für sie beide heiße Schokolade. Als die Tassen vor ihnen stehen und der Duft ihm in die Nase steigt, erinnert er sich für einen flüchtigen Moment an Madame Cadot, die Concierge, die ihn als Kind manchmal mit heißer Schokolade in ihre Wohnung lockte, um ihn auszuhorchen.

»Ich habe einen Kassensturz gemacht«, sagt er. »Meine Ersparnisse sind ausreichend, um meine wichtigsten Pläne zu verwirklichen.«

»Du wirst deinen Motor also bauen?«

Er hat ihr davon erzählt, dass er Großes vorhat: einen Motor zu entwickeln, der eine bedeutend höhere Kraftausnutzung hat als jede Dampfmaschine. Ein kleiner, preiswerter Motor soll es sein, damit Handwerker ihn sich leisten und gegen die großen Fabriken konkurrenzfähig bleiben können. Martha weiß, wie wichtig ihm dieses Projekt ist und dass er manchmal bis spät in die Nacht über Büchern, Zeichnungen und Berechnungen sitzt.

»Das nicht«, sagt er. »Noch nicht! Aber es ist genug Geld da für eine Hochzeit und die Vorbereitungen. Ich schreibe morgen an meine Eltern und bitte sie, dich für sechs Monate aufzunehmen, damit du deine neue Familie kennenlernst.«

»Rudolf, das ist ja wunderbar!« Ihre Augen strahlen ihm das Glück entgegen, das sie in diesem Moment empfindet.

Es wird eine lange Trennung auf sie beide zukommen, aber das ist üblich in dieser Zeit. Die Braut lebt bei ihren künftigen Schwiegereltern, lernt Kochen, Nähen und andere Fertigkeiten von der Mutter ihres Bräutigams – nicht völlig neu, denn eine junge Frau kann das alles, aber nun einmal nicht so, wie der künftige Ehemann es von seiner Mutter gewohnt ist. Daher wird sie lernen, seine Lieblingsgerichte zu kochen, und sie wird Gewohnheiten erfahren, die sie noch nicht kennt oder deren Ursprung ihr bisher noch verschlossen ist. In dieser Zeit lernt sie auch die Verwandtschaft kennen.

»Ich vermisse dich jetzt schon«, sagt er. »Dieses halbe Jahr wird uns beiden sehr lang! Ich werde mich in Arbeit stürzen und tatsächlich einen Versuchsmotor bauen, der mit Ammoniak betrieben wird. Damit kenne ich mich aus, und die Berechnungen sind weit genug gediehen, dass ich in die Experimentierphase gehen kann. Außerdem werde ich so oft wie möglich in München sein, um dich zu sehen! Ich werde mich häufiger bei Linde zum Rapport melden, dann geht nicht so viel von unseren Ersparnissen verloren, weil er dann für die Reise aufkommt. Dich ein halbes Jahr nicht zu sehen ist unvorstellbar, denn schon ein Tag ohne dich ist mir unerträglich!«

»Rudolf!« Sie hebt ihre geschlossene linke Hand und öffnet sie. Da liegt der kleine herzförmige Stein vom Bau der Sacré-Cœur-Basilika, dunkel von der Feuchtigkeit ihrer schwitzenden Hand, und sie drückt ihre Lippen darauf. »Das bedeutet nicht, dass ich bereits an deiner Liebe zweifle. Ich werde dieses Herz immer wieder küssen, um mich an den glücklichsten Tag in meinem Leben zu erinnern.« Sie presst es mit der Hand an ihre Brust.

»Dabei will ich dich doch immerzu so glücklich machen, dass du gar nicht mehr weißt, welcher Tag der glücklichste war«, sagt er und drückt Martha an sich.

Wenig später treten sie hinaus in die Gasse. Das Wetter ist schlechter geworden, ein leichter Nieselregen hat eingesetzt. Sie stehen im Eingang des Cafés, und Rudolf winkt einen Straßenjungen heran. Er gibt ihm ein paar Sous und sagt: »Besorg uns eine Droschke, zweispännig, mit Verdeck.«

Das Verdeck muss natürlich geschlossen sein, damit seine geliebte Martha nichts vom Regen abbekommt. Doch vor allem will er sie unterwegs küssen, pausenlos, während der gesamten Fahrt … Ihre Augen stimmen schon begeistert zu.

Marthas Abwesenheit macht ihm zu schaffen. Nahezu täglich schreibt er ihr, und ebenso oft kommen Briefe von ihr. Die Stelle bei Brandes hat sie natürlich aufgegeben, und jetzt kommt sie manchmal extra nach Paris, um die Kinder zu sehen, die sie in ihr Herz geschlossen hat. Es ist nicht nur ein Vorwand, um Rudolf zu begegnen, es fügt sich beides gut zusammen. Rudolf fährt mehrfach nach München, manchmal kann er Martha aber nur für eine oder zwei Stunden sehen. In Frankreich muss er viel umherreisen, mehrere große Eismaschinen sind gebaut worden, und nur er kann sich um die Behebung von Fehlern kümmern. Ihm wird diese Aufgabe leid, weil er oft als Gast privat übernachten muss und ihm die Bierseligkeit seiner Gastgeber nicht behagt. Oft ahnen sie nicht einmal, dass er Deutscher ist, und ergehen sich in seiner Gegenwart in deutschfeindlichen Tiraden. Lieber würde er an seinem Ammoniakmotor arbeiten und noch lieber Martha in den Armen halten.

Eines Tages erfährt er, dass Martha nach Paris kommen will, um ihr Brautkleid anmessen zu lassen, doch am Abend zuvor wird Rudolf in eine Kleinstadt zu einem Kunden bestellt, und von dort muss er nach München weiterfahren. Das hat sich erst am Vortag ergeben, die Besprechung bei Linde kann er nicht verschieben.

Der Ort, in dem er den Kunden besuchen muss, liegt jedoch nicht weitab von Marthas Reiseroute. Rudolf hat sich vor seiner Abreise am Bahnschalter erkundigt und erfahren, dass ihr Zug gegen Mitternacht auf der Strecke eine halbe Stunde Aufenthalt hat, weil ein Postwaggon angehängt wird. Er beschließt, an den Zug zu kommen, um Martha wenigstens sehen zu können. Von einem Kutscher lässt er sich an den Bahnabschnitt fahren. Es ist nach Mitternacht, als er im bleichen Licht des Vollmonds und unzähliger Sterne auf einem leeren Bahnsteig steht und die Gleise entlangblickt, die sich nach beiden Seiten schnurgerade in die dunkle Unendlichkeit erstrecken. Es ist frostig, und kein Mensch ist zu sehen. Ist er vielleicht zum falschen Bahnhof gekommen, oder stimmte die Auskunft nicht? Auf einem der Nebengleise kann er nur die schwarzen Konturen eines Waggons ausmachen.

In der Ferne ist ein seltsames Geräusch zu hören, es klingt wie ein Mahlen von Metall auf Metall. Das kann kein Zug sein, eher ein einzelner Wagen, der sich von einem Zug gelöst hat und von allein zurückrollt. Für einen Moment rast sein Herz in Panik. Auf welchem Gleis kommt Marthas Zug? Wird es einen Zusammenprall geben? Was kann er tun, um das zu verhindern? Er will schon mit den Fäusten an die Tür des kleinen Stationsgebäudes hämmern, um den Wärter zu wecken, da tritt der Mann in schlaftrunkenem Taumel zur Tür heraus. Im Licht seiner Petroleumlampe sieht Rudolf, dass der Beamte seine Uniform kurzerhand über sein Nachtgewand gezogen hat, die Schirmkappe sitzt schief auf seinem Kopf. Jetzt erscheint auch das Fahrzeug, von dem das ungewöhnliche Geräusch herrührt: Es ist eine Draisine, ein Gefährt, das aussieht wie eine alte Feuerwehrpumpe, auf dem sich je zwei und zwei Männer gegenüberstehen und abwechselnd eine große Hebelwippe niederdrücken. Trotz der Kälte glänzen ihre schweißnassen Gesichter im schwachen Lichtschein.

Sie fahren auf ein freies Nebengleis. Der Stationswärter stellt mehrere Weichen, indem er zu einer jeden hingeht und eine schwere, mit einem Gewicht versehene Eisenstange anhebt und zur anderen Seite kippt. Dann holt er mehrere Lampen aus dem Gebäude, schraubt die Dochte hoch, zündet sie an und hängt sie in Abständen von etwa zehn Metern an kleine eiserne Masten. Rudolf schlingt die Arme um seinen Oberkörper und schiebt seine Hände unter die Achselhöhlen. Die Kälte ist durch seine Handschuhe gedrungen und lässt seine Finger taub werden.

Jetzt kommt der Stationswärter auf Rudolf zu. »Wohin wollen Sie, Monsieur? Ich kann mich nicht erinnern, dass Sie ein Billett bei mir gekauft haben. Eigentlich ist an dieser Station auch kein Zustieg von Personen in Eilzüge vorgesehen.«

»Aber der Zug wird doch halten, oder? Meine Verlobte ist auf dem Weg nach Paris, und ich will sie nur sehen.«

»Dann brauchen Sie eine Bahnsteigkarte, sonst dürfen Sie sich hier auf dem Perron nicht aufhalten.«

»Daran habe ich nicht gedacht«, sagt Rudolf. »Können Sie mir bitte eine verkaufen, Monsieur?«

»Kommen Sie mit.« Er nimmt seine Handlaterne, und Rudolf folgt ihm ins Stationsgebäude. Dort gibt es keinen Schalter, sondern nur einen großen, unwirtlichen Raum mit einem Geländer in der Mitte. Auf der einen Seite sind mehrere Wartebänke aufgestellt, auf der anderen Seite stehen ein Schrank und ein wackelig aussehender Tisch mit einem Hocker. Umständlich schließt der Wärter den Schrank auf, nachdem er Rudolf bedeutet hat, auf der anderen Seite zu warten, nimmt Schreibzeug und ein bedrucktes Stück Pappkarton aus dem Schrank und setzt sich an den Tisch. »Eigentlich darf ich Ihnen die Karte nicht ausstellen«, sagt er. »Ich weiß gar nicht, wie ich sie in das Stationsbuch eintragen soll. Erstens ist sie für einen Zug, der hier weder Zu- noch Ausstieg hat. Zweitens sind Sie nicht von hier. Ich müsste Ihre Papiere sehen und den Grund nennen, weshalb Sie sich auf dem Perron aufhalten wollen. Drittens waren Sie vor Mitternacht hier. Sie benötigen also eine Karte für gestern und zusätzlich eine für heute.«

»Dann bezahle ich zwei Karten«, sagt Rudolf, amüsiert über die Bauernschläue dieses Mannes. »Und Sie füllen einfach noch gar nichts aus, sondern besprechen morgen in Ruhe alles mit Ihrem Vorgesetzten, damit Ihnen kein Fehler unterläuft. Sie werden mich wohl nicht kontrollieren, wenn ich am Zug stehe, denn Sie wissen ja, dass ich bezahlt habe.«

»Wir verstehen uns. Es geht schließlich um *l'amour.*«

Als der Beamte einen Betrag nennt, von dem er sich gerade einmal ein Stangenbrot kaufen könnte, muss Rudolf ein Lachen unterdrücken und zählt das Geld auf den Tisch. Dann steigt ein bitterer Gedanke in ihm auf: Wie armselig muss das Leben dieses Mannes sein, wenn er eine Bestechung um einen so geringen Betrag herausfordert!

Er betritt den schmalen, unbefestigten Steig zwischen den Gleisen. Die vier Arbeiter haben inzwischen Postbeutel und Pakete aus dem hinteren Teil des Gebäudes geholt und sie in den Waggon geladen. In diesem Moment gellt ein lang gezogener Pfiff durch die Einsamkeit der nächtlichen Landschaft. Rudolf verspürt heftige Sehnsucht, blickt das Ferngleis entlang und sieht ein Licht näher kommen. Der Eilzug nach Paris!

Es kommt ihm vor wie eine Ewigkeit, bis der Zug endlich da ist und mit lautem Zischen und Kolbenstampfen zum Stehen kommt. Alle Waggons sind dunkel, die meisten Fahrgäste schlafen wahrscheinlich. Rudolf hofft, dass der *Contrôleur* aussteigt, damit er ihn nach Martha fragen kann. Doch da sieht er, wie drei Waggons weiter vorn, direkt hinter der Lokomotive, die jetzt von den Arbeitern zum Rangieren abgekoppelt wird, ein Fenster heruntergelassen wird und ein blonder Kopf herausschaut.

»Martha!« Auch bei Nacht und bei dieser erbärmlichen Beleuchtung hätte er das Gesicht unter Tausenden von anderen erkannt. Er läuft zu ihr. Schon hat sie die Tür geöffnet und springt ihm aus der Höhe in die ausgebreiteten Arme. Zusammen drehen sie sich im Kreis und stürzen beinahe auf den Schotter, doch im letzten Moment fängt Rudolf den Schwung ab. »Martha, mein geliebtes, mein süßes Mädchen! Endlich!«

Sie küssen sich. »Wie schön, dass du hier bist! Jetzt können wir den Rest der Reise zusammen machen.«

Es tut ihm weh, sie enttäuschen zu müssen. Er erzählt ihr, dass er morgen in die Gegenrichtung reisen muss.

»Wie schade! Dabei gibt es so viel zu besprechen! Die Hochzeit ist vorbereitet und kann pünktlich stattfinden. Und ich brauche deinen Rat.«

»Sag schnell.«

Sie windet sich, sucht nach den richtigen Worten, aber diese Begegnung kommt zu überraschend. Sie hat sich nichts zurechtgelegt. »Deine Eltern sind ja sehr liebenswerte Leute«, sagt sie, »aber ich weiß nicht, was ich machen soll. Deine Mutter versinkt ständig im Gebet und ist kaum ansprechbar, und dein Vater überredet mich fast jeden Tag zu einer Versammlung von Spiritisten, Geistheilern oder verrückten Weltverbesserern. Zwei Stunden vor meiner Abreise hat er mich zu einer alten Frau in Gauting geschleppt, die ein Medium sein will und mir von deiner toten Schwester die Nachricht übermittelte, du sollest nicht heiraten, sondern dich allein deinem Lebensziel widmen. Für diesen Firlefanz hat er mehr bezahlt, als deine Eltern in einer Woche zum Leben brauchen. Rudolf, wie kann ich mich entziehen, ohne die beiden zu verletzen?«

Er muss einen Moment gegen Magenschmerzen kämpfen. Was sie berichtet, ärgert ihn sehr. Er hat seinen Vater in mehreren Briefen bekniet, seine Braut nicht in diese Spinnerzirkel hineinzuziehen. Vater hat es dennoch getan und dafür einen Teil des Geldes verwendet, das Rudolf nach Hause schickt. Im Moment sorgt er allein für den Unterhalt seiner Eltern und finanziert sogar Vaters Extravaganzen mit. Er fühlt sich betrogen und bestohlen, außerdem hat er Angst um Martha.

Er reißt sich zusammen. »Wenn du schon in Deutschland bist, musst du vor der Hochzeit auch an deine eigenen Verwandten denken. Fahr zu ihnen und lad ein, wen du willst.«

»Ich habe einen Onkel, der in Berchtesgaden wohnt.«

»Das trifft sich perfekt. Schreib ihm. Ich hinterlasse bei meinen Eltern das Geld für … nein, ich hinterlasse die Fahrkarte.« Er schämt sich, dass er seinen Eltern misstraut, im Grunde sind sie rechtschaffene Leute, aber er kommt mit ihrer Gedankenwelt nicht zurecht. Er wird ihnen einen Brief schreiben, in dem sie seinen Zorn zu spüren bekommen.

»Monsieur«, hört Rudolf in diesem Moment die Stimme des Stationswärters hinter sich. »Der Zug fährt ab. Die Dame muss jetzt einsteigen, wenn sie mitfahren will.«

»Ich *will* nicht«, sagt Martha, »aber es geht wohl nicht anders.« Sie küsst Rudolf, er hilft ihr über das hohe Trittbrett hinauf, dann schlägt die Tür hinter ihr zu.

Die Lokomotive stößt einen tiefen, durchdringenden Schrei in die Nacht aus. Rudolf sieht in einer schnell verfliegenden Dampfwolke die schweren Exzentergewichte der Räder und die Pleuelstangen, die dünn wie blanke Knochen schwingen und den Zug immer schneller vorantreiben.

Martha winkt ihm aus einem Fenster zu. Den Zug kann er in der Dunkelheit schon nicht mehr sehen, ihr Taschentuch ist ein auf und ab zappelnder heller Fleck, der immer kleiner wird und dann in der Nacht verschwindet.

Rudolf weckt den Kutscher, der sich auf dem hinteren Sitz unter einem Berg von Decken vergraben hat. Noch zwei Stunden Fahrt durch die Winterkälte liegen vor ihnen.

4

Augsburger Abendzeitung
13. Januar 1890

Vergiftungsversuch. Wir erfahren aus russischer Quelle Folgendes: »Unser Kaiser Alexander III. ist Chef eines preußischen Regiments – des ersten Garde-Grenadier-Regiments –, wie der Kaiser Wilhelm II. Chef des Grenadier-Regiments von Kaluga ist. Nun ist es der Gebrauch, daß die Uniformen dieser Kaiserlichen Obersten von den gewöhnlichen Lieferanten der beiderseitigen Höfe angefertigt werden. So werden die preußischen Uniformen unseres Kaisers in Berlin gemacht. Kurze Zeit nachdem er eine solche Uniform getragen hatte, im Monat September vorigen Jahres, spürte der Kaiser Unbehaglichkeiten … rothe Flecken und brennender Ausschlag zeigten sich auf der Haut, und die chemische Untersuchung des Unterfutters der Uniform ließ erkennen, daß ein Vergiftungsversuch vorlag.« Das *Écho de Paris* ist mehr ein berüchtigtes pornographisches als ein politisches Organ, dessen Leistungen deshalb füglich ignoriert werden können, aber eine ganze Anzahl von großen politischen Journalen, und sogar der *Matin*, ein Blatt, das die bedeutendsten politischen Publizisten zu seinen Mitarbeitern zählt, haben diese Infamie in ihre Spalten übernommen und dadurch bekundet, daß sie derselben einen gewissen Werth beilegen.

Augsburger Abendzeitung

27. Januar 1890

Berlin, 25. Januar. In der heutigen Reichstagssitzung steht zur dritten Berathung der Gesetzentwurf betreffend die Abänderung des Gesetzes gegen die gemeingefährlichen Bestrebungen der Sozialdemokratie. Abgeordneter Bebel: »Wenn die verbündeten Regierungen den Beschlüssen der zweiten Lesung zustimmen, wird das Gesetz voraussichtlich eine ebenso lange Lebensdauer haben, wie das gegenwärtige System in Deutschland. Enttäuscht sind wir Sozialisten von den Beschlüssen nicht, denn schon bei der Berathung des ersten Entwurfs wußten wir, daß das Gesetz später verewigt werden würde. Die Sozialdemokratie hat seitdem stetig an Wachsthum und Ausdehnung gewonnen. Vor wenigen Tagen hat Herr von Helldorff uns als eine Art von ›Pilzen‹ bezeichnet. Wäre die bürgerliche Gesellschaft aber nicht schon krank, so hätte der Bazillus der Sozialdemokratie nicht so um sich greifen können. Da Sie das herrschende System nicht verlassen wollen, wird auch, so lange die gegenwärtige bürgerliche Gesellschaft besteht, die Sozialdemokratie bestehen, mögen Sie auch mit noch härteren Mitteln, mit der Exportierung der Agitatoren, mit der Bestimmung, daß kein Sozialdemokrat Abgeordneter sein dürfe, gegen uns vorgehen. Die Sozialdemokratie gleicht der Lernäischen Schlange, sie hat sich bis jetzt noch immer von den ihr zugefügten Schlägen erholt und steht heute mächtiger da, denn je.«

Augsburger Abendzeitung

2. Februar 1890

Paris. Heute fand an der belgischen Grenze zwischen dem antisemitischen Agitator Marquis de Mores und dem radikalen Abgeordneten Camille Dreyfus ein Duell statt. Die Ursache dazu war ein Artikel Dreyfus' gegen den Marquis, welcher sich durch dessen Inhalt für beleidigt erachtete. Er schickte als Zeugen die Herren Feillant und den Grafen Dion, während Dreyfus als Zeugen den gewesenen Minister Abgeordneten Lockroy und den Abgeordneten Pichon bestellte. Sechs Kugeln sollten auf 20 Meter (!) Distanz gewechselt werden. Der Abgeordnete Dreyfus wurde jedoch sogleich nach dem ersten Kugelwechsel am rechten Oberarm verwundet. Die Ärzte konnten die Kugel auf der Stelle aus der Wunde herausnehmen. Der Verwundete befindet sich unter den obwaltenden Umständen wohl. Das Kommando hatte Feuillant, welcher ausrief: »Senken Sie Ihre Pistolen mit dem Lauf gegen die Erde.« Hierauf fragte Dion: »Sind Sie bereit?« – »Ja.« – »Feuer!« Dreyfus schoß zuerst und fehlte. Mores schoß erst bei dem Kommando »zwei«. Dreyfus ließ die Pistole, die er in der Hand hatte, fallen und rief: »Ich bin am Arme verwundet!« Beide Gegner bewiesen Ruhe und benahmen sich durchaus korrekt. Dreyfus reiste nach Brüssel.

Augsburger Abendzeitung
6. Februar 1890

Paris. *Figaro* hält heute Heerschau über die sozialdemokratische Partei in Deutschland, deren wachsende Macht einen jeden guten Franzmann freut. Er sieht in dem deutschen Wahlkampfe keine Parteinuancen, sondern nur den »eisernen Kanzler« Auge in Auge mit seinen revolutionären Gegnern. Dies entspricht dem französischen Bedürfniß der Dramatisirung und gibt dem Streit ein furchtbares Aussehen, das die Schadenfreude der Pariser Leser kitzelt. Man kann es den Franzosen auch nicht übel nehmen, wenn sie sich ein wenig über die Deutschen belustigen. Man hat ihnen von deutscher Seite immer hartnäckig die Schuld an sozialdemokratischen Wühlereien in die Schuhe geschoben; Paris wurde von deutschen Reaktionären stets als der Herd der internationalen Revolution bezeichnet.

Im Lesesaal der Bayerischen Staatsbibliothek in der Augsburger Schaezlerstraße, nur wenige Schritte von dem Haus entfernt, in dem Rudolf Diesel seine Jugendjahre verbrachte, blättere ich in den riesigen Bänden mit Zeitungen aus der Zeit, die er als junger Ingenieur in Paris verbrachte. Es ist eine politisch bewegte Zeit. In Frankreich, das sich von dem verlorenen Krieg mit Deutschland nur langsam erholt, kommt zunehmend antideutsche Stimmung auf und erfasst große Teile der Bevölkerung. General Boulanger, der in mehreren Kriegen schwere Verwundungen davongetragen und höchste militärische

Auszeichnungen erhalten hatte, wurde im Kabinett Freycinet zum Kriegsminister berufen. Er war Befürworter eines Vergeltungsschlages gegen Deutschland und bekam Gelder für den Ausbau der Garnisonen und die Verstärkung der Truppe bewilligt. Die Stimmung gegen die Deutschen verschlechterte sich beträchtlich, wozu auch die Zeitungen mit zahlreichen Propagandaartikeln beitrugen. Auch auf deutscher Seite wurde gerüstet, und es wurde offen von einem möglichen Bündnis Kaiser Wilhelms II. mit dem russischen Zaren gegen Frankreich gesprochen. Dass es im ausgehenden 19. Jahrhundert nicht zu einem weiteren Krieg kam, hat zahlreiche Gründe – unter anderem waren große Teile der Streitkräfte in den Kolonien gebunden. Eine komplizierte Bündnispolitik der Mächte machte den Ausgang eines Krieges immer ungewisser, und ein weiteres Problem machte den Mächtigen in den Ländern Europas zunehmend Sorge: die Arbeiterfrage.

Mit dem Siegeszug der Dampfmaschine hatte eine umfassende Industrialisierung eingesetzt. Der Steinkohlebergbau wurde zu einer der wichtigsten Industrien, zusammen mit der Eisen- und Stahlproduktion. Kostspielige Maschinen lohnten sich nur in Großbetrieben, sodass immer mehr Arbeitskräfte an deren Standorten zusammengezogen wurden und auf engstem Raum unter meist unwürdigen Bedingungen lebten. Die Fabrikanten erwarben immer größeren Wohlstand, während unter den Arbeitern Hunger und Seuchen grassierten. Nachdem es in Belgien mehrere Grubenunglücke gegeben hatte, kam es zu spontanen Streiks, die sich auch auf die Nachbarländer ausdehnten. In Deutschland gingen im großen Bergarbeiterstreik rund vierhunderttausend Menschen in den Ausstand. Die soziale Frage stand im Mittelpunkt der allgemeinen Aufmerksamkeit.

Auch Rudolf Diesel war die Dringlichkeit einer Lösung der Arbeiterfrage bewusst, und die Erfindung, an der er arbeitete, hatte in erster Linie das Ziel, die zunehmende Monopolisierung der Industrie zu unterlaufen und dem kleinen Mann, dem Handwerker und Gewerbetreibenden, einen preiswerten, effektiven Motor zur Verfügung zu stellen, der ihm die Selbstständigkeit bewahren sollte. Seine Erfindung war nur eines der Mittel zu diesem Zweck. Ein weiteres war sein Ziel, sich einen Platz im Leben zu erobern, an dem er maßgeblichen Einfluss hatte, um wirklich etwas zugunsten der einfachen Menschen verändern zu können. Mit der Zeit wurde ihm bewusst, dass er dieses Ziel in Frankreich niemals würde erreichen können, und in ihm reifte der Entschluss, nach Deutschland zurückzukehren. Dazu mögen die antideutschen Hetzartikel der Zeitungen beigetragen haben, die auch aus heutiger Sicht eine groteske Lektüre darstellen. Er muss Angst um seine Familie gehabt haben.

Im Jahre 1883 hat er Martha geheiratet. Im gleichen Jahr bekamen sie das erste Kind, das Rudolf genannt wurde. Die Tochter Hedy kam 1885 zur Welt, vier Jahre später der jüngste Sohn Eugen. Das Ehepaar Diesel sah für ihre Kinder in Frankreich keine sichere Zukunft. Es war inzwischen ungewiss, ob deutsche Kinder dort überhaupt weiterhin zur Schule gehen durften. Die Familie lebte zunehmend isoliert, da französische Freunde sich von ihnen zurückzogen und viele Deutsche dem Land bereits den Rücken gekehrt hatten. Selbst als Boulanger durch militärisches Fehlverhalten und finanzielle Unregelmäßigkeiten entlassen war, durchdrangen die Boulangisten mit ihrer Propaganda noch nahezu alle Lebensbereiche.

Lindes Geschäft mit den Klareismaschinen ging immer schlechter. Die französische Konkurrenz schleuste

Saboteure ein, und über die Qualität der Maschinen wurden perfide Gerüchte in die Welt gesetzt, die sich zu bewahrheiten schienen. Industriespione stahlen manch eine Idee, an der Rudolf Diesel nächtelang hart gearbeitet hatte. Trotzdem hatte Rudolf nicht weniger zu tun, da die Maschinen auch bei den Kunden plötzlich reihenweise versagten, was in erster Linie auf die falsche Bedienung zurückzuführen war. Rudolf konnte sie als Einziger zuverlässig reparieren, obwohl er mehrere Männer dafür geschult hatte. So reiste er weiterhin kreuz und quer durch Frankreich und verbrachte nicht selten die Nacht schlafend im Waggon. »Ich erfinde nie wieder etwas«, soll er damals gesagt haben – und doch arbeitete er weiter an seinem Ammoniakmotor. Er begann zu glauben, dass er sich damit auf einem Irrweg befand. Er hatte sich in seinen Plänen zu sehr an die damals allgegenwärtige Dampfmaschine angelehnt, hatte versucht, den Dampf durch ein Gas zu ersetzen, mit dem er täglich bei der Kälteerzeugung zu tun hatte. Er versuchte, die Kräfte zu nutzen, die durch Absorption von Ammoniak in Glyzerin frei wurden. Immer wieder wurde seine Arbeit unterbrochen, da ihn seine Beschäftigung bei Linde wieder zur Reise zwang. Er hat Carl Linde um seine Entlassung gebeten, doch dieser mochte nicht ganz auf ihn verzichten. Sie einigten sich darauf, dass Rudolf Diesel als selbstständiger *Civil-Ingénieur* weiterhin für Linde tätig sein und außerdem Leiter der Firma bleiben würde, die Reparaturarbeiten einschließlich der Reisen aber durch einen inzwischen ausgebildeten Fachmann erledigt würden. »Teilzeitkraft mit Beratertätigkeit« – das wäre die heutige Bezeichnung dafür.

Für Diesel bedeutete das eine große Erleichterung, denn er hatte nun Zeit, sich um seine eigenen Projekte zu kümmern. Auf dem Gelände der Eismaschinenfabrik durfte er auf eigene Rechnung ein kleines Labor errichten und einen Versuchsmotor bauen, den er 1889 auf der Weltausstellung in Paris vorstellen wollte. Er investierte das Geld, das er von seinem Gehalt gespart hatte, um die einzelnen Teile des Motors von verschiedenen Firmen bauen zu lassen, damit niemand herausfinden konnte, was er vorhatte. Doch sein Motor arbeitete nicht zuverlässig genug. Rudolf Diesel war auf der Weltausstellung lediglich mit der Eismaschine vertreten und konnte sich die Zeit nehmen, die gesamte Ausstellung eingehend zu studieren. Besonders interessierten ihn die Gasmotoren, die mit diversen Verfahren arbeiteten, aber noch weit davon entfernt waren, perfekt zu sein.

Als die Lage in Frankreich für deutsche Familien prekär wurde, bot Carl Linde Diesel auf seine Bitte hin eine Stellung in Berlin an.

Von alledem schreiben die Zeitungen nichts. In dieser Zeit, in der die Erfinder wie Sternschnuppen vom Himmel regnen, ihre Namen aber meist nach kurzer Zeit verglühen, ist ein junger Ingenieur und Familienvater aus Paris mit grandios klingenden Ideen nichts Besonderes.

Ich blättere in dem schweren Folianten mit einem halben Jahrgang der *Augsburger Abendzeitung*. Oft bleibt mein Blick an scheinbaren Nebensächlichkeiten hängen. In den Anzeigen werden immer häufiger Dienstmädchen gesucht – offenbar haben immer weniger Frauen Interesse an dieser Arbeit. In der Fabrik verdienen sie schneller Geld und sind nicht so gebunden – die vermeintliche Unabhängigkeit, die durch Arbeitszeiten von elf bis vierzehn Stunden am Tag erkauft wird, scheint ihnen bereits verlockend. In den Gerichtsberichten geht es häufig um kleine Diebstähle beim Arbeitgeber oder um Schankbetrug. Die Kellner arbeiten nach folgendem System: Sie kaufen das Fass Bier beim Wirt zu einem Preis, der voraussetzt, dass sie einen Krug Bier nur zu achtzig Prozent füllen. Wenn es ihnen gelingt, noch weniger einzuschenken, ergibt die Differenz ihren einzigen Arbeitslohn. Wenn sie versuchen, ehrlich zu sein, arbeiten sie unentgeltlich und zahlen überdies noch zu.

Berlin ist kalt. Rudolf Diesel ist auf der Prachtstraße Unter den Linden unterwegs zur Sitzung des Vorstands der kürzlich gegründeten »Aktiengesellschaft für Markt- und Kühlhallen«, in den er als Kälteingenieur gewählt wurde. Ein schneidender Ostwind jagt, durch die kahlen Bäume kaum gehindert, die breite Allee entlang. Er hätte sich eine Kutsche leisten können, denn als Direktor der Linde-Werke, dem mehrere Ingenieure und zahlreiche Arbeiter unterstehen, verdient er gut. Er wohnt mit seiner Familie am Kurfürstendamm, ganz am Stadtrand, wo überall gebaut wird – Berlin wächst in einem atemberaubenden Tempo. Rudolf geht zu Fuß, weil er Bewegung braucht. So kann er seine Gedanken am besten ordnen.

Den Umzug nach Berlin hat er als Befreiung erlebt. Hier ist seine Familie in Sicherheit. Er muss nicht mehr täglich antideutsche Berichte in den Zeitungen lesen oder an Bäumen hängende Hetzplakate. Hier haben Martha und er in den gehobenen Kreisen, zu denen sie jetzt zählen, schnell Freunde gefunden. In München kommen die Leute, die sich einen Adelstitel erworben haben, meist aus Wissenschaft, Technik oder Kunst. Im preußischen Berlin dagegen sind es überwiegend Militärs. Dennoch geht es nicht so steif zu, wie er befürchtet hat. Die Menschen kleiden sich einfacher als in Paris – die Mode ist nicht so extravagant, was Marthas Geschmack besser entspricht. Auf den Straßen herrscht in der Regel buntes

Treiben, die Leute gehen gern ins Freie, aber nicht heute, da der Wind die Leute in ihren Häusern hält.

Rudolf spürt Aufbruchstimmung in sich. Hier wird er mit den Großen aus Technik und Wirtschaft zusammentreffen, kann Männer wie Borsig, Siemens und andere Berühmtheiten kennenlernen. Er kann Kontakte knüpfen, die ihm helfen werden, seine Ideen zu verwirklichen. Er fühlt sich seinen Zielen nahe. Er kennt jetzt schon Leute, die in der Lage wären, die soziale Frage zu beeinflussen. Hier in Berlin ist er im Zentrum des Geschehens.

Seine Motorpläne wird er ganz neu ausarbeiten, denn in den letzten Monaten hat er sich in Paris mehr und mehr mit Gasmotoren befasst. Auf einer Versammlung von Civil-Ingénieuren hat er von einer Maschine gehört, die zugleich Wärme und Kälte zu erzeugen vermag. Das klingt für einen Laien unlogisch, doch in der Thermodynamik wird gelehrt, dass ein Gas, das man komprimiert, Wärme abgibt. Lässt man es sich wieder ausdehnen, nimmt es Wärme aus seiner Umgebung auf, erzeugt also Kälte. Das ist das Grundprinzip, auf dem Lindes Eismaschine beruht.

Als Rudolf das Hotel, in dem der Vorstand der Aktiengesellschaft für Markt- und Kühlhallen tagt, fast erreicht hat, bleibt er plötzlich stehen. Der Gedanke, dass ein komprimiertes Gas Wärme abgibt, verbindet sich mit einer Erinnerung aus der Schulzeit: Im Unterricht fand ein Experiment mit einem »Luftdruckfeuerzeug« statt. Es bestand aus einem Glasrohr, aus dem ein Kolben ragte. Der Physiklehrer legte ein Stückchen Zunder in das Rohr, stellte es hin und schlug dann mit einer Hand den Kolben kräftig nach unten. Dadurch wurde die Luft im Zylinder stark komprimiert, und die Erhitzung brachte den Zunder zum Glühen. »Das ist es!«, denkt er. »Man muss mit besonders hohem Druck arbeiten.«

Er betritt das Hotel, eilt an den Empfangstisch, nimmt sein Notizbuch und einen Bleistift heraus, um sich diesen Gedanken zu notieren. Warum ist er noch nie auf diese Idee gekommen? Sie liegt doch so nahe! »Müsste sogar mit Luft funktionieren«, notiert er noch.

Er blickt auf, als ihm der Empfangschef eine Frage stellt. Die leichte Ungeduld des Mannes lässt ihn vermuten, dass die Frage bereits mehrfach wiederholt wurde. »Ich bitte um Pardon«, sagt er. »Natürlich werde ich hier erwartet. Wo findet die Vorstandssitzung der Aktiengesellschaft für Markt- und Kühlhallen statt?«

Der Empfangschef holt eine Liste hervor. »Wie lautet denn Ihr Name, bitte?«

Rudolf Diesel nennt seinen Namen, der Mann findet ihn in der Aufstellung und ruft einen Hoteldiener. »Führen Sie den Herrn Direktor bitte in den Kaiserin-Augusta-Saal«, sagt er zu ihm. Er wendet sich Diesel zu. »Es ist uns eine Ehre, Sie in unserem Hause willkommen zu heißen.«

In jeder freien Minute arbeitet Rudolf Diesel nun an seinem neuen Projekt, macht Zeichnungen und Berechnungen, hat bald genaue Vorstellungen von seinem neuen Motor. Dass er mehrere Jahre auf den Irrweg des Ammoniakmotors verwendet hat, hält ihn nicht zurück, sich mit unbändigem Enthusiasmus seiner neuen Idee zu widmen. Rudolf Diesel fängt praktisch wieder von vorn an. Er will keine Ähnlichkeit mehr mit der Dampfmaschine, der Kessel muss auf jeden Fall verschwinden. Der Ausnutzungsgrad muss dem Carnot'schen Idealprozess so nahe wie möglich kommen.

Er nutzt die Zeit der Ruhe, als Martha mit den drei

Kindern an einem Sonntagnachmittag in einem nahe gelegenen Park spazieren geht. In seinem Arbeitszimmer blättert er sein Notizbuch durch, um seine bisherigen Gedanken zu einem ersten Entwurf zusammenzufassen. Mit raschen Strichen bringt er eine Skizze zu Papier und redet dabei mit sich selbst, wie er es häufig tut: »Wenn die Verbrennung und die Arbeit des Kraftstoffs im Arbeitszylinder selbst vonstatten gehen, entfällt schon mal der Wärmeverlust im Kessel und im Schornstein ... Was, wenn ich statt Ammoniak oder Wasserdampf einfach nur Luft nehme und sie extremem Druck aussetze? Sie wird sehr heiß. Das muss doch für die Zündung genügen! Und dann müsste der Brennstoff zugeführt werden. Kohlestaub oder Petroleum ...« Er macht sich eine Notiz in sein Büchlein, beginnt eine Liste mit möglichen Brennstoffen.

»Je vollständiger ich den eingeführten Kraftstoff verbrennen kann«, überlegt er, »desto sparsamer arbeitet der Motor. Also muss der Verdichtungsdruck der Luft extrem hoch sein. Das heißt ... ich brauche eine große Wandstärke für den Zylinder oder ein entsprechend belastbares Material.« Während er eine neue Skizze entwirft und beschriftet, hört er in der Diele Lärm. Martha ist mit den Kindern zurückgekommen, die beiden Kleinen jammern. Das Kindermädchen nimmt sich ihrer sofort an, und sie werden still, aber der Älteste, der nach ihm benannt ist und den er deshalb immer mit Junior anredet, scheint mit Martha wegen irgendetwas im Streit zu liegen.

Rudolf Diesel erhebt sich und lässt seine Arbeit liegen. Er möchte Martha die Erziehungsarbeit nicht allein aufbürden. »Was ist los?«, fragt er, als er in der Diele steht.

»Dein Junior will alles haben, was er sieht«, sagt Martha. »Er gönnt anderen Kindern ihr Spielzeug nicht und verlangt, dass wir ihm das gleiche kaufen. Jetzt will er eine Eisenbahn zum Aufziehen haben.«

Der Kleine sieht seinen Vater an. »Du bist doch reich, Papa.« Er hat die gleichen braunen Augen wie Rudolf selbst und ist ein hübscher Junge. Er kann diesem kleinen Burschen eigentlich keinen Wunsch abschlagen, aber hier darf er nicht nachgeben. Verwöhnen bedeutet, die Weichen im Leben falsch zu stellen.

»Ich rede mit ihm«, sagt er zu Martha. »Ich muss ein wenig an die Luft. Du kommst mit, Junior. Wir fahren ein Stück mit der Hochbahn.«

Der Junge wippt vor Begeisterung auf den Füßen. »Dufte!«, ruft er aus, und Rudolf bedauert, dass sein Sohn offensichtlich anfängt, sich den Berliner Jargon anzugewöhnen.

»Es kann später werden als gewöhnlich«, sagt er zu Martha. »Wartet nicht mit dem Abendessen. Ich gehe mit ihm zu Meyers Hof.«

»Nein!«, ruft Martha aus. »Du kannst doch nicht mit dem Jungen dorthin!«

»Warum nicht? Man kann nie früh genug lernen, wie es in der Welt wirklich zugeht«, sagt Rudolf und streichelt seinem Sohn über den Kopf.

Meyers Hof ist eine der verrufensten Mietskasernen in ganz Berlin. Auf dem Gelände einer früheren Textilfabrik im Wedding hatte der Fabrikant Meyer in der Köpenicker Straße einen Gewerbehof errichten wollen, um kleine Flächen an Handwerker und Kleinstfabrikanten wie Kammmacher, Pantoffelnäher, Bindfadenwickler, Schuster oder Schneider zu vermieten. Die Parzelle wurde vollständig bebaut: Mehrere hintereinanderliegende Höfe boten Zugang zu Quergebäuden, wo von langen, lichtlosen Gängen rechts und links die Werkstätten abzweigen sollten. Der Gebäudekomplex war noch nicht fertig, da wurde er von Wohnungslosen gestürmt, die die Häuser besetzten, natürlich ohne Miete zu zahlen. Binnen Kurzem waren die Gebäude verwahrlost – Fußbodenbretter wurden herausgerissen und verheizt oder als Baumaterial verkauft, die Öfen ihrer Kacheln beraubt, in den noch unverputzten Wänden nistete sich Schimmel ein. Weil Heizmaterial für die Bewohner unerschwinglich war, wurde nirgends gelüftet. Der ganze Baukomplex ist inzwischen feucht und dumpf, ein Paradies für Ratten und Ungeziefer.

Rudolf Diesel sieht das Entsetzen in den Augen seiner Frau. Er ist aber überzeugt, dass es seinem Ältesten guttun wird, schon so früh handgreiflich mit der sozialen Frage konfrontiert zu werden. Der Junge freut sich offensichtlich auf den Ausflug. Rudolf nimmt ihn an die Hand.

»Ich lasse euch zu essen aufheben«, sagt Martha. Sie wirkt hilflos und enttäuscht: Es ist das erste Mal, dass Rudolf eine Entscheidung so ausdrücklich gegen ihren Willen trifft.

Er schüttelt den Kopf. »Vermutlich werden wir beide nach unserer Rückkehr keinen Appetit mehr haben, und das ist dann ganz recht so.«

»Du kannst mir ja in der Stadt einen Krapfen kaufen«, sagt sein Sohn.

»Ich fürchte, Sonderwünsche fallen heute aus. Du wirst schon sehen, warum. Ich werde auch nichts essen. Los, komm.« Er zieht den Siebenjährigen mit sich.

Sie haben es nicht weit bis zur nächsten Station der Pferdebahn, deren dichtes Liniennetz sich über die gesamte Stadt zieht. Sie kommen nicht direkt an ihr Ziel, sondern müssen mehrfach umsteigen, bis Rudolf schließlich sagt: »Von hier an gehen wir zu Fuß.« Er nimmt seinen Jungen an die Hand.

Sie sind jetzt in einer völlig anderen Welt. Überall am Straßenrand und in den Hauseingängen lungern Betrunkene herum, Bettler, die im Frankreichkrieg ein Bein oder sogar beide verloren haben, Blinde, Pockennarbige oder entlassene Soldaten in verkommenen Uniformen betteln: »Nur einen Pfennig, der Herr, nur einen Pfennig, bitte.« Eine junge Zigeunerin kommt auf sie zu und will die Zukunft aus der Hand lesen. Sie hält ihre Hand auf und deutet mit dem Zeigefinger der anderen auf die verschmutzte Innenfläche. »Erst ein bisschen Geld drauf, erst ein bisschen Geld drauf«, sagt sie immer wieder, wohl einer der wenigen deutschen Sätze, die sie gelernt hat.

Rudolfs Sohn drängt sich ängstlich an ihn. Sie gehen durch Straßen, deren Hausfassaden verfallen sind. Gipsverzierungen sind abgebrochen, Haustüren eingetreten oder nicht mehr vorhanden, Fenster zerschlagen und notdürftig mit Papierstreifen geflickt. Viele haben statt Gardinen alte Zeitungen als Sichtschutz.

Es sind unglaublich viele Menschen auf den Straßen. Kein Wunder, denkt Rudolf, wenn hier zehn oder mehr Personen in einem Zimmer hausen und das einzige Bett tagsüber noch an Kostgänger vermietet wird. Er hält seinen Sohn wieder an der Hand, spürt dessen Befangenheit und Angst.

Sie haben Meyers Hof schon fast erreicht. Vor ihnen geht eine gebeugte alte Frau mit einem Bündel auf dem Rücken. Sie hat in den Vorgärten der besseren Stadtteile Reisig gesammelt. Von den Außenbezirken, wo es noch Wiesen und Wald gibt, kann sie es unmöglich bis hierher zu Fuß geschafft haben. Rudolf Diesel erinnert sich an die Dungsammler im Paris seiner Kindheit. Ein Straßenköter rast auf die Frau los, sie erschrickt, stolpert und fällt auf das verdreckte Pflaster. Der Hund ist sofort über ihr, schnappt zu, und Diesel brüllt ihn an: »Weg da!«

Verängstigt sucht der Hund sofort das Weite. Diesel

beugt sich über die alte Frau und erkennt, dass sie höchstens Anfang vierzig ist. »Sind sie verletzt? Zeigen Sie mal die Bisswunde.«

»Schon allet klar.« Sie versucht, sich zu erheben, knickt aber sofort wieder ein.

»Moment«, sagt Diesel und bietet ihr seinen Arm an. »Haken Sie sich unter.«

»Det jeht nich. Wenn det mein Oller sieht, macht der mir alle.«

»Ich werde Ihrem Mann schon erklären, dass Sie verletzt sind und dass ich keinerlei unlautere Absichten habe. Ich bin verheiratet und habe Kinder. Der Junge hier ist mein Sohn.«

Sie lacht krampfhaft, als sie ihren Arm unter seinen Ellbogen schiebt. »Det sind die besten Voraussetzungen für'n Kerl, um fremdzujehn. Meim Ollen jeht's dabei auch nur um't Jeld, nich um de Eifersucht.«

Rudolf Diesel ist unangenehm berührt. »Wohin müssen Sie?«

»Na, wohin schon? Zum Meyerhof. Hinterhaus links, Hof zwo. Und nenn' Se mich nich Sie. Ich bin die Liesel. Sagen Se Lotterliesel, wenn Se mal nach mir suchen.«

»In diese Verlegenheit werde ich nicht kommen.« Er führt sie durch die Menge der Neugierigen, sie dreht sich um. »Mein Brennholz. Der Olle greift zum Beil, wenn ick ohne det Zeug auftauche. Ick muss mir um mein'n Hals fürchten. Lassen Se mich einfach.«

»Ich bringe Sie hin.« Rudolf Diesel bleibt beharrlich. Er dreht sich um, entdeckt eine Gruppe von Jungen, die im Alter seines Sohnes sind. »He, ihr da! Tragt der Frau das Holz nach Hause.«

»Det kostet aber.«

»Lasst das meine Sorge sein.«

Sofort strecken sich ihm etliche kleine Hände entgegen. Er wählt zwei Burschen aus. »Einen Groschen für jeden, wenn alles da ist.« Die anderen Jungen drängeln sich um ihn. »Ick och, ick och! Ick sag auch Bitte!«

Rudolf kann nicht alle bezahlen, es würden nur immer mehr kommen. »Schluss«, sagt er. »Zwei Helfer reichen.« Er merkt, dass die Frau jetzt allein gehen kann, und lässt sie los.

»Mein Oller is bestimmt zu Hause. Der dreht durch, wenn seine Anjetraute mit so'm fein'n Pinkel durch de Tür kommt. Der denkt ja wer weeß wat, und det wird Ihnen denn teuer. Jehn Se doch lieber weg.«

»Also gut, ich will Sie ja nicht in Schwierigkeiten bringen.« Er entlohnt die beiden Jungen und achtet darauf, dass sie der Frau mit dem Reisig folgen. Sie hat sich nicht bedankt und dreht sich auch nicht um.

Der Hinterhof riecht nach fauligem Kohl und ist voller Menschen, die zu ihnen herüberstarren. Unglaublich viele Kinder jeden Alters sind darunter, alle mit Lumpen bekleidet, rotznäsig und schmutzig. Die Kleineren tragen manchmal nur ein verschlissenes Hemd oder spielen nackt im Dreck. Es ist laut. Mehrere Weiber streiten sich keifend an einer Wasserpumpe, und irgendwo hinter einem der offenen Fenster spielt jemand auf einem verstimmten Akkordeon, das in Berlin Quetschkommode genannt wird. Ein Steppke ruft einer verlebten Frau, die im dritten Stock aus dem Fenster sieht, zu: »Mutta! Schmeiß mal 'ne Stulle runter!«

»Mach, det de ruffkommst!«, ist die Antwort. »Sonst setzt et wat.«

Der zweite Hinterhof ist sehr eng, weil in der Mitte eine große Zahl notdürftig zusammengezimmerter Toilettenhäuschen steht. Aus den Gruben darunter stinkt es bestialisch. Trotzdem sitzen hier mehrere Männer in einem der Hauseingänge auf der Treppe und trinken

Bier und Schnaps direkt aus der Flasche, dann brechen sie plötzlich in grölendes Gelächter aus. Drei Mädchen, höchstens zwölf oder dreizehn, spazieren vor ihnen hin und her, grell geschminkt und knapp bekleidet. Ein fetter unrasierter Kerl in geflickter Arbeitshose und vergilbtem Unterhemd ergreift eines der Mädchen, das sich bereitwillig auf seinen Schoß ziehen lässt und übertrieben mit den Wimpern flattert.

»Komm«, sagt Rudolf zu seinem Sohn, »gehen wir zurück auf die Straße.«

»Fahren wir jetzt in den Tiergarten?«, fragt sein Junior.

»Nein«, sagt Rudolf. Der Anblick dieser Hinterhöfe bedrückt ihn selbst. Es ist schlimmer, als er es sich vorgestellt hat. Vielleicht hätte er dem Jungen diesen Anblick doch besser erspart. Überall Schmutz und Gestank. Er erschrickt, als sein Sohn plötzlich aufschreit. Er hat versehentlich auf eine Kakerlake getreten, doch das Tier setzt seinen Weg unbeeindruckt fort. Sie gehen durch einen Toreingang, in dem sich zwei junge Leute küssen, zur Straße hinaus. Auch hier herrscht bodenloses Elend. Vom Gehweg führen Treppen in die Keller der Häuser, manchmal in Kneipen oder Schusterwerkstätten, meistens aber in Behausungen, die eigentlich als Kohlenkeller gedacht waren und in denen häufig ganze Familien leben. Alle paar Schritte riecht die Luft anders.

»Probieren Se meine Wurscht!«, ruft ihnen ein Mann mit blutiger Schürze zu, der vor einer kleinen Metzgerei mit Ausschank steht. »Die beste Brühwurscht in janz Ballin! Frisch vom Jaul!«

Dass diese Wurst frisch ist, bezweifelt Rudolf. Der Laden hat keine Kühlung, und der scharfe Geruch von verwesendem Pferdefleisch dringt bis auf die Straße.

Er ist froh, als sie eine große Querstraße erreichen, auf der eine von Pferden gezogene Straßenbahn verkehrt.

Als sie in der Bahn sitzen, fragt der Junge: »Papa, warum sind wir da hingegangen?«

»Weil du sehen solltest, wie andere Kinder leben müssen. Deine Mama sagt, du willst alles haben, was du siehst. Hast du gesehen, ob eines der Kinder da in den Höfen etwas zum Spielen hatte?«

Sein Junior nickt. »Ein Mädchen hatte einen zerbrochenen Löffel, mit dem es am Boden gekratzt hat, und ein anderes eine alte Stoffpuppe. Und ein Junge hatte einen Holzkreisel, aber keine Peitsche dafür.«

»Und diese Kinder wohnen nur ein paar Schritte von der Hauptstraße entfernt, wo es Spielzeuggeschäfte mit den schönsten Sachen gibt. Vielleicht gehen sie manchmal hierher, pressen ihre Nasen an die Schaufenster und träumen von Holzeisenbahnen und Prinzessinnenpuppen, und sie wissen, dass sie niemals so etwas bekommen werden, es sei denn, sie finden es im Müll reicher Leute. Und hast du beachtet, wie sie wohnen?«

»Im Keller«, sagt der Kleine.

»Ja. In dunklen und feuchten Kellern, die kleiner sind als unser Kohlenkeller, oder in winzigen, feuchten Wohnungen. Manchmal passt nur ein Bett hinein, aber es gibt Familien, die wohnen da mit Oma und Opa und acht Kindern. Die müssen dann abwechselnd schlafen, immer drei oder vier auf einmal. Und tagsüber müssen sie nach draußen, weil es so eng ist. Viele gehen nicht in die Schule, und manche müssen schon arbeiten, wenn sie acht oder zehn sind – Wasser von der Pumpe besorgen, Flaschenbier in die Wohnungen bringen, Kohlen einschaufeln, beim Kaufmann schwere Kisten schleppen oder sogar in der Fabrik schuften.«

»Das brauchen sie nicht mehr, wenn deine Maschine endlich fertig ist.«

»Könnte sein«, sagt Rudolf. Ihm wird warm ums Herz,

als er feststellt, dass der kleine Junge bereits seine Arbeit und seine Absichten versteht.

Am Alexanderplatz müssen sie beim Umsteigen einige Minuten warten. Der Kontrast zu den Hinterhöfen könnte nicht größer sein: Die Schaufenster der Geschäfte leuchten im Glanz elektrischer Lichter, modisch gekleidete Damen stöckeln an der Seite von adretten Offizieren übers Trottoir, Schutzmänner mit Pickelhauben geben Leuten, die nach dem Weg fragen, Auskunft oder schreiten ein, wenn ein Windhund an einer Hausecke das Bein hebt. »Haltet den Dieb!«, ruft jemand aus der Tür eines Juwelierladens, und mehrere Polizisten verfolgen einen jungen Mann, der wie ein Kaninchen im Zickzack durch die Menschenmenge rennt.

Rudolf Diesel und sein Sohn sind früher zu Hause als angekündigt. »Na, wie war es?«, fragt Martha.

»Ganz dufte, Mama! Ich habe einen Käfer gesehen, der war so lang wie mein Zeigefinger. Den wollte ich mitbringen für Hedy und Eugen zum Spielen, aber dann isser noch weggelaufen.«

»Weggelaufen?« Martha sieht Rudolf fragend an.

»Kein Käfer. Eine riesige Kakerlake. Das Ungeziefer in Paris ist damit nicht zu vergleichen.«

»Musste das denn wirklich sein?« Martha gibt dem Junior einen kleinen Klaps. »Zieh dich um. Wir essen gleich.«

»Ich mag nichts. Ich muss meine Spielsachen durchsuchen. Was ich nicht brauche, bringe ich morgen mit Papa zu den armen Kindern. Die haben gar nichts, nur kaputte Löffel. Darf ich meine Zinnsoldaten verschenken?«

»Was immer du willst«, sagt Rudolf und ist froh, dass sein Junior ausgerechnet die bunten Figuren verschenken will, die ihm ein Verwandter überlassen hat. Dieses Kriegsspielzeug hat ihm nie behagt.

»Es war wohl schlimm«, sagt Martha, als der Kleine in der Kinderstube verschwunden ist.

»Er verkraftet es leichter als ich, mein Herz«, sagt er und küsst sie auf die Wange. »Du siehst ja, als Kind hat er den Vorteil, sofort etwas tun zu können. Ich dagegen brauche Zeit.«

Der Grund, weshalb Rudolf Diesel mit Verbissenheit an seiner Erfindung arbeitet, hat tatsächlich mit seinen Eindrücken vom Leben der einfachen Menschen zu tun. Der kurze Besuch in Meyers Hof und das Wissen, dass es nicht nur in Berlin, sondern überall auf der Welt solches Elend gibt, treiben ihn an, einen Motor zu konstruieren, den sich irgendwann jeder leisten können soll. Eine Maschine mit sehr geringem Kraftstoffverbrauch könnte in solchen Mietskasernen aufgestellt werden und über Treibriemen für wenig Geld mehrere Werkstätten auf einmal versorgen. Die heute hoffnungslosen Proleten müssten nicht mehr darauf warten, in den großen Fabriken Arbeit zu finden, sondern könnten selbst etwas tun, um ihre Lage zu verbessern. Dann werden sie nicht mehr so schmutzig und armselig sein, wie er sie in den Hinterhöfen erlebt hat. Sie werden ihr Leben wieder ernst nehmen, nicht mehr trinken, ihre Frauen nicht mehr schlagen, ihre Kinder nicht verwahrlosen lassen und ihre Frauen und Töchter nicht mehr der Prostitution ausliefern.

In Berlin hat Diesel reichlich viel Arbeit in der Linde'schen Eismaschinenfabrik, verdient aber weniger Geld als in Paris. Das macht ihm Sorgen, denn er weiß, dass er seinen Motor nicht selbst finanzieren kann. Doch zunächst muss er sich ohnehin um Lindes Eismaschinenfabrik kümmern, deren Umsätze immer weiter zurückgehen. Rudolf soll durch ganz Deutschland reisen, um Aufträge zu akquirieren.

Ausgerechnet jetzt, wo er so kurz vor dem Ziel steht! Seine Entwürfe sind inzwischen so weit ausgereift, dass er sie bald zum Patent anmelden kann. Er braucht Leute, die seine Pläne umsetzen, und vor allem braucht er Geld. Er hat Hunderttausende in seinen Ammoniakmotor investiert, weil er jedes einzelne Maschinenteil gesondert in Auftrag gegeben hatte, um die Spione in seinem Betrieb in die Irre zu führen. Von denen gab es viele – französische und auch deutsche Konkurrenz. Jetzt muss er Geldgeber suchen, die ihm ein Labor einrichten, sodass der Motor unter seiner Anleitung gebaut werden kann. Er weiß, dass eine kleine Firma nicht in der Lage sein wird, die Aufgabe zu erfüllen, deshalb will er sich an die ganz Großen wenden: Krupp, die Maschinenfabrik Deutz, die Augsburger Maschinenfabrik und andere. Zuerst schickt er seine Pläne an Linde, an den er noch immer vertraglich gebunden ist.

Martha hat ihm zugeredet, die von Linde gewünschte Akquisitionsreise durch ganz Deutschland nicht abzulehnen. Zwölf Jahre arbeitet er schon an seinen Plänen, da können vier Wochen doch nicht so bedeutend sein. Jetzt ist er froh, sich auf den Weg gemacht zu haben, denn die Kopfschmerzen, die ihn seit Wochen plagen, lassen nach. Er arbeitet zu viel, das weiß er. Tagsüber ist er im Konstruktionsbüro der Fabrik, abends sitzt er über seinen eigenen Berechnungen, außerdem schreibt er täglich Briefe. In mancher Nacht bekommt er nur drei Stunden Schlaf. Martha macht sich zu Recht Sorgen um seine Gesundheit. Wenn das Patent angenommen und der erste Prototyp des Motors fertig ist, wird er mit seiner Familie Urlaub machen, vielleicht im Allgäu oder am Starnberger See, an den er gute Erinnerungen hat.

Die jetzige Geschäftsreise erlaubt es ihm auch, in Frankfurt am Main die »Internationale Elektrotechnische Ausstellung« zu besuchen, von der alle Welt redet. An diesem Augustwochenende ist es sehr voll. Scharen von Menschen strömen durch die Hallen, um zu bewundern, was ihnen die Technik an neuen Dingen beschert. In einem Pavillon soll es einen zehn Meter hohen künstlichen Wasserfall geben, der mit Neckarwasser betrieben wird. Er betritt die Halle, in der sich die Menschen dicht vor einer künstlichen Gebirgslandschaft mit kleinen Bauernhäusern, weidenden Kühen und Felsen aus Gips und Pappmaschee drängen. Tatsächlich rauscht ein breiter Wasserfall aus zehn Metern Höhe herab, betrieben von einem Elektromotor mit einhundert Pferdestärken.

Diesel geht zum Stand der Allgemeinen Elektrizitäts-Gesellschaft hinüber, um sich ein zweites Exemplar dieses Motors genauer anzusehen. Plötzlich fühlt er eine Hand auf seiner Schulter, dreht sich um und blickt einem Mann mit buschigen Brauen ins Gesicht. »Oskar!«, ruft er aus. »Wie schön, dich zu sehen! Bist du etwa für diesen Bergzauber verantwortlich?«

Oskar von Miller, sein Freund aus Studententagen, lacht so schallend laut wie früher. »Hier am Stand bin ich nur der zweite Mann«, sagt er. »Aber für den Zauber, wie du es nennst, bin ich in der Tat verantwortlich. Komm mal mit.«

Rudolf folgt ihm zu einer Reliefkarte, auf der eine rote Linie entlang einer Eisenbahnstrecke verläuft. »Hier liegt Lauffen«, sagt er und deutet auf einen Ort am Neckar südlich von Heilbronn. »Dort habe ich in einem Zementwerk eine Wasserkraftturbine aufstellen lassen, die mit dreihundert Pferdestärken eine Dynamomaschine antreibt. Der damit erzeugte Strom geht in Kupferdrähten durch den Odenwald und dann in Richtung Norden über Weinheim und Darmstadt bis hierher. Hundertachtundsiebzig Kilometer. So treibt das Neckarwasser den Motor an, der den Wasserfall in Gang hält.«

»Fantastisch! Du hast es geschafft! Ich erinnere mich noch an unser Gespräch damals im Englischen Garten, als ich zum Spaß sagte, man könne elektrischen Strom nicht in Zügen transportieren.«

»Dein Scherz hat mich später auf die richtige Idee gebracht«, sagt Oskar. »Zwar wird der Strom nicht in den Zügen, aber an der Eisenbahn entlang transportiert. So brauchte ich nicht mit Hunderten von Grundstückseigentümern zu verhandeln, sondern nur mit der Bahn, die an diesem Experiment ein hohes Interesse hat. Aber komm, wir unterhalten uns beim Essen. Ich melde mich hier ab.«

Später sitzen sie im Restaurant *Zum Schwarzen Stern* am Römerberg, einem schräg ansteigenden Platz, der von gepflegten Fachwerkhäusern umgeben ist. Beim Essen tauschen sie Erinnerungen aus und unterhalten sich über ihre Pläne. Oskar von Miller meint scherzhaft, dass sie sich seit jenem Gespräch im Englischen Garten in einem freundschaftlichen Wettbewerb befinden. »Im Moment habe ich die Nase vorn, was den Erfolg betrifft«, sagt er. »Jetzt bist du am Zug. Ich habe schon von Linde gehört, dass du auf dem entscheidenden Weg bist. Wir haben uns vorgestern getroffen.«

»Hat er von meinem Brief gesprochen?«

»Gewiss. Er wird dir ausführlich schreiben. Du wirst hoffentlich nicht enttäuscht sein, dass er deinen Motor nicht bauen wird. Er will sich auf sein Hauptgebiet konzentrieren, und das ist die Kältetechnik. Außerdem will er an die Hochschule zurück, um sich wieder mehr mit der Forschung zu befassen.«

»Ich musste ihm mein Motorenprojekt anbieten«, sagt Rudolf. »Wenn ich es zum Patent anmelde, ist es seins. Wir haben einen Vertrag.«

»Ich darf dir, glaube ich, verraten, dass Linde dieser Vertrag zu schaffen macht«, sagt Oskar. »Er will dir eine Änderung anbieten, um dir nicht im Wege zu stehen. Er erhebt nur Anspruch auf Erfindungen, die du im Zusammenhang mit der Kältetechnik machst, und nur, solange du noch bei ihm arbeitest.«

»Er will mich doch wohl nicht entlassen?«

»Sicher nicht«, antwortet Oskar. »Er rechnet aber damit, dass du dich ganz der Arbeit an deinem Motor widmen wirst, wenn du erst mal ein Patent und Geldgeber für den Bau hast.«

Das sind gute Neuigkeiten, die Rudolf Diesel eine Last vom Herzen nehmen. Damit, dass Carl Linde ihm so weit entgegenkommt, konnte er nicht rechnen. Er hat oft überlegt, wie er seinem verehrten Lehrer und Förderer erklären soll, dass er die Firma verlassen wird, sowie er die Möglichkeit bekommt, seinen Motor zu bauen. Linde ist ein großartiger Mann.

»Du sollst dich an Buz in Augsburg wenden. Ihr kennt euch ja schon. Selbst wenn Buz den Motor nicht bauen sollte, kann er dich mit Empfehlungen versehen.«

Der Ober kommt an den Tisch und fragt, ob das Essen geschmeckt hat. Rudolf kann sich nicht erinnern, denn er hat mechanisch gegessen und nur auf das Gespräch geachtet, aber er bejaht höflich und bestellt noch ein Glas des köstlichen, leichten Apfelweins.

»Dir schmeckt der Äppelwoi, wie es den Anschein hat. Wie lange bleibst du in Frankfurt?«

»Bis übermorgen. Dann muss ich zu einem Kunden in Lothringen.«

»Also können wir heute Abend, wenn die Ausstellung

geschlossen ist, nach Sachsenhausen fahren, wo es ein Apfelweinlokal neben dem anderen gibt.«

Rudolf zögert. »Eigentlich habe ich morgen einige Briefe zu schreiben, die wichtig sind. Wenn wir heute Abend etwas trinken, habe ich morgen Kopfschmerzen.«

»Aber von diesen Kopfschmerzen kennst du wenigstens die Ursache.« Sie lachen.

»Du arbeitest zu viel«, sagt Oskar dann ernst. »Wer Großes leistet, muss sich auch mal entspannen. Dein häufiger Kopfschmerz macht mir Sorgen. Du hast ihn früher schon gehabt, als du dich so sehr in dein Studium verbissen hast. Komm mit. Wenn du morgen nicht auf der Höhe bist, bleibst du halt länger im Bett liegen. Du wohnst in einem Hotel, also lass dich verwöhnen. Lass dir dein Frühstück ans Bett kommen, am besten erst um elf.«

»Wo denkst du hin! Ich muss aufstehen, ich muss arbeiten! Das Leben ist viel zu kurz, um all das zu schaffen, was ich mir vorgenommen habe. Es geht ja nicht nur um mich, verstehst du. Es geht hier um das Interesse ganz vieler!«

Oskar lacht. »Ich werde heute Abend auf dich aufpassen müssen, wenn dir der zweite Äppelwoi jetzt schon zu Kopf steigt. Weißt du, was der Unterschied zwischen uns ist? I bin halt a Bayer, und du bist a Schwob.«

»Ich habe einen bayerischen Pass, umgeschrieben auf das Deutsche Kaiserreich.«

»Tut nichts zur Sache. Der wahre Unterschied ist, dass die Schwaben glauben, sie leben, um zu arbeiten. Die echten Bayern arbeiten, um zu leben, und leben bedeutet in diesem Fall: gut leben. Du kannst deine Ziele nicht erreichen, wenn du dir nicht manchmal eine Verschnaufpause gönnst oder etwas, das du in angenehmer Erinnerung behältst. Vergiss deine Zeit mit unserer Jenny nicht. Da warst du erfolgreich, da warst du gut, und du hattest fast jeden Abend Ablenkung. Deine ewigen Kopfschmerzen waren vergessen. Jetzt bist du wieder vor einem Höhepunkt deines Lebens, und dafür musst du Kraft sammeln. Es braucht keine Tour durch Sachsenhausen zu sein. Wir sind beide verheiratet und haben unsere Familien, die wir lieben. Das hindert uns aber nicht, uns gelegentlich einen Abend unter Freunden zu gönnen. Komm mit. Ich will dir von meinem neuesten Projekt erzählen.«

»Das Turbinen-Elektrizitätswerk am Walchensee? Davon habe ich schon gelesen.« Rudolf beugt sich interessiert vor.

»Davon bekommst du auch zu hören. Außerdem plane ich ein technisches Museum, so etwas wie das Arts et Métiers, von dem du mir so oft mit Begeisterung erzählt hast. Ich war inzwischen mehrmals da. Ich brauche für dieses große Projekt Unterstützung und Geldgeber. Carl Linde und Kommerzienrat Sedlmayr von der Spaten-Brauerei haben mir schon großzügige Summen zugesagt. Ich bekomme auch von verschiedenen Seiten Exponate. Der König hat sich in einer privaten Audienz sehr angetan gezeigt. Er will, dass dieses Museum an einer herausragenden Stelle in München gebaut wird. Die Vorstellung, dass das Deutsche Museum, wie er es genannt haben will, in der bayerischen Hauptstadt steht, gefällt ihm sehr gut.«

»Mir auch. Für die Ausstellung kannst du ja meinen ausgedienten Ammoniakmotor haben«, sagt Rudolf. »Und wenn du willst, einige Entwürfe und Berechnungen dazu. Ich will Platz schaffen in meiner Wohnung, da wir demnächst in eine andere umziehen. Wann und wo treffen wir uns?«

Als Rudolf wieder zu Hause ist, erwartet ihn ein Berg von Briefen. Auch die Antwort von Linde ist darunter. Sie enthält das Angebot, das Oskar von Miller ihm bereits angekündigt hat. Rudolf sagt zu: Er wird weiter in Lindes Eismaschinenfabrik arbeiten, bis sein Motor produziert wird, und seine Aufgaben nicht vernachlässigen.

Mit seiner Familie zieht er in eine kleinbürgerliche Gegend. Die Wohnung ist größer, aber billiger, und es gibt Platz für ein Arbeitszimmer und einen Bastelraum, wo Rudolf Diesel Spielzeug für seine Kinder herstellt. Er schreinert ein Puppenhaus nach Hedys Wünschen, und ständig kommen neue Möbel hinzu. Für Rudolf junior baut er eine Spielzeugeisenbahn aus Holz und bringt ihm bei, wie man neue Schienen zurechtsägt und schleift.

Er schreibt an Krupp, er schreibt nach Deutz, er schreibt an Buz in Augsburg und stellt allen seinen Motor vor. Krupp antwortet zunächst nicht, Deutz will sich keine Konkurrenz für die Gasmotoren schaffen, Heinrich Buz lehnt mit knapper Begründung ab: Die Pläne müssten noch überarbeitet werden, er sieht zu große Probleme bei der Ausführung. Rudolf Diesel sieht sich schon vor dem Ende seines Projekts, folgt aber Buz' Rat und rechnet seine Formeln noch einmal durch. Er reicht einen Patentantrag ein und erfährt, dass es ein Buch mit dem Titel *Theorie der Gasmotoren* von Otto Köhler gibt, in dem eine Theorie auftaucht, die seiner in einigen Punkten ähnelt, in anderen jedoch deutlich abweicht. Es muss nun geprüft werden, ob diese Schrift das Patent gefährden kann. Rudolf aber ist zuversichtlich: Der grundlegende Ansatz Otto Köhlers ist ein anderer, weil er ausschließlich vom Gasmotorenbau ausgeht, und Köhler hat keinerlei Versuche gemacht, seine Idee zu verwirklichen. Trotzdem wird das Patent abgelehnt. Rudolf Diesel will die Arbeit von zwölf Jahren nicht verloren geben, er lässt sich von einem in Fachkreisen renommierten Patentanwalt beraten, überarbeitet den Antrag noch einmal und reicht ihn erneut ein. Diesmal hat er Erfolg: Am 23. Februar 1892 wird ihm das Patent mit dem Titel »Arbeitsverfahren und Ausführungsart für Verbrennungskraftmaschinen« erteilt. Es trägt die Nummer 67207.

Nun beginnt ein Wettlauf mit der Zeit, denn das Patent gilt nur für zwölf Jahre. Er schreibt erneut an Krupp, an die Augsburger Maschinenfabrik, an die Gebrüder Sulzer in Winterthur und an Carels Frères in Gent. Von Buz erhält er die erste Antwort: eine weitere Ablehnung. Buz hat die Pläne von einem seiner Ingenieure prüfen lassen, und dieser gab ein negatives Urteil ab. Rudolf Diesel lässt nicht locker. Der Zufall kommt ihm zu Hilfe. Lucian Vogel, ein früherer Schulkamerad, arbeitet in der Augsburger Maschinenfabrik und hat inzwischen die Tochter von Buz geheiratet. Rudolf bittet ihn, ein gutes Wort bei seinem Schwiegervater einzulegen und ihm einen Gesprächstermin zu verschaffen. Wenige Tage später bekommt er eine Einladung nach Augsburg.

»Ich werde euch wieder einmal für ein paar Tage allein lassen«, teilt er seiner Familie beim Abendessen mit. »Ich fahre nach Augsburg und spreche mit Kommerzienrat Buz. Ich hoffe, dass ich ihn überzeugen kann, meinen Motor zu bauen. Ich zeige ihm auch den Brief von Linde.« Rudolf hat am Tag zuvor ein Schreiben von diesem bekommen, worin Linde ihm bescheinigt, dass er auf dem einzig richtigen Wege sei, auch wenn er damit sein Ziel noch nicht erreicht habe. Linde schlägt vor, auch ein Gutachten von Moritz Schröter, einem Professor an der Technischen Hochschule München, anfertigen zu lassen. Rudolf Diesel wird sich noch an diesem Abend schriftlich an Schröter wenden.

»Ich bin sicher, dass es dir gelingt«, sagt Martha. »Ich bin stolz darauf, dass du jetzt dein Patent hast. Du weißt, ich habe immer daran geglaubt, dass du es schaffst. Wenn dein Motor in Augsburg gebaut wird, bist du sicher noch öfter fort als jetzt.«

Rudolf Diesel atmet tief durch. »Ja, mein Liebes, das fürchte ich auch. Dabei vermisse ich dich und die Kinder allein schon, wenn ich nur für einen Tag fortmuss.«

»Warum bist du dann immer unterwegs, Papa?«, fragt sein Ältester. Den Kindern ist es nicht verboten, während der Mahlzeiten zu sprechen, wie es sonst in vielen bürgerlichen Familien Preußens üblich ist. Rudolf und Martha sind überzeugt, dass die wenige Zeit, die der Familienvater mit seinen Kindern verbringen kann, viel zu wertvoll ist, als dass man schweigend um einen Tisch sitzt.

Martha antwortet für Rudolf: »Du weißt doch, wie wichtig Papas Arbeit ist, nicht nur für ihn oder für uns, sondern für viele Menschen auf der ganzen Welt.«

»Brauchen die alle eine Eismaschine?«

Rudolf muss über die Frage seines Sohnes lachen. »Die Eskimos am Nordpol sicher nicht. Aber jetzt geht es auch nicht um die Eismaschine, sondern um den Motor, von dem ich dir schon so viel erzählt habe. Stell dir vor, man könnte ihn so klein bauen, dass er in eine Werkstatt passt. Dann könnte jeder damit arbeiten und seinen Lebensunterhalt verdienen. Vielleicht treibt eines Tages jeder Schneider seine Nähmaschine damit an oder der Bauer seinen Erntewagen.«

»Wenn du ihn noch kleiner baust, bekomme ich dann einen für mein Fahrrad?«

»Ich glaube, dafür wird er zu schwer sein.«

»Ich will aber einen für meine Puppenstube«, sagt Hedy.

»Du bekommst einen, den ich dir aus Holz bastle«, verspricht Rudolf. »Er funktioniert dann zwar nicht, aber sieht aus, wie ein echter einmal sein wird. Ich baue das erste Modell für dich allein.«

»Wenn du dafür noch Zeit hast«, sagt Martha. »Vergesst das Essen nicht, Kinder.«

»Die Stullen werden kalt«, sagt Rudolf junior und ruft damit fröhliches Gelächter hervor.

»Wann fährst du?«, fragt Martha.

»Morgen früh. Heute Abend erledige ich noch ein wenig Post und fange vielleicht an, meine Theorie zu einem umfassenden Manuskript zusammenzustellen. Jeder soll sie in einem Buch nachlesen können. Wer selbst Berechnungen auf der Grundlage meiner Theorie anstellt, wird sich überzeugen können, dass sie stimmt.«

»Ein Buch?«, sagt Martha. »Das ist eine hervorragende Idee! Und schließlich willst du ja nach Ablauf deines Patents deinen Motor der ganzen Welt zur Verfügung stellen.«

Rudolf sieht seine Frau voller Zärtlichkeit an. Sie hat ihn in all den Jahren unterstützt und ermuntert, sie hat nie an ihm gezweifelt. Sie kennt und versteht ihn wie niemand sonst, bewundert ihn und gibt ihm die Kraft, seinen Weg zu gehen und sein nahezu unmenschliches Arbeitspensum zu bewältigen. An seinem Erfolg hat sie sicher einen ebenso großen Anteil wie er selbst. Auf wie viel Zeit, die sie eigentlich gemeinsam verbracht hätten, muss sie verzichten! Und doch gibt sie alle Lebenskraft, die sie nicht für die Kinder braucht, für ihn und sein Schaffen hin. Er hat das Gefühl, tief in ihrer Schuld zu stehen, denn sie gibt ihm mehr, als sie zurückbekommt.

Durch eine unbedeutende Kleinigkeit, einen Krümel auf ihrer Oberlippe, erinnert er sich plötzlich an die erste Zeit ihrer Liebe in Paris, an die Spaziergänge am Ufer der Seine entlang und auf den großen Boulevards. Dort gab es die ersten Stände, wo in Öl gebackene Kartoffeln verkauft wurden, zu Stäbchen geschnitten, eine beliebte Neuheit in Paris, die aus Belgien stammte. Er hat ihr die Geschichte erzählt: In Namur, wo er einen wichtigen Kunden hatte, war es üblich, dass die Flussfischer ihre Kleinfänge nicht ins Wasser zurückwarfen, sondern in Speiseöl backten und an abendliche Spaziergänger als kleinen Imbiss verkauften. Die Stände am Ufer der Maas waren bald die Attraktion der Stadt. Wenn der Winter kam, waren die Fischer ohne Arbeit und ohne Verdienst, und so kamen sie auf die Idee, Kartoffeln zu kleinen Fischen zu schnitzen, sie in Öl zu backen und in spitzen Tüten zu verkaufen. *Pommes de terre frites* nannte man das, gebratene Erdäpfel, was sehr beliebt wurde und sich bald zu *Pommes frites* verkürzte. Am Rand eines kleinen Platzes auf der Rive Gauche, der Place Maubert, wurden solche Köstlichkeiten verkauft. Er schenkte Martha eine Tüte mit der duftenden Delikatesse, und als sie später im Lichterglanz den Boulevard Saint-Germain entlangspazierten, schaute Rudolf sie von der Seite an und sah, dass auf ihrer Oberlippe kleine Salzkristalle schimmerten wie frischer Schnee. Er nahm Martha in die Arme und küsste ihr das Salz von den Lippen. Jetzt tupft er ihr zärtlich mit der gestärkten Serviette den Krümel fort und erwidert ihr Lächeln.

In Augsburg trifft Rudolf Diesel mit Josef Krumper und Heinrich Buz zusammen. Krumper ist ein kleiner schmächtiger Mann mit wachen Augen und einem breiten Schnauzer. Heinrich Buz stellt ihn als den Dampfmaschineningenieur vor, der Rudolfs Konstruktionspläne und Berechnungen begutachtet hat. »Herr Krumper hat Bedenken, die nicht leicht von der Hand zu weisen sind«, sagt Buz.

»Was ich vorgelegt und inzwischen patentiert bekommen habe, ist vorerst noch Theorie«, sagt Rudolf Diesel. »Der Carnot-Prozess ist ein Ideal, das sich vielleicht nie erreichen lässt, aber wir können versuchen, so nahe wie möglich heranzukommen. Dann ist es immer noch der Motor mit der besten Brennstoffausnutzung, der allen anderen überlegen sein wird. In der Praxis wird sich bei einer ganzen Reihe von Versuchen ergeben, was noch verbessert werden kann.«

»Was meine Zweifel am meisten schürt«, sagt Krumper, »ist der extrem hohe Druck, mit dem Sie arbeiten wollen. Ich halte das für gefährlich. Zweihundertfünfzig bis dreihundert Atmosphären hält kein uns bekanntes Material aus.«

»Mir leuchtet ein, dass die Maschinenbautechnik so weit noch nicht ist«, sagt Rudolf. »Beim heutigen Stand müssen wir uns mit dreißig bis fünfunddreißig Atmosphären begnügen. Das heißt aber, dass wir nach meinen Berechnungen bereits etwa dreißig Prozent Wärmeausnutzung erhalten. Das ist immer noch deutlich mehr als bei allen anderen heute bekannten Motoren.«

»Das hört sich schon besser an«, sagt Direktor Buz. »Sie verstehen es, Leute für sich und Ihre Idee zu gewinnen, Herr Diesel. Ich bin beeindruckt. Nur glaube ich nicht, dass als Brennstoff Kohlestaub zweckmäßig ist. Ich halte das für einen Irrweg.« Er erläutert seine Ansicht, weist auf die Aschebildung und den hohen Materialverschleiß hin.

»Mit Kohlestaub hätte ich die Versuche zwar angefangen«, sagt Rudolf Diesel. »Meiner Darstellung können Sie aber entnehmen, dass der Motor mit jedem beliebigen

Brennstoff laufen soll. Ich kann auch die ersten Versuche mit Liquidbrennstoffen machen, mit Benzin etwa, das als Abfallprodukt bei der Herstellung von Paraffin anfällt und mit dem auch Otto experimentiert hat. Oder ich nehme Lampenpetroleum. Es ist alles denkbar, auch Leuchtgas. Durch die Versuche wird sich herausstellen, was sich am besten eignet und was die meisten Kosten spart.«

»Dann sollten Sie mit flüssigen Brennstoffen beginnen«, sagt Buz.

Rudolf spürt Erleichterung. Jetzt ist er sicher, dass er als Sieger aus dieser Unterredung hervorgehen wird. »Sind wir erst einmal so weit, dass der Motor mit einem Brennstoff gleichmäßig und dauerhaft läuft, kann er in die kommerzielle Herstellung gehen«, sagt er, »und von dem Erlös können weitere Versuche finanziert werden, um den Motor zu verbessern, damit wir uns der idealen Ausnutzung immer weiter nähern.«

»Glauben Sie wirklich, dass die Kunden sich auf den neuen Motor stürzen werden?«, fragt Krumper. »Werden die Leute nicht auf Bewährtes setzen? Vergessen Sie nicht, Herr Diesel, dass der hohe Kompressionsdruck eine enorme Explosionsgefahr bedeutet. Der Zylinder wird unter diesem Druck bersten! Die Anfänge der Dampfmaschine waren von ähnlichen Gefahren gekennzeichnet, und es hat viele Jahrzehnte gedauert, bis wir die heutige Qualität erreicht haben. Sie wissen doch selbst, dass es noch immer schwere Betriebsunfälle durch explodierende Kessel gibt.«

»Kessel?« Rudolf muss sich zurückhalten, um nicht erregt aufzuspringen. »Kessel sind dünnwandige Blechbehälter im Vergleich zu dem, was wir als Zylinder brauchen. Vergessen Sie nicht, Herr Krumper, dass für meinen kompakten Arbeitszylinder auch vieles andere wegfällt: die externe Feuerung, die Schornsteine und natürlich auch der Kessel. Der wird also nicht mehr explodieren können, weil es ihn gar nicht mehr gibt. Alle anderen Motoren werden meinem unterlegen sein und deshalb verschwinden, denn neben den bereits genannten Vorteilen kommt noch die enorme Brennstoffersparnis hinzu. Überlegen Sie mal, was das für alle Lebensbereiche bedeutet. In der Schifffahrt zum Beispiel. Heute muss ein Dampfer gewaltige Mengen Kohle und Nutzwasser bunkern, die einen großen Teil seiner Tragfähigkeit beanspruchen. Nach wenigen Hundert Seemeilen muss ein Dampfer den nächsten Hafen anlaufen, um neue Kohle aufzunehmen. Mit meinem Motor muss nur ein Bruchteil des Brennstoffes mitgeführt werden, und das Schiff erreicht sein Ziel ohne Zwischenhalt, selbst wenn es, wie Magellan seinerzeit, einmal um die ganze Erde fährt.«

»Bis dahin ist es noch ein langer Weg.« Krumper winkt ab.

»Ein Weg, den wir nur schaffen, wenn wir tatsächlich aufbrechen.« Rudolf Diesel bleibt beharrlich. Ihm geht es um alles. Hier und jetzt wird sich entscheiden, ob der Motor gebaut wird oder nicht – und ob Jahre der Arbeit und des Verzichts vergeblich waren.

Direktor Buz erhebt sich, ein Zeichen für Rudolf Diesel und Josef Krumper, es ihm gleichzutun. »Meine Herren«, sagt er, »ich glaube, wir sollten es wagen. Herr Diesel, lassen Sie uns bitte Ihre Unterlagen hier, damit ich Ihre Konstruktionszeichnungen mit denen vergleichen kann, die ich bei den Ingenieuren hier im Hause in Auftrag geben kann. Danach werden wir zu einem Entschluss kommen, und wenn er zu Ihren Gunsten ausfällt, gehen wir den nächsten Schritt und suchen nach weiteren Geldgebern, während wir die Zeichnungen in den Maßstab eins zu eins bringen lassen. Ich gebe Ihnen Nachricht. Sie haben noch andere Firmen angeschrieben?«

Diesel zögert und überlegt, ob es angebracht ist, die Namen jetzt schon preiszugeben. Doch wenn er die beiden ganz für sich gewinnen will, muss er deutlich machen, dass er ihnen vertraut. »Ja«, sagt er. »Friedrich Alfred Krupp, Gebrüder Sulzer, Carels Frères in Gent, und ich will mich noch an Fréderic Dyckhoff in Bar-le-Duc wenden. Nur Leute, von denen ich überzeugt bin, dass sie die Entwicklungskosten aufbringen könnten.«

Buz lacht. »Vielleicht müssen wir wirklich mit einem von ihnen oder mit allen zusammenlegen, um unser Ziel zu erreichen. Das Buch, das Sie schreiben wollen, wie ich Ihrem letzten Brief entnahm, wird sicher dazu beitragen, unserem Motor Freunde zu verschaffen. Schreiben Sie es bald.«

Unser Ziel! *Unser* Motor! Rudolfs Strategie, von Anfang an in der Wir-Form zu sprechen, hat funktioniert. Er ist außer sich vor Freude, als er wenig später auf dem Weg zur Wohnung seiner Schwester Emma und seines Schwagers Christoph Barnickel ist. Er hat Direktor Buz überzeugt und schließlich auch den skeptischen Krumper für sich gewonnen. Eine weitere Stufe der steilen Treppe zum Erfolg ist genommen. Jetzt geht es gleich an die nächste.

Er verfällt in einen munteren Laufschritt. Er wird sich sofort hinsetzen und Martha von seinem Sieg schreiben. Der Brief muss heute noch zur Post!

Als er wieder in Berlin ist, schreibt er innerhalb kürzester Zeit sein Buch, stellt Theorien und Fakten zusammen, führt daneben umfangreiche Korrespondenzen, nimmt sich Zeit für seine Familie, die er vermutlich bald für längere Zeit allein lassen muss, und das alles gelingt ihm neben seiner Arbeit in der Eismaschinenfabrik, die auch nicht weniger geworden ist, denn er muss, bevor er bei Linde kündigt, genügend Aufträge einholen und zugleich einen Nachfolger einarbeiten. Er ist froh, dass er inzwischen mehrere Reisende hat, die an seiner Stelle zu den Kunden fahren. Alles allein zu bewältigen wäre jetzt eine übermenschliche Aufgabe.

Sein Buch, eher eine Broschüre, erscheint im Januar 1893 bei Springer in Berlin unter dem Titel *Theorie und Konstruktion eines rationellen Wärmemotors zum Ersatz der Dampfmaschinen und der heute bekannten Verbrennungsmotoren.* Die Auflage beträgt tausend Exemplare. In der Fachwelt erregt es sofort Aufsehen. Der im Titel genannte Zweck des Motors wird von vielen als Kampfansage betrachtet. Wissenschaftler und zahlreiche Ingenieure befassen sich mit seiner Theorie und seinen Zielen, die den meisten unerreichbar scheinen. Die tägliche Postmenge wächst um ein Vielfaches. Er wird zu Vorträgen eingeladen und in der Fachpresse angegriffen. Es melden sich Leute zu Wort, die behaupten, er habe ihre Idee kopiert. Er beantwortet alles und sitzt oft bis zwei, drei Uhr nachts an seinem Schreibtisch und muss doch um sechs Uhr wieder aufstehen, um pünktlich in der Eismaschinenfabrik zu sein. Einmal findet Martha ihn, im Armstuhl sitzend, wie er vornüber auf der Tischplatte liegt. Er schläft tief. Als er das sanfte Rütteln an seiner Schulter spürt, kommt er zu sich, dreht sich um und sieht in ihr besorgtes Gesicht.

»Ich habe dich erst nicht wach bekommen«, sagt sie. »Ich hatte Angst, dich könnte der Schlag getroffen haben, bei all den Belastungen und Kopfschmerzen, die du in letzter Zeit hast.«

»Mach dir keine Sorgen, mein Liebes. Ich habe nur viel zu tun und habe ein Nickerchen gehalten.«

»Ach, Rudolf! Komm schlafen. Es ist gleich drei Uhr früh.«

Zum Scherz lässt er seinen Kopf wieder auf den Tisch sinken. »Ich kann so ganz gut schlafen. Das habe ich schon als Kind gelernt.«

»Was sagst du da für einen Unsinn! Deine Eltern hätten nie zugelassen, dass ihr Sohn auf einem Tisch schläft, auch wenn sie arm waren. Ich kenne sie doch.«

»Es ist ja auch nicht aus Not geschehen, sondern im Rahmen einer Bestrafung«, sagt Rudolf. Er hat ihr viel aus seiner Kindheit und Jugend erzählt, aber davon, dass er einmal ein ganzes Wochenende an einen Tisch gefesselt war, hat er ihr nie berichtet. Martha lässt sich auf seinem Schoß nieder und umarmt ihn, lehnt ihren Kopf an seinen. Sein zuvor noch pochender Kopfschmerz verfliegt.

Solche Intimität erlauben die beiden sich nicht, wenn die Kinder noch wach und die Angestellten im Haus sind. Rudolf erzählt von jenem Tag, von der Uhr, von der harten Bestrafung.

»Ich wusste nicht, dass sie so böse zu dir waren«, sagt sie. »Ich kann es mir kaum vorstellen.«

»Sie waren nicht böse, sondern streng. Aus ihrer Sicht war es eine richtige Maßnahme. Als ich später die Uhr in München noch im gleichen Zustand vorfand und sie mit wenigen Handgriffen wieder in Gang setzte, hat Vater sich sehr geschämt und mir erzählt, dass ihm diese Strenge später selbst übertrieben schien, und er habe die Uhr nicht reparieren lassen, um sie als Mahnung an sein Gewissen zu behalten.«

»Und du hast sie repariert, ohne das zu ahnen?«

»Wenn ich es geahnt hätte, hätte ich ihm wahrscheinlich eine neue gekauft und die alte weggeworfen. Aber so, habe ich ihm gesagt, solle er auch sein Gewissen als repariert betrachten.«

»Ach, Rudolf!« Martha schmiegt sich an ihn. »Du bist so großmütig! Ich glaube, ich habe den richtigen Mann geheiratet.«

»Das sollst du nicht glauben, sondern wissen. Aber wie in der Wissenschaft, so ist es auch im Leben. Die Beweise wollen immer wieder aufs Neue erbracht werden.«

Er schiebt die Arme unter sie, steht auf und trägt sie ins Schlafzimmer. Es ist nicht mehr viel Zeit bis zum Morgen.

Friedrich Alfred Krupp ist ein eleganter Mann, ungefähr in Rudolfs Alter, mit weichen, fast femininen Gesichtszügen, worüber auch die preußisch kurz geschnittenen Haare und der breite Kaiser-Wilhelm-Bart nicht hinwegtäuschen können. Zum ersten Mal in seinem Leben steht Rudolf Diesel vor Krupp, an den er mehrfach geschrieben hat. Dies also ist der Mann, der über das größte Gussstahlimperium Europas mit fast fünfundvierzigtausend Arbeitern gebietet. In seinem geräumigen Arbeitszimmer in der Villa Hügel in Essen kommt der schlanke, groß gewachsene Mann seinem Besucher entgegen, lächelt ihm freundlich zu und reicht ihm die Hand. »Lassen Sie uns Kaffee auf der Bibliotheksterrasse servieren«, sagt er zu dem weiß livrierten Bediensteten, der Rudolf hergeführt hat.

Der Bedienstete geht, und Krupp sagt: »Kommen Sie. Von der Terrasse aus haben wir einen schönen Blick über die Parkanlage. Ich habe sie erst kürzlich umgestalten lassen.« Er geleitet Rudolf durch das imposante Gebäude, das überall mit afrikanischen und asiatischen Hölzern getäfelt ist, in die Bibliothek, hinter deren verglasten Schranktüren ledergebundene Bücher und alte Folianten zu bestaunen sind. Ein Angestellter eilt ihnen voraus und öffnet die Türflügel zur Terrasse, wo zwei Dienstmädchen einen Tisch direkt am schmiedeeisernen Geländer aufgestellt haben und jetzt Kaffee in rot-weiße Tassen aus Meissener Porzellan eingießen.

»Nehmen Sie Platz«, sagt Krupp.

Die Pracht der großen Villa, die dem Vernehmen nach rund 270 Räume haben soll, und der Blick über den riesigen Park mit den alten Bäumen machen Rudolf befangen.

»Der Park muss älter sein als das Haus«, sagt er. »Diese Bäume sind bestimmt schon hundertjährig.«

Friedrich Alfred Krupp lächelt. »Sie haben einen guten Blick dafür. Mein Vater hat eigens zahlreiche fünfzigjährige Bäume aus der ganzen Umgebung zusammengekauft, um diesen Eindruck zu erwecken.«

»Ich empfinde es als große Ehre, dass Sie mich hier empfangen.«

»Es hat mir imponiert, Herr Diesel, mit welcher Beharrlichkeit Sie Ihr Ziel verfolgen«, sagt Krupp. Ähnliches hat bereits Heinrich Buz gegenüber Rudolf geäußert. »Ich habe die Pläne, die Sie eingereicht haben, an das Grusonwerk in Magdeburg geschickt, das ist meine neue Fabrik für Gasmotoren. Die Experten dort haben durchweg eine positiv Meinung. Es ist ein guter Schachzug von Ihnen, Ihre Idee in einem Buch zu erläutern, ich habe es kürzlich gelesen. Sogar Seine Majestät der Kaiser ist sehr angetan. Er hat mit mir darüber gesprochen, Schiffsantriebe für die Marine zu bauen, wenn Ihr Motor erst einmal ausgereift ist.«

Rudolf kann es kaum glauben. Sein Buch ist bis in höchste Kreise gelangt, und der Kaiser selbst scheint seinen Plänen wohlgesonnen zu sein!

»Was mich am meisten interessiert, ist die Möglichkeit nahezu beliebiger Treibstoffe«, sagt Krupp. »Sehen Sie, Herr Diesel, ich betreibe mehrere Hüttenwerke, deren Hochöfen als Abfallprodukt große Mengen an Gasen produzieren, die sich als Leuchtgas nicht verwerten lassen. Noch entweichen sie ungenutzt in die Atmosphäre, aber ich suche seit Längerem nach Möglichkeiten, diese Gase zu verwerten. Es ist eine Menge Geld, das da durch den Schornstein geht! Da kommen Sie mir mit ihrem Motor gerade recht. Bevor das Gas in die Luft entlassen wird, könnte es ja noch Arbeit verrichten.«

Rudolfs Hände zittern vor Erregung, als er einen Schluck von dem Kaffee trinkt, den ein Dienstmädchen ihm eingeschenkt hat. Es ist wahrhaftig die köstlichste Mischung, die er je probiert hat. »Sie wollen den Motor also bauen?«

Krupp lacht. »Ganz so weit sind wir noch nicht. Zuerst muss die rechtliche Situation geklärt werden. Sie haben ja bereits einen Vertrag mit der Augsburger Maschinenfabrik. Wenn Sie mir alle deutschen Rechte, die nicht bei den Augsburgern liegen, und außerdem die Patentrechte für Österreich-Ungarn abtreten, steige ich ein. Ich stehe mit Herrn Buz deswegen bereits in Verbindung.«

Rudolf ist überwältigt. Da hat er monatelang Brief um Brief geschrieben, um diesen größten Vertreter der deutschen Industrie zu überzeugen, war schon nahezu verzweifelt, weil ihm dies nicht zu gelingen schien, und nun sitzen sie beim Kaffee auf einer prächtigen Terrasse, schauen zwischen steinernen Säulen hindurch in einen gewaltigen Schlosspark, und Friedrich Alfred Krupp sagt einfach Ja.

»Wir müssen die Einzelheiten noch aushandeln, aber mir schwebt vor, dass der erste Versuchsmotor in Augsburg gebaut werden kann und dass ich mich zunächst nur finanziell an der Entwicklung beteilige. Meine Ingenieure müssen dafür über jeden Schritt informiert werden. Ich lasse den Vertrag aufsetzen, spreche aber noch mit Kommerzienrat Buz. Er wird am späten Nachmittag in Essen eintreffen. Aber nun genug vom Geschäft. Meine Frau gibt heute Abend einen Empfang, zu dem auch Sie eingeladen sind. Und nun will ich Ihnen das Haus und den Park zeigen.«

Ursprünglich wollte Rudolf noch mit dem Nachtzug nach Berlin zurück, aber er kann nicht ablehnen. Er hofft, dass er am Nachmittag Gelegenheit findet, Martha die gute Nachricht zu telegrafieren.

Am nächsten Tag sitzt Rudolf im Zug nach Berlin, noch erfüllt von den Erlebnissen des vergangenen Tages. Das riesige Haus hat ihn beeindruckt, die vielen Bediensteten, der wundervoll angelegte Park, aber am meisten imponiert hat ihm der berühmte Industriemagnat selbst. Beim Spaziergang unter den alten Bäumen hat Krupp ihm eine Baustelle am Rand des Parks gezeigt, wo eine Siedlung für das Hauspersonal entsteht, angeordnet wie ein kleines Dorf, jedes Haus mit einem kleinen Garten versehen, damit die Leute ihr eigenes Gemüse anbauen können. Krupp erzählte ihm auch von einer großen Arbeitersiedlung, die er habe bauen lassen, und von mehreren Schulen, die für die Arbeiterkinder geplant seien. Es gibt einen »Altenhof«, wo verdiente ehemalige Arbeiter ihren Lebensabend verbringen dürfen. Er denke daran, einen Konsumverein zu gründen, sagte Krupp, in dessen Läden die Mitglieder verbilligt einkaufen könnten, und an die Erweiterung des Werkkrankenhauses, das sein Vater während des Deutsch-Französischen Krieges als Lazarett errichten ließ.

Das sind alles große soziale Taten, denkt Rudolf. Die Arbeiter in den Kruppwerken haben es besser als andere. Friedrich Alfred Krupp hat allerdings keinen Hehl daraus gemacht, dass er nicht nur aus reiner Menschenfreundlichkeit handelt: Jeder Arbeiter, der in eines seiner Siedlungshäuser ziehen will, muss vorher unterschreiben, dass er niemals zu einer sozialistischen Versammlung geht und sich an keinerlei Aktionen der Sozialdemokraten beteiligt. Wer streikt, verliert seine Wohnung, wer nicht mehr für ihn arbeitet, ebenso. Krupps soziales Engagement ist also eine reine Notmaßnahme, um den Gefahren zu begegnen, die ihm vonseiten der Arbeiterschaft drohen. Aber vielleicht wird Krupps Entgegenkommen irgendwann einmal Vorbild für alle großen Fabrikanten, dann ginge es den Arbeitern wesentlich besser. Es könnte zu einem Frieden zwischen den Klassen kommen, wenn die Fabrikbesitzer sich ohne Zwang zu sozialen Leistungen entschließen könnten. Freiwilligkeit, das ist der springende Punkt. Er macht sich eine Notiz darüber, will später Informationen einholen – nicht die Flugblätter, die von den Arbeitervereinen und von den Sozialisten verteilt werden, sondern theoretische Schriften, von denen es einige gibt, zum Teil von großen Denkern verfasst. Vielleicht kann er, wenn er mehr Zeit hat als jetzt, neben seinem Motor auch einen politischen Beitrag zu einer gerechteren Gesellschaft leisten, in der jede Seite, die Arbeiter und die Fabrikbesitzer, die Bedürfnisse der jeweils anderen anerkennt. Jetzt ist Rudolf den Großen der Industrie begegnet. Er wird sich einen Platz unter ihnen erobern und sich später auch politisch betätigen. Wenn er irgendwann Minister wäre, könnte er anfangen, wahrhaftig etwas zu verändern.

Während der ganzen Fahrt träumt er von einer besseren Zukunft. Sein Motor wird ein wichtiger Teil ihrer Verwirklichung sein.

Rudolf kommt in Berlin an und nimmt eine Droschke. Er freut sich, Martha wieder in die Arme zu schließen. Auch hofft er, dass sie die Kinder noch nicht zu Bett gebracht hat – immerhin geht es auf acht Uhr zu.

Als er eintrifft, stehen mehrere Kutschen vor dem Haus, und ein Bursche versorgt die Pferde. Rudolf betritt die Wohnung, und Martha kommt ihm entgegen, festlich gekleidet. Ihre Augen strahlen.

»Rudolf, ich gratuliere dir!« Sie umarmt ihn und küsst ihn auf beide Wangen. »Ich habe immer gewusst, dass es klappt! Nun kann es endlich losgehen mit dem Bau. Bist du glücklich?«

»Glücklich und müde«, sagt er. »Aber was ist das für ein Lärm? Sind die Kinder noch wach?«

»Ja, sie sind noch wach, aber schon zu Bett. Geh nur erst zu ihnen, um sie zu begrüßen, und dann komm in den Salon. Ich habe eine kleine Willkommensfeier für dich arrangiert.«

Nachdem er die Kinder umarmt und ihnen gute Nacht gesagt hat, kleidet er sich um und geht zu Martha und den Gästen. Martha hat alle Berliner Freunde eingeladen, darunter einige Offiziere mit ihren Gattinnen. Als Rudolf eintritt, stehen alle erwartungsvoll im Kreis und heben mit fröhlichem Willkommen die Champagnergläser, um ihm zu seinem Erfolg bei Krupp zu gratulieren. Er muss erzählen und viele Fragen beantworten. Die Damen wollen vor allem eine Menge über die Villa Hügel wissen. Wie viele Hausangestellte gibt es da denn jetzt? Hat er die berühmte Gobelinsammlung von Krupps Gemahlin sehen dürfen? Was für ein Kleid hat Madame beim Empfang getragen? Die Herren wollen wissen, ob er mit ihm über den Kaiser gesprochen habe und was Krupp gedenke, in der Arbeiterfrage zu unternehmen. Die Zeit ist fortgeschritten, und Rudolf kann nicht alle Fragen beantworten. Er sagt, er habe mit Krupp in erster Linie über den geplanten Motor und über den gemeinsamen Vertrag gesprochen.

»Haben Sie sich über den Namen des neuen Motors geeinigt?«, will jemand wissen.

»Meine Erfindung zu taufen behalte ich mir allerdings selbst vor«, sagt Rudolf. »Wie wäre es mit ›Rationeller Wärmemotor Diesel‹? Mein Name wird auf jeden Fall mit dabei sein.«

»Das ist zu lang«, sagt jemand. »So eine Bezeichnung wird sich nicht durchsetzen. ›Diesels Wärmemotor‹ genügt doch auch, um anzuzeigen, dass es keinen anderen daneben gibt.«

»Auf den Konstruktionszeichnungen steht immer am oberen Rand: ›Motor Diesel‹«, sagt einer seiner Ingenieure.

»Dann klingt ›Diesel-Motor‹ besser.« Es ist Martha, die das sagt. »Es ist deine Idee, dein Werk, und so bleibt es immer mit dir verbunden.«

»Du hast recht«, sagt Rudolf. »Die Leute können sich den Namen so am besten merken. Dieselmotor. Klingt gut.« Er hebt sein Glas. »Trinken wir also auf die Taufe des Dieselmotors!«, ruft er. »Und dann verabschiede ich mich, denn ich bin nach dieser Reise sehr müde. Feiern Sie bitte noch ein Weilchen ohne mich.«

Die Gäste stoßen mit ihm an, dann zieht sich Rudolf zurück. Er hört, dass die Leute sich nach und nach verabschieden. Er ist fast eingeschlafen, als er spürt, wie Martha unter die Decke schlüpft. Sie schmiegt sich an ihn und stößt einen wohligen Seufzer aus.

Es ist Mitte August. Der Vertrag zwischen der Maschinenfabrik Augsburg, der Firma Krupp und Rudolf Diesel ist geschlossen. Rudolf hat seine Arbeit bei Linde beendet, um sich ganz auf den Bau des Motors konzentrieren zu können. Dazu verhilft ihm auch ein großzügiges Salär. Er ist ohne seine Familie nach Augsburg gekommen, er will nicht, dass die beiden älteren Kinder die Schule wechseln, und Martha soll das gesellschaftliche Leben, das ihr so gut bekommt, nicht missen müssen. Augsburg ist eine kleine Provinzstadt, in der sie sich langweilen würde, und er hätte ohnehin keine Zeit, sich um sie und die Kinder zu kümmern. In Berlin hat er noch sein Zeichen- und Konstruktionsbüro, und so pendelt er lieber zwischen den verschiedenen Versuchsreihen.

Drei Wochen harte Arbeit liegen hinter Rudolf Diesel und seinen beiden Mitarbeitern, dem früheren Schulkameraden Lucian Vogel und Hans Linder, den er bereits als Eismaschinenmonteur kennengelernt hat. In diesen Wochen hat man den auf einem Betonsockel stehenden schlanken Zylinder mit den Bauteilen versehen, die nach Diesels Entwürfen in der Augsburger Maschinenfabrik hergestellt wurden. Da mussten Rohrleitungen neu gebogen, einzelne Bauteile präzise zurechtgefeilt oder neu fabriziert werden, bis alles passte. Jedes einzelne Bauteil ist wieder und wieder überprüft worden, aber nun scheint tatsächlich alles bereit zu sein für einen ersten Versuch. Die Montagearbeit hat lange genug gedauert, und in den letzten Wochen nahm Rudolfs Ungeduld stetig zu.

Der Motor soll noch nicht von selbst laufen, zuerst muss festgestellt werden, ob die einzelnen Teile richtig ineinandergreifen, ob die Bewegungsabläufe stimmen, und ob man es wagen kann, den Treibstoff einzublasen. Zuerst hatte er an Rohöl gedacht, aber es hat sich herausgestellt, dass dieses zu träge fließt, daher versucht er es zunächst mit Benzin.

Rund um den Motor stehen verschiedene Messgeräte, mit denen unter anderem die Verdichtung der Luft im Zylinder festgestellt werden kann. Am wichtigsten ist ihm eine kleine Vorrichtung, Indikator genannt, die mit dem Zylinder in direkter Verbindung steht und bei jedem Arbeitsvorgang eine Kurve auf eine Papierrolle zeichnet – dadurch lassen sich die Vorgänge im Innern des Kolbens als Diagramm darstellen, das Rudolf anschließend für Berechnungen und Korrekturen auswerten kann. James Watt hat dieses Gerät erfunden, um mit seiner Hilfe die Dampfmaschine erfolgreich zu verbessern.

In den letzten Tagen ist der Versuchsmotor über Transmissionsriemen angetrieben worden, und statt der erhofften Verdichtung von dreißig bis vierzig Atmosphären wurden zunächst nur achtzehn erreicht. Die Hitze, die im Zylinder entstand, war aber nicht dem Druck, sondern der Reibung geschuldet. Fieberhaft wurde daran gearbeitet, die Reibung zu verringern. Rudolf Diesel trieb die Arbeiter zur Eile. Er kann seine Ungeduld auch heute kaum im Zaum halten, hat sich doch erwiesen, dass der erhoffte Druck tatsächlich erzeugt werden kann. Doch reicht er aus, um den Treibstoff zu entzünden?

Rudolf Diesel sieht Lucian Vogel und Hans Linder an. Alles bereit? Sie nicken einander zu. Nun legt er den Treibriemen auf das Antriebsrad um. Unter dumpfem Getöse setzt sich der Motor in Bewegung. Die Luft im Zylinder wird zusammengepresst. Der Druck im Zylinder steigt auf über dreißig Atmosphären. Rudolf Diesel setzt die Einspritzpumpe in Gang, die das Benzin in die heiße Kammer schießt.

Sekundenlange Stille – dann zerreißt ein gewaltiger Donnerschlag die Luft, Metallteile fliegen durch den Raum, gerade rechtzeitig haben die Männer Deckung genommen. Eine schwarze, stinkende Wolke erfüllt das Labor.

Die Männer springen auf, umarmen sich jubelnd. Es hat auf Anhieb funktioniert! Die heiße Luft hat den Brennstoff gleich beim ersten Mal entzündet! Diesels Theorie stimmt und ist durchführbar!

Die Euphorie ist verfrüht. In der Folgezeit wird Experiment um Experiment durchgeführt, Diesel lässt Einzelteile wie Dichtungen, Ventile und Rohrleitungen auswechseln, entdeckt Material- und Bedienungsfehler, studiert immer wieder die Diagramme, stellt Berechnungen an, macht neue Versuche, erlebt kleinere Erfolge, die ihn zuversichtlich stimmen, dann aber Rückschläge, ein halbes Jahr lang immer wieder Rückschläge. Nach einem erneuten Umbau scheint die Maschine dann glatt zu laufen, sie springt von selbst an, hält minutenlang durch, der Qualm des Auspuffs wird zu einem unsichtbaren sauberen Gas.

Diesel reist nach Frankreich, Belgien und in die Schweiz, wird überall begeistert empfangen – man hat es doch schon immer gewusst, dass in dem jungen deutschen Ingenieur, der durch seine Arbeit in Lindes Eismaschinenfabrik vielen Kollegen noch gut bekannt ist, ein Genie steckt. Diesel triumphiert, als die Gebrüder Carels sich entschließen, einen Versuchsmotor zu bauen, genau wie die Sulzers in Winterthur, die er ebenfalls endlich überzeugt hat.

In Augsburg laufen die Versuche in seiner Abwesenheit weiter, und erneut gibt es Fehlschläge. Einmal hat sich der Kolben derart überhitzt, dass er zu zerreißen droht. Alle Arbeiter müssen sich in Sicherheit bringen und können das Labor erst nach Stunden wieder betreten. In der Augsburger Maschinenfabrik haben sich mehrere Gegner, meist aus der Dampfmaschinenabteilung, um Ingenieur Krumper geschart und verlangen, dass die Versuche am neuen Motor eingestellt werden, da sie zu viel Geld, Zeit und Arbeitskraft kosten. Diese Gegner glauben nicht an einen Erfolg. Man protestiert auch gegen die Person Diesels, er gilt als schroff und herablassend. Sein bisweilen knapper Ton ist allerdings nichts weiter als seine unsichere Art, sich vor Kritik zu wappnen.

Als Rudolf Diesel wieder in Augsburg eintrifft, ist die Nachricht von den letzten Fehlschlägen bereits bis zu Krupp durchgedrungen – Rudolf muss nach Essen fahren, um vor einem Gremium die Probleme zu erläutern. Er fürchtet, dass die Arbeit am Motor eingestellt werden könnte, wenn Krupp seine Beteiligung zurückzieht. Ausgerechnet jetzt, da er international Anerkennung bekommt! Er macht deutlich, dass er immer noch mit dem ersten Prototyp arbeitet, an dem bis auf den Zylinder inzwischen jedes Teil ausgewechselt wurde, manches sogar mehrfach. Statt aufzugeben, will er mehr Geld, will den Versuchsmotor für eine weitere Versuchsreihe komplett neu bauen, einschließlich Zylinder, dessen Kammer er aufgrund der letzten Erfahrungen neu berechnen muss. Er arbeitet verbissen weiter. Es dauert Tage, bis Krupps Zustimmung zu neuen Versuchen kommt, aber ein komplett neuer Motor wird vorerst nicht für nötig erachtet.

An einem Samstag geht Rudolf Diesel früher nach Hause als sonst, weil seine Kopfschmerzen unerträglich geworden sind. Das Pulver, das er in zunehmender Menge dagegen einnehmen muss, ist aufgebraucht. Er macht einen Umweg zur Apotheke, erhält seine Medizin und hat es eilig, heimzukommen. Sein Schädel droht zu bersten, wenn er das Pulver nicht sofort einnimmt.

Vor seiner Wohnung stehen zwei Männer mit amtlichen Mienen, die offenbar schon länger warten. Sie sehen wie Zwillinge aus: schmale Gesichter mit undurchdringlicher Miene, graue Augen, schmaler Schnauzbart. Ungeduldig treten sie von einem Bein aufs andere. Sie geben sich als Mitarbeiter der Münchener Anwaltskanzlei Grainauer & Wiese aus.

»Was kann ich für Sie tun, meine Herren?«, fragt er. Er hat ein ungutes Gefühl. Es liegt etwas Feindseliges in der Luft. »Kommen Sie bitte herein. Leider bin ich nicht auf Besuch vorbereitet, aber einen Tee kann ich Ihnen anbieten.«

»Danke, wir werden sofort gehen, wenn wir das Geld haben.«

»Welches Geld?«, fragt Rudolf, als sie mit ihm die kleine, schmucklose Kammer betreten, die er gemietet hat. »Ich kann mich nicht erinnern, mit Ihrem Auftraggeber in Verbindung zu stehen.« Er ist sich dessen sogar sicher, denn die Kanzlei hat den Ruf, einem der übelsten Geldverleiher Münchens zu gehören.

Einer der beiden holt ein Papier aus der Innentasche seines zu eng wirkenden Gehrocks. »Hier ist der Schuldschein, bereits seit einer Woche fällig. Wir haben uns an Ihren Herrn Vater gewandt, aber der Herr lässt nichts von sich hören. Da er Sie als Bürgen und als den eigentlichen Empfänger des Geldes benannt hat, halten wir uns nun an Sie. Unser Auftrag lautet, nicht ohne das Geld zurückzukehren. Bis dahin wohnen wir im Hotel *Drei Mohren*, auf Ihre Kosten, versteht sich.« Die Herren bleiben stehen.

»Zeigen Sie mal her.« Rudolfs Hand zittert leicht, als er das Papier entgegennimmt. Er kann seinen aufkommenden Zorn nicht ganz verbergen.

Der Schuldschein lautet auf achttausend Goldmark

und wurde vor drei Monaten ausgestellt. Rudolf erkennt die Unterschrift seines Vaters sofort. Wie konnte Vater sich eine so hohe Summe leihen, ohne ihn zu informieren? »Und mich hat er als Empfänger benannt!«

»Ja«, sagte einer der Herren. »Ihr Name ist ja bekannt, Sie besitzen die erforderliche Bonität, und unser Auftraggeber hat darauf vertraut. Ich muss sagen, es überrascht mich, dass Sie so bescheiden wohnen.«

»Das tut hier nichts zur Sache und geht Sie darüber hinaus auch nichts an.«

»Ihr Vater ist in die Münchener Kanzlei gekommen«, sagt der andere, »und hat erklärt, dass Ihre Experimente an dem neuen Motor schwieriger und teurer seien als gedacht, und deshalb müsse er Ihnen unter die Arme greifen. Er hat zugesichert, dass der Betrag einschließlich Zinsen pünktlich zurückgezahlt wird, was nicht geschehen ist. Deswegen sind wir hier. Haben Sie das Geld?«

»Nicht in bar«, sagt Rudolf. »Ich stelle Ihnen einen Wechsel auf sofort aus. Brauchen Sie einen Bürgen?«

»Wir wissen ja, wo Sie arbeiten.«

Mit vor Empörung noch immer bebender Hand schreibt Rudolf den Wechsel aus. Seine Unterschrift wirkt fahrig, aber die Männer nehmen das Papier, noch bevor die Tinte richtig trocken ist, quittieren den Schuldschein und gehen.

Rudolf setzt sich an den kleinen Tisch und stützt seinen Kopf in die Hände. Wie konnte Vater so etwas tun? Was ist nur in ihn gefahren? Er beschließt, gleich morgen den ersten Frühzug nach München zu nehmen und ihn zur Rede zu stellen. Vorher will er sich mit Emma und ihrem Mann beraten, denn er fürchtet, dass er seine Besonnenheit verlieren könnte.

Sein Blick fällt auf das Fläschchen mit Medizin, das er vorhin aus der Apotheke besorgt hat, und er stellt verblüfft fest, dass er keinerlei Kopfschmerz mehr verspürt. Diese erstaunliche Erfahrung hat er schon mehrmals bei starken Gefühlsregungen gemacht.

Er bricht auf und steht wenige Minuten später vor dem Haus im Springergässchen, wo seine Schwester und sein Schwager wohnen. Er zieht am Glockenknauf neben der Tür, dann steht Emma vor ihm, schmal und blass geworden. Sie ist häufig bei den Eltern in München und kümmert sich um sie. »Rudolf! Wie schön, dich zu sehen! Komm herein, du kannst mit uns essen.«

»Ich komme, weil es ein Problem mit Vater gibt. Ich bin noch immer so aufgebracht, dass ich nicht weiß, wo ich anfangen soll.«

Als er am Tisch sitzt und eine Tasse Tee vor sich hat, erzählt er vom Besuch der beiden Männer aus München. Emma und ihr Mann, der alte Christoph Barnickel, hören zu, ohne ihn ein einziges Mal zu unterbrechen. Das Essen haben sie noch nicht auftragen lassen, da sie spüren, dass Rudolf sich zuvor etwas vom Herzen reden muss.

»Das ist doch unfassbar!«, sagt er. »Wenn ich nicht sein Sohn wäre, würde ich es Betrug nennen.«

»Rudolf«, sagt Emma, »du weißt, ich war letzte Woche bei den Eltern. Ich mache mir auch große Sorgen um Vater. Er steigert sich in einen Wahn hinein, dass er dazu berufen ist, die Welt zu retten. Er hält den wenigen Kunden, die noch zu ihm als Heilmagnetiseur kommen, lange Predigten, und manche nimmt er mit hinaus nach Krailling zu dieser Seherin, bei der er sich immer öfter aufhält. Die Frau zieht ihm das Geld nur so aus der Tasche, und Mutter hat mich beiseitegenommen und gesagt, dass sie ganz verzweifelt ist und nicht mehr weiß, was sie tun soll. Bestimmt hat sie keine Ahnung von diesem Darlehen. Sie ist nach Frankfurt zu einer alten Schulfreundin gefahren, um sich bei ihr Rat zu holen.«

»Dann ist Vater zurzeit ganz allein?« Rudolf ist erschrocken. »Ich muss auf jeden Fall mit ihm reden. Die Rückzahlung des Darlehens reißt ein gewaltiges Loch in meine Ersparnisse. Dabei wollte ich davon für Martha und die Kinder eine Wohnung einrichten und den Umzug finanzieren, damit ich sie öfter sehen kann.«

»Du holst sie endlich hierher?« Emma strahlt. »Wie schön!«

»Nein, nicht hierher«, sagt Rudolf. »Sie ist das Leben in Großstädten gewohnt. Erst Paris, dann Berlin – da wird Augsburg ihr zu provinziell vorkommen. Theater, Konzerte, große Kunstausstellungen und andere gesellschaftliche Ereignisse, das gibt es ja in Augsburg nicht. Nein, wir werden in München leben, da können wir auch ein Auge auf Vater haben. Aber das liegt ja nun in weiter Ferne.«

Sein Schwager Christoph Barnickel räuspert sich. »Ich möchte dich an einen Vorschlag erinnern, den wir dir schon vor einiger Zeit gemacht haben, Rudolf. Du kannst bis dahin bei uns wohnen. Gib dein Zimmer in der Grottenau auf. Von hier hast du es viel näher zu deinem Motor und kannst das Geld für die Miete sparen. Wir haben Platz, und du bist uns willkommen.«

»Rudolf«, sagt Emma, »bitte.« Sie sieht ihn aus ihren braunen Augen an, genauso wie sie es als Kind getan hat, wohl wissend, dass er auf diesen Blick kein Nein herausbringt.

»Na schön«, sagt er, »ihr habt recht, und ich bin euch sehr dankbar. Ich würde sehr gern bei euch wohnen, aber ich fürchte, ich falle euch zur Last.«

»Das wirst du nicht«, sagt Christoph Barnickel. »Wir sind froh, wenn wir etwas dazu beitragen können, dass die Familie wieder näher zusammenrückt. Emma wird glücklich sein, wenn sie ihre Schwägerin bald öfter sehen kann. München ist ja längst nicht so weit entfernt wie Berlin. Du weißt, wie gut sie sich mit Martha versteht.«

Am nächsten Morgen bricht Rudolf früh nach München auf. Am Bahnhof Hochzoll hat es ein Unglück gegeben, ein Mann ist überfahren worden, und der Zug kommt mit vier Stunden Verspätung in München an. Entsprechend ungeduldig ist Rudolf, als er mit einer Droschke zur Wohnung seiner Eltern fährt.

Er trifft niemanden an und erinnert sich, dass Emma ihm erzählt hat, Mutter sei in Frankfurt. Doch Vater müsste zu Hause sein, wenn er nicht gerade in irgendwelchen Spiritistenzirkeln seine lunatischen Ansichten verbreitet. Vielleicht weiß die Hausbesitzerin, wo er ist. Die gebürtige Berlinerin hat im fünften Stock die schönste und hellste Wohnung des Hauses, mit einem Wintergarten auf der Dachterrasse.

Er steigt die knarrende Treppe hinauf und klopft. Ein Hausmädchen öffnet, aber gleich dahinter erscheint die Hauswirtin, eine dralle Person mit schriller Stimme. »Na, endlich ist mal jemand da, der mir die Miete bezahlt!«, kreischt sie ihm entgegen.

»Ich suche meinen Vater.«

»Ich auch«, sagt sie. »Der Herr Prediger lässt sich seit Tagen nicht mehr blicken. Wahrscheinlich hat er sich ganz bei der Hintermayer eingenistet, die ihn ausnimmt wie eine Weihnachtsgans, das Hirn gleich mit.«

»Wo finde ich die Dame?«

Die Hauswirtin lacht. »*Dame* ist gut. Fahren Sie nach Krailling raus und fragen Sie nach Rosalia Hintermayr. ›Hexe von Krailling‹ sagen die meisten. Da finden Sie

Ihren Vater bestimmt. Und was ist mit der Miete?« Sie streckt den Kopf vor und fragt leise: »Hat sich Ihre Frau Mutter vielleicht davongemacht?«

»Sie besucht nur eine Freundin und wird nächste Woche wieder da sein«, sagt er und weicht zurück. »Die Miete lege ich aus. Aber nur für den laufenden Monat.«

»Das ist recht«, sagt die Hauswirtin mit plötzlich aufgeschwungenem Mund. »Geben Sie Ihrem alten Herrn nur ordentlich Bescheid. Und vielleicht können Sie ihm verklickern, dass ich nicht immer diese Flugblätter mit seinen Engelsnachrichten im Briefkasten haben will. Die anderen Mieter beklagen sich auch, aber er begreift es nicht. Diesem Deppen gehört mal richtig der Kopf gewaschen.«

Nichts anderes hat Rudolf Diesel vor. Nach Krailling zu kommen, ein dörflicher Vorort im Würmtal, kostet ihn eine weitere Stunde, und dann muss er noch das Haus der Hintermayr finden. Es ist ein heruntergekommenes Haus in einem verwilderten Garten, die Fassade ist verschimmelt bis unters Dach. Was glaubt sein Vater denn hier zu finden?

Er schlägt mit den Handknöcheln kräftig gegen die Tür. Eine alte Frau in schwarzem Kleid öffnet ihm. »Mei, so a feiner Herr! Was möchten S' denn?« Ihre Stimme knarzt heiser.

»Ich suche meinen Vater. Mein Name ist Diesel.«

»Ja geh, der Bua! Jetzt lern i Eahna aa amoi kennen! Kommen S' mit! Aber stören S' den Herrn Vater fei net beim Meditiern!«

Er folgt ihr ins Haus, das innen so riecht, wie es von außen aussieht. Sie hat die Wände schwarz streichen lassen, hier und da hängt ein schimmerndes religiöses Motiv aus Dießener Zinn zwischen laienhaft gemalten Ikonen, die der Bezeichnung nicht gerecht werden, überall stehen

Kerzen, die umso zahlreicher werden, je tiefer er in diese Finsternis vordringt. Sie öffnet eine Tür, und da sieht er seinen Vater am Boden knien. Sein schmales Gesicht ist noch hagerer, die scharfe Nase noch keilförmiger geworden – fast wie ein Eremit, denkt Rudolf.

Vater hat den Blick starr auf einen blutroten Engel aus Pappe gerichtet, der auf einer zum Altar umfunktionierten Anrichte steht. Der fensterlose Raum ist schwarz wie alle anderen in diesem Haus, erhellt von rund fünfzig Kerzen in unterschiedlichen Größen. Es riecht nach billigem Räucherwerk und dem Moder von zu langsam getrockneter Wäsche. Wahrscheinlich ist dies einmal das Bügelzimmer gewesen, als die Frau ihre Kleidung noch gepflegt hat. Rudolf möchte sich am liebsten auf seinen Vater stürzen und ihn an den Schultern rütteln, damit er aufwacht.

»Sagen S' bitt schön nix!«, flüstert die Alte und winkt ihn mit sich. »Er kriagt grad die Kraft des Universums!«

»Das ist doch alles Humbug!« Rudolf wird laut.

Theodor Diesel, Maroquinier und Magnetiseur, armseliger Weltbürger aus Paris und London, vor einem roten Pappengel kniend, wendet wie in Trance den Kopf. »Mein Sohn!«, sagt er mit entrücktem Blick, und Rudolf ist über sich selbst erschrocken, weil er seinen Vater in diesem Moment so abgrundtief verachtet. Dieser Mann hat ihn einmal an einen Tisch gefesselt, und jetzt muss er ihn befreien, der offenbar nicht mehr Herr seiner selbst ist und einer Scharlatanin in Krailling alles opfert – sein Geld, sein bisschen Verstand und seine Moral.

Sie gehen zu Fuß nach München zurück. Als der Vater sich über den langen Weg beklagt, sagt Rudolf nur: »Der Weg nach Vincennes kam mir damals beschwerlicher vor.«

Schweigend erreichen sie nach einer Stunde Pasing.

Der Vater hat die ganze Zeit in sich hineingegrübelt und fragt: »Was hast du vor?«

Rudolf zeigt ihm den quittierten Schuldschein. »Ich will mit dir über das hier reden, und es gibt noch einiges mehr. Du zerstörst die Familie und dich selbst, das ist dir hoffentlich klar.«

Sein Vater geht zwei Meter hinter ihm neben den Eisenbahnschienen, und Rudolf spürt, dass er weint. Er versucht, sich nicht umzudrehen und kalt zu bleiben, aber er kann es nicht. Er bleibt stehen, lässt den alten Mann herankommen und legt die Arme um ihn.

»Vater, diese Frau hat dir dein ganzes Geld genommen und will immer mehr. Du darfst sie nicht mehr aufsuchen. Vergiss nicht, was du Mutter damit antust. Ich werde deinen Wahn auch nicht länger finanzieren. Wenn es sein muss, werde ich die Miete direkt für euch zahlen und Emma bitten, euch einmal in der Woche mit Lebensmitteln zu versorgen. Wenn ich dir Geld gebe, trägst du es doch nur zu dieser Irren. Es wird Mutter zwar beschämen, aber sie wird es verstehen.«

»Aber ich mache das doch alles für euch, für die Menschheit! Warum hast du denn plötzlich solchen Erfolg, bist plötzlich reich und berühmt und schaffst alles, wovon du immer geträumt hast? Die kosmische Kraft dafür habe ich dir besorgt! Wenn jemand die Welt verändern kann, dann bin ich es, und du bist es mit meiner Hilfe!«

Rudolf seufzt. »Vater, ich baue einen Motor, und wenn die Welt sich dann verändern will, macht sie das schon selbst. Ich bin nicht reich, da machst du dir ganz falsche Vorstellungen. Ich verdiene gut, ja, aber davon unterhalte ich meine Familie und mein Büro in Berlin, und ein Drittel meines Einkommens trägst du nach Krailling, statt deine Miete zu bezahlen. Und dann stellst du mich einem windigen Advokaten noch als Versager dar und begehst in meinem Namen Kreditbetrug! Jawohl, Betrug nennt man das, aber sag jetzt bitte nichts!«

Er macht eine unwirsche Handbewegung, als er merkt, dass sein Vater seine Rede unterbrechen will. »Ich habe ein wenig Geld gespart, um Martha und die Kinder zu mir zu holen, und mit jedem Pfennig, den du ohne meine Zustimmung ausgibst oder gar an diese Betrügerin verschwendest, rückt mein Vorhaben weiter in die Ferne. Ich muss jetzt ein ganzes Jahr länger von meiner Frau und meinen Kindern getrennt sein. Vergiss das bitte nie.«

An einem frühen Aprilmorgen des Jahres 1895 trifft sich Rudolf Diesel mit seinem neuen Assistenten Fritz Reichenbach, dem Schwager von Direktor Buz, im Versuchslabor. Eine schwere Zeit ist bis dahin vergangen, in der beinahe jeder Fortschritt auch mit einem Rückschritt verbunden gewesen ist. Er arbeitet immer noch mit dem ersten Motor und kann froh sein, dass ihm dies überhaupt noch ermöglicht wird. Innerhalb der Augsburger Maschinenfabrik, aber erst recht bei Krupp haben sich die Stimmen der Gegner, die daran zweifeln, dass der Motor funktionieren wird, gemehrt. Immer wieder hat Krupp Ingenieure nach Augsburg geschickt, um den Fortgang der Arbeit zu begutachten, mehrmals musste Diesel nach Essen fahren, um die Herrschaften im Vorstand zu überzeugen. Jeden kleinen Erfolg gibt er gleich bekannt, um weiterhin Unterstützung für seine Arbeit zu erhalten.

Was hat er nicht alles versucht, und was für Irrwege hat er beschritten! Er hat Robert Bosch aus Stuttgart kommen lassen, um eine elektrische Zündung einzubauen und wieder zu entfernen, er hat verschiedene Methoden der Brennstoffeinspritzung getestet, schließlich hat er erkannt, dass die Hitzeentwicklung im Zylinder zu groß ist und es ohne Kühlung nicht geht. Er lässt den Zylinder ummanteln, versieht ihn mit einer Wasserkühlung, was ihm den Spott seiner Gegner einbringt, denn er hat immer besonders herausgestellt, sein Motor könne darauf verzichten.

Fritz Reichenbach soll ihm bei der neuen Versuchsreihe zur Seite stehen und sich bei dieser Gelegenheit mit dem Projekt vertraut machen. Diese Anweisung von Buz zeigt Rudolf, dass der Kommerzienrat trotz aller Fehlschläge und der sich in die Länge ziehenden Experimente vorbehaltlos hinter ihm steht. Buz hat ihm bisher immer den Rücken gestärkt, und als Diesel nach einer Reihe von Irrtümern jetzt voller Selbstzweifel ist, legt Buz ihm eine Hand auf die Schulter, sieht ihn fest an und sagt: »Wir sind doch kurz vor dem Ziel, oder? Wir geben jetzt nicht auf. Es wird an einer Kleinigkeit liegen, vielleicht nur an einem Schräubchen, das eine Windung tiefer oder ein Stück heraus gedreht werden muss. Das gilt es zu finden. Machen Sie weiter, Herr Diesel.«

Dieses »Machen Sie weiter!« hat er schon oft von ihm gehört, und es hat ihm Mut gemacht, ihn angetrieben. Ohne Buz, weiß er, wäre er nicht so weit, wie er jetzt ist.

Inzwischen hat er Erfolge mit der Einspritzung von Benzin. Der Motor läuft, liefert hervorragende Diagramme, die auch die Ingenieure aus Essen zufriedenstellen. Jetzt besteht Krupp darauf, dass er Versuche mit Gas unternimmt, denn dem Großindustriellen geht es darum, die Abgase der Hochöfen zu verwerten, die bislang noch ungenutzt in die Atmosphäre entweichen.

»Bevor wir die Brennstoffzufuhr umbauen«, sagt Rudolf Diesel zu Fritz Reichenbach, seinem Assistenten, »sollten wir noch einen letzten anderen Versuch machen.

Ich will Lampenpetroleum einspritzen, denn wenn wir die Pumpe erst einmal auf Gas umgestellt haben, wird ein Rückbau sehr zeitraubend und teuer.«

»Dann muss die Düse verändert werden«, sagt Reichenbach. »Petroleum hat eine andere Dichte als das flüchtige Benzin, und zusätzlich bedarf es einer Filterung.«

»Richtig.« Diesel spürt, dass er mit Reichenbach jemanden zur Seite hat, der seine Gedankengänge intuitiv erfasst und eigene Erkenntnisse ins Gespräch einbringt. »Das lässt sich in ein paar Stunden bewerkstelligen. Wir haben ja alles, was wir irgendwann aus der Maschine ausgebaut haben, aufgehoben.«

Seine Worte sind nicht ohne Bitterkeit, denn er arbeitet noch immer mit dem ersten Prototyp, aber es gibt inzwischen kein Teil mehr, das nicht schon mehrmals ausgewechselt worden wäre. Manche Ventile, Filter, Dichtungen und Schrauben liegen in langen, ordentlichen Reihen, säuberlich nummeriert und mit Datum versehen, in einem Nebenraum des Lagers. Alles ist einzeln angefertigt und muss aufgehoben werden, da es eventuell noch einmal gebraucht wird.

Sie lassen von zwei Arbeitern, die sich nach jahrelangen Versuchen mit dem Motor auskennen und sich bewährt haben, die kleinen Umbauten vornehmen. Am Nachmittag stehen Diesel und Reichenbach wieder im Labor, Heinrich Buz und mehrere Ingenieure aus der Dampfmaschinenabteilung finden sich ein.

Rudolf Diesel legt den Starthebel um. Längst muss der Motor nicht mehr von Treibriemen angeworfen werden, er braucht kein zweistündiges Vorheizen wie die Dampfmaschine und kein Ankurbeln von Hand wie der Ottomotor. Er startet kalt und kann sofort Arbeit leisten. Aber funktioniert er auch mit dem zähflüssigen Öl?

Sofort! Ein anerkennendes Raunen geht durch die Gruppe der Anwesenden. Es entsteht ein ruhiges, beständiges Geräusch. Die ersten Diagramme aus dem Schreiber zeigen gleichmäßige Kurven. Diesel nimmt sie heraus, sie sind noch gerollt, als er damit auf Buz und auf einen Krupp-Vertreter zugeht, der neben diesem steht.

»Hier, sehen Sie! Wir haben den richtigen Weg eingeschlagen und müssen ihn weitergehen. Noch ist der Ausnutzungsgrad viel zu gering, aber er lässt sich steigern. Die Ursache dafür ist die starke Reibung, und viele Bauteile sind bereits abgenutzt. Seit Jahren arbeite ich mit diesem ersten Versuchsmodell. Bevor ich mit Gasversuchen zu experimentieren beginne, muss ich einen völlig neuen Motor bauen, bei dem ich die Erfahrungen der letzten Jahre berücksichtigen kann.«

»Schon richtig«, sagt Heinrich Buz. »Wir haben bereits darüber gesprochen, und ich bin mit Ihnen einer Meinung, dass jetzt die Zeit gekommen ist, einen zweiten Motor zu bauen. Aber was teile ich Krupp mit? Ich will ihm noch heute telegrafieren. Er weilt zurzeit auf Capri, um den Ausbau seines Meeresforschungsinstituts zu überwachen. Er möchte wissen, ob Sie schon an der Verwertung von Gas als Brennstoff arbeiten.« Er winkt die Gruppe zur Tür. Der Lärm in der Halle ist zu gewaltig, um ein Gespräch zu führen.

Draußen sagt Rudolf: »Wenn wir einen neuen Motor bauen, kann der alte für die Gasversuche bestehen bleiben, wir müssen nur ein paar Umbauten vornehmen. Beim neuen arbeiten wir vorerst nur mit Öl. Ich habe herausgefunden, dass die geringste Verschiebung an der Einspritzdüse zu deutlichen Veränderungen des Diagramms führt. Dieser Weg bringt also am schnellsten den gewünschten Erfolg.«

»Das sehe ich auch so. Wir müssen schauen, dass wir

der Fachwelt und der Öffentlichkeit so bald wie möglich Fortschritte präsentieren können.«

Diesel nutzt den augenblicklichen Vorteil sofort. »Dann brauche ich mehr Platz und mehr Leute.«

Buz sieht ihn nachdenklich an und nickt. »Sollen Sie bekommen.«

»Warum überhaupt Öl!«, ruft Krumper, der Dampfmaschinenspezialist, dazwischen, denn selbst hier im Gang ist der Lärm des Motors noch recht laut. »Das Petroleum, das Sie verwenden, ist viel zu teuer! Denken Sie an die hohen Einfuhrzölle und die Steuern in den Ölländern! Wie können Sie da wirtschaftlich arbeiten wollen?«

»Die Steuern und Zölle sind politisch bedingt, Herr Krumper. Sie werden sich ändern und sind verhandelbar. Stellen Sie sich vor, unser Motor wird ein Erfolg.« Diesel sagt bewusst »unser Motor«, um alle, die daran arbeiten, auch mit einzubeziehen. Er hat nie vergessen, wie gut es ihm getan hat, das Heinrich Buz damals bei der entscheidenden Verhandlung gleich von »uns« und »wir« gesprochen hat. »Und dieser Erfolg ist uns gewiss, denn eine Maschine mit hohem Wirkungsgrad und geringem Verbrauch muss alles andere, was es auf dem Markt gibt, sofort verdrängen. Frankreich, England, Österreich-Ungarn, Russland – überall da, wo man Öl findet, wird man auch unseren Motor brauchen!« Er merkt, dass nicht nur Krumper und Buz ihm zuhören, sondern alle, die sich in den schmalen Gang vor der Versuchshalle zusammengedrängt haben. »Wenn wir um die Lizenzen und um die Pläne angefragt werden«, sagt er, »dann haben wir ein Faustpfand, denn ohne unsere Erfahrung kann vorerst noch niemand den Motor nachbauen. Wir können zum Beispiel sagen, wir vergeben die Lizenz und händigen Baupläne nur unter der Voraussetzung aus, dass der Zoll für das Erdöl gesenkt wird.«

»Ach ja. Der Zar in Petersburg und der Sultan in Konstantinopel lassen sich also von einem Erfinder in der Augsburger Maschinenfabrik unter Druck setzen. Die Welt liegt ja in unserer Hand.« Krumper wendet sich ab.

»Ja«, sagt Diesel, als Krumper schon fort ist. »Wir müssen niemanden mit Lizenzen erpressen. Wir brauchen dieses Erdöl einfach nicht. Wenn der Motor mit Lampenöl geht, dann funktioniert er mit jedem Öl, das ist alles, was wir jetzt noch beweisen müssen! Haben Sie sich einmal in der Umgebung von Augsburg umgeschaut? Überall sehen Sie Felder mit Hanf und Flachs. Die Pflanzen werden ihrer Fasern wegen angebaut, um daraus Rohstoffe für die Webereien herzustellen, die sich hier rund um die Stadt so zahlreich angesiedelt haben. Die Saat wird so gut wie nicht genutzt, enthält aber brauchbares Öl. Das ist ein Kraftstoff, der immer nachwächst, meine Herren. Nein, auf Importe sind wir wirklich nicht angewiesen.«

»Gut«, sagt Buz schließlich. »Machen Sie noch ein paar Ölversuche, mit verschiedenen Ölarten und im Langzeitexperiment. Während der neue Motor gebaut wird, können am alten schon die Gasversuche beginnen. Ich werde mich darum kümmern, dass Sie zusätzliche Mitarbeiter und die nötigen Mittel erhalten.«

Zwei Jahre nach dem ersten selbstständigen Lauf des Motors ist Rudolf Diesel mit den Ergebnissen noch unzufrieden. Noch immer sind die Reibungsverluste viel zu hoch. Messungen ergeben jedoch, dass der Kraftstoffverbrauch des Motors um mehr als die Hälfte geringer ist als bei jedem anderen bekannten Motor. Das ist eine Sensation! Immer mehr Firmen schicken ihre Vertreter, um den Motor zu begutachten, es kommen Wissenschaftler,

Konkurrenten und potenzielle Kunden. Krupp hat jetzt einen ständigen Beobachter in Augsburg, und auch die Maschinenfabrik Deutz, die sich bisher zurückgehalten hat, zeigt sich nun an einer Zusammenarbeit interessiert. Die Korrespondenz mit Firmen in ganz Europa nimmt einen ungeahnten Umfang an. Die Arbeit ist von einem allein längst nicht mehr zu bewältigen, und es wird ein gesondertes »Dieselbüro« eingerichtet.

Viele Besucher möchten mit dem Erfinder selbst sprechen, und Rudolf Diesel wird so in Anspruch genommen, dass er kaum noch zu seiner eigentlichen Arbeit kommt. Am meisten macht ihm jedoch zu schaffen, dass er keine Zeit mehr findet, nach Berlin zu fahren. Er bekommt seine Frau und seine Kinder immer seltener zu sehen, und er hat Angst, sich ihnen zu entfremden. Sein Wunsch, sie um sich zu haben, wird immer stärker, ihm fehlt jetzt die Kraft, die seine Frau ihm immer gegeben hat.

Er beschließt, nicht länger zu warten. Er will sie in seiner Nähe haben. Er schreibt Martha und fährt in der Woche darauf nach Berlin. Sie und die Kinder sind überglücklich. Sie haben bereits gepackt. Als er Martha in die Arme schließt, sagt sie: »Ich hatte schon Angst, deine schwarze Geliebte lässt dich nie wieder aus ihren Fängen.«

»Schwarze Geliebte«, das ist der Spitzname für den Motor, der in der Familie und im Freundeskreis kursiert.

Es ist nicht mehr viel zu regeln. In wenigen Tagen ist das Berliner Büro aufgelöst. Rudolf mietet Rollbehälter der Bahn, mannshohe, mit Rädern versehene Kästen aus Sperrholz, die von breiten metallenen Bändern zusammengehalten werden. Da passt alles hinein, was sie mitnehmen wollen: Rollen mit technischen Zeichnungen, in Zeitungspapier eingewickelte Bücher, Kinderspielzeug und Kleidung, Briefe, Geschenke von Verwandten und

Freunden, erworbene Kunstwerke. Möbel gehören kaum dazu, nur einige wenige Erinnerungsstücke, alles andere wird an das Hausmädchen, die Schneiderin, den Schuhmacher und an einen Wohltätigkeitsverein verschenkt.

Für die Kinder ist der Umzug ein aufregendes Abenteuer. Zuerst helfen sie, Kleinigkeiten in die Rollbehälter zu tragen, dann haben sie aber ihren Spaß daran, in die großen Kisten hineinzuklettern und auf den Kartons und Ballen herumzuturnen.

»Sie sind ganz schön aufgewühlt«, sagt Martha. »Mir wäre es lieber, sie würden ruhig in einer Ecke sitzen, anstatt uns beim Packen immer im Wege zu stehen. Ich glaube, ich sollte eine Nachbarin bitten, ihnen etwas vorzulesen.«

Das hält Rudolf nicht für richtig. »Lass sie lieber noch ein Weilchen herumtollen, am besten im Garten. Wenn sie sich jetzt viel bewegen, ertragen sie die lange Bahnreise besser.«

»Du hast recht. Ich schicke sie erst einmal zu *Profittlich*, da können Sie sich für unterwegs etwas zu naschen holen.« Das kleine Café ganz in der Nähe hat besonders köstliche Kekse anzubieten.

Die Kinder kommen erst nach über zwei Stunden wieder. Inzwischen ist die Arbeit erledigt, alles ist verpackt, und Rudolf versieht die Rollbehälter mit Vorhängeschlössern, damit unterwegs nichts gestohlen wird. Ihm ist unwohl bei dem Gedanken, dass jetzt ihre gesamte Habe für einige Tage fremden Menschen anvertraut ist: zuerst den Bahnbeamten und dann der Spedition in München, bei der Rudolf einen Stellplatz gemietet hat, bis sie eine Wohnung haben. Die ganze Familie wird bis dahin bei Emma und Christoph Barnickel in Augsburg wohnen.

Gerade als die Kinder ins Haus laufen, kommt der Fuhrmann, den Rudolf bestellt hat. Mit seinen beiden kräftigen Helfern legt der alte Mann eine hölzerne Rampe an das Ende des Wagens und schiebt die schweren Behälter auf die Ladefläche. Rudolf Diesel unterschreibt den Transportschein und den Lagerauftrag.

Eine Stunde später haben sie sich von den Nachbarn verabschiedet und lassen sich zum Anhalter Bahnhof fahren. Die Kinder sind aufgeregt, als sie durch die Sperre gehen und den Bahnsteig betreten. Der moderne D-Zug steht schon bereit, und die Kinder bleiben staunend vor der riesigen Dampflok stehen, deren Treibräder größer sind als sie selbst.

»Oh! So eine große Lokomotive habe ich noch nie gesehen!«, sagt Eugen, der Jüngste. »Darf ich mal da hochklettern und hineinsehen?«

»Das geht leider nicht«, sagt Rudolf, »Fahrgäste dürfen nicht auf die Lok, weil das zu gefährlich ist. Du hörst doch, wie es im Kessel zischt und stampft. Wir haben auch keine Zeit mehr, weil wir unsere Plätze einnehmen müssen. Kommt. Der Zug wird pünktlich abfahren.«

Ihre reservierten Plätze sind im vorletzten Waggon. Ein Gepäckträger hilft ihnen mit den beiden schweren Koffern, in denen sich alles befindet, was sie in den nächsten vierzehn Tagen brauchen. Sie haben ein Abteil zweiter Klasse für sich allein, sodass die Kinder sich auf den Bänken ausstrecken können, um zu schlafen, doch daran ist jetzt nicht zu denken.

»Papa, wie schnell fährt unser Zug wohl?«, fragt sein Ältester.

»Ungefähr siebzig Kilometer in der Stunde«, sagt Rudolf. »Wir haben eine besonders starke Lok, wie du weißt.«

»Dann sind wir ja schon bald da«, sagt sein Junior. »Ich dachte, wir fahren die ganze Nacht.«

»Das werden wir auch. Um halb vier in der Frühe sind wir in Frankfurt am Main, dort müssen wir in einen anderen Zug umsteigen, der dann nach München fährt. In Augsburg steigen wir aus, weil wir zuerst bei Tante Emma und Onkel Christoph bleiben. Sie holen uns um neun Uhr am Augsburger Hauptbahnhof ab.«

»So lange! Ich wusste nicht, dass Augsburg so weit weg ist. Deswegen hast du da immer übernachtet, weil du nicht jeden Tag zur Arbeit fahren konntest.«

Rudolf streicht seinem Junior über den Kopf. »Ganz recht. Wenn wir in München wohnen, werde ich auch nicht jeden Tag nach Hause kommen können, aber an den Wochenenden bin ich da. Und dann werden wir schöne Ausflüge machen, zum Beispiel an den Starnberger See, wo ich gewesen bin, als ich dreizehn war. Es gibt da richtige Königsschlösser, in Berg und in Possenhofen. Die werden wir uns ansehen, aber nur von außen.«

»Aber wenn eine Prinzessin herauskommt, darf ich doch mit ihr spielen, oder?« Die kleine Hedy ist in letzter Zeit fasziniert von Prinzessinnen, die sie nicht nur aus dem Märchen kennt: Bei einer Parade Unter den Linden hat sie einmal eine echte Prinzessin von Preußen aus einer Kutsche schauen sehen.

Draußen auf dem Bahnsteig ertönt ein schriller Pfiff, und dann erfüllt rhythmisches Getöse, das immer schneller wird, die Halle. Langsam setzt sich der Zug in Bewegung, und die Kinder kleben mit ihren Gesichtern am Fenster. »Der Bahnhof fährt ab«, sagt Eugen, der Jüngste.

Rudolf sieht Martha an. Sie wirkt glücklich. »Endlich sind wir wieder beisammen«, sagt sie.

Der Motor, immer wieder umgebaut und zusammengeflickt, läuft im Dauerversuch. Er muss sich in einer Langzeitstudie bewähren, wird morgens bei Betriebsbeginn eingeschaltet und läuft tadellos bis zum späten Abend, oft siebzehn Stunden in einem fort. In dieser Zeit steht Rudolf Diesel in erster Linie am Zeichenbrett, um den neuen Motor, der ihm endlich genehmigt worden ist, zu entwerfen. Ihm steht ein neuer Mitarbeiter zur Seite, Immanuel Lauster, für den Diesel sofort Sympathie empfindet, ein junger Mann mit auffallend breitem Mund, sodass er immer zu lächeln scheint. Sie haben eine ähnliche Lebensgeschichte: Lauster ist Sohn eines Schuhmachers, sollte zunächst den Kleinbetrieb seines Vaters übernehmen, doch als er den Wunsch äußerte, Techniker zu werden, hat sein Vater ihn unterstützt. Er durfte bei der Firma Kuhn in Stuttgart lernen und ist dann zur Hochschule gegangen. Lauster arbeitet mit der gleichen verbissenen Energie wie Diesel selbst und kennt keinen Feierabend, wenn es ein Problem zu lösen gilt. Er ist eigens für dieses Projekt eingestellt worden, nachdem er sich auf eine Anzeige in der *Augsburger Abendzeitung* hin beworben hatte.

Ihre erste Begegnung ist Rudolf Diesel im Nachhinein aber peinlich: Er wusste nicht, dass Lauster eigens zu seiner Unterstützung eingestellt worden war, sondern glaubte, er wäre einer der vielen Ingenieure, die bereits in der Augsburger Maschinenfabrik arbeiteten, und ging also davon aus, der Mann wäre bereits mit dem Motor und der ganzen Arbeit vertraut. Er trug ihm auf, bis zum Nachmittag das erforderliche Gewicht des Schwungrads für den neuen Motor zu berechnen, und Lauster hatte alle Mühe, sich kundig zu machen, sodass er Diesel das Ergebnis erst in letzter Minute präsentieren konnte. Diesel sah sich die Berechnungen kurz an und sagte darauf nur: »Aha. Dann stimmen meine Ergebnisse also.«

Lauster hätte allen Grund gehabt, verärgert zu sein, denkt Rudolf heute. Aber er hat diese vergebliche Mühe klaglos hingenommen, er hält sie für unerlässlich: Jede

Berechnung bei so einem Projekt muss überprüft werden, jede Arbeit muss doppelt und dreifach getan werden, bis man die erforderliche Sicherheit hat. Diesel und Lauster verstehen sich gut, oft ohne Worte, und gemeinsam entwickeln sie am Zeichenbrett den neuen Motor, einen Viertaktmotor, der nach seiner Verwirklichung auf Anhieb läuft: ruhig, gleichmäßig, leise. Es ist ein grandioser Triumph.

»Jetzt können wir darangehen, den Motor zu vermarkten«, sagt Diesel zu seinem engsten Mitarbeiter. »Ich schreibe an alle, die bisher gezögert haben – zuerst an Sulzer. Und auch die Deutzer Maschinenfabrik wird endlich einsehen, dass sie einsteigen muss.«

Lauster hält das für verfrüht. »Der Motor läuft hier bei uns, weil wir mit ihm vertraut sind. Das sind Laborbedingungen. Wir wissen nicht, wie er sich verhält, wenn andere damit arbeiten.«

Rudolf Diesel runzelt die Stirn. »Na, na, Herr Lauster! Fünf Jahre habe ich am ersten Motor experimentiert, manchmal Tag und Nacht! Glauben Sie, dass Sie mich belehren müssen? Sie sehen doch selbst, wie der neue Motor schnurrt! Wir müssen in die Produktion gehen, sonst werden unsere Geldgeber noch ungeduldiger, als sie es ohnehin schon sind! Wir brauchen jetzt ein Konsortium, da müssen außer der Augsburger Maschinenfabrik noch all die anderen hinein, die in Deutschland und den Nachbarländern einen Namen haben.«

Lauster sieht ihn fest an. »Dann wäre vielleicht ein Gutachten angebracht. Das brauchen Sie sowieso, um die Patente aufrechtzuerhalten. Die fünfjährige Einspruchsfrist ist ja noch nicht abgelaufen. Wenn Sie den anvisierten Geldgebern das Gutachten zusenden, wird es sehr hilfreich sein, und wenn Sie selbst den Gutachter bestellen, wird Ihnen das Patentamt keinen anderen vorsetzen, der womöglich die Interessen der Konkurrenz vertritt.«

Rudolf denkt einen Moment nach, dann legt er seinem Mitarbeiter beide Hände auf die Schultern. »Sie haben ja recht, Herr Lauster. Ich weiß auch schon jemanden, der im deutschen Ingenieurwesen unumstritten ist.«

Professor Schröter von der Technischen Hochschule in München dreht sich zu Rudolf Diesel um. »Alles perfekt, Herr Diesel! Ich wusste immer, dass Sie es schaffen! Der Kollege Linde hat oft von Ihnen und Ihren Fähigkeiten geschwärmt, und ich konnte mich ja selbst in verschiedenen Seminaren von Ihrer Begabung und Ihrer Energie überzeugen. Dieser Motor ist wirklich in der Lage, eines Tages die Dampfmaschine abzulösen. Die Messwerte – einfach unglaublich.« Er deutet auf die Tabellen, die er erstellt hat. »Im Vergleich zur Dampfmaschine hat Ihr Motor einen erstaunlich hohen Wirkungsgrad, und wenn sich in der Praxis weitere Verbesserungen herausstellen, kommen Sie Ihrem Ziel schon sehr nahe.«

»Ich weiß, dass er noch nicht perfekt ist«, sagt Diesel, »aber ich denke, ich kann ihn schon zur Produktion und Vermarktung freigeben.«

Schröter wiegelt ab. »Ich verstehe, dass Sie Geld zum Weiterarbeiten benötigen«, sagt er, »aber seien Sie nicht voreilig. Mein Gutachten wird positiv sein, und damit können Sie schon einiges anfangen. Es wird für Sie eine Phase beginnen, in der auch andere Leute an Ihrer Erfindung arbeiten. Vielleicht wird Ihr Motor irgendwann ein Schiff antreiben oder sogar ein Unterseeboot, wie es zurzeit in Planung ist. Mit der Dampfmaschine oder mit dem Ottomotor würde das niemals funktionieren, aber ich sage Ihnen im Vertrauen, dass mir von höchster offizieller Seite angetragen wurde, auch zu prüfen, ob Ihr

Motor für die Verwendung in Unterseebooten geeignet sein wird. Das werde ich befürworten können.«

Rudolf Diesel wendet sich von seinem alten Lehrer ab und stopft missmutig beide Hände in die Hosentaschen, eine zornige Geste, die er an anderen nicht ausstehen kann. »Wissen Sie, Herr Professor«, sagt er, »dieses ganze Säbelrasseln, die Aufrüsterei, diese Bündnisse hier und Bündnisse da sind mir verhasst. Die Menschen in Frankreich haben Angst, wenn ihre Regierung Rache für den Feldzug von 1870/71 fordert, die Deutschen haben Angst, dass es zu einem neuen Krieg kommt. Die Russen haben Angst, dass Deutschland zu einer Großmacht wird. Die Engländer fürchten um ihre lukrativen Kolonien. Belgien bangt um seine Kupferminen in Katanga. Und sehen Sie sich mal an, was für Weltmachtfantasien unser Kaiser hat. Dafür lasse ich mich nicht missbrauchen. Herr Professor, bitte verstehen Sie: Meine Erfindung ist für die Menschen da, nicht für das Militär!« Er schlägt die Mappe mit den Berechnungen, die er in der Hand hält, heftig auf die Tischplatte.

Gleich darauf hat Diesel sich wieder im Griff. »Ich vertraue Ihnen, Herr Professor«, sagt er. »Sie wissen, wie wichtig mir dieser Motor ist, und Sie wissen auch, was ich damit erreichen will. Ich baue keine Kriegsmaschine.«

Schröter nickt bedächtig, dann sagt er: »Es kommt leider hin und wieder vor, dass eine Erfindung, die in bester Absicht entwickelt wurde, in falsche Hände gerät und für Zwecke verwendet wird, die der Erfinder nicht billigen kann. Hat das Werk erst einmal das Labor verlassen, haben wir leider keinen Einfluss mehr darauf. Es gehört der Welt, und es ist manchmal schon erstaunlich, was die Fantasie der Menschen aus ihr macht.«

Rudolf Diesel muss ihm recht geben. Er wird nicht verhindern können, dass sein Motor für Zwecke missbraucht wird, die er niemals vorgesehen hat. Er kann nur dafür sorgen, dass kein Ungleichgewicht entsteht. Wenn nur eine Seite diesen Motor besitzt und ihn dazu benutzt, sich eine Vormachtstellung aufzubauen, muss die andere Seite diese Möglichkeit auch haben. Nur durch ein Gleichgewicht der Kräfte, glaubt er, lässt sich ein Krieg verhindern. Das ist einer der Hauptgründe, weshalb er seinen Motor nicht nur in Deutschland vermarkten will, sondern Lizenzen nach Frankreich und Belgien, vielleicht auch nach England, Russland und sogar Amerika verkaufen möchte. Dann wird er Zeit und Geld haben, um weiterzuarbeiten: Der Motor muss kleiner, handlicher und vor allem billiger werden, damit Bauern und Handwerker ihn sich ebenfalls leisten können. Dieses Ziel verliert er nicht aus den Augen.

Professor Schröters außerordentlich positives Gutachten erregt sofort großes Aufsehen. Noch einmal schwillt die Flut der Briefe an, die in Augsburg eintreffen, und die Besucher geben sich die Klinke in die Hand. Der neue Motor hat zwar noch nicht den hohen Ausnutzungsgrad, den Diesel beabsichtigt, ist aber besser und sparsamer als jeder andere Motor, der bislang existiert. Diesel wird weiter an einer Vervollkommnung arbeiten, aber er weiß, dass der Motor jetzt seinen Siegeszug rund um die Welt antreten kann. Seine Theorie hat sich im Großen und Ganzen bewahrheitet, auch wenn es zahlreiche Änderungen gegeben hat, in seinen Augen kleine Abweichungen von der Grundidee, die sich in unzähligen Versuchen als praktisch und richtig erwiesen haben. Es gibt nichts, was die Richtigkeit seiner Theorie noch erschüttern könnte. Er sieht der Zukunft voller Optimismus entgegen.

5

Augsburger Abendzeitung
2. Januar 1897

Stuttgart. Das Stadtpolizeiamt hatte seinerzeit das Aushängen einer rothen Fahne zur Begrüßung der Delegirten des deutschen Tabakarbeiterkongresses am Gasthause *Zum Hirsch* verboten. Gegen dieses Verbot hatte der Aufsichtsrath des genannten Gasthauses Beschwerde beim Ministerium erhoben. Dieses hat nun die Beschwerde abgewiesen. Die Gründe der Abweisung lauten: »Die Beschwerde wird darauf gestützt, dass den vereinigten Gewerkschaften Stuttgarts gleich anderen Bürgern gestattet sein müsse, ihr Emblem, die rothe Fahne, an ihrem Anwesen auszuhängen. Nun ist aber ein Recht der Bürger auf schrankenlosen Gebrauch von Parteiabzeichen in der Öffentlichkeit nicht anzuerkennen, vielmehr findet jeder derartige Gebrauch seine Grenze in der Nothwendigkeit der Aufrechterhaltung der öffentlichen Ordnung und kann bei eintretender Gefährdung der letzteren untersagt werden. Überdies handelt es sich bei der rothen Fahne nicht um ein einfaches Parteiabzeichen gewöhnlicher Art. Die rothe Fahne ist seit Jahrzehnten das allgemein anerkannte Wahrzeichen der auf den gewaltsamen Umsturz der bestehenden Staats- und Gesellschaftsordnung abzielenden Bestrebungen, das Abzeichen der internationalen revolutionären Umsturzpartei.«

Augsburger Abendzeitung
9. Januar 1897

Die »Thaten« unserer Privat-Stadtpost werden immer erstaunlicher! Nachfolgende vollkommen authentische Thatsache übertrifft alles bisher dagewesene: Gestern Früh 7 Uhr wurden am Rechen der Kuchenbaur'schen Eisfabrik, also aus dem hinteren Lechkanal, von Leuten der Fabrik Hunderte von Briefen mit dem Stempel und Marken der hiesigen Stadtpost aufgefunden und herausgefischt. Unter diesen, in der Hauptsache aus Neujahrskarten bestehenden Briefschaften befanden sich jedoch auch Rechnungen hiesiger Gewerbsleute, Briefe hiesiger Geschäfte, ja sogar Briefe hiesiger Anwälte mit dem Datum vom 4. u. 5. ds. Mts. Daraus geht hervor, dass nicht nur in der durch den Neujahrsandrang verursachten Nothlage, sondern auch jetzt noch von Bediensteten der Privatpost das Vertrauen des Publikums in unerhörter Weise getäuscht und fremdes Eigentum unterschlagen wird.

Augsburger Abendzeitung
14. Januar 1897

München. Für die Bauten der Kraft- und Arbeitsmaschinenausstellung, welche im Jahre 1898 auf der Kohleninsel abgehalten werden soll, sind 12 Konkurrenzentwürfe eingelaufen. Verlangt war eine

Maschinenhalle von 6000 Quadratmeter Grundfläche und 12 Meter Höhe, welche die 10 Meter hohe Kaserne gegen die Stadtseite möglichst verdeckt, dann ein Restaurationsgebäude mit 800 Quadratmeter Fläche und ein Aussichtsthurm; ferner sollen provisorische Brücken für Fußgänger errichtet werden. Die sogenannte kleine Isar an der Auer Seite soll gestaut werden, sodaß eine 15 Meter breite Wasserfläche entsteht, welche man zu Vergnügungen à la Venedig ausnützen will. Das Ausstellungscomité hat, soviel man hört, einen Aufwand von etwa 360.000 M in Aussicht genommen. Dieser Entwurf ist sehr reich in den Formen des italienischen antikisierenden Barock, fast etwas zu monumental für Augenblicksbauten. Durch eine Säulenhalle gelangt man zum Portal, über dem sich zwei Giebel erheben, in der Mitte ein thurmartiger Aufbau. Diese Façade ist vielfach mit Figurenschmuck ausgestattet. Beide Isarbrücken sind gedeckt; diejenige von der Kohlstraße führt durch einen Säulengang zum südlichen Ende der Maschinenhalle.

Augsburger Abendzeitung
25. Januar 1897

München ist eine werdende Millionenstadt, das beweist die Pracht, der Luxus, das Zusammendrängen allen geistigen Lebens, das beweist aber auch die von Tag zu Tag sich mehrende Unsicherheit für Eigentum und Leben. Aber nicht als ob die Hauptstadt Bayerns vor anderen Großstädten in dieser Hinsicht etwas voraus hätte – alle rasch emporstrebenden Städte müssen mit der kapitalkräftigen Gesellschaft, die sich in ihnen ein Stelldichein gibt, auch den Abschaum der Gesellschaft, eigenthums- und sicherheitsgefährliche Individuen in sich aufnehmen. Sie müssen es thun, denn sie besitzen nicht die genügende Handhabe, um den Zuzug dieser Elemente fernzuhalten, und wenn sie es könnten, böten doch die Verhältnisse der Großstadt Mittel und Wege genug, um auch der strengsten Überwachung auszuweichen. Auch hier gilt der Satz, daß man mit den Annehmlichkeiten eben auch das Gegentheil in Kauf nehmen muß.

Augsburger Abendzeitung
26. Januar 1897

Die durch den starken Schneefall in Verbindung mit heftigem Sturmwind verursachten Verkehrsstörungen dauern fort; auch heute ist die Morgenpost aus dem Norden wegen Anschlußversäumniß ausgeblieben.

Wie mag ihm zumute gewesen sein in dieser Zeit seines Triumphes? Ich versuche mir vorzustellen, wie er, in dem Bewusstsein, unmittelbar vor dem Ziel zu stehen, jeden Morgen von der Wohnung seiner Schwester Emma und seines Schwagers Christoph zur Arbeit ging, mit forschem, beschwingtem Schritt und in zuversichtlicher Stimmung. Das Haus im Springergässchen ist uralt und direkt an die Stadtmauer gebaut, die hier auf einer Anhöhe steht. Teile des Hauses stammen noch aus dem Mittelalter, die Keller sind mehrere Etagen tief. Zur Straße hinunter führt die Gasse steil bergab, überquert einen schnell fließenden, künstlich angelegten Bach, der Teil eines weitläufigen Kanalsystems ist. Augsburgs Altstadt ist von zahlreichen Kanälen durchzogen, die bereits seit dem zehnten Jahrhundert das Stadtbild prägten und die Mühlen diverser Handwerksbetriebe in Gang hielten. Die Kanäle wurden südlich der Stadt von Lech und Wertach abgezweigt und vereinigen sich nördlich von Augsburg, etwa dort, wo sich heute die Maschinenfabrik Augsburg-Nürnberg befindet, die mit dem Namen Rudolf Diesel so eng verbunden ist.

Will man Diesels Weg zur Arbeit weiter folgen, wendet man sich hinter der Brücke nach links, befindet sich jetzt unterhalb der Stadtmauer und des Wohnhauses, das durch seinen hohen, turmartigen Aufsatz aus seiner Umgebung herausragt. Man folgt dem auf beiden Seiten von ehrwürdigen alten Bäumen bestandenen Wasserlauf, der parallel zur Stadtmauer verläuft, und erreicht nach wenigen Minuten die Bastion Lueginsland. Von hier aus schweift der Blick über das nördliche Lechtal und die Industriegebiete, die im frühen 19. Jahrhundert angesiedelt wurden. Hier liegt Rudolf Diesels Ziel, die Augsburger Maschinenfabrik. An der großen Straßenkreuzung steht das heutige Verwaltungshochhaus der MAN mit einem steinernen Standbild des ehrwürdigen Kommerzienrates Heinrich von Buz. Schaut man durch die große Glasscheibe in den Eingangsbereich, hat man eine Nachbildung des ersten Dieselmotors vor sich, ein großes schwarzes Ungetüm, dessen Original heute im Deutschen Museum in München zu bewundern ist.

Es ist der 20. Februar 1897. Rudolf Diesel sitzt mit Immanuel Lauster und zwei weiteren Ingenieuren im Arbeitszimmer von Kommerzienrat Buz, um mit ihm über zwei wichtige Briefe zu sprechen, die an diesem Morgen eingegangen sind.

Der erste kommt von der Maschinenfabrik Mirrles Watson Yarian Co. aus Glasgow. Die schottische Firma hatte mehrere Ingenieure für einige Tage nach Augsburg geschickt, die den Motor begutachten sollten. Nachdem sie begeistert Bericht erstattet haben, kommt nun die Mitteilung, dass man am Erwerb der britischen Patente für den Motor interessiert sei.

»Das ist eine sehr gute Nachricht!«, sagt Diesel. »Dass ausgerechnet in Glasgow, wo die Dampfmaschine ihren Siegeszug angetreten hat, unser Motor gebaut werden soll, betrachte ich als eine ganz besondere Fügung.«

»Endgültige Verhandlungen stehen noch aus, aber ich bin sicher, dass wir zu einem guten Abschluss kommen«, sagt Buz. »Mir behagt daher eher eine andere Tatsache, Herr Diesel. Wenn wir geschickt verhandeln, kommen wir mit einem Schlag in die Gewinnzone, und wenn die Begeisterung Professor Schröters auch auf andere überspringt, machen wir richtig Geld.«

»Wir haben den Motor der Zukunft, hat Schröter gesagt.« Es ist Lauster, dessen Augen vor Enthusiasmus strahlen.

»Noch haben wir nicht alle Hürden genommen.« Heinrich Buz greift nach dem zweiten Brief. »Was man uns aus Deutz schreibt, kann uns eine Menge Verdruss bringen.«

Der Brief, den er nun vorliest, ist äußerst skeptisch. Die Deutzer weisen darauf hin, dass die fünfjährige Einspruchsfrist noch nicht abgelaufen ist und dass es ein Leichtes wäre, die Patente zu Fall zu bringen. Es wird an die Arbeiten von Otto Köhler und Emil Capitaine erinnert, die Ähnlichkeiten mit Diesels Plänen hatten.

»Das ist doch Unsinn!«, sagt Diesel ärgerlich. »Als ich das erste Patent beantragt habe, wurde eingehend geprüft, ob es mit der Köhler'schen Arbeit Übereinstimmungen gibt. Das wurde verneint, sonst hätte ich das Patent schon damals nicht bekommen und säße jetzt nicht hier.«

»Es gibt viele Fälle, in denen die Gerichte anders entscheiden als die Patentämter«, erinnert Lauster. »Wenn wir Gegner haben, besteht immer die Möglichkeit, dass sie uns gefährlich werden, es sei denn, wir können uns mit ihnen einigen.«

»Genau das schlagen die Deutzer vor«, sagt Buz. »Allerdings auf eine Art, die mir gar nicht gefällt. Erst schreiben sie, dass sie daran denken, die Patente anzufechten. Dann schlagen sie weiter unten vor, dass wir Augsburger und Krupp uns mit ihnen in Frankfurt treffen sollen, um zu einer Einigung zu kommen.«

»Was bieten sie an?«

»Fünf Prozent Lizenzgebühren, keine Abschlagsumme.«

Diesel braust auf. »Das ist ja eine Ungeheuerlichkeit! Darauf können wir auf keinen Fall eingehen!«

»Nun«, sagt Buz, »Sie müssen verstehen, dass Deutz sehr viel Geld in den Ottomotor gesteckt hat, und jetzt sollen sie dazu beitragen, sich Konkurrenz heranzuziehen. Das ist in ihren Augen wohl eine Zumutung.«

»Keine Konkurrenz!«, sagt Diesel. »Unser Motor ist erheblich besser und wird irgendwann auch billiger arbeiten. Er wird alle anderen Motoren ersetzen, und Deutz tut gut daran, sich frühzeitig zu beteiligen, sonst sind sie irgendwann außen vor. Ich betrachte meine Patente als sicher. Sie sind exakt geprüft und können nicht zu Fall gebracht werden.«

Buz sieht ihn ernst an. »Wollen Sie den Deutzern das schreiben? Hier ist der Brief zur Beantwortung. Ich stehe fest hinter Ihnen, Herr Diesel.«

»Dafür danke ich Ihnen.« Rudolf Diesel nimmt den Brief entgegen. »Ich werde schreiben, dass ich eine große Menge an Dokumentenmaterial vorliegen habe, mit dem sich meine Patente untermauern lassen. Wir werden keinesfalls zu dieser Verhandlung fahren, wir lassen uns doch nicht erpressen! Ich werde schreiben, dass wir die Verhandlungen ganz abbrechen, falls sie Klage einreichen. Dann werden sie schon sehen, wer hier das Sagen hat.«

Immanuel Lauster räuspert sich. »Da gibt es noch etwas zu bedenken. Otto Köhler arbeitet zurzeit als beratender Ingenieur für Deutz, und das halte ich für eine gefährliche Konstellation. Selbst wenn sie mit vereinten Kräften die Patente nicht zu Fall bringen, können sie uns doch großen Schaden zufügen, indem sie unsere Partner schwankend machen.«

Das ist möglich, weiß Rudolf Diesel. Otto Köhler hat seit 1893 immer wieder Schriften veröffentlicht und darin behauptet, dass Diesels Theorien auf den seinen beruhten. Er hat vorgeführt, wie verwandt die Berechnungen sind, und damit zahlreiche Ingenieure auf seine Seite gezogen. Diesel hat Köhlers Arbeiten damals gar nicht gekannt. Nun ist Diesel erfolgreich, während Köhler niemals versucht hat, seine Theorien in die Praxis umzusetzen, und wohl weder die Absicht hat noch die Mittel aufbringen kann. »Viele große Ideen haben ihre Parallelen im Schrifttum ihrer Zeit«, sagt Diesel. »Manche Dinge liegen einfach in der Luft, entsprechen dem Geist dieser Zeit. Es kommt darauf an, wie man seine Idee propagiert und wie man sie verwirklicht. Eine Erfindung beruht ja nicht nur auf einer Eingebung, sondern vor allem auf deren Ausarbeitung und Umsetzung.«

Heinrich Buz stimmt zu. »Das müsste man Köhler deutlich machen«, sagt er. »Seine Vorträge und Veröffentlichungen schaden uns nur und machen ihn lächerlich.«

»Vielleicht sollte ich, statt mit den Deutzern zu verhandeln, zuerst mit ihm reden«, sagt Diesel. »Ich habe schon eine Idee.«

»Und mein volles Vertrauen«, versichert Buz ihm nochmals.

Mitte Juni 1897 ist Diesel zur Hauptversammlung des Vereins Deutscher Ingenieure nach Kassel eingeladen. Eine bewegte Zeit liegt hinter ihm: Durch das Deutzer Vorgehen waren bei Krupp Zweifel entstanden, ob die Patente wirklich standhalten würden, und es gab Stimmen, die zu einem Ausstieg rieten. Im März war Diesel nach Essen geeilt und hatte den Krupp'schen Ingenieuren einen mehrstündigen Vortrag gehalten. Man könne auf die Patente vertrauen und solle gerade jetzt darangehen, Tatsachen zu schaffen. Es gelang ihm, die Herren zu überzeugen und sie sogar dazu zu bewegen, umgehend mit der Einrichtung weiterer Werkstätten zu beginnen.

Nach diesem Erfolg reiste Diesel nach England und Schottland, um dort weitere Verhandlungen zu führen. Er wurde mit großen Ehren empfangen, man versicherte ihm, dass er das gleiche Ansehen genieße wie James Watt. Die Schotten hatten einen Gutachter hinzugezogen, den weltberühmten Physiker Lord Kelvin, mit dem Diesel zu einem langen Gespräch zusammentraf. Kelvin schrieb daraufhin ein Gutachten, das Diesel den ersehnten Vertragsabschluss brachte.

Diesel, in Siegesstimmung, besucht die Weltausstellung in Paris und fährt anschließend weiter nach Winterthur – auch da erreicht er, dass bei Sulzer ein Probemotor gebaut wird. Wenige Tage später ist er in Bar-le-Duc, wo er an der Gründung der französischen Gesellschaft für Dieselmotoren teilnimmt. In Deutschland wird er gefeiert, es erscheinen Aufsätze über ihn, er erhält vom bayerischen König einen Orden, und nun ist er in Kassel, wo die Elite des deutschen Maschinenbaus mit den Spitzen der Industrie versammelt ist. Er hat zu Hause eine Rede vorbereitet, Diagramme und Zeichnungen zusammengestellt, in die jeder, der daran interessiert ist, Einblick nehmen kann. Er hat nichts zu verbergen.

Der Moment, in dem er auf der Bühne steht und sich alle Augen auf ihn richten, ist gekommen. Er sieht Borsig, Siemens und Krupp im Saal, entdeckt mehrere Minister, liest Skepsis in den Gesichtern von Wissenschaftlern, registriert dankbar, dass Carl Linde und Oskar von Miller ihm aufmunternd zunicken. Otto Köhler, sein Gegner, sitzt in der zweiten Reihe, schräg dahinter der spitzbärtige Emil Capitaine, aus dessen Gesicht ihm glühender Hass entgegenschlägt.

»Meine Herren«, eröffnet Diesel seine Rede und bedankt sich für die große Ehre, vor dieser Versammlung sprechen zu dürfen. Dann beginnt er mit einer kurzen Schilderung des Erfolgsweges der Dampfmaschine und kommt auf die Problematik der schlechten Wärmeausnutzung zu sprechen – selbst die besten Maschinen erreichen nur elf, maximal fünfzehn Prozent. Er schildert die Forderungen, die er bei der Entwicklung seines Motors an sich selbst gestellt hat, beschreibt die Schwierigkeiten des Anfangs und die mehrjährigen Versuche. Das, was jetzt vorliege, sei dennoch nur der Anfang. Die Petroleummaschine müsse verbessert werden, und ein zweiter, veränderter Motor sei in Arbeit. Diesel muss zu diesem Zeitpunkt schon nicht mehr in sein Manuskript schauen, er ist vollkommen in seinem Element. Er ruft in den Saal, der heutigen Brennstoffvergeudung sei Einhalt zu gebieten. Seine Arbeit richte sich nicht gegen diesen oder jenen anderen Motor, vielmehr habe er seine Ideen schon vor Jahren veröffentlicht, damit sie allen zugänglich seien und alle daran arbeiten könnten, denn sie hätten doch eine gemeinsame Aufgabe zu lösen – nicht gegeneinander, sondern miteinander, allenfalls in einem wissenschaftlichen und technischen Wettstreit, der schließlich aber dem Wohl aller unterliegen müsse.

Zum Schluss dankt er Krupp und Buz, die an ihn geglaubt und große finanzielle Opfer gebracht haben, um seine kühnen Ideen zu verwirklichen, und selbst in Zeiten des Zweifels fest hinter ihm standen.

Tosender Beifall erfüllt den Saal. Professor Schröter tritt neben ihn auf die Bühne und erläutert in wenigen Worten sein Gutachten und die Ergebnisse. Er bescheinigt Diesels Erfindung eine große Zukunft. Der Beifall erfährt eine nochmalige Steigerung, als die beiden jetzt die Bühne verlassen. Otto Köhler, von dem jeder hier weiß, wie er zu Diesel steht, springt auf, läuft auf ihn zu und schüttelt ihm vor aller Augen die Hand. Gleich darauf sind Schröter und Diesel von Gratulanten umringt.

Das ist der Durchbruch. Auch in der Augsburger Maschinenfabrik wird gefeiert. Deutz hat unterschrieben und Bedingungen akzeptiert, die für die Augsburger deutlich besser sind, als sie ihnen zuvor angeboten worden waren. Diese Unterzeichnung ist ein bedeutender Sieg, denn nun ist die Maschinenfabrik Deutz im Lager der Befürworter des Dieselmotors und hat die Patente anerkannt – wer jetzt noch versucht, das Hauptpatent anzufechten, wird einen wesentlich schwereren Stand haben. Doch noch ist genügend Zeit dafür: Von der fünfjährigen Einspruchsfrist gegen Patente sind erst viereinhalb vergangen.

Überraschend meldet sich Otto Köhler und kündigt an, dass er aufgrund der Ähnlichkeit von seinen und Diesels Berechnungen das Hauptpatent anfechten wird. Rudolf Diesel beschließt, sich mit ihm in Verbindung zu setzen, da Köhlers Brief auch Formulierungen enthält, die auf Verhandlungsbereitschaft schließen lassen. Er trifft sich mit ihm in Herrsching am Ammersee, wo Köhler gerade ein paar Tage in der Sommerfrische weilt.

Das Hotel, in dem Köhler wohnt, liegt in einer Bucht direkt am See. Bei sonnigem, klarem Wetter können sie unter den Kastanien am Ufer sitzen. Das Licht zaubert Pastelltöne in die Landschaft, in der Ferne ist die Bergkette der Alpen zu sehen, man kann die Zugspitze deutlich ausmachen. Rudolf Diesel erzählt von den Ausflügen, die er an so manchem Wochenende mit seiner Familie gemacht hat. Sie trinken einen leichten Tiroler Wein, und Diesel merkt, dass sein Gesprächspartner gelöster Stimmung ist.

Er beugt sich vor. »Sie haben mir nach meiner Rede in Kassel gratuliert, Herr Köhler, und ich habe mich sehr darüber gefreut, dass es öffentlich geschah, spontan und ehrlich.«

»Ihre Rede war ja auch hervorragend, und sie hat mich sehr bewegt«, sagt Otto Köhler. »Für einen Moment habe ich mich selbst da oben stehen sehen, um meine Idee zu vertreten. Und was Sie gesagt haben, entsprach so sehr meinen Vorstellungen, dass ich einfach nicht anders konnte, als aufzuspringen und Ihre Hand zu ergreifen. Trotzdem bleiben es meine Ideen, Herr Diesel.« Er zieht eine Broschüre aus seinem Jackett. »Vergleichen

Sie das mal mit Ihrer Schrift, die Sie 1893 veröffentlicht haben.«

»Das habe ich schon, und das Kaiserliche Patentamt auch«, sagt Diesel. »Herr Köhler, ich gebe zu, es gibt Parallelen. Wir sind unabhängig voneinander auf ähnliche Ideen gekommen – ich konnte Ihre Schrift noch gar nicht kennen. Wissen Sie, wir leben in einer Zeit der großen Erfindungen und Entdeckungen. Wie viele Konstrukteure arbeiten zurzeit an lenkbaren Luftschiffen, und wie viele Leute versuchen, den Nordpol zu erreichen oder die Nilquellen zu finden? In jedem dieser Fälle wird einer das Rennen machen – jemand, der hartnäckig genug ist, um sich durchzusetzen.«

»Und der das Geld auftreiben kann«, sagt Köhler. Er greift in eine Innentasche seines Jacketts, zieht zwei Sumatra-Zigarren hervor und bietet Rudolf eine davon an. Für eine ganze Weile sind beide mit dem Anzünden beschäftigt, was bei der leichten, aber doch steten Brise vom See her nicht einfach ist.

»Ich glaube, dass es nicht nur am Geld gelegen hat, Herr Köhler. Sie sind ein anerkannter Wissenschaftler. Haben Sie sich nie an Firmen gewandt, um Ihre Idee in die Praxis umzusetzen?«

»Es waren ja noch keine durchführbaren Pläne für einen Motor vorhanden. Ich habe meine theoretische Schrift veröffentlicht und darauf gewartet, dass die Industrie zugreift und mir die weitere Entwicklung finanziert.«

»Von meiner Seite aus betrachtet heißt das, Sie sind am Anfang stehen geblieben und haben Ihre Idee nicht umgesetzt. Ihre Schrift ist ein wissenschaftlicher Beitrag zur Entwicklung der Technik, ein sehr guter, gebe ich zu, aber da sind Sie nicht vorangeschritten.«

Otto Köhler schweigt. Gemeinsam sehen sie ein paar Kindern zu, die auf dem nahen Dampfersteg stehen und einem Entenschwarm Brotstückchen zuwerfen. Laut schnatternd streiten sich die Tiere um die Beute.

»In Ihrem Brief haben Sie Klage angedroht und zugleich Verhandlungsbereitschaft signalisiert«, sagt Rudolf nach einer Weile. »Was wollen Sie erreichen?«

»Nichts weiter, als dass meine Leistung respektiert wird«, sagt Köhler. »Sie sollen zugeben, dass Ihre Theorie auf meiner beruht.«

Rudolf Diesel schüttelt den Kopf. »Das kann ich nicht, denn es entspricht nicht der Wahrheit. Wir hatten unabhängig voneinander ähnliche Ideen. Meine war weitreichender, und ich habe sie durchgesetzt. Ich kann Ihnen allenfalls eine symbolische Entschädigung anbieten.«

»Schweigegeld, meinen Sie. Das geht entschieden gegen meine Ehre.«

»So ist das auch keineswegs gemeint.«

»Wie denn dann?« Otto Köhler legt seine halb gerauchte Zigarre auf der Tischkante ab, da die Glut erloschen ist. »Jeder würde es doch Schweigegeld nennen, oder? Nein, um Geld geht es nicht. Es geht mir darum, dass meine Arbeit nicht unter den Tisch fällt.«

Rudolf Diesel nickt. »Ich dachte auch nicht an eine Abfindung, sondern an einen Beratervertrag, so wie Sie ihn mit Deutz haben. Sie werden von der Augsburger Maschinenfabrik zur Beratung bei der Weiterentwicklung des Motors hinzugezogen, denn schließlich sind Sie Experte. Sie bekommen natürlich ein angemessenes Entgelt. Die Maschinenfabrik Deutz wird nichts dagegen haben, denn wir sind ja nicht länger Konkurrenten. Ihre Ehre ist gerettet, denn damit ist Ihre Theorie de facto anerkannt.«

Köhler zögert nur kurz: »Einverstanden.« Er streckt Rudolf Diesel seine Hand entgegen, und als der einschlägt und seinem Gegenüber in die Augen sieht, weiß er, dass er künftig auf die Loyalität dieses Mannes bauen kann. Sie lassen sich noch ein Glas Wein kommen und genießen die milde Luft und die Dämmerstimmung am See. Schon lange hat Diesel sich nicht mehr so entspannt gefühlt wie an diesem Abend.

Heinrich Buz gratuliert ihm zu seinem Erfolg. Dass er Köhler ins Boot geholt hat, ist ein geschickter Schachzug, und das ausgehandelte Jahresgehalt ist nahezu lächerlich. Es scheint Köhler wirklich nur um die Anerkennung zu gehen. »Es gibt aber einen Gegner, den wir ernster nehmen müssen.«

»Köhler nehme ich ernst«, sagt Rudolf Diesel. »Sie meinen einen Gegner, den wir fürchten müssen, nehme ich an. Capitaine ist ein Fanatiker.«

»Woher wissen Sie, dass ich von ihm rede?«

»Ich habe ihn in Kassel auf der Ingenieurtagung gesehen, und sein Blick war voller Hass. Und bei einer Begegnung im Foyer hat er mich wüst beschimpft. Dieser Mensch ist nicht mehr Herr seiner Sinne und daher unberechenbar.«

»Er hat das Patent angefochten. Die Klage ist bereits eingereicht.«

»Mit welcher Begründung?«

»Angeblich haben Sie seine Idee gestohlen.«

»Was für eine Idee?« Rudolf Diesel schnaubt verächtlich. »Was der erfunden hat, ist eine Einspritzpumpe, die für einen herkömmlichen Gasmotor bestimmt und für nichts anderes geeignet ist. Zudem hat er nicht den geringsten Versuch gemacht, diese Idee auch nur ansatzweise in die Realität umzusetzen. Vor seiner Klage müssen wir uns nicht fürchten.«

»Vor dem Gericht müssen wir keine Angst haben«,

sagt Buz, »aber vor der Öffentlichkeit. Jeder Prozess beeinträchtigt unsere Glaubwürdigkeit und zehrt an unserer Kraft. Unsere Anwälte sprechen davon, dass dieses Anfechtungsverfahren zwei bis drei Jahre dauern kann, es wird teuer für uns, denn eventuelle Großkunden werden zunächst den Ausgang abwarten.«

»Warum ausgerechnet jetzt?«, fragt Rudolf Diesel. »Er hat viereinhalb Jahre Zeit gehabt, sich zu melden. Gut, die paar Aufsätze und Schmähbriefe hätte ich eher beachten sollen, aber ich habe sie nicht ernst genommen. Und plötzlich reicht er diese Klage ein?«

Buz sieht ihn fest an. »Sie hatten Ihren großen Auftritt in Kassel. Sie haben den Vertrag mit Deutz erreicht. Sie haben Köhler auf unsere Seite gezogen. Es ist der Erfolg, Herr Diesel, den Capitaine Ihnen neidet. Er will Sie zu Fall bringen.«

Diesel schüttelt den Kopf. »Das ist alles so sinnlos, und er weiß, dass er nicht durchkommt. Er hat am Gasmotor gearbeitet. Was er erfunden hat, ist nichts weiter als eine Einspritzdüse! Ich habe zu viel zu tun, als dass ich mich auch noch um solch unsinnige Prozesse kümmern kann!«

Doch genau das kommt jetzt auf ihn zu: Nachdem er Besuche von möglichen Kunden, interessierten Technikern und Journalisten, Studentengruppen mit ihren Professoren, Patentkommissionen und dergleichen mehr empfangen und sie geführt hat, muss er die Konstruktionsarbeiten an weiteren Motorentypen leiten, geschäftliche Verhandlungen führen und große Mengen an Korrespondenz erledigen. Nun muss er auch noch an den Wochenenden arbeiten, muss Prozessakten wälzen, Artikel in Fachzeitschriften widerlegen und sich auf jede erdenkliche Weise mit diesem Capitaine streiten. Die Zeit wird ihm für seine Familie fehlen, und an Erholung ist erst recht nicht zu denken.

Dabei hat er es dringend nötig, einmal auszuspannen: Er bekommt kaum noch Schlaf, fühlt sich völlig überarbeitet, seine Kopfschmerzen nehmen wieder zu, und er kann den Tag nur noch unter Medikamenteneinfluss durchstehen.

In Baden-Baden hält sich zu dieser Zeit der amerikanische Großindustrielle Adolphus Busch auf, der größte Brauereibesitzer in der Neuen Welt. Rudolf Diesel beschließt, zu ihm zu fahren und ihm die Lizenz für seinen Motor anzubieten – ein Vorhaben mit offenem Ausgang. Aber die kleine Reise wird ihm auf jeden Fall guttun, er spürt seine Überarbeitung deutlich. Eine neuerliche Enttäuschung hat er hinter sich: Der Compound-Motor, eine Weiterentwicklung, die er als den eigentlichen Dieselmotor betrachtet hat, war ein Fehlschlag. Dies tut aber seinem Erfolg keinen Abbruch. Es scharen sich immer mehr junge Ingenieure um ihn, die seine Erfindung studieren wollen, und als Rudolf mit seiner Familie im Sommer von der Giselastraße in die Schackstraße am Siegestor zog, hat er in der deutlich größeren Wohnung ein Büro eingerichtet, in dem diese Ingenieure zeichnen und lernen können. Zusammen mit dem Motorenlabor in Augsburg ist dies die erste Dieselmotorschule, der er noch weitere folgen lassen will. Doch er benötigt eine Pause, wenigstens für zwei, drei Tage. In diesem Jahr ist so vieles auf ihn eingestürmt, Gutes wie Schlechtes. Manchmal hat er das Gefühl, sein Kopf müsste platzen.

Mit einem der Sekretäre Buschs hat er einen Termin ausgemacht, fährt aber schon zwei Tage früher, um ein wenig Kraft zu schöpfen. Er mietet sich nicht im selben Hotel ein wie der Amerikaner, denn es erscheint ihm verschwenderisch, für eine einzige Nacht mehr Geld zu bezahlen, als er bisher in der Giselastraße an Monatsmiete bezahlt hat. Auf Empfehlung nimmt er sich ein Zimmer in einer kleinen, ruhigen Familienpension im nahen Dörfchen Balg an den Hängen des Schwarzwaldes. Von seinem Zimmer aus kann er die oberrheinische Ebene überblicken und sieht in der Ferne das nebelgraue Massiv der Vogesen und, wenn er nach Südwesten blickt, den Turm des Straßburger Münsters. Rudolf liebt solche Fernblicke, und als er seiner Zimmerwirtin davon erzählt, empfiehlt sie ihm, zur Ebersteinburg oder auf den Merkur hinaufzuwandern. Er lässt sich eine genaue Streckenbeschreibung geben und macht sich am nächsten Morgen auf den Weg.

Baden ist eine gesegnete Landschaft. Hier gedeiht guter Wein, dazu Obst im Überfluss: Äpfel, Birnen, Zwetschgen, Quitten, ja an windgeschützten Stellen sieht er sogar Feigen. Überall vor den gediegenen Bauernhäusern stehen Nussbäume. In den kleinen Dörfern haben die Leute Tische am Straßenrand aufgestellt, auf denen sie Früchte, Konfitüren, Flaschenweine und edle Obstbrände feilbieten. Niemand ist da, der verkauft: Die Preise erfährt man von einer handschriftlichen Liste, man nimmt, was man haben will, und legt das Geld in ein Körbchen. Rudolf ersteht für Martha ein Mitbringsel, eine Konfitüre aus Brombeeren und gehackten Walnüssen, versetzt mit Himbeergeist. Das kleine, hübsch verzierte Glas passt gerade in seine Tasche, und den Kaufpreis rundet er großzügig auf.

Er schafft den Weg auf den Gipfel des Merkur. Er ist sehr anstrengend gewesen, aber der weite Blick in alle Richtungen belohnt ihn. Dort drüben liegt Karlsruhe, da unten Baden-Baden, mit Straßburg in der Ferne dahinter. Auf der anderen Seite überblickt er die Höhen des Schwarzwaldes wie ein mitten im Sturm erstarrtes Meer.

Er hat das Gefühl, dass diese Wanderung sein bisheriges Leben verkörpert, und ihm wird erst jetzt richtig bewusst, dass er sich aus Schluchten und Tälern bis in höchste Höhen hinaufgearbeitet hat. Mit tiefen Atemzügen nimmt er die klare, hier oben recht kühle Luft in seine Lungen auf, und für einen Moment ist ihm angenehm schwindlig.

Was er geschaffen hat, kommt ihm monumental vor, und die Probleme erscheinen ihm winzig. Was bedeutet ihm jetzt dieser Emil Capitaine? Ist das nicht ein winziger Waldschrat, der im Wurzelwerk der Bäume verschwinden wird, wenn Rudolf ihm nur scharf genug in die Augen blickt? Da drüben steht eine Felsgruppe – wenn er näher hinsieht, bekommen die Brocken Gesichter, und er glaubt, Buz, Krupp und Linde zu erkennen. Eine knorrige Eiche scheint ihn unter den buschigen Augenbrauen seines besten Freundes Oskar von Miller hervor anzuschauen.

Rudolf wünscht sich, dass Martha und die Kinder hier wären, um diese Erhabenheit mit ihm zu teilen, dieses Glück, auf dem Gipfel und über der Welt zu stehen. Er könnte noch Stunden hier verweilen, doch irgendwann muss er sich auf den Rückweg machen.

Rudolf wandert auf einem anderen Weg zu Tal. Er ist guter Stimmung, als er durch die Wälder abwärtsstreift, seine Gedanken schweben von einer Erinnerung zur anderen. Das Leben ist schön – zum ersten Mal seit langer Zeit spürt er diese Gewissheit wieder.

In einem kleinen Weiler, schon kurz vor Baden-Baden, kommt er an einer Straußwirtschaft vorbei und beschließt einzukehren. Das Wandern hat ihn durstig gemacht, und auch hofft er, dass es eine kleine Brotzeit gibt. Die Wirtin hat einen Wein anzubieten, doch außer einem edelsauren Weißkäse mit ein paar Scheiben Brot gibt es nichts zu essen. Er genießt es trotzdem, zumal der Wein,

ein spritziger badischer Gutedel, hervorragend schmeckt. Er bestellt sich ein zweites Viertel und lauscht den Erzählungen eines Mannes, der mit dem Rücken ihm zugewandt an der Theke steht und vor der Schankwirtin von seiner Arbeit schwadroniert.

Offenbar arbeitet der Mann im besten Hotel Baden-Badens. Er berichtet von einem unglaublich reichen Amerikaner, der seit einigen Tagen dort wohnt und sein Geld nur so zum Fenster hinauswirft. Zum Beispiel hat er Goldmarkstücke und Golddollars lose in seiner Hosentasche, und wer immer ihm einen Dienst erweist – sein Schnupftuch oder seine Zigarre aufhebt, einen Brief überbringt, ein Glas Wein serviert –, dem schnippt er ein Goldstück als Trinkgeld zu. Der Amerikaner hat eine ganze Kompanie eigener Bediensteter mitgebracht, reist mit vierzig Angestellten. Darunter sind fünf Sekretäre, die um ihn herumhuschen und alles aufschreiben, was er sagt – unter den Sekretären ist sogar eine Frau, man stelle sich das vor! Sie trägt Hosen statt Röcke, aber das soll in Amerika ja üblich sein. Und die Kollegen im Hotel – der Erzähler eingeschlossen – sind ständig um diesen Herrn herum, egal wo er geht und steht, um ihm einen kleinen Dienst zu erweisen.

Rudolf nippt an seinem Wein und lehnt sich zurück. Er kennt nur zwei Amerikaner, denen ein solcher Lebensstil nachgesagt wird: Rockefeller und Busch. Aber nur Busch ist hier in Baden-Baden.

Noch lange hört Rudolf zu, denn aus dem Volksmund etwas über seinen Geschäftspartner zu erfahren ist ihm vor den entscheidenden Verhandlungen besonders wertvoll. Erst nach dem dritten Viertel lässt er sich einen Wagen rufen, der ihn nach Balg zurückbringt.

Er hat mit einem Kater gerechnet, aber als Rudolf Diesel mit klarem, freiem Kopf erwacht, ist er froh, und die gute Laune verstärkt sich beim Frühstück. Um zehn ist er mit Busch verabredet.

Wie es seiner Gewohnheit entspricht, kommt er ein paar Minuten zu früh. Das Hotel ist üppig ausgestattet mit dunkelgrünem Plüsch, roten Teppichen und Messingverzierungen, Messinglaternen, Kristallleuchtern und wertvollen Gemälden. Es gibt sogar einen Lift, einen engen Klapperatismus, dem sich Rudolf Diesel anvertraut, um sich in die oberste Etage bringen zu lassen, die der Amerikaner Adolphus Busch bewohnt.

Der Mann, den er sucht, eilt an ihm vorbei, ohne ihn zu bemerken, und in seinem Gefolge huschen mehrere Sekretäre, Lakaien und Botenjungen. Als Busch mit seinem Anhang durch eine doppelflügelige Tür verschwindet, bleibt einer der Sekretäre zurück. Erst jetzt erkennt Rudolf, dass es sich um eine Frau in männlicher Kleidung handelt, die Haare kurz geschnitten.

»Jenny?«, fragt er ungläubig. »Jenny Elizabeth Rosengart?« Die Frau, in die er einige Zeit lang vernarrt war, bevor ihm Martha begegnete, hat sich äußerlich stark verändert. Obwohl älter als er, sieht sie immer noch jung aus, doch ihre Züge haben etwas Gehetztes.

»Keine Zeit für den Austausch von Erinnerungen«, sagt sie hastig. »*Rodolphe, mon cher petit ingénieur!* Ich freue mich, dass du ein erfolgreicher Mann geworden bist! Du sollst es auch bleiben! Du musst nur eins wissen, wenn du mit Mister Busch redest – Geld bedeutet ihm nichts! Verlange, was du willst – er hat es, und er zahlt es! Ich bekomme seine Gespräche mit, und ich weiß, dass ihm eine Lizenz deiner Erfindung viel wert ist. Du könntest eine Million Dollar verlangen, und er würde sie dir geben. Entschuldige, aber ich muss jetzt los.«

Er glaubt nicht, was sie sagt. Er sieht die Jenny von damals vor sich und widersteht dem Impuls, sie zu umarmen. Gleich darauf ist sie verschwunden.

Pünktlich auf die Minute wird Rudolf hineingerufen. Er betritt den Salon einer großen Suite. Vom Hotelpersonal hat er erfahren, dass der Amerikaner die ganze Etage gemietet hat. Im Salon sitzt Busch auf einem breiten Diwan. Er winkt Rudolf heran und bedeutet ihm, in einem Sessel neben ihm Platz zu nehmen. Erst dann streckt er ihm zum Gruß die Hand entgegen, ohne sich zu erheben. Zusammen mit einem Mann in grauem Anzug betritt Jenny den Raum, die beiden setzen sich ebenfalls. »Das ist Colonel Meier, mein technischer Berater«, sagt Busch. »Meine Sekretärin wird unser Gespräch stenografisch mitschreiben.«

Busch streicht mit einem Zeigefinger über seinen breiten weißen Schnauzer und verschränkt die Hände vor seinem ausladenden Bauch. Er sieht nicht aus wie ein Multimillionär, ist eher schlicht gekleidet, nach amerikanischer Mode ohne Weste und mit viel zu kurzer karierter Hose. Als er zu sprechen beginnt, geht es zunächst um Belangloses – er schildert, wie seine Deutschlandreise bisher verlaufen ist, mit welchen Leuten er zusammengetroffen ist, schwärmt vom Kaiser. Dann beugt er sich vor, deutet mit dem Zeigefinger auf Rudolf Diesel und sagt: »Und nun zu Ihnen, Herr Diesel. Erzählen Sie alles. Wann und wo geboren? Verheiratet? Kinder? Welche Ausbildung, welcher Abschluss? Na, Sie wissen schon.«

Rudolf kommt der ungewöhnlichen Bitte des Mannes nach. Er ist bei geschäftlichen Verhandlungen noch nie gebeten worden, seinen Lebenslauf zu schildern, und er erledigt dies mit knappen Worten, kommt dann auf seine Erfindung zu sprechen, schildert in einfachen Begriffen die Theorie. Als er sieht, dass Jenny Rosengart auch das mitschreibt, sagt er zu Busch: »Diese Details können Sie in meinem Buch nachlesen. Ich habe Ihnen ein Exemplar mitgebracht.«

»Das geben sie Colonel Meier. Ich will alles aus Ihrem eigenen Mund erfahren. Schildern Sie mir, was Sie mit diesem Motor bezwecken und warum gerade ich ihn in den Staaten bauen soll.«

Diesel schildert, was sein Motor bereits jetzt leistet und was noch geplant ist. »Wir wollen ihn kleiner und kompakter machen, damit er in Automobile und in Eisenbahnlokomotiven eingebaut werden kann.« An dieser Stelle horcht Busch auf.

»Wissen Sie, Herr Diesel, in Amerika haben wir jede Menge Öl, sodass Petroleum bei uns sehr billig ist. Bei diesem Überfluss spielt Sparsamkeit überhaupt keine Rolle. Aber für den Eisenbahnbau scheint mir Ihr Motor geeignet. Laufen denn bereits Lokomotiven damit?«

»Gebrüder Sulzer in Winterthur arbeiten daran«, sagt Rudolf. »Aber sie sind über das Versuchsstadium noch nicht hinaus. Ich biete Ihnen Lizenzen, damit Sie in den USA selbst daran arbeiten können.«

»Warum machen Sie mir das Angebot, warum nicht Rockefeller?«

»Er ist ein Monopolist, der im Ölgeschäft alles an sich reißt. Bei Ihnen in Amerika ist er der Alleinherrscher im Ölgeschäft und streckt bereits seine Hände nach Europa und Asien aus. Er hat Öl im Überfluss und weiß nicht einmal, wohin damit. Ich habe davon gelesen, dass er in der Aufbauphase seines Imperiums Tausende von Petroleumlampen verschenkt hat, um Bedarf für sein Produkt zu wecken. Er wird genau die Sparsamkeit außer Acht lassen, von der Sie sprachen. Er ist skrupellos im Umgang mit seiner Konkurrenz und scheut nicht vor illegalen Machenschaften zurück, das schreiben selbst die seriösesten

Zeitungen. Sie hingegen sind als guter Kaufmann bekannt, Herr Busch, sind unserem Land freundlich gesonnen, und Sie haben genügend Geld.«

Busch lacht. »Wie viel wollen Sie für die Lizenz?«

Rudolf Diesel besinnt sich kurz, schaut zu Jenny hinüber, doch die scheint seinen Blick nicht zu bemerken.

»Eine Million Dollar«, sagt er.

»Gut.« Busch zuckt nicht einmal mit der Wimper. »Geben Sie Ihre Unterlagen meinem Berater. Nächste Woche treffen wir in München zusammen, und wenn Colonel Meier Ihren Motor gutheißt, sind wir im Geschäft.«

Genau eine Woche später kommen Rudolf Diesel und Busch in München zusammen. Er ist überrascht, dass in der Fürstensuite im *Bayerischen Hof* auch sein früherer Lehrmeister und Arbeitgeber, Professor Carl Linde, zugegen ist.

»Sie kennen sich, nicht wahr?«, sagt Busch. »Ich habe mit Herrn Linde soeben einen Vertrag über eine Luftverflüssigungsanlage geschlossen.« Das ist Lindes neueste Erfindung, die weltweit Aufsehen erregt hat: Durch die Zerlegung von Luft in ihre einzelnen Gasbestandteile lassen sich leicht transportierbare Kühlmittel herstellen, durch die die chemische Industrie revolutioniert wird. Es gibt zahlreiche weitere Anwendungsmöglichkeiten, die bislang noch unerforscht sind.

Rudolf Diesel und Carl Linde begrüßen sich mit herzlichem Handschlag. Adolphus Busch winkt ein Zimmermädchen heran und bestellt Champagner. Kaum zwei Minuten später ist sie mit einem Tablett und drei gefüllten Gläsern zurück. Es muss irgendwo schon eine offene Flasche bereitstehen.

Die drei Männer heben die Gläser. »Die Anlage zur Verflüssigung von Luft werde ich in Saint Louis aufstellen und mit Ihrem Motor betreiben, Herr Diesel.«

»Das heißt, Sie unterschreiben den Vertrag?«

»Ich habe schon unterschrieben«, sagt Busch. »Jetzt sind Sie an der Reihe.« Er greift nach einer Messingglocke, die auf einem kleinen Tisch steht, und läutet energisch. Seine Privatsekretärin Jenny Rosengart betritt den Raum. »Jenny, den Vertrag«, sagt er. »Geld und Quittung können Sie auch gleich mitbringen.« Als sie hinausgeht, macht er ein verschmitztes Gesicht. »Ich habe schon eine großartige Stadtführung hinter mir. Meine Sekretärin hat nämlich eine Weile in München gelebt. Sie ist eine der ersten Amerikanerinnen, die hier Theater spielen durften, aber das hat nur geklappt, weil ihre Eltern aus München stammen. Aber das wissen Sie ja. Sie haben mir gar nicht erzählt, dass Sie sich kennen, Herr Diesel.«

»Wir hatten jahrelang keine Verbindung.«

»Das ist gut so«, sagt Busch. »Als ich von Ihrer Bekanntschaft erfuhr, habe ich sofort Nachforschungen anstellen lassen. Wenn ich herausgefunden hätte, dass Sie noch in Kontakt stehen, hätte ich den Vertrag abgeblasen. Aber so …«

Er dreht sich um und sieht Jenny an, die mit einer Mappe und einer ledernen Bügeltasche hereinkommt. Sie stellt die Tasche auf das Tischchen mit der Glocke und reicht Adolphus Busch die Mappe.

»Der Vertrag in dreifacher Ausfertigung«, sagt Busch. »Ein Exemplar für Sie, ein Exemplar für mich, das dritte für die Behörden. Wenn Sie bitte den Vertrag durchsehen und hier unterschreiben.«

Rudolf überfliegt die Papiere nur kurz und stellt keine Veränderung zu dem Entwurf fest, den Busch ihm vorgestern per Boten zukommen ließ. Er unterschreibt.

Busch drückt ihm fest die Hand. »Das müssen wir feiern«, sagt er. »Aber erst bekommen Sie das Geld.« Er nimmt die Tasche, die wie ein Arztkoffer aussieht, öffnet sie und zeigt Rudolf den Inhalt: Dollarnoten in Bündeln. »Eine Million Dollar, wie gewünscht. Sie können gern nachzählen, bevor Sie mir die Quittung unterschreiben.«

Rudolf Diesel unterzeichnet, ohne zu zählen. Es überrascht ihn, dass Busch das Geld in bar besorgt hat – er hatte damit gerechnet, einen Scheck zu erhalten, aber in der Geschäftswelt ist es durchaus nicht unüblich, auch solche großen Transaktionen bar abzuwickeln, und Busch liebt anscheinend das Theatralische.

Linde, der noch zugegen ist, gratuliert Rudolf, dann folgen sie beide dem Amerikaner, der sie zu einer gemütlichen Sitzecke führt. Jenny Rosengart, die Sekretärin, setzt sich mit dem Schreibblock in der Hand ein paar Meter von ihnen entfernt auf einen Hocker.

Adolphus Busch lässt vom Hotelpersonal etwas zu essen auftragen – ein großes Tablett mit üppig belegten Kanapees. Zusätzlich wird erneut Champagner gebracht. Das Servieren wird von mehreren Bediensteten erledigt, die sich dabei fast im Weg stehen. Busch zeigt sich amüsiert über ihren Eifer und schenkt jedem von ihnen ein Goldstück. Er hat die Münzen tatsächlich lose in der Hosentasche, wie Rudolf es von dem Mann in der Straußwirtschaft gehört hat.

Busch prostet Rudolf Diesel und Carl Linde zu, dann lehnt er sich mit einem Seufzer zurück. »Gleich zwei wichtige Transaktionen an einem Tag«, sagt er und streicht sich mit einer Hand über die gewaltige Wölbung seines Bauches. »Von jetzt an ist meine Europareise privat. Wissen Sie, dass ich in Bayern, und zwar in der Pfalz, geboren bin?«

Pflichtschuldigst verneinen Diesel und Linde, obwohl selbst unter dem amerikanischen Akzent das Pfälzische noch herauszuhören ist.

»Es ist aber so«, sagt Busch, »und ich habe noch jede Menge Verwandte in Deutschland. Alles Winzer und Weinhändler, die ich jetzt der Reihe nach besuchen werde, und dann lasse ich mir kistenweise Schoppenweine nach Amerika schicken! Ich bin froh, dass mir die Zeit dazu bleibt. Ich habe geglaubt, die Verhandlungen würden länger dauern. Aber so sind die Deutschen – es gibt kein langes Drumherumreden, sondern sie sagen klipp und klar, was sie wollen. Besonders Sie, Herr Diesel, Sie haben mir Spaß gemacht. Ich sage: *Wie viel*, Sie sagen: *Eine Million*. Und das war's. Kein vorsichtiges Herantasten, kein behutsames Ausloten, wie weit ich zu gehen bereit bin. Eine Million. Haha! Solche Leute und solche Geschäfte gefallen mir! Wissen Sie was, Diesel? Ich wäre sogar bereit gewesen, noch ein Viertel der Summe höherzugehen, wenn Sie es verlangt hätten, aber Sie sind ebenso wenig kleinlich wie ich. Ich lade Sie nach Amerika ein. Ich brauche Sie sowieso, wenn der Motor gebaut ist und in Betrieb gehen soll, sagen wir, in zwei Jahren. Dann bringen Sie Ihre Frau Gemahlin mit, und ich schicke Sie durchs ganze Land, alles auf meine Rechnung. Sie sollen Leute kennenlernen, die wichtig für Sie werden könnten. Rockefeller oder Edison. Ja, den besonders. Ach, Herr Linde, das Gleiche gilt natürlich auch für Sie. Es wird mir eine Ehre sein, Sie beide als Gäste willkommen zu heißen.«

»Danke«, sagt Linde, »aber ich reise ungern. Ich möchte meine Zeit lieber meinen Studenten und meinen weiteren Forschungen widmen.«

»Aber *Sie* kommen doch, Diesel?«

»Sicher. Sehr gern.« Rudolf hat sich in dieser einen Minute bereits ausgemalt, wie es sein wird, mit Martha an seiner Seite durch die Neue Welt zu reisen – nach New York, Saint Louis und Chicago, mit der Eisenbahn oder einer Wells-Fargo-Kutsche durch den Wilden Westen, vielleicht bis nach San Francisco. Er sieht Busch an. »Ihr Angebot ehrt mich.«

»Sie können mich auch auf meiner weiteren Deutschlandreise begleiten«, sagt Busch. »Bevor ich in die Pfalz fahre, bin ich in Wiesbaden zur Kur, fünf Tage lang. Ich sage Ihnen, die Damenwelt da – das ist etwas ganz anderes als hier in München.« Er beugt sich vertraulich vor und zwinkert Rudolf zu. »Ich kenne da ein Etablissement, das müssen Sie erleben!« Er hebt den Kopf und sieht zur Sekretärin hinüber. »Jenny, *my dear*«, sagt er, »Sie brauchen das alles nicht mitzuschreiben, sonst erfährt am Ende meine Frau davon. Nehmen Sie sich einen freien Abend.«

Jenny Rosengart macht ein pfiffiges Gesicht und deutet mit einem Zeigefinger auf den Bleistift, den sie sich längst hinter das linke Ohr geklemmt hat. Sie erhebt sich, nickt zum Abschied und geht hinaus.

»Ist sie nicht bezaubernd?«, sagt Busch. »Ich habe sie in einem Broadwaystück entdeckt. Dort hat sie eine Männerrolle gespielt, den Privatsekretär des Prinzen von Eschnapur. Sie hat das so großartig gemacht, dass ich dachte: Einen weiblichen Sekretär hätte ich auch mal gern. Ich habe sie in der Pause in meine Loge kommen lassen und auf der Stelle engagiert. Sie spielt ihre Rolle doch perfekt, finden Sie nicht?«

Rudolf Diesel kann sich erst zwei Stunden später aus diesem Gespräch lösen, denn er will nach einem solchen Geschäftsabschluss nicht unhöflich sein. Als Professor Linde sich erhebt und sich damit entschuldigt, dass er morgen um acht Uhr eine Laborgruppe anzuleiten hat, schließt Rudolf sich an. »Nach Wiesbaden kann ich Sie leider nicht begleiten«, sagt er zu Busch. »Aber in die Staaten komme ich gern. Ich muss mich schließlich davon überzeugen, dass mein Motor bei Ihnen richtig funktioniert.«

Adolphus Busch reicht ihm die Hand, ohne sich zu erheben. »Ich freue mich auf Sie.«

Die Gäste werden mit einem Automobil nach Hause gebracht. Während der Fahrt hält Rudolf Diesel die Ledertasche auf dem Schoß, umklammert den Griff mit beiden Händen.

Martha ist noch wach. Sie hat auf ihn gewartet. »War es schwierig?«

Rudolf schüttelt den Kopf. »Ich habe unterschrieben.« Er legt einen Arm um ihre Schultern und geht mit ihr in den Salon. Dort stellt er den Koffer auf einen Tisch und klappt die Bügel auseinander. »Schau mal, Liebes. Wir sind jetzt Millionär.«

»Rudolf! Du darfst mich nicht so erschrecken! Mir wird ganz schwindlig!«

»Bis wir in zwei oder drei Jahren nach Amerika fahren, wirst du dich schon beruhigt haben«, sagt er. Er fängt sie sanft auf, als sie sich gegen ihn sinken lässt, und küsst ihr Gesicht.

Krupp veranstaltet in einem Berliner Hotel einmal im Monat ein »Parlamentarisches Frühstück«, bei dem nicht nur Abgeordnete aller Couleur zugegen sind, sondern auch Minister, Industrielle, Gesandte und ausländische Gäste. Hin und wieder ist auch der Kaiser ohne Voranmeldung aufgetaucht, und er könnte es jederzeit wieder tun, was diesen offenen Frühstückstreffen immer eine besonders spannende Atmosphäre verleiht. Rudolf Diesel reist zu einem dieser Treffen an, weil er vom schwedischen Botschafter dazu eingeladen ist. Vorgesehen ist eine Begegnung mit dem Fürsten Wallenberg, der daran denkt, Diesels Patente für sein Land zu erwerben, und mit Emanuel Nobel, dem Neffen Alfred Nobels, dem Dynamiterfinder und Stifter des in den letzten Jahren bekannt gewordenen Nobelpreises, mit dem die Wohltäter der Menschheit geehrt werden sollen. Emanuel Nobel ist Großindustrieller in Russland und daher für Diesel von großem Interesse.

Als Rudolf Diesel den Salon betritt, herrscht dort ein Getümmel wie auf einem orientalischen Markt. Zuerst kommt er sich zwischen den kleinen und großen Gruppen von Menschen, die sich offenbar darauf geeinigt haben, stets mit dem Rücken ihm zugewandt zu stehen, recht verloren vor, doch dann fällt ihm ein Mann mit Nickelbrille und langem, krausem Sozialistenbart auf, der sich in einem der wenigen Sessel am Rand des Raumes niedergelassen hat und den Gesprächen lauscht. Jetzt wendet er sich Rudolf Diesel zu und erhebt sich, streckt ihm die Hand entgegen. »Herr Diesel?«

Rudolf ergreift die Hand. »Sind Sie nicht …?«

»Reichstagsabgeordneter August Bebel«, stellt der Mann sich vor. »Ich habe viel über Sie und Ihre Erfindung gelesen.«

»Und ich kenne den größten Teil Ihrer Reden«, sagt Diesel. »Die wichtigsten habe ich mir aufgehoben. Ich beschäftige mich seit Jahren mit der sozialen Frage und freue mich, dass ich Sie persönlich kennenlerne.«

»Wie kommt ein Mann der Industrie dazu, sich mit dieser Frage zu beschäftigen, und offensichtlich so wohlwollend?«

»Es liegt daran, dass ich kein Mann der Industrie bin«, sagt Diesel. »Ich bin in einfachen Verhältnissen aufgewachsen, mein Vater war ein kleiner Handwerker, und ich habe natürlich nichts von dem vergessen, was ich damals erlebt habe.«

»Sie stehen uns Sozialdemokraten also nahe?«

Rudolf erklärt, dass er über Parteipolitik nicht zu sprechen gedenkt, erläutert dem Abgeordneten aber einen Teil seiner Ziele. »Ich hoffe, mit meinem Motor eines Tages die kleinen Handwerker unabhängig machen zu können und die Produktion aus den großen Fabriken zurück in kleine Betriebe zu verlagern.«

»Das ist illusorisch«, sagt Bebel. »Was die Großindustriellen einmal in der Hand haben, geben sie nicht freiwillig her. Wenn man einmal angefangen hat, richtig Geld zu scheffeln, kann man es nicht mehr lassen. Reichtum macht süchtig, und dann geht man über Leichen.« »Sie haben sicher vom letzten Streich der Standard Oil gehört.« Er nimmt Rudolf Diesel ein Stück zur Seite. »Der Ölmagnat Rockefeller unterhält eine eigene Miliz, um seine Arbeiter in Schach zu halten. Nun ist in einer pennsylvanischen Kleinstadt ein Streik eskaliert, sodass diese Truppe eingegriffen hat – die streikenden Arbeiter wurden von der Miliz eingekesselt und mussten mit ansehen, wie Rockefellers Schergen ihre Häuser angezündet haben – mit Frauen und Kindern darin. Es soll über fünfzig Tote gegeben haben.«

»Das ist ja ungeheuerlich!«

»Wer weiß, wie unsere Zeitungen darüber berichten«, sagt Bebel. »Auf jeden Fall ist mein Informant zuverlässig, er war es bisher zumindest immer. Glauben Sie, dass Sie jemanden wie diesen Rockefeller – oder nehmen Sie einfach irgendeinen der Kapitalisten hier – überzeugen könnten, auf ihre Gewinnmaximierung zu verzichten? Die werden Ihren Motor boykottieren, wenn sie erfahren, dass Sie ihn so konzipiert haben, dass er der Allgemeinheit dient statt deren unternehmerischen Interessen.«

Diesel winkt ab. »Mein Projekt geht noch viel weiter«, sagt er. »Ich arbeite an einer Theorie, die auf freiwilliger Verteilung der Güter basiert, und ich werde sie so ausarbeiten, dass jedem einleuchtet, wie und warum mein Vorschlag funktioniert und jedem nützt. Alle Beteiligten werden einen Nutzen daraus ziehen. Sobald ich meine Theorie ausformuliert und veröffentlicht habe, werde ich Ihnen ein Exemplar des Buches zuschicken.«

Bebel schüttelt den Kopf. »Ich glaube nicht an Freiwilligkeit, Herr Diesel, jedenfalls nicht aufseiten der Besitzenden. Machen sie sich keine allzu großen Illusionen. Ich werde Ihre Arbeit aber mit Interesse lesen. Denken Sie an ein Genossenschaftsmodell?«

»Nein, mir schwebt etwas vollkommen Neues vor.« Diesel dreht sich um, denn er hat seinen Namen gehört.

Krupp hat ihn entdeckt und offenbar auch gesehen, mit wem er sich unterhält. Er runzelt die Stirn. »Kommen Sie, Herr Diesel, ich mache Sie mit Graf Wallenberg und Herrn Nobel bekannt.« Bebel schenkt er keine Beachtung.

Rudolf Diesel verabschiedet sich höflich von dem Abgeordneten, er hätte sich gern länger mit ihm unterhalten und sagt ihm, man müsse das nachholen, und begleitet Krupp an den Tisch, wo Wallenberg sitzt, ein schmaler, lebhafter Mann mit Kinnbart und einem gezwirbelten Schnauzer, der wie ein dünner, waagerechter Strich auf seiner Oberlippe liegt. Neben ihm sitzt Immanuel Nobel, der in Petersburg lebende Neffe des Dynamiterfinders, ein massiger, phlegmatisch wirkender Mann, der auf den ersten Blick teilnahmslos wirkt. Dieser Eindruck täuscht: Als Nobel einige Zwischenfragen stellt, wird Rudolf Diesel klar, wie aufmerksam dieser Mann alles in sich aufnimmt. Nobel ist Motorenfabrikant und besitzt riesige Ölvorkommen am Kaspischen Meer.

Er spricht stundenlang mit den beiden Schweden. Erst am Nachmittag kehrt er in das Hotel zurück, in dem er mit seiner Frau wohnt.

»Du warst lange fort!«, sagt Martha ohne Vorwurf. »Hast du etwas erreicht?«

»Und ob! Dieser Graf Wallenberg war sofort begeistert, und er bereitet die Gründung eines Dieselmotorenwerks in Schweden vor, an dem ich beteiligt bin.«

»Das heißt, du musst Geld investieren.«

»Eben nicht. Für die Lizenz bekomme ich einen Festbetrag in Bargeld, dazu ein großes Paket mit Aktien. Das ist ohne Risiko, Liebes. Wenn das neue Werk erst einmal in die Produktion geht, werden die Aktien im Wert steigen, und es gibt jedes Jahr eine anständige Ausschüttung. Wenn ich in anderen Ländern etwas Ähnliches arrangieren kann, haben wir ein sicheres Jahreseinkommen. Die Augsburger Maschinenfabrik und Krupp haben ja nur die Patentrechte für Deutschland und Österreich. In anderen Ländern habe ich freie Hand.«

»Und Nobel? Was sagt er zu deinen Plänen?«

»Mit ihm komme ich ebenso ins Geschäft – Rechte gegen Beteiligung. Ich treffe mich morgen noch einmal mit ihm. Als er hörte, dass mein Motor inzwischen auch mit schwereren Ölen als mit Lampenpetroleum läuft, hat er mir ein Lieferangebot gemacht. Ihm gehören riesige Ölfelder in Galizien und in der Gegend um Baku, und er wittert hier einen sicheren Absatzmarkt. Stell dir vor, wie die arroganten amerikanischen Lieferanten mit ihrem teuren Petroleum das ärgern wird, allen voran Rockefeller.«

»Leg dich nicht mit ihm an.«

»Ach was! Der Mann wird toben! Er glaubt, dass ihm die Welt gehört, und jetzt bekommt er Grenzen aufgezeigt. Stell dir vor, der einzelne kleine Mann Rudolf

Diesel erledigt den mächtigsten Mann der Welt, an dem sich schon ganze Regierungen die Zähne ausgebissen haben! An mich wird Rockefeller kein Öl verkaufen, das steht fest! Morgen unterschreibe ich den Vertrag mit Immanuel Nobel, und wahrscheinlich muss ich bald wieder verreisen. Er möchte, dass ich nach Sankt Petersburg komme und dann mit ihm nach Baku fahre. Das wird ein Abenteuer! Kommst du mit?«

Sie schüttelt den Kopf. »Wahrscheinlich ist das eine lange Reise, du wirst mehrere Tage hintereinander mit der Bahn unterwegs sein. Ich bleibe lieber bei den Kindern. Sie haben ohnehin zu wenig von ihren Eltern.«

Rudolf hat ein schlechtes Gewissen. »Ich werde bald auch wieder mehr Zeit für sie und für dich haben«, sagt er. »Ich habe vor, einen Teil meiner Arbeit in andere Hände zu geben. Zwei oder drei Jahre dauert es noch, bis ich geschäftlich alles Wichtige geregelt habe, dann werden wir unser Haus bauen, schöner und größer, als du es dir jetzt vorstellen kannst. Du wirst mich häufiger um dich haben, als dir lieb ist. Dann will ich endlich an dem Buch schreiben, das mir schon so lange am Herzen liegt. Ich will Herrn Bebel und der Welt beweisen, dass es eine Lösung für die soziale Frage gibt.«

Auf der Kohleninsel in der Isar, zwischen dem Münchener Glockenbachviertel und der Au, hat man riesige Bauten errichtet, mit hohen Fenstern und Säulen und zahlreichen Verzierungen. Die Bauten sind nur aus Holz, aber außen mit Gips verkleidet, sodass sie wie ein gewaltiges Theater mit zahlreichen An- und Nebenbauten wirken.

Rudolf Diesel hat sich mit Oskar von Miller verabredet und trifft sich mit ihm an der hölzernen Brücke, die von der Stadtseite her auf die Kohleninsel führt. Sie wollen die Ausstellung gemeinsam besichtigen, die bereits in der langen Vorbereitungsphase für Furore gesorgt hat. Eine so große technische Ausstellung hat es in München noch nie gegeben. Als sie das Kassenhäuschen passieren, hat Oskar ein Leuchten in den Augen. An den Vorbereitungen zu dieser Ausstellung war er maßgeblich beteiligt. »Schade, dass hier alles nur aus Gips und Holz ist«, sagt er. »Ich hätte am liebsten gleich mein Museum hier gebaut. Die Insel ist der ideale Platz dafür. Ich habe dem König meinen Wunsch vorgestellt, aber er will es vom Erfolg dieser Ausstellung abhängig machen, ob hier permanente Gebäude errichtet werden.« Er lacht. »Ich habe ihm gesagt, als Alternative für meine Pläne käme sonst nur die Theresienwiese infrage, aber die wird er nicht hergeben, da bekäme er Krach mit seinen Münchenern.«

Rudolf lacht. »Das wird er nicht riskieren. Die machen ja schon bei einer Erhöhung des Bierpreises um fünf Pfennig eine Revolution.« Er spielt auf ein Ereignis an, das nur wenige Jahre zurückliegt, als die Münchener vor dem Hofbräuhaus lautstark gegen eine Bierpreiserhöhung protestierten und der Einsatz von Militär in der bayerischen Hauptstadt erforderlich wurde. »Komm, gehen wir zuerst in die Elektrohalle. Ich will sehen, was du nach der Elektrifizierung von ganz Bayern als Nächstes planst.«

Oskar schüttelt den Kopf. »Du wirst bei deinen Motoren erwartet. Man will sie erst in Gang setzen, wenn du da bist.«

Im südlichen Drittel der Kohleninsel ist die Motorenhalle aufgebaut, unterteilt in die Bereiche Kraft- und Arbeitsmotoren. Die vier Dieselmotoren, hergestellt in der Augsburger Maschinenfabrik, in Deutz und bei Krupp sowie in der neuen Nürnberger Dieselmotorenfabrik, erregen großes Aufsehen, auch wenn es noch zu Unregelmäßigkeiten im Betriebsablauf kommt. Das sind Kinderkrankheiten des Motors. Hier in der Ausstellung sind die Bedingungen nicht so gut wie in der Versuchswerkstatt.

Emil Capitaine mit seinem Fuchsgesicht, das durch den Spitzbart noch ins Groteske verlängert wird, taucht auf – Diesels Patentgegner. Er hält sich im Hintergrund und schickt seinen Begleiter vor, einen alten Mann mit langem, krausem Bart, der ihm bis zum Hosengürtel reicht. Diesel erkennt einen Mitverschworenen Capitaines, Professor Johannes Lüders von der Technischen Hochschule in Aachen. Der Mann lässt sich von einem der Mitarbeiter den Dieselmotor erklären, stellt akribische Fragen, sucht gezielt nach Mängeln und wettert dann unvermittelt los, die Idee zu dem Motor sei gestohlen, alles sei ein Schwindel, der Motor funktioniere gar nicht richtig. Er redet sich immer stärker in Rage, greift den Mitarbeiter, der ihm gerade noch alles erklärt hat, mit unflätigen Worten persönlich an und droht sogar, handgreiflich zu werden, sodass zwei Wachleute ihn schließlich aus dem Saal komplimentieren müssen. Draußen brüllt er noch eine Weile herum, man hört es, bis einer der Mitarbeiter den ersten Motor anwirft und ein ohrenbetäubender Lärm die Halle erfüllt. Emil Capitaine löst sich von seinem Beobachtungsposten an der Wand und geht mit zornigen Blicken hinaus. Rudolf weiß nun, dass Capitaine ein unversöhnlicher Feind ist und dass es keine Möglichkeit der Einigung geben wird. Er ist froh, dass er mit Martha und seinen Kindern erst morgen die Ausstellung besuchen will und dass sie diesen unwürdigen Auftritt nicht miterlebt haben.

Rudolf Diesel hat ein beschwerliches halbes Jahr hinter sich. Er ist nach Meran gefahren, um sich im *Schlosshotel Labers* bei Meran die Erholung zu gönnen, zu der seine Ärzte ihm dringend geraten haben. Er hat sich zuerst nicht dazu durchringen können, aber seine Kopfschmerzen und seine allgemeine Erschöpfung haben ihn dazu gezwungen. Jetzt, als er im Schlossgarten unter den uralten Bäumen spazieren geht und den milden Frühlingswind auf der Haut spürt, weiß er, dass der Entschluss, ein halbes Jahr hier zu verbringen und sich von allem fernzuhalten, was ihn belastet, richtig gewesen ist. Zuerst war er in der Klinik Neuwittelsbach in Nymphenburg bei München, wo ihm die Barmherzigen Schwestern ganz unbarmherzig jede berufliche und geistige Beschäftigung untersagt hatten. Das war eine Quälerei für ihn, denn sein Alltag hielt ihn noch in Gang wie ein riesiges Schwungrad. Plötzlich alles zu unterlassen – jegliche technische Arbeit, sämtliche Kundenkontakte, alle geistige Arbeit, selbst das Pläneschmieden – fiel ihm schwer. Nicht einmal lesen durfte er. Er hatte eine Rolle mit Planzeichnungen eingeschmuggelt, die nichts mit dem Motor zu tun hatten. Er plante und plant immer noch, für Martha und die Kinder ein luxuriöses Zuhause zu errichten, einen architektonischen Glanzpunkt, eine Villa, die in München Aufsehen erregen wird wie die Villen von Lenbach, Schack, oder Seidl. Am Hochufer der Isar hat er bereits ein Grundstück erworben. Sich mit den Plänen für das neue Haus zu befassen hält er nicht für Arbeit, sondern für ein Freizeitvergnügen. Wenn man krank oder verzweifelt ist, dienen Zukunftspläne der Genesung, das ist noch immer seine feste Überzeugung, von der ihn niemand abbringen wird. Die Barmherzigen Schwestern und die Ärzte der Klinik waren anderer Meinung. Dass er eine Erholung nötig hat, sieht er aber ein, und nun ist er hier in Meran und mit seiner Unterkunft sehr zufrieden. Die Umgebung ist grandios, und die Neuberts, eine Kaufmannsfamilie aus Kopenhagen, haben das alte, fast zerfallene Schloss zu einem Schmuckstück gemacht.

Leider hat Rudolf Diesel zu den anderen Langzeitgästen keinen guten Kontakt. Gerade gestern ist ein Versuch, sich ein paar interessanten Leuten anzuschließen, entsetzlich missglückt. Die Gäste hier sind Adelige, Geheimräte, Kommerzienräte, Professoren nebst Gattinnen oder Witwen, die vom Titel ihres Verflossenen zehren.

Ein Herr Doktor Fleck, seines Zeichens pensionierter Advokat, mit dem Rudolf morgens am Frühstückstisch sitzt, umschifft mit dem Kaffeestrahl aus der Kanne wieder großzügig seine Tasse und Untertasse. Auf dem damastenen Tischtuch entstehen dunkelnasse Kontinente.

»Herr Doktor Fleck«, kann Rudolf sich plötzlich nicht zu sagen enthalten, »Sie machen ihrem Namen und Alter heute wieder alle Ehre.«

Auf dem Gesicht des Mannes zeichnet sich Empörung ab. Auf wackeligen Beinen verlässt er den Saal.

»Das hätten sie aber nicht sagen dürfen, Herr Diesel«, meldet sich Fräulein Schierling zu Wort, die seit über dreißig Jahren wegen der guten Luft hierherkommt.

»Ich weiß«, sagt Rudolf, »das ist mir so herausgerutscht. Ich werde mich natürlich bei ihm entschuldigen.«

Auf einem Spaziergang zur Martinskapelle am Ende des Schlossparks findet er Herrn Doktor Fleck und bietet ihm seine Entschuldigung an. Es tut ihm wirklich leid, irgendwie hat ihn der Teufel geritten.

»Mir hat noch nie«, sagt Doktor Fleck mit brüchiger Stimme, »noch nie ein Mensch etwas so Böses gesagt. Ich werde morgen abreisen.«

Rudolf ist bestürzt und sieht dem alten Mann nach, wie er auf dem Kiesweg immer kleiner wird.

Eines Tages will Rudolf die Martinskapelle betreten, um sich für eine Weile in einer Kirchenbank niederzulassen, da schlägt ihm die Tür entgegen, und er kann gerade noch ausweichen. Ein Kind stürmt aus der Kapelle, läuft an ihm vorbei, ein Mädchen, etwa acht oder neun Jahre alt, in einem weißen, bauschigen Kleid mit großer Rückenschleife, deren Bogen weit über ihre Schultern ragen und dadurch wie Elfenflügel aussehen. Hatte Martha bei ihrer ersten Begegnung nicht ein ähnliches Kleid mit einer großen Schleife getragen?

Er weiß, dass das Kind die Tochter der Wirtsleute ist. Die kleine Julia winkt ihm fröhlich zu. Er erwidert den Gruß, aber sie rennt schon weiter, zum Hauptgebäude. Sie erinnert ihn ein wenig an seine eigene Tochter. Hedy ist jetzt vierzehn, und ihm wird in dieser Sekunde bewusst, wie sehr er seine Kinder vernachlässigt hat. Nicht im herkömmlichen Sinn, versteht sich. Sie haben alles, was sie sich nur wünschen können, wachsen im Luxus auf, erhalten eine gute Schulbildung, bekommen zu Hause eine vernünftige Erziehung in liebevoller Strenge und haben Freunde in den besten Kreisen. Nur ihren Vater, den haben sie nicht. Der ist nur für seinen Motor da, verbringt den größten Teil seiner Zeit mit seiner »schwarzen Geliebten«, und wenn er zu Hause ist, dann muss Ruhe herrschen, denn Vater hat ja noch zu tun, sitzt bis Mitternacht am Schreibtisch oder geht früh zu Bett, weil ihn wieder Kopfschmerzen plagen.

Oh, es hat auch andere Tage gegeben, da hat er mit den Kindern gespielt und gebastelt, und einmal im Jahr gab es eine richtige Urlaubsfahrt – an den Neusiedler See oder ins unwegsame schweizerische Graubünden, wo die kühnsten Eisenbahnstrecken der Welt entstanden sind, oder zu den weitläufigen Pferdeweiden im Burgund. Auf solchen Reisen hat er die Unbeschwertheit seiner Kinder genossen. Aber die Tage, an denen er sich ihnen widmen konnte, sind im Lauf der Zeit immer weniger geworden.

Er sitzt in einer der Kirchenbänke und starrt in die Flamme einer einzelnen Kerze, die das Mädchen wahrscheinlich angezündet hat. Was mag die Kleine wohl für Wünsche in ihrem Herzen tragen? Und seine eigenen Kinder? Mehr von Vaters Zeit, mehr Aufmerksamkeit, das weiß er – er beschließt, sein Leben zu ändern.

Aber hat er damit nicht schon angefangen? Er hat sich überreden lassen, in Augsburg eine Fabrik für Dieselmotoren zu errichten, das dritte Motorenwerk neben der Maschinenfabrik Augsburg und der Maschinenfabrik Riedinger. Rudolf ist Aktionär und sitzt im Aufsichtsrat, das sind seine einzigen Aufgaben – er streicht nur Gewinnanteile ein. Und um den Verkauf seiner Lizenzen braucht er sich auch nicht länger zu kümmern, das besorgt die Allgemeine Dieselmotorengesellschaft, eine Firma zur Verwertung der noch nicht vergebenen Rechte, also eine reine Patentverwertungsgesellschaft. Neben ihm sind Buz, Krupp und mehrere Banken beteiligt. Er muss also künftig nicht mehr in der Weltgeschichte herumreisen oder vielmehr nur dann, wenn ihm der Sinn danach steht. Nach Russland und Amerika will er auf jeden Fall, und auf die zweite Reise muss Martha mitkommen.

Durch die beiden Firmengründungen sind er und seine Familie abgesichert, und die Abfindung für die Übertragung seiner Patentrechte an die Gesellschaft hat ihn zum fünffachen Millionär gemacht. Dafür, dass ihm eine Last von den Schultern genommen ist, weiß er sich noch fürstlich belohnt. Jetzt kann er einen großen Plan verwirklichen: Das Haus für seine Familie wird endlich gebaut! Er ist bereits im Besitz des Grundstücks, und erste Skizzen hat er schon angefertigt. Sobald er wieder in München ist, hat der Architekt das Wort.

Diesel fühlt sich gesund und ist voller Tatendrang, als er nach Hause kommt. Seine Frau, die er stürmisch in die Arme schließt, sieht ein wenig verhärmt aus, als hätte sie eine Zeit voller Sorgen hinter sich. Das trifft wohl auch zu: Immerhin hat er, bevor er nach Meran fuhr, davon gesprochen, dass er sich dem Tode nahe fühle – nur der Gedanke an seine Lieben erhalte ihn am Leben. Kopfschmerzen und Herzbeschwerden bei der geringsten Anstrengung hatten ihn zu einer solchen Annahme veranlasst, und nun spürt er gar nichts mehr.

»Das ist aber nicht das Verdienst der Tattergreise um mich herum«, sagt er, »sondern eher die gute Luft und die Ruhe.« Beim Abendessen erzählt er von seinen Erlebnissen, von den Bergwanderungen und dazu jede Menge Anekdoten über die schrulligen Gäste.

»Deren Gesellschaft hast du aber ebenfalls zu verdanken, dass du gesund geworden bist«, wendet Martha da ein.

»Sicher nicht«, sagt Rudolf. »Eher schon der kleinen Neubertin, acht Jahre ist sie alt. Die Tochter der Wirtsleute hat sich oft zu mir auf die Bank gesetzt, wenn ich im Schlosspark war und einfach nur die Berge bestaunt habe. Auf so manchen Gipfel habe ich mich hinaufgeträumt, und die ungefährlichen habe ich tatsächlich alle bestiegen. Wenn ich dasaß und in die Weite schaute, kam sie manchmal an, setzte sich neben mich, baumelte mit den Beinchen und erzählte mir, dass ihre Eltern zu viel arbeiten und immer nur für die Hotelgäste da seien. Die

Kleine hat sich so sehr gewünscht, dass ihre Eltern ab und zu Zeit für sie haben, dass sie jeden Tag heimlich eine Kerze in der Kapelle angezündet und zur Muttergottes gebetet hat. Dieses Kind hat mir die Augen geöffnet. Ich weiß, dass ihr alle es lieber habt, wenn ich mich weniger in die Arbeit stürze und mehr Zeit für euch aufbringe. Ich habe euch alle zu sehr vernachlässigt.«

»Das heißt, du wirst dich heute Abend nicht über deine Postberge hermachen?«, fragt Martha mit gespieltem Unglauben.

»Es sei denn, es ist etwas Wichtiges dabei.«

Als seine Kinder und seine Frau in Gelächter ausbrechen, kann er mitlachen. An diesem Abend bleibt die Tür seines Arbeitszimmers geschlossen.

Rudolf Diesel ist am nächsten Tag froh, dass er seine Post erst jetzt durchsieht. Die Briefe sind alle geöffnet, und Martha hat Privatbriefe beantwortet, den Rest nach Priorität sortiert: Das Dringendste an unterster Stelle, offenbar soll er sich nicht sofort wieder überarbeiten. Er wühlt sich jedoch an einem einzigen Vormittag komplett durch den Stapel. Was er zu sehen bekommt, ist die Katastrophe schlechthin.

Das neu gegründete Motorenwerk trudelt der Pleite entgegen. Maschinen, die teuer per Eisenbahn verschickt wurden, kommen zurück, weil sie nicht funktionieren. Es gibt Beschwerden aus ganz Europa. Insbesondere schmerzt ihn die Reklamation aus Palermo: Das dortige weltberühmte Opernhaus hat eine Drehbühne und einen Kulissenturm gebaut, sodass die Bühnenbilder rasch gewechselt werden können – sofern der angeschaffte Motor funktioniert. Die Schadenersatzforderungen sind immens, und Rudolf Diesel legt diesen Brief auf den »Sofort«-Stapel, der schneller wächst, als ihm lieb ist.

Dann findet er Briefe, die sich mit seinem Patentprozess befassen. Emil Capitaine hat einen Artikel in einer Ingenieurzeitschrift, die im ganzen deutschen Reich verbreitet ist, veröffentlicht und behauptet, er, Diesel, sei dem Wahnsinn verfallen, und als »Beweis« angeführt, er sei seit Monaten in einer Irrenanstalt bei Meran.

Irrenanstalt! Rudolf Diesel bringt es fertig, darüber zu lachen. Ist doch eigentlich wahr! Die Leute, die mit ihm dort zur Kur waren, konnten getrost als Irre bezeichnet werden, groteske Gestalten, allesamt irgendwelchen Goya-Visionen entsprungen.

Doch Capitaine hat natürlich nicht das Recht, derartige Lügen über ihn zu verbreiten und eine vorübergehende gesundheitliche Schwäche – dazu noch von ihm mitverschuldet – in einen persönlichen Triumph umzumünzen. Der grässliche Mann kennt offenbar kein Maß und keine Grenze.

Rudolf legt den Zeitungsausschnitt nicht auf einen der Stapel, sondern gesondert auf die andere Seite seines Schreibtisches. An den oberen Rand des Zeitungsberichts schreibt er mit sich in das Papier einsaugender Tinte: »Capitaine! Sofort erledigen!«

Gleich darauf findet er eine Erwiderung auf diesen Schmähartikel, die Otto Köhler geschrieben hat. Sein früherer Gegner verhält sich loyal, weist auf Rudolf Diesels Erfolg hin und hebt hervor, dass Capitaine jahrelang geschwiegen und sich erst zu Wort gemeldet hat, als Diesel bereits im Geschäft war, es also etwas zu holen gab. Rudolf sieht sich in seiner Ansicht bestätigt und beschließt, auf Capitaines Äußerungen künftig nicht mehr zu reagieren. Das kostet ihn zu viel Zeit und Kraft, beides kann er sinnvoller einsetzen.

»Ich fahre morgen nach Augsburg und sehe nach dem Rechten«, sagt er zu Martha, als sie ins Zimmer kommt und ihm über die Schulter schaut. »Ich kann mir nicht vorstellen, warum die Maschinen nicht funktionieren.«

»Ist es sehr schlimm?«, fragt sie.

»Schlimmer. Wenn diese Nachrichten alle so zutreffen, ist die Firma nicht mehr zu halten. Das wird ein furchtbarer finanzieller Verlust, aber wir haben ja noch die Aktienbeteiligungen an den verschiedenen Unternehmungen im Ausland. Mach dir also keine Sorgen um unser neues Zuhause. Der Baubeginn ist in drei Wochen.«

Martha legt die Arme um ihn. »Setz dich nicht wieder selbst unter Druck«, sagt sie. »Das Wichtigste ist, dass du gesund bleibst.«

Am nächsten Tag ist Rudolf in Augsburg und sieht sofort, woran der Misserfolg liegt. Es wird gepfuscht, wo es nur geht: billige Materialien, lieblos zusammengebastelt, fehlende Kontrollen. Die Motoren verlassen ungeprüft die Fabrik. Als Rudolf feststellt, dass es den Arbeitern erlaubt ist, nach Belieben Pausen zu machen, im Betrieb zu rauchen und Bier zu trinken, bekommt er einen Wutanfall. Er schreit einen der Ingenieure an, die hier die Aufsicht zu führen haben, und ist gleich darauf von neugierigen Arbeitern umringt.

»Was ist das hier für ein Murks!«, brüllt er. »Wenn hier Motoren produziert werden, die an die Kunden gehen, dann darf nur das beste Material verwendet werden! Ist Ihnen nicht klar, dass Laien mit den Motoren arbeiten, die sich nicht auskennen und eventuell Fehler machen? Da muss der Motor perfekt sein, verstanden? Schauen Sie sich mal diesen Drahtfilter an! Der hat jetzt schon Löcher, und Sie haben ihn in einen Motor einbauen lassen, der morgen aus dem Haus geht und beim Kunden Leistung bringen soll. Der wäre doch nach drei Tagen kaputt! Wissen Sie überhaupt, weshalb wir diese Filter einsetzen?«

Der Ingenieur verschränkt die Arme vor der Brust und blickt Rudolf Diesel herausfordernd an. »Ich habe es nicht nötig, mich vor meinen Leuten abkanzeln und belehren zu lassen, Herr Diesel. Wenn Sie im Vorstand dafür sorgen, dass mehr Geld für Material und vernünftige Löhne zur Verfügung steht, können wir auch bessere Ergebnisse abliefern. Tun Sie Ihre Arbeit, dann tun wir unsere. Anders geht es nicht.«

Rudolf Diesel setzt zu einer geharnischten Erwiderung an, hält sich dann aber zurück. Der Mann hat ja recht: Der Fehler liegt bei der Leitung, nicht bei den Arbeitern und Ingenieuren. »Ich kümmere mich darum«, sagt er und verlässt mit forschem Schritt die Werkhalle, um ins Bürogebäude zu gehen.

Dort erfährt er, dass keiner der leitenden Herren anwesend ist. Er bittet Mesner, einen der Buchhalter, einen hageren, pedantisch wirkenden Mann mit Kneifer auf der Nase, ihm die Geschäftsunterlagen zu zeigen.

»Eigentlich darf ich das nicht, Herr Diesel. Sie arbeiten ja nicht hier.«

»Aber ich bin im Aufsichtsrat«, sagt Rudolf Diesel. »In dieser Eigenschaft habe ich eine Kontrollbefugnis.«

»Ja, aber erst dann, wenn einmal im Jahr die Buchprüfung ansteht.«

Rudolf appelliert an die Vernunft des Mannes. »Es geht ja um die Misswirtschaft hier«, sagt er. »Das hat nichts mit Ihnen zu tun, Herr Mesner. Ich will nur wissen, woran es liegt, dass nur das billigste Material verwendet wird, und oft sogar Ausschuss. Ich habe den Eindruck, dass wir kurz davor stehen, Konkurs anmelden zu müssen.«

»Darauf läuft es hinaus«, gibt der Buchhalter zu. »Was Sie erfahren wollen, kann ich Ihnen auch so sagen. Die

Herrschaften im Aufsichtsrat haben Ihre Abwesenheit genutzt, um ihre eigenen Bezüge zu erhöhen, und damit übrigens auch Ihre. Niemand von diesen Leuten hat das Interesse der Firma im Auge, geschweige denn das der Arbeiter und Angestellten. Die Herren im Aufsichtsrat haben diese Motorenfabrik von Anfang an als Totgeburt betrachtet und hatten nichts Eiligeres zu tun, als sich zu bereichern. Mir steht ein solches Urteil zwar nicht zu, aber … Ach, sehen Sie doch selbst nach. Auch wenn ich Ihnen die Bücher nicht zeigen darf, kann es ja vorkommen, dass ich sie in meinem eigenen Büro mal einen Moment lang unbeaufsichtigt liegen lasse. Ich gehe rasch mal ins Archiv, um ein paar Unterlagen zu holen, das dauert eine halbe Stunde. Da drüben liegt das Hauptbuch, hier sind die Bilanzentwürfe, die ich in dieser kritischen Phase immer tagesaktuell halte, und zu den einzelnen Bilanzposten gibt es jeweils einen Aktenordner dort im Regal.« Er verlässt den Raum.

Schon beim ersten Durchblättern der Unterlagen treibt der Zorn Diesel Feuchtigkeit in die Augen. Die Herrschaften haben sich wirklich kräftig bedient, und das auf Kosten der Mitarbeiter und der Qualität der Produktion. Das Ganze ist darauf angelegt, die Firma auszubluten bis auf den letzten Tropfen. Es wurden bereits Arbeiter entlassen – man fängt ja unten damit an.

Im Hauptbuch findet Rudolf Diesel einen Zettel, der als Lesezeichen verwendet wird. Der Buchhalter hat sich in seiner winzigen, akribischen Handschrift mit Bleistift Notizen gemacht. Rudolf keucht, als er sieht, wie brisant die Notizen sind. Da ist zum Beispiel das Monatseinkommen eines Mitglieds im Aufsichtsrat dem Jahreseinkommen eines ungelernten Arbeiters gegenübergestellt. Der Aufsichtsrat, der alle paar Wochen zum Aushecken neuer Perfiditäten zusammenkommt und darüber hinaus nichts zu tun hat, erhält in einem Monat mehr als das Zehnfache der Jahresbezüge eines einfachen Arbeiters.

»Wer hat das Ganze nur *soziale Frage* genannt?«, murmelt er vor sich hin. »Man müsste es das *Kapitalistenproblem* nennen.« Er weiß, dass Marx und Engels, die so heftig verteufelt werden, in vielen Dingen recht haben, doch haben sie seiner Meinung nach den falschen Weg zur Lösung aufgezeigt. Ein gewaltsamer Umsturz wird nur neue Ungerechtigkeiten schaffen. Wenn eine soziale Klasse versucht, die andere zu eliminieren, bedeutet das nichts anderes als massenhaften Mord. Da geht in der Tat ein Gespenst durch Europa! Sieht denn niemand, dass es einen ganz einfachen Mittelweg gibt, den alle akzeptieren können?

Er spürt, wie dringend es ist, dass er seine Ansichten über eine solidarische Bewegung zu Papier bringt. Doch zuerst gibt es einige Probleme, die er sich vom Hals schaffen muss: als Erstes diese Misswirtschaft hier. Dann muss er mit seinen Gegnern zu einer Einigung kommen, muss sie überzeugen. Wie ihm das bei Capitaine und dem greisen, unter Altersstarrsinn leidenden Lüders gelingen soll, weiß er noch nicht, aber jetzt kann er eine so unsinnige Auseinandersetzung einfach nicht gebrauchen. Das bringt Pläne in Gefahr, die weitaus wichtiger sind.

Der Buchhalter kommt zurück und sieht, dass Rudolf Diesel seine Notizen in den Händen hält. Er wird blass und stottert: »Das … das ist privat! Das sind nur Spekulationen! Nichts davon geht gegen Sie, Herr Diesel.«

»Unsinn. Es geht um die Machenschaften des Aufsichtsrats und der Firmenleitung, und ich gehöre dazu. Allerdings war ich ein halbes Jahr abwesend, sonst hätte es frühzeitig ein Donnerwetter gegeben. Herr Mesner, Ihre Gedanken, die Sie hier notiert haben, sind richtig und wertvoll. Möchten Sie für mich arbeiten?«

»Das tue ich doch schon.« Die Antwort des Mannes klingt schroff, aber Rudolf Diesel spürt die Unsicherheit dahinter.

Diesel reicht ihm den Zettel mit den Notizen. »Lassen Sie das besser nicht in den Büchern liegen«, sagt er. »Herr Mesner, Sie wissen, dass es für diese Firma keine Rettung mehr gibt. Es kann vielleicht noch ein bis zwei Jahre dauern, bis alles zusammenbricht, aber es kann auch schneller gehen. Ich werde das Geld, das mir angeblich zusteht, vermutlich nicht bekommen. Was Sie hier über das unterschiedliche Verhältnis der Einkommen von Arbeitern und Kapitaleignern notiert haben, halte ich für sehr interessant. Ich plane ein Buch darüber, und ich will Ihnen gern meine Ideen erläutern, dann können Sie immer noch Nein sagen. Aber vergessen Sie nicht – wenn Ihre Zahlen, an die ich zu hundert Prozent glaube, stimmen, sind Sie bald arbeitslos. Ich plane in meinem neuen Zuhause ein Büro, das sich einerseits mit der Vermarktung und Weiterentwicklung meines Motors befasst, andererseits mit der Arbeit an einem Buch, das meine sozialen Theorien einem breiten Publikum zugänglich machen soll. Ich brauche Fachkenntnis. Ich brauche jemanden, der meine Idee versteht. Ich bin kein Betriebswirtschaftler, sondern Techniker. Ihre Notizen sagen mir, dass wir ähnliche Ansichten haben, und Sie könnten mir dabei helfen, meine Theorien betriebswirtschaftlich und volkswirtschaftlich zu untermauern. Ich habe schon Berechnungen angestellt, aber Sie sind der Fachmann, der sie mir bestätigen kann. Herr Mesner, sagen Sie Ja.«

»Und für wie lange ist das? Ich habe eine Frau und fünf Kinder zu ernähren, da kann ich nicht auf etwas eingehen, das nur zwei Jahre dauert.«

»Ich benötige einen Buchhalter«, sagt Diesel. »Und das ist eine Lebensaufgabe.«

Am selben Abend ist Rudolf Diesel mit Kommerzienrat Buz verabredet. Es gehen Gerüchte um, dass Buz in den persönlichen, nicht erblichen Adelsstand erhoben werden soll, aber es ist noch nicht offiziell. Rudolf sieht, dass seinem alten Mentor diese Aussicht gut bekommt: Buz ist sehr guter Dinge, als sie sich im *Drei Mohren* an der Augsburger Kaisermeile treffen.

Während sie auf das Essen warten, fragt Buz ihn nach seinem Aufenthalt in Meran.

»Das Hotel war ausgezeichnet«, sagt Rudolf und nippt an seinem Aperitif, »aber das Publikum hat meine Ansprüche nicht erfüllt.«

Buz lacht. »Publikum! Mein lieber Diesel, Sie sind doch kein Schauspieler!«

»Manchmal fühle ich mich aber so.« Rudolf Diesel erzählt von seinen heutigen Erlebnissen. »Ich habe mich ein wenig dumm aufgeführt, fürchte ich«, sagt er. »Dieser Ingenieur, dessen Namen ich nicht einmal mehr weiß, hatte ja recht. Und der Buchhalter auch. Ich habe ihn direkt zu mir abgeworben.«

»Hätte ich auch getan«, sagt Buz. »Herr Diesel, diese unsägliche Motorenfabrik hat unserem Ansehen sehr geschadet. Die Kunden wissen nur, der Dieselmotor kommt aus Augburg, die Qualität lässt zu wünschen übrig, und das fällt dann auf uns zurück.«

»Ich werde mich mit meiner ganzen Kraft dafür einsetzen, dass die Fabrik auf Vordermann kommt. Es muss Qualität geliefert werden. Auf meiner bevorstehenden Russlandreise werde ich nicht nur einen Liefervertrag mit Nobel schließen, sondern ich habe auch vor, eigene Ölfelder zu erwerben. Zuvor muss ich mich aber mit dem Aufsichtsrat auseinandersetzen und den Mitgliedern einen neuen Vertrag vorlegen. Es geht nicht, dass die Leute Geld aus der Firma ziehen und sich ein feines Leben machen, während alles um sie herum zusammenbricht. Ich habe ein Leben lang gekämpft, um meine Idee durchzusetzen – und das mit Ihrer großen Hilfe, Herr Buz. Das lasse ich mir jetzt nicht zerstören.«

»Richtig so.« Buz ermuntert ihn, gibt ihm wichtige Hinweise, wie er mit den Bankleuten am besten verhandelt, versichert ihm seine Unterstützung. »Versuchen Sie, so viele Aktionäre wie möglich auf Ihre Seite zu ziehen«, sagt er. »Wenn Sie eine Mehrheitsgruppierung zusammenbekommen, werden Sie das Sagen haben.«

Rudolf überlegt. »Im Moment sieht es so aus, als ob die Firma zum Erliegen kommt. Da sind die Aktien billig zu haben, denn jeder, der welche besitzt, will doch wenigstens einen Rest von seinem investierten Geld retten. Das mache ich mir zunutze. Wenn ich die Mehrheit habe, werde ich eine außerordentliche Aktionärsversammlung einberufen und mich zum Direktor ernennen lassen.«

Buz lächelt. »Wie ich sehe, Herr Diesel, haben Sie Ihre alte Tatkraft zurückerlangt. Ich werde Sie unterstützen, so gut ich kann. Ich besitze ja selbst ein kleines Aktienpaket, das ich Ihnen aber nicht verkaufe, denn ich weiß, dass es bald etwas wert sein wird.«

Das neue Zuhause ist endlich fertig. Im Frühjahr 1901 kann die Familie einziehen. Stolz zeigt Rudolf Diesel seinem Freund Oskar von Miller und dessen Gemahlin Marie das Anwesen. Es ist eine gelungene Verbindung aus Jugendstildekorationen und kostbaren Louis-XV.-Möbeln. Marie kann sich nicht sattsehen an den Gemälden, die alle Räume schmücken. Sie ist selbst Malerin und hat sich in Münchener Kreisen unter ihrem Mädchennamen Marie Seitz große Anerkennung erworben.

»Großartig«, sagt Oskar, »besonders die zentrale Halle ist imposant. Aber sag mal, ist der Unterhalt dieses Hauses nicht zu teuer? Die Löhne für die Angestellten, die Heizkosten, all das muss doch gewaltige Summen verschlingen.«

»In der Tat.« Rudolf gibt zu, dass ihn bereits der Bau deutlich teurer gekommen ist als ursprünglich geplant. Doch das kann er sich jetzt leisten, denn er hat eine ganze Reihe von Erfolgen aufzuweisen. Sein Vorhaben, das Dieselmotorenwerk vor dem Konkurs zu retten, ist ihm geglückt, und inzwischen wird nicht nur ordentlich produziert, sondern auch gut verkauft. Unermüdlich hat er dafür geworben, hat leitende Ingenieure eingeladen, sich die Produktion in Augsburg anzuschauen, hat Garantien für das Funktionieren seines Motors gegeben, hat Verbesserungen durchgeführt, deren Notwendigkeit sich aus der Praxis ergeben hatten. Dass er den Patentprozess gegen Emil Capitaine gewonnen hat, brachte ihm viel Vertrauen seitens der Industrie ein. Inzwischen stehen schon über dreihundert Motoren in aller Welt – und funktionieren. Als besonders wirkungsvoll erwies sich ein Ereignis vor ein paar Monaten in Budapest, das durch die europäische Presse ging: Die Stadt musste ihren Strompreis halbieren, weil ein privater Unternehmer ein Elektrizitätswerk betrieb und dort Strom mithilfe von Dieselmotoren produzierte, den er zu einem sensationell günstigen Preis anbieten konnte.

Diesel arbeitet an weiteren Verbesserungen – der Motor soll wesentlich leichter werden. Er denkt daran, ihn für Automobile verwendbar zu machen, erste Versuche gibt es schon. Er steht mit dem Grafen Zeppelin in Verbindung, der in Friedrichshafen am Bodensee mit dem Bau von Luftschiffen begonnen hat. Wenn die Dieselmotoren leichter sind und vollkommen zuverlässig arbeiten, kommt er mit Zeppelin ins Geschäft. Schon fahren die ersten Schiffe mit Dieselmotoren – Rudolf hat an einer Jungfernfahrt durch den Ärmelkanal teilgenommen. Er ist reich und kann sich dieses Haus leisten. Martha und die Kinder lieben es vom ersten Tag an.

»Hier können wir in Frieden leben«, sagt er. »Wir werden Musikabende, Dichterlesungen und technische Vorträge veranstalten. Dieses Haus wird zu einem Zentrum des Bürgerlebens. Du bist mit deiner Familie immer willkommen.«

»Ihr werdet mit Gegeneinladungen zu rechnen haben«, sagt Oskar, »auch wenn mein neues Zuhause nicht so groß und schön ist wie eures. Ich baue etwas kleiner und unterteile das Haus in mehrere Wohnungen, damit die Kinder später nicht so bald wegziehen. Ich frage mich, wie ihr das macht, wenn eure Kinder flügge sind. Fürchtest du nicht, dass ihr euch hier ziemlich verloren vorkommen werdet, wenn ihr allein hier wohnt?«

»Wir werden es schon mit Leben zu füllen wissen«, sagt Rudolf. »Du wirst sehen.«

Martha kommt in die Halle. »Das Abendessen wird gerade angerichtet«, sagt sie. »Kommt ihr ins Speisezimmer?«

Sie lassen sich an einer festlich gedeckten Tafel nieder, und zwei Dienstmädchen servieren ein mehrgängiges Menü mit dazu passenden Weinen.

Während des Essens erzählt Oskar von seinen Museumsplänen, die ihm schon lange im Kopf herumgehen. Auf der Kohleninsel, wo früher die provisorischen Bauten der Motorenausstellung gestanden haben, wird er das größte technische Museum Europas errichten. Eine Museumsgesellschaft ist gerade in Gründung.

»Ich bin dabei!«, sagt Diesel. »Ich habe dir meinen ersten Motor versprochen, dazu seinen Vorläufer, den Ammoniakmotor. Wenn du auch meine Entwürfe, Berechnungen und Zeichnungen haben möchtest, kann ich mir keinen würdigeren Aufbewahrungsort vorstellen.« Oskar zeigt sich erfreut.

Nach dem Essen gehen die beiden Männer in Rudolfs Arbeitszimmer, um eine Zigarre zu rauchen. Oskar schüttelt staunend den Kopf, als er die Papierstapel auf Rudolfs Schreibtisch sieht. »Jetzt wohnt ihr erst einen Tag hier, und es sieht so aus, als stecktest du bis zum Hals in Arbeit.«

Rudolf lacht. »So ist es auch. Aber diesmal geht es nicht um den Motor, nicht um Geschäfte. Ich schreibe an einem neuen Buch.«

»Für deine Lebenserinnerungen ist es aber zu früh. Du machst mich neugierig. Wovon handelt es denn?«

»Vom Umbau der Gesellschaft«, sagt Rudolf. »Du weißt, ich befasse mich schon lange mit der sozialen Frage, und ich habe dir von einigen meiner Ideen berichtet. Jetzt bin ich dabei, sie zu einem Werk zusammenzufassen, das großes Aufsehen erregen wird.«

»Du glaubst allen Ernstes, dass Arbeiter und Kapitalbesitzer an einen Tisch zu bringen sind und sich vertragen?«, fragt Oskar. »Wie willst du Kapitalisten dazu bringen, einen Teil ihres Geldes zu verschenken?«

»So wird es nicht funktionieren«, sagt Rudolf. »Man muss klein anfangen. Stell dir mal vor, jeder Arbeiter spart jeden Tag nur einen Pfennig und gibt das Geld in eine Gemeinschaftskasse. Da kommt schnell ein Vermögen zusammen, mit dem man, sagen wir, eine Werkstatt oder gar eine Fabrik errichten kann. Die Gemeinschaftskasse ist Eigentümer dieser Produktionsstätte, und da der einzelne Arbeiter ja Miteigentümer der Kasse ist, ist er zugleich auch Eigentümer der Fabrik oder des landwirtschaftlichen Gutes. Er hat also ein Interesse daran, seine Arbeit so gut wie möglich zu tun. Er wird sich hüten, Pfusch abzuliefern, denn damit schadet er sich selbst.«

»Gut. Und wie soll aus dieser einzelnen Maßnahme, die mir wie eine Genossenschaftsgründung aussieht, etwas Großes werden, das sich auf die gesamte Gesellschaft auswirkt?«

»Es muss mehrere dieser Zellen geben«, sagt Rudolf. »Damit auch der ungebildete Arbeiter meine Theorie versteht, verwende ich dafür das Wort Bienenstock. Das Beispiel soll die Sache nur verdeutlichen. Wenn der Bienenstock groß genug geworden ist, kümmert die Gemeinschaft sich nicht nur um die Produktion und den Absatz, sondern um die Belange jedes einzelnen Arbeiters: Es werden Wohnungen errichtet, Krankenhäuser, Schulen, Kindergärten, Sport- und Freizeitstätten, Kulturhäuser und dergleichen. Die Menschen werden Vorteile erleben, auf die sie nicht mehr verzichten wollen.«

»Das erscheint mir zu fantastisch«, sagt Oskar. »Utopien haben die Gewohnheit, sich der Verwirklichung zu entziehen.«

»Aber es funktioniert! Ich habe alles genau berechnet.« Rudolf redet sich in Eifer. »Sieh mal, wenn so ein Bienenstock entstanden ist und Erfolg hat, dann wird es weitere geben, in ganz unterschiedlichen Bereichen, in der Industrie wie in der Landwirtschaft. Die einzelnen Bienenstöcke halten untereinander Kontakt, sodass sie ihre Produkte austauschen können. Dadurch wird der Zwischenhandel überflüssig. Du weißt, dass der Großhändler und der Einzelhändler stets an einem Produkt mitverdienen. Dieses Geld kommt nun aber den Bienenstöcken direkt zugute und vermehrt ihren Wohlstand. Je mehr die Menschen erkennen, dass das System gut läuft, desto mehr werden sich anschließen. Es bedarf also keiner Revolution und keiner staatlichen Anordnung von oben herab. Es wird von allein funktionieren. Die Freiwilligkeit ist das Grundprinzip. Niemand wird gezwungen, sich in dieses System einzuordnen, aber jeder wird es tun, da er die Wirksamkeit und die Vorteile erkennt. An so einem Bienenstock arbeiten alle mit, und jeder Einzelne zieht seinen Nutzen daraus. Es ist ein solidarisches System, deshalb habe ich auch die Bezeichnung Solidarismus dafür gewählt. Hier, sieh dir das mal an.«

Rudolf reicht seinem Freund eine Mappe. »Ich denke, es wird leicht sein, die Arbeiter von meinen Vorschlägen zu überzeugen«, sagt er. »Es sind die Leute in der Wirtschaft und der Politik, die ich gewinnen muss, und dafür habe ich Berechnungen angestellt.«

Oskar blättert die Mappe durch, hier und da bleibt sein Blick hängen. »Sieht wirklich solide aus«, sagt er anerkennend. »Die Berechnungen wirken plausibel.«

»Sie sind auch von einem erfahrenen Buchhalter überprüft. Die Zahlen sind aber nur zu erreichen, wenn sich alle an die Abmachungen halten. Deshalb habe ich Verträge entworfen, die jeder, der sich um die Mitgliedschaft in einem Bienenstock bewirbt, unterschreiben muss.«

Oskar gibt ihm die Mappe zurück. »Rudolf«, sagt er, »jetzt kennen wir uns schon so viele Jahre, und noch immer schaffst du es, mich mit deinen großartigen Ideen zu überraschen. Die Bezeichnung Solidarismus finde ich vortrefflich.«

»Ja. Damit will ich ausdrücken, dass Solidarität der Grundpfeiler meiner Idee ist. Einer für alle, alle für einen. Das muss funktionieren. Stell dir vor, wie sehr ein solches System die Gesellschaft umkrempeln wird. Es wird keine schwerreichen Kapitalisten mehr geben und keine Spekulanten. Betrug und Diebstahl werden verschwinden, Gerichte werden zum größten Teil überflüssig. Anfangs braucht jeder Bienenstock wahrscheinlich noch eine eigene Rechtsprechung, aber die wird hauptsächlich dazu da sein, Dinge klarzustellen, über die noch Uneinigkeit herrscht. Genau wie beim Motorenbau wird sich erst in der Praxis zeigen, wo es noch etwas zu verbessern gilt. Doch ich weiß eines: Die Menschen werden lernen, miteinander dafür zu kämpfen, dass etwas Gemeinsames entsteht, nicht mehr gegeneinander. Aufbau statt Zerstörung – das macht in Zukunft auch Kriege überflüssig.«

»Eine große Vision.«

Noch lange diskutieren sie an diesem Abend, bis Oskars Gemahlin Marie ihn drängt, mit ihr heimzufahren. Es geht bereits auf Mitternacht zu.

Mit dem wachsenden Erfolg seines Motors kommt auch der Weltruhm. Diesel speist an der Tafel von Fürsten und Königen. Industrielle fragen ihn um Rat, angehende Ingenieure wollen in seinem Büro arbeiten, das mittlerweile das gesamte obere Stockwerk der Villa einnimmt. In diesen Räumen hat sein Mitarbeiter Heinrich Dechamps den ersten verkleinerten Dieselmotor entworfen und damit einen gangbaren Weg für die Verwendung in Automobilen und Traktoren gefunden. Rudolf Diesel hat so viel Arbeit, dass er Mühe hat, Zeit für seine Familie aufzubringen. Er fürchtet, dass er in seine alten Gewohnheiten zurückfällt, und hat auch schon einige Male wieder Kopfschmerzen verspürt. Er zwingt sich zur Freizeit, macht Ausflüge mit Martha und den Kindern an den Starnberger oder den Ammersee, was ihm besonderen Spaß macht, da er sich ein Automobil zugelegt hat. Das war vor zwei Jahren, als er im Taunus ein Autorennen gesehen hat und voller Begeisterung heimkam. Mit dem Automobil geht es auch einmal im Jahr in den Urlaub.

In diesem Jahr wird der Urlaub nur kurz ausfallen. Es gibt keine weite Reise mit den Kindern mehr, denn sie sind längst erwachsen, der Älteste ist verheiratet und lebt in New York, wo sie ihn besuchen, Hedy hat nach Frankfurt geheiratet, Eugen studiert. Endlich hat Rudolf es geschafft, der Einladung Buschs zu folgen und nach Amerika zu fahren. Er bedauert sehr, dass er und Martha auf der *Titanic* keine Plätze mehr bekommen haben, er hätte seiner Frau gern den Luxus auf diesem neuen Schiff gegönnt. Die Jungfernfahrt des größten Ozeanriesen der Welt ist jedoch seit Langem ausverkauft.

Amerika empfängt sie stürmisch. Überall, wo sie hinkommen, werden sie mit Jubel begrüßt, Reporter drängen sich um sie, bestürmen sie mit Fragen. In Europa fahren schon die ersten Schiffe mit Dieselmotoren. Deutschland hat bereits U-Boote mit Dieselmotoren gebaut, England und Frankreich ziehen nach. Rudolf ist unwohl bei dem Gedanken, dass sein Motor für militärische Zwecke verwendet wird, und er hofft, dass die zivile Seefahrt aufholen wird. In der Schweiz fahren die ersten Diesellokomotiven, in Schweden und Russland arbeitet man an Nachbauten, und so erlebt er den Siegeszug seines Motors um die ganze Welt. In Amerika ist eine neue Maschinenfabrik entstanden, die Busch-Sulzer Brothers Diesel Engine Company. Er besucht dieses Werk und geht dann auf die Reise durch das ganze Land, um für den Motor zu werben. Er hält einen Vortrag in New York vor der amerikanischen Ingenieurgesellschaft und wird nach tosendem Applaus zu deren Ehrenmitglied ernannt.

In St. Louis ist das Ehepaar Diesel Gast im Hause von Adolphus Busch. Dort erhalten sie am 14. April die Nachricht vom Untergang der *Titanic.*

Ein großer Schreck durchfährt Rudolf Diesel – wenn er und Martha noch Tickets bekommen hätten, denkt er, wären sie jetzt unter den 1600 Opfern. So sind sie dem Tod entronnen – aber wie knapp das war! Es hätte ja auch sein können, dass man für ihn, den berühmten Mann, andere Passagiere von der Liste gestrichen hätte. Nicht auszudenken – sie beide jetzt tot auf dem Grund des Meeres! Schlimmer noch ist die Vorstellung, nur einer von ihnen wäre ums Leben gekommen – er könnte ohne Martha nicht leben, und sie nicht ohne ihn. Sie sind jetzt in einem Alter, in dem man noch nicht ans Sterben denken mag. Sie haben noch viele schöne Jahre vor sich. Rudolf nimmt sich vor, diese Jahre, die ihm plötzlich wie ein Geschenk scheinen, zu genießen. Wenn sie von dieser Reise zurück sind, wird er einiges in seinem Leben ändern.

Die Gastfreundschaft Buschs kennt keine Grenzen. Überall im Land hat er für seine Besucher aus Europa Termine vereinbart und weiß Berufliches geschickt mit Freizeitvergnügen zu verbinden. Die Diesels besuchen Bälle und Opernvorstellungen, treffen aber auch mit wichtigen Leuten aus Politik und Wirtschaft zusammen.

Busch hat auch nicht vergessen, dass Rudolf einmal den Wunsch geäußert hat, den berühmten Erfinder Thomas Alva Edison kennenzulernen. Ein Besuch in dessen Privathaus in West Orange, New Jersey, steht für den 6. Mai 1912 auf dem Programm.

Edison, ein burschikos auftretender Mann um Mitte fünfzig, mit rundem Gesicht, schlohweißem Haar und weißem Kinnbart, öffnet dem Ehepaar Diesel persönlich. »Ah, da ist ja der Mann, der es gewagt hat, sich einen Rockefeller zum Todfeind zu machen.« Er spielt auf Diesels russische Ölgeschäfte an. »Kommen Sie rein, Mister. Madam, willkommen! Ich freue mich, Sie beide bewirten zu dürfen. Ich habe ein kleines Frühstück bereitstehen.« Seine Stimme ist laut, fast polternd.

Er führt sie ins Innere des Hauses, das aus einem großen, sich über zwei Stockwerke erstreckenden Raum besteht, teils Wohnung, teils Werkstatt. Edison erklärt, dass er seinen Mitarbeitern für heute Vormittag freigegeben hat, normalerweise herrsche um diese Uhrzeit rege Geschäftigkeit. »Ich lasse meine Leute hart arbeiten«, sagt er. »Wenn erst einmal die Idee vorhanden ist, muss berechnet und experimentiert werden, immer wieder, bis alles perfekt ist. Ich sage immer: Genie ist zu einem Prozent Inspiration und zu neunundneunzig Prozent Transpiration.« Er sieht auf die Uhr. »Deshalb müssen meine Leute auch pünktlich um elf wieder antreten.«

Der Raum sieht aus, als habe man auf einen Schlag alles stehen und liegen lassen und die Flucht ergriffen. Überall gibt es Werkstücke, denen man nicht ansieht, was sie einmal werden sollen. Dazwischen liegen Papiere, Kästen mit Schrauben, Werkzeuge. Es ist ein heilloses Durcheinander. Edison hat einen kleinen Tisch freigeräumt, an dem er die Besucher bewirtet.

Es ist ein karges Frühstück, nur Weißbrot, ein wenig Butter und Ahornsirup. Edison erzählt, dass er immer so spärlich isst, und meint, dieser Zurückhaltung beim Essen habe er seinen klaren Verstand und seine jugendliche Frische zu verdanken. Er bezeichnet sich als Vegetarier und strikten Alkoholgegner.

»Ich schlafe auch wenig«, sagt er. »Am Abend sitze ich Stunden über den Berechnungen meiner Mitarbeiter und sehe mir an, was sie zuwege gebracht haben.« Er scheint Rudolfs Blick auf eine schlichte Liege zu bemerken, die unter einem der Fenster steht. »Ja, da übernachte ich. Manchmal werde ich um zwei oder drei Uhr wach, weil mir ein guter Einfall kommt. Dann kann ich aufstehen und gleich loslegen.«

»Mein Mann hat auch immer Papier und Bleistift neben dem Bett liegen«, sagt Martha.

»Ich schreibe meinen Einfall nicht nur auf, ich arbeite dann!«, sagt Edison. »Arbeiten ist mein wichtigstes Bedürfnis.«

Martha sieht Rudolf an. »Da habt ihr beide ja etwas gemeinsam«, sagt sie.

Edison geht nicht darauf ein, sondern berichtet von einer Europareise, die er vor einiger Zeit mit seiner Frau gemacht hat. Die vielen Museen und Kirchen, von denen seine Frau begeistert war, haben ihn gelangweilt, die Konzerte und Liederabende, zu denen er genötigt worden sei, waren ihm geradezu eine Qual. Schließlich habe er seine Frau immer allein losgeschickt.

»Ich denke da anders. Mir sind diese kulturellen Dinge sehr wichtig«, sagt Rudolf. »Sie helfen mir, mich von meiner Arbeitslast zu erholen, bringen mich auf andere, erhebende Gedanken.«

»Das ist doch alles Unsinn, reine Zeitverschwendung. In der gleichen Zeit könnten Sie Dinge tun, mit denen Sie Geld verdienen. Das ist doch alles, was zählt.«

Rudolf hat in der Zeit, die er nun schon in Amerika ist, festgestellt, dass sich hier vieles ums Geld zu drehen scheint. Jeder versucht, seine Zeit gewinnbringend einzusetzen – »Zeit ist Geld« ist das typisch amerikanische Schlagwort. Die Jagd nach dem Geld hat die Menschen rücksichtslos gemacht. Es gibt doch Wichtigeres im Leben als Geld, versucht Diesel seinen Gastgeber zu überzeugen, doch Edison kommt immer wieder darauf zurück. Wenn er von seinen Erfindungen und Plänen spricht, fügt er immer hinzu, wie viel er mit dieser oder jener Erfindung verdient hat. Demnach muss er mehrfacher Millionär sein. Ein paarmal unterbricht Edison ihn und redet von etwas ganz anderem, als hätte er nicht gehört, was sein Gast gesagt hat. Rudolf Diesel versucht, seinen Unmut nicht zu zeigen.

»Ich habe noch unzählige Ideen«, sagt Edison. »Zum Beispiel arbeite ich an Abwehrmaßnahmen zur Bekämpfung von U-Booten. Wenn ich meine Pläne alle verwirkliche, reichen sie aus, um die Bank von England dem sicheren Bankrott auszuliefern. Aber eines darf man dabei nicht vergessen: Man muss seinen Konkurrenten ausschalten, wenn man geschäftlich bestehen will. Da kann man von Rockefeller nur lernen. Ich kann Ihnen ein Beispiel aus meiner Arbeit geben, damit Sie verstehen, was ich meine. Sie wissen, dass ich bei meiner Arbeit in erster Linie mit Gleichstrom hantiere, da ich ihn für sicherer halte. Das ist allgemein bekannt. Ich habe aber zwei Konkurrenten, Westinghouse und Tesla, die Hauptverfechter des Wechselstroms, mit denen ich mir auf dem Markt Kämpfe liefern muss. Als vor ein paar Jahren Vertreter der Regierung an mich herantraten und mich um eine schmerzfreie Methode der Exekution von Strafgefangenen baten, da erkannte ich sofort das Potenzial, das darin steckt, sowohl finanziell als auch propagandistisch. Ich konnte spielend leicht beweisen, wie gefährlich Wechselstrom ist. Ich habe streunende Hunde und Katzen einfangen lassen und damit experimentiert. 1903 habe ich dann einen Elefanten, den mir ein Zoo überließ, auf einer Stahlplatte durch Wechselstrom ins Jenseits befördern lassen. Die Sache ist auf Schmalfilm aufgezeichnet worden, übrigens ebenfalls eine Erfindung von mir.«

Rudolf will ihn unterbrechen, weil er das Entsetzen in Marthas Gesicht sieht, aber Edison ignoriert ihn. »Danach habe ich dann der Regierung den elektrischen Stuhl angeboten, der jetzt nach und nach in allen Bundesstaaten eingeführt wird. Für jedes Exemplar bekomme ich achthundert Dollar Lizenzgebühr. Aber jetzt kommt der Clou, passen Sie auf, daraus können Sie etwas lernen. Alle Welt weiß, Westinghouse und Tesla arbeiten mit Wechselstrom.

Es war also ein Leichtes, ihnen in der Öffentlichkeit diese Erfindung unterzuschieben. Das verstärke ich, indem ich in Zeitungsinterviews nicht mehr das Wort *Wechselstrom* verwende, sondern stattdessen *Todesstrom* sage. Ich diktiere den Reportern in die Feder, sie sollen bei einer Hinrichtung durch Strom nicht mehr das Wort Exekution verwenden, sondern *Westinghousing* schreiben.« Er lacht.

Rudolf Diesel zieht seine Taschenuhr hervor. »Verzeihen Sie, wir haben Sie viel zu lange aufgehalten, Mister Edison. Ihre Mitarbeiter werden jeden Moment zurückkommen, und wir müssen nach New York hinüber, wo wir mit unserem ältesten Sohn zum Mittagessen verabredet sind.«

Edison steht mit ihnen zusammen auf, Rudolf und Martha ignorieren seine ausgestreckte Hand. »Danke für das Frühstück«, sagt Rudolf.

»Gern geschehen«, antwortet Edison. »Denken Sie beim Lunch an Ihre Gesundheit, Mister Diesel. Essen Sie nicht so viel.« Er bleibt an der Tür stehen und winkt ihnen nach, als sie in den wartenden Wagen steigen.

»Ein widerlicher Mensch«, sagt Rudolf. »Dieses dröhnende Geschwätz! Dieses aufdringliche Selbstbewusstsein! Dieses Gerede von Geld, Geld, Geld! Ständig hat er mich unterbrochen, und du weißt, wie sehr mich so etwas aufregt. Und was er über den elektrischen Stuhl gesagt hat, ist ja wohl der Gipfel, findest du nicht?«

»Ich bin vollkommen einer Meinung mit dir«, sagt Martha. »Aber für das laute Reden kann er nichts. Ich habe vergessen, dir auszurichten, was Frau Busch mir gestern gesagt hat. Wir sollen bei unserem Besuch daran denken, dass er aufgrund eines Unfalls schwerhörig ist.«

»Das ändert nichts an seinem Charakter«, sagt Rudolf.

Häufig hat eine Reise zur Folge, dass man sein Leben von einer anderen Warte betrachtet, es analysiert und dann Veränderungen vornimmt, die eine Verbesserung als Resultat nach sich ziehen. So war es bei Diesel nach seinem Meran-Aufenthalt, so ist es jetzt nach seiner Rückkehr aus den USA. Er kommt mit Martha in das große Haus zurück, die meisten Angestellten sind noch beurlaubt, die Kinder haben längst ein eigenständiges Leben angefangen. Das Haus erscheint ihm leer, zu groß für zwei Leute, die auf ihren Lebensabend zugehen. »Kannst du dir vorstellen, einmal hier wegzuziehen?«, fragt er Martha.

Sie verneint. Sie schätzt dieses Haus, immerhin ist es ein Zeichen der großen Liebe ihres Mannes zu ihr. Sie hat sich an das Leben mit den vielen Angestellten gewöhnt, steht bei Soireen gern im Mittelpunkt – hier zu wohnen ist für sie ein Teil der gesellschaftlichen Anerkennung, die sie genießt. Er versteht das. Es wird schwer sein, ihr etwas Adäquates zu bieten, wenn sie beide dieses Haus eines Tages verlassen. Rudolf kann sich aber nicht vorstellen, hier den Rest seines Lebens zu verbringen. Noch ist es nicht so weit, noch hat er einiges vor, er ist ja erst vierundfünfzig, Martha noch nicht einmal. Sie können sich Zeit lassen, sich in Ruhe überlegen, was sie mit ihrem Leben noch anfangen wollen.

Vorerst wird er viel unterwegs sein, er hat Sitze in diversen Aufsichtsräten in aller Welt. Oft wird er um Vorträge gebeten.

Soweit es seine Zeit erlaubt, wird er seine Vorstellung vom Solidarismus propagieren. Bisher war das Echo enttäuschend. Das Buch, das er in hoher Auflage hat drucken lassen, hat bisher keine rechte Verbreitung gefunden, aber er hat auch nur eine einzige Rede darüber gehalten, die kaum Beachtung fand. Vielleicht war die Genossenschaftstagung der falsche Ort, der falsche Zeitpunkt. Nicht alles, was er sich vornahm, hat er also geschafft. Es bekümmert ihn nicht, denn so ist es immer im Leben.

Und doch kann er sagen, er hat Großes geleistet. Sein Motor funktioniert und hat die ganze Welt revolutioniert. Es war nicht vorgesehen, dass sich neben der Industrie auch das Militär dieses Motors bemächtigt, aber das ist nicht zu ändern, und jetzt, da kleinere, transportable Modelle entwickelt werden und zuverlässig arbeiten, geht seine Erfindung ihren eigenen Weg. Er hat auch keinen Einfluss mehr darauf: Der Dieselmotor ist Teil des allgemeinen Maschinenbaus geworden, so wie die Dampfmaschine Jahrzehnte zuvor. Überall auf der Welt gibt es Erfindungen und Verbesserungen auf der Grundlage seiner Idee, ohne dass er um Erlaubnis gefragt werden muss – die Patente sind ausgelaufen, und jeder kann mit seiner Erfindung arbeiten. Er ist im Vorstand oder im Aufsichtsrat zahlreicher Motorenfabriken auf der ganzen Welt, in Frankreich, in den Vereinigten Staaten, in Russland, in Argentinien. In Algier, der Hauptstadt der französischen Kolonie Algerien, ist ein neues Werk im Aufbau, er selbst hat den Grundstein gelegt. In Kamerun wird ein modernes Schiffsmotorenwerk errichtet, das er selbst angeregt hat – von Kamerun aus wird das Deutsche Kaiserreich künftig im friedlichen Wettbewerb mit Belgien das Innere Afrikas erschließen und den Ureinwohnern die Zivilisation und den Wohlstand bringen, wie es der Kaiser versprochen hat. Der Schiffsverkehr auf den breiten Strömen ist die einfachste Möglichkeit, in unbekannte Regionen vorzudringen und die weißen Flecken auf den Landkarten mit den Taten großer Entdecker zu kolorieren. Warum soll sein Motor nicht dazu beitragen? Gerade auf dem Kongo und anderen Strömen im Herzen des dunklen Kontinents ist der Dieselmotor eine große Hilfe.

Rudolf Diesel träumt davon, selbst einmal nach Kamerun, in den Kongo oder nach Ostafrika zu reisen, um zu sehen, welches weite Feld sich da für ihn eröffnet. Bei der Erschließung Afrikas würde sich die aufgestaute Energie des Kaiserreiches friedlich austoben können, ohne dass ein Krieg in Europa angezettelt werden müsste. Rudolf nimmt sich vor, einen Brief an den Kaiser zu schreiben und ihm diesen Vorschlag zur Erhaltung des Weltfriedens zu machen. Der Name Diesel garantiert ihm, dass er Gehör findet.

Diesel stürzt sich wieder in die Arbeit. Eines Morgens sitzt er schon sehr früh am Schreibtisch und vertieft sich in ein Manuskript, sodass er seine Umgebung kaum wahrnimmt. Als er ein Geräusch hört und ihm der Duft von frisch aufgebrühtem Kaffee in die Nase steigt, denkt er, eines der Dienstmädchen sei hereingekommen. Ohne aufzublicken, sagt er: »Stellen Sie ruhig alles da hin. Ich frühstücke zwischendurch.« Erst als er das leise Lachen vernimmt, bemerkt er, dass Martha hereingekommen ist.

»Willst du nicht mit deiner Frau frühstücken?«, fragt sie und stellt ein Tablett auf einem kleinen Beistelltisch ab. »Komm, es sind ganz frische Semmeln da, und Emma hat uns gestern von ihrer selbst gemachten Marmelade geschickt. Die musst du probieren. Bergkäse und der Tiroler Schinken, den du so gern magst, sind auch da.«

Rudolf erhebt sich. »Frühstück im Arbeitszimmer«, sagt er, »das ist etwas ganz Neues. Wir müssen Mister Edison nicht kopieren.«

»Nein, das nicht«, sagt sie. »Hier ist es allerdings am ruhigsten. Ich habe das Personal dazu abgestellt, die Gardinen zu waschen und die Fenster zu putzen – im ganzen Haus herrscht Unruhe. In dein Arbeitszimmer kommt niemand.«

Er zieht zwei Stühle heran und setzt sich Martha gegenüber. »Das duftet«, sagt er. »Ich habe vor lauter Arbeitseifer gar nicht gemerkt, dass ich schon hungrig bin.« Er trinkt von seinem Kaffee.

»Woran arbeitest du so intensiv?«

»An meinem Vortrag vor der Schiffbautechnischen Gesellschaft in Berlin.«

»Aber den hast du doch längst gehalten.«

Er nickt. »Ja, und dabei ist mir aufgefallen, dass sich dieser knappe Vortrag ausbauen lässt und sich bestens dazu eignet, einigen meiner Gegner eine handfeste Erwiderung zu geben. Weißt du, das Hauptargument, das mir immer wieder vorgehalten wird, ist doch, dass mein fertiger Motor nicht mit dem ersten Entwurf übereinstimme und daher meine Theorie falsch sei. Ich arbeite diesen kleinen Vortrag jetzt genauer aus und werde ein Buch daraus machen, da ich einige Bereiche im Vortrag nur andeuten konnte. Ich will die Entstehung des Motors schildern, die ursprüngliche Idee und die Probleme in der Praxis, die zu den Änderungen führten. Dann muss ich nicht immer wieder dieselben Fragen beantworten und ständig Erwiderungen auf irgendwelche Aufsätze schreiben. Ich kann einfach sagen: Da habt ihr mein Buch, da steht alles drin. Den Anfang habe ich schon formuliert. Willst du ihn hören?«

»Sicher.«

Als sie zu Ende gefrühstückt haben, nimmt Rudolf das Manuskript und liest, langsam durchs Zimmer gehend, daraus vor. »Weißt du«, sagt er, »bevor ich in die ganzen rechnerischen und technischen Details gehe, schicke ich ein paar allgemeine Gedanken voraus. Ich erkläre den Leuten, wie eine Erfindung zustande kommt. Hör zu.« Er liest ihr eine Passage vor, in welcher er Beispiele dafür aufzählt, dass zwischen der Idee und der fertigen Erfindung die Arbeits- und Leidenszeit des Erfinders liege und dass die fertige Erfindung immer anders aussehe als das ursprüngliche Ideal.

Rudolf legt sein Manuskript auf den Schreibtisch und setzt sich wieder zu Martha. »Diese Bemerkungen musste ich vorausschicken, aber die Schilderung der praktischen Versuche macht danach meine Aussage ganz deutlich. Ich bin sicher, dass meine Gegner dann endlich verstummen, denn die Praxis hat mir doch längst recht gegeben.«

»Ich weiß nicht, ob auch Johannes Lüders dann Ruhe geben wird. Der macht dir schwer zu schaffen, nicht wahr?«

Rudolf beugt sich vor. »Lüders ist eine ganz andere Geschichte. Zuerst dachte ich einfach, der Mann sei verrückt oder leidet unter Altersstarrsinn. Inzwischen kommt mir ein anderer, vollkommen ungeheuerlicher Gedanke. Er verhält sich ja nicht nur mir gegenüber so unsachlich, sondern hat auch andere aufs Korn genommen.«

»Wie meinst du das?«

»Immer sind es Leute, die sich mit Projekten befassen, die auf das Einsparen oder Ersetzen von Erdöl oder seinen Derivaten abzielen. Lüders ist Professor an der Technischen Hochschule Aachen gewesen. Jetzt, im Ruhestand, schreibt er immer noch Fachbücher, die als Standardwerke gelten. Der Mann kann also gar nicht so verrückt sein, wie er tut. Ich glaube, dass Rockefeller dahintersteckt.«

Martha schüttelt ungläubig den Kopf. »Ist das nicht ein bisschen weit hergeholt?«

»Überleg doch mal«, sagt Rudolf. »Bisher haben alle, die mich angegriffen haben, schließlich klein beigeben müssen. Selbst Capitaine wurde in seine Schranken gewiesen und hat schließlich einen Vertrag unterschrieben, in dem er zusichert, dass er sich künftig jeglicher Polemik und privater Angriffe enthält. Lüders hingegen steigert sich mit jeder Schlappe, die er einstecken muss.«

»Trotz«, sagt Martha. »Alte Leute werden manchmal wie kleine Kinder.«

»Mag sein. Es ist ja auch nur ein Verdacht, den ich habe. Aber es sieht nach Rockefeller aus. Erinnerst du dich an das, was Edison gesagt hat? Rockefeller schaltet seine Gegner aus, gnadenlos. Ich habe im Anschluss an diesen Besuch mit Adolphus Busch darüber geredet, während unserer dreitägigen Schiffsfahrt auf dem Mississippi. Er sagte mir, dass Rockefeller fast immer auf die gleiche Art vorgeht, wenn ihm jemand im Weg steht. Er versucht, das Geschäft des anderen aufzukaufen. Wenn das nicht geht, fängt er an, seinem Gegner geschäftlich zu schaden, setzt Gerüchte in die Welt, scheut nicht vor Rufmord und vor direkten Drohungen zurück. Er setzt Leute ein, die als unbescholten gelten und häufig anerkannte Fachleute sind, und bringt sie durch Bezahlung oder Erpressung dazu, seine Gegner zu verunglimpfen. Ich kann es nicht beweisen, Martha, aber das Verhalten dieses Lüders entspricht haargenau diesem Muster. Diese Vorstellung ist sehr hilfreich, denn nun können mich seine unsachlichen Angriffe nicht mehr verletzen. Der Mann ist künftig Luft für mich.«

In München wird ein großes Treffen von Ingenieuren stattfinden. Fast ausschließlich Amerikaner, die auf Informationsreise durch Europa sind, finden sich hier ein. Ein Versammlungsort steht noch nicht fest. Heinrich Buz hat von dem geplanten Treffen erfahren, als eine Delegation die Augsburger Maschinenfabrik besuchte, und gleich Rudolf Diesel informiert. Diesel hat sofort den Gedanken, die Ingenieure zu sich einzuladen. Er bespricht die Idee mit Martha, und sie ist begeistert. Es macht ihr Freude, Gastgeberin eines solchen Ereignisses zu sein, sie wird es zu einem richtigen Fest ausgestalten.

Drei Wochen später ist es so weit – dass man sich bei Diesel trifft, dem »großen Diesel«, wie er in den Zeitungen meist genannt wird, stößt auf begeisterten Zuspruch. Es sagen sich über hundert Gäste an. Auch Dolmetscher und Leute von der Zeitung werden da sein.

Am frühen Abend des denkwürdigen Tages sind in der Umgebung der Diesel-Villa in München-Bogenhausen ungewöhnlich viele Automobile zu sehen, die Straßenränder sind zugeparkt, und Männer in feinstem Tuch streben dem Hause zu. Martha Diesel, in einem dunkelroten Abendkleid mit weißem Seidenschal, empfängt die Gäste an der Haustür, Rudolf erwartet die Leute in der eindrucksvollen Haupthalle. Für diesen Abend sind zwanzig zusätzliche Dienstboten engagiert, die den Herren aus den Mänteln helfen und sich um Speisen und Getränke kümmern.

Die Besucher drängen in die Halle, wo sich der Gastgeber auf der zweiten Treppenstufe postiert hat, um eine Begrüßungsansprache zu halten. Er wartet einen Moment, bis die Menge sich enger zusammengeschoben hat und die staunenden Ausrufe – »*What a palace!*« – verstummen.

»Meine Herren«, beginnt Rudolf Diesel, und alle Augen richten sich auf ihn, »es ist mir eine große Ehre, Sie in meinem Privathaus begrüßen zu dürfen. Ich halte es für wichtig, ja für unerlässlich, dass wir Ingenieure aus aller Welt uns von Zeit zu Zeit begegnen, uns austauschen und gemeinsame Ideen entwickeln. Die Bedeutung unseres Berufsstandes und der Einfluss, den wir auf das Leben der Menschen haben, sind den Politikern noch weitgehend unbewusst.« Er macht eine Pause, damit die Dolmetscher übersetzen können. Ihr leises Gemurmel erfüllt den

Raum. Er blickt in die Gesichter, die ihm gebannt entgegenschauen.

»Ich finde es bemerkenswert, dass ich hier so viele junge Gesichter sehe. Das erfüllt mich zugleich mit Zuversicht, denn wir Ingenieure sind die Hoffnung der Menschheit. Was wir ersinnen, trägt wesentlich bei zur Befreiung vom Joch der Sklavenarbeit.«

Beifälliges Gemurmel ertönt, und Diesel fügt hinzu: »Verstehen Sie mich nicht falsch, meine Herren. Sie haben in Amerika die Sklavenarbeit offiziell abgeschafft, aber es gibt sie noch in vielen Ländern der Welt. Mein Begriff der Sklavenarbeit ist auch ein viel umfassenderer. Ich sehe darin ebenso die entwürdigende, minderbezahlte, schmutzige und lebensgefährliche Arbeit in den Fabriken und Bergbaugruben sowie all die Tätigkeiten, die zu frühzeitiger Krankheit oder Invalidität führen. Überhaupt – was für ein Wort, *Invalidität*! Bedenken Sie das! Bedeutet es nicht *Wertlosigkeit*? Wenn man vom Wert eines Menschen nicht in kulturellen oder humanen Kategorien denkt, sondern in rein ökonomischen, ist dieser Begriff dann nicht absolut verwerflich?«

Beifall unterbricht ihn.

»Meine Herren«, fährt Rudolf Diesel fort, »wir Ingenieure halten immense Möglichkeiten für die Zukunft in unseren Händen. Die tatsächliche und vollständige Abschaffung der Sklavenarbeit ist unsere Aufgabe. An uns liegt es, für all das, was in der Industrie an unmenschlicher Arbeit durch Maschinen geleistet werden kann, auch die entsprechenden Apparaturen zu ersinnen. Wir haben die Möglichkeit, meine Herren, das Schicksal der Menschheit zum Guten zu wenden. Lassen Sie sich also niemals dazu herab, sich als bloße Handlanger der Industrie zu betrachten. Sie – *wir!* – sind diejenigen, die mit Sachkenntnis, Ideen, Erfahrung und solider Kunstfertigkeit dem Fortschritt zum Durchbruch verhelfen. Mit Fortschritt meine ich nicht die Vergrößerung der Industriegewinne, auch wenn ich zufällig einen Anteil daran habe, sondern den Dienst an der Menschheit. In diesem Sinne sage ich Ihnen Dank, dass Sie gekommen sind, Dank, dass Sie mir zugehört haben. Und nun bedienen Sie sich bitte bei den Getränken und kleinen Happen, die herumgereicht werden. Für Gespräche stehe ich Ihnen gern zur Verfügung.«

Lebhafter Beifall durchdringt die Halle, dann tritt einer der Gäste vor, ein junger, intellektuell wirkender Mann mit hoher Stirn, die trotz seiner höchstens dreißig Jahre bereits in eine Halbglatze übergeht. »Ich möchte auch ein paar Worte sagen.«

Rudolf Diesel hebt die Hand und bittet um Ruhe. Der junge Mann stellt sich als Henry M. Hawkins vor, Mitarbeiter der Harvard-Universität. Er dankt Rudolf Diesel im Namen aller Anwesenden für die Einladung und für die Ehre, sich hier im Privathaus des weltberühmten Ingenieurs treffen zu dürfen. »Möge diese Begegnung der Beginn einer fruchtbaren Zusammenarbeit der besten Ingenieure Amerikas und der Alten Welt sein. Herr Diesel, ich habe nun die Ehre, Ihnen als Dank für Ihre Großzügigkeit und als Anerkennung Ihrer Verdienste dieses Schreiben des amerikanischen Präsidenten Woodrow Wilson zu überreichen, das mir erst heute Morgen von der Botschaft zugeleitet wurde. Es enthält, wie ich erfuhr, die Einladung des Präsidenten an Sie, im kommenden Jahr bei der Eröffnung des Panamakanals die erste Durchquerung an seiner Seite mitzumachen. Beide Errungenschaften, der Dieselmotor und der neue Kanal, machen es möglich, dass ein weltweiter Schiffsverkehr entstehen wird, der die Seefahrt revolutioniert, dem Handel zu höchster Blüte verhilft und auf diese Weise dazu beiträgt, dass die Länder der Welt in Frieden näher zusammenrücken werden.« Er übergibt Rudolf Diesel den Umschlag, und der nimmt ihn unter Beifall entgegen. Er hält ihn hoch und ruft in den lärmenden Applaus. »Ich danke Ihnen, meine Herren, ich danke Ihnen allen! Und nun greifen Sie bitte zu! Sie sind meine Gäste!« Er hebt das Champagnerglas, das Martha ihm in diesem Moment reicht.

Während die Besucher sich um die Bediensteten mit ihren Tabletts scharen und nach Kanapees und Sekt greifen, umarmt Diesel seine Frau, die ihn glücklich anstrahlt. Er gibt ihr den Brief des amerikanischen Präsidenten. »Den öffnen wir heute Abend gemeinsam«, sagt er. »Ich möchte, dass du bei dem großen Ereignis mit dabei bist. Jetzt sind wir wirklich auf dem Gipfel angelangt!« Er sieht sich um. »Aber kümmern wir uns um unsere Gäste.«

Es haben sich kleinere und größere Gruppen gebildet, die im ganzen Haus verteilt beisammenstehen oder -sitzen und eifrig diskutieren. Wo immer er hinkommt, wird Rudolf sofort in das Gespräch einbezogen, er ist der Held dieses Tages.

Als er etwa zwei Stunden nach seiner Ansprache in sein Arbeitszimmer gehen will, spricht ihn ein Mann an, klein, schmal, mit einem eingefallenen, blassen Gesicht. Er trägt eine Brille, deren Gläser so dick sind, dass man seine Augen nur grotesk verzerrt sehen kann. »Herr Diesel, ich habe eine Mitteilung für Sie.«

»Bitte, jetzt nicht«, sagt Rudolf. »Ich brauche eine kleine Pause. In einer Viertelstunde bin ich bei Ihnen.«

»Es ist sehr wichtig.« Der Mann ist aufdringlich und will ihn offenbar nicht in sein Arbeitszimmer gehen lassen, ohne seine Mitteilung vorher loszuwerden. »Sie müssen mich anhören.«

»Das werde ich tun. Versprochen. Aber erst in einer Viertelstunde.«

»Bitte jetzt. Wer weiß, ob ich an diesem Tag noch einmal die Gelegenheit bekomme, Sie unter vier Augen zu sprechen.«

»Also gut, dann reden Sie, aber bitte fassen Sie sich kurz.«

Der Mann beugt sich ein Stück zu Rudolf Diesel vor. »Ich bin Dolmetscher«, sagt er, »und bei vielen Gesprächen anwesend, sodass die Leute kaum noch auf mich achten. Daher bekomme ich vieles mit, das gar nicht für meine Ohren bestimmt ist.«

»Und?« Rudolf spürt Ungeduld in sich aufkommen.

»Man trachtet Ihnen nach dem Leben, Herr Diesel.«

Beinahe hätte Rudolf gelacht, aber der Mann meint es ja gut. Er legt ihm die Hand auf die Schulter und sagt aufgeräumt: »Das ist mir bekannt, mein Lieber. Jemand in meiner Position hat viele Neider und viele Feinde. Ich danke Ihnen aber, dass Sie sich so rührend um mich sorgen.«

»Möchten Sie gar nicht wissen, wer …«

Rudolf unterbricht ihn. »Ach, das sind doch so viele. Was macht es für einen Unterschied? Doch jetzt seien sie bitte so gut und lassen Sie mir meine Pause. Unten wird Champagner serviert. Genießen Sie diesen Tag!«

Der Mann geht, und Rudolf betritt kopfschüttelnd sein Arbeitszimmer.

Als er wenig später wieder unter seinen Gästen weilt, sieht er sich nach dem Mann mit der dicken Brille um, weil er meint, ihn zu kurz abgefertigt zu haben, und nun noch ein paar Worte mit ihm wechseln will, aber er kann ihn nirgends mehr entdecken.

6

Eugen Diesel
Diesel. Der Mensch, das Werk, das Schicksal
Neu durchgesehene und ergänzte Auflage.
Stuttgart 1953

Diesels Ruhm wuchs zum Weltruhm an. Vor aller Augen offenbarte sich die Tatsache, daß vieltausendpferdige Maschinen gebaut werden konnten und die Seeschiffahrt damit in einen neuen Abschnitt der Entwicklung eintrat. Das erste große Ozeanmotorschiff der Welt, die dänische *Selandia* mit Maschinen von Burmeister und Wain in Kopenhagen, war Anfang 1912 in Dienst gestellt worden. Augsburg, Sulzer, Carels, Krupp, englische, französische, italienische Werke bauten Motoren für große und kleine Schiffe. Die französische Marine beeilte sich, den Dieselmotor für Unterseeboote zu entwickeln. Auf den großen russischen Strömen und auf dem Kaspischen Meer fuhren Motorschiffe mit Rädern und Schrauben. Die Welt begann unter dem Zeichen der Dieselmaschinen zu stehen. Nansens *Fram* war unter Amundsens Führung mit einem Dieselmotor zur Antarktis vorgedrungen. Gleichzeitig nahm die Anwendung des Motors auch zu Lande von Monat zu Monat zu. Schon 1906 war Diesel in Japan berühmt, und aus aller Welt reisten Ingenieure in Deutschland umher, um die Motoren zu studieren.

Ein freudiger Taumel hatte die technische Menschheit ergriffen. Es gab feierliche Stapelläufe und Versuchsfahrten mit großen Ehrungen des Erfinders, Telegrammwechsel zwischen Herrschern, und vom ersten großen Motorschiff in deutschem Besitz, der in Dänemark bei Burmeister und Wain gebauten *Christian X.* der Hapag, erhielt Diesel am 6. Oktober 1912 das Telegramm: »Dem genialen Erfinder der Motoren des heimkehrenden Schiffes senden ehrfurchtsvolle Grüße Kapitän, Ingenieur und Offiziere.« Eines Tages kam unangemeldet eine große Schar italienischer Studenten mit ihren Professoren vor Diesels Haus gefahren und brachte dem Erfinder eine lebhafte Huldigung dar.

Ein großer Stamm von Diesel-Ingenieuren und -Monteuren war allmählich in der ganzen Welt herangezogen worden. »Du glaubst nicht«, schreibt Diesel im Januar 1910, »welcher Hexentanz jetzt mit diesen Motoren überall los ist. Ich kann hinkommen, wohin ich will, überall zeichnet, baut, construirt und verhandelt man über Dieselmotoren. Daß das zu einer Krisis führen wird, ist sicher. Manche werden sich dabei den Hals brechen.« Und in der Mitte des Jahres 1912: »Es gibt jetzt in Marinekreisen ein neues Zeitwort: ›Dieseln‹. Wir tun nichts als Dieseln in unseren Bureaux, heißt es jetzt überall.«

So weit Eugen Diesel, der jüngste Sohn von Rudolf Diesel. Mit Beklemmung nähere ich mich dem letzten Kapitel in diesem aufregenden, großartigen Leben, dem Tod Diesels. Seit über einem Jahr befasse ich mich nun mit dem Leben Rudolf Diesels, lese, studiere, recherchiere in Archiven, reise an die Orte seines Lebens, um diesen Roman zu schreiben, dessen Sinn es ist, das Andenken des großen Erfinders neu zu beleben. Doch nun neigt sich dieses Leben dem Ende zu, und wir haben von den letzten Wochen und Tagen Rudolf Diesels keine andere Nachricht als das, was sein Sohn Eugen in der Biografie über seinen Vater geschrieben hat.

Der Vorlauf:

Rudolf Diesel will am Dienstag, dem 30. September 1913 in London an der Generalversammlung der Londoner Dieselgesellschaft teilnehmen. Am gleichen Tag ist auch eine Einladung durch den Royal Automobil Club von London geplant. Außerdem wird in Ipswich eine neue Dieselmotorenfabrik eingeweiht, bei der Diesel höchstpersönlich erwartet wird. George Carels schreibt aus Gent, dass er Diesel bereits am 28. erwarte. So könnten sie zwei Tage zusammen verbringen und dann gemeinsam am Dienstagmorgen das Schiff nach London besteigen.

Zwei Wochen zuvor, am 14. September, einem Sonntag, ist Diesel allein zu Hause in seiner Villa. Seine Frau ist nach Frankfurt verreist, er notiert in sein Tagebuch:

»1/2 6 Uhr. Herrliches Sonntagswetter. Ich habe allen Dienstboten frei gegeben, da ich doch abends ins Theater gehe (weiß noch nicht welches). Das war ein Jubel: die ganze Hausmeisterfamilie, die ganze Wilhelmfamilie, Anna, Fanny – alle im Zoo, es war eine Freude die Meierskinder zu sehen, wie sie wegzogen …

Infolge dessen bin ich ganz allein im Hause, prachtvoll zum Arbeiten, aber – entsetzlich, wenn man nichts zu tun hat. Man fühlt sich wie ein lebender Leichnam in einem ungeheuren Mausoleum. Nicht um die Welt möchte ich dies Haus bewohnen, wenn ich einmal wirklich allein sein müsste. Da sieht man, wie wenig man *davon* hat! …

Mit Maler Meier ging ich noch einmal die ganze Villa durch; was noch zu streichen ist, wird bis Ende Sept. fertig, und dann ist das Haus wirklich wieder sauber und frisch …

Nun wird's Abend; ich gehe eine Stunde spazieren, esse in der Stadt und gehe – au spectacle (ins Schauspiel). Fühle mich vorläufig wohl in meiner Einsamkeit.«

Aber noch etwas anderes tut Rudolf Diesel an diesem Tag, er verbrennt jede Menge Akten und Papiere – die für den Bau seines Motors wichtigen hat er freilich zuvor dem Deutschen Museum vermacht. Die Hausmeistersleute kommen am Abend in verrauchte Stuben zurück.

Eugen Diesel sieht darin bereits einen Abschied, ein Indiz dafür, dass Rudolf Diesel seinen Selbstmord plant, den er auf der Überfahrt nach England am 30. September begehen wird. Ich sehe darin auch einen Abschied, aber nicht von seinem Leben, sondern von der bisherigen Form seines Lebens, von seiner Villa, die er nicht mehr unterhalten kann und die er herrichten lässt, um sie zu guten Konditionen zu veräußern. Ein »ungeheures Mausoleum« ist die Villa, weil sie für die Eheleute Diesel viel zu groß ist, nachdem die Kinder aus dem Haus sind. Aus seiner Tagebucheintragung lässt sich jedenfalls keine Selbstmordabsicht herausdeuten. Wer schreibt, dass er »dies Haus … nicht um die Welt bewohnen möchte«, wenn er »einmal wirklich allein sein müsste«, sieht offenbar noch eine längere Lebensstrecke und Zukunft vor sich.

Rudolf Diesels Tagebuch, einen Tag später:

»Heut wird's nicht viel. Ich habe den ganzen Tag so gewurschtelt und gearbeitet, daß es plötzlich Abend ist und ich doch etwas an die Luft muß. – Ich will auswärts essen, um die Einsamkeit meines Mausoleums zu fliehen ... Ich habe heute mit Wilhelm das Haus vom Keller zum Speicher ganz im Detail durchgegangen und ihm Anleitung zum Aufräumen gegeben. Namentlich die Bureaus und der Speicher werden vollständig aufgeräumt, die Möbel in die Fremdenzimmer gestellt usw., so daß bei unserer Rückkehr das Haus wieder sein wird, wie es vor der Invasion der Zeichner war: Jedes Ding an seinem richtigen Platz.«

Wohl wegen des erneuten Gebrauchs des Wortes »Mausoleum« meinte Eugen Diesel, auch diese Eintragung zur Unterstützung seiner Selbstmordthese zitieren zu sollen. Doch straft die Aussicht auf die »Rückkehr« in »das Haus« diese These Lügen. Niemand, der einen Selbstmord plant, denkt an eine solche Rückkehr!

Es folgen Tage mit verschiedenen Freundschaftstreffen sowie einer Jagdpartie in Harberg bei Murnau. Am 20. September besucht er in Nördlingen seinen Sohn Eugen, der dort geologische Studien treibt. Von dort geht es weiter nach Frankfurt. Er lädt Eugen ein, ihn dorthin zu begleiten. Eugen schreibt: »Später, als wir im D-Zug von Marktbreit am Main entlangfuhren, aßen wir im Speisewagen. Ich weiß noch, wie wir uns über Muschelkalk unterhielten, der den Main in steilen Ufern umsäumt, über

Dieselmotoren, England und die Fabrik, die in Ipswich eingeweiht werden sollte.«

Bis zum 26. September hält sich Diesel in Frankfurt auf. Eugen erinnert sich: »An einem Abend aßen wir sehr gut und in fröhlicher Stimmung im *Frankfurter Hof*.«

Vor der Abfahrt nach Gent bittet er seine Frau, ja bedrängt sie geradezu, ihn doch nach Belgien zu begleiten, was sie aus familiären Gründen – sie ist bei ihrer Schwester zu Gast – leider ablehnt. Außerdem deponiert er einen ominösen Koffer bei ihr mit den Worten: »Gib auf den Koffer acht, gib auf den Koffer acht!«, was sie geradezu verärgert. Der Koffer landet unter dem Bett.

Tags darauf, in Gent, schreibt Rudolf Diesel vom *Hotel de la Poste* an seine Frau:

»Die Reise war langweilig, ich war fast immer allein und las viel in – Schopenhauer, den ich schon seit längerer Zeit als Lektüre erkoren und auch auf die Reise mitgenommen habe: schwer, aber genußreich. Mit seinen systematisch-philosophischen Anschauungen kann ich mich nicht befreunden, eben weil sie systematisch, d. i. starr sind und weil alles Denken und Geschehen dahinein gezwungen werden soll, auch dann, wenn es *nicht* paßt und nicht mehr mit den neuen wissenschaftlichen Erfahrungen stimmt. – Aber seine allgemeinen – nicht systematischen Gedanken und Anschauungen kann ich fast ausnahmslos unterschreiben. Jedenfalls gehört Schopenhauer zu den größten und interessantesten Denkern aller Zeiten, und dessen Lektüre ist ein wundervoller Genuß, dem ich mich auch mit Dir von Zeit zu Zeit hingeben möchte.

Sonst habe ich heute nichts zu sagen. Carels habe ich noch nicht gesehen, die Ausstellung auch nicht, das kommt alles erst jetzt; mein erster Gedanke sollte Dir gehören ... Mit meinem Herzen bin ich in letzter Zeit nicht mehr recht zufrieden; ich muß Dir das doch mal sagen ...«

Dieser Brief kommt auf abenteuerlichen Umwegen erst acht oder neun Tage später in die Hände von Martha Diesel.

Dass Diesel Herzprobleme hat, mag für Eugen ein weiteres Indiz für seinen möglichen Selbstmord gewesen sein, für mich ist die Tatsache, dass er dies seiner Frau klagt, eher ein Beleg des Gegenteils. Dass er freilich mit ihr in der Zukunft Schopenhauer lesen möchte, lässt ebenfalls auf alles andere als einen geplanten Selbstmord schließen, der in drei Tagen stattfinden soll. Und welchen Grund hätte Diesel, hier für seine Frau eine falsche Fährte zu legen?

Noch am gleichen Tag, dem 27. September, besucht Diesel von Gent aus Brüssel, wo er sich bei dem deutschen Ingenieur Faudi über eine neue Art von Kolbenringen informiert, die für Dieselmotoren besonders tauglich sind. Er verschweigt Faudi gegenüber nicht, dass er wirtschaftliche Sorgen hat. Als er sich von ihm verabschiedet, ruft er ihm aus dem offenen Zugfenster zu: »Auch das wird vorübergehen!«

Ebenso geht er seinem eigensten Interesse nach, als er sich in Carels' Fabrik, im dortigen Konstruktionsbüro, die Spezialzeichnungen eines jungen deutschen Ingenieurs mit Namen Rudolf Schmidl anschaut: Es geht um Versuche an einem Zweitaktdieselmotor mit luftlosem Einspritzverfahren.

In diesen Tagen steht es um Rudolf Diesels Gesundheit nicht zum Besten. Er schreibt an seinen Sohn Rudolf:

»Mir geht es seit einiger Zeit nicht nach Wunsch. Mein Herz macht mir viel zu schaffen. Manchmal meine ich, es bliebe ganz stehen. Dabei habe ich merkwürdige Stiche im Kopf, und mein Allgemeinbefinden ist schlecht.« Aber an seine Frau Martha: »Fühlst Du, wie ich Dich liebe? Ich sollte meinen, daß Du es auch auf die große Entfernung fühlen musst wie ein leises Zittern in Dir, wie der Empfänger eines drahtlosen Telegraphierapparates.«

Wer sich so eingehend informiert und seinen Interessen folgt, ist der selbstmordgefährdet? Wer über sein Herz klagt, wird der es selbst zum Stillstand bringen wollen? Wer so voller Liebe ist – und daran tut die rührende Ingenieurpoesie keinen Abbruch –, wird der seine geliebte Frau im Stich lassen? Ohne eine Zeile der Entschuldigung oder Erklärung?

Es ist erstaunlich, dass Eugen Diesel seine Selbstmordthese mit Szenarien unterlegt, die diese These derart unglaubwürdig erscheinen lassen.

Zugleich ist sich Rudolf Diesel in diesen Tagen der wirtschaftlichen Probleme sehr bewusst, die sowohl die Vergrößerung der Fabrik von Carels als auch die Neugründung der Dieselfabrik in Ipswich betreffen. Er sieht sie »infolge des Balkankrieges, der Finanzkrise, dem Conjuncturrückgang und einem merklichen Rückschlag im Dieselmotorbau wegen der Machinationen der Petroleumtruste« begründet.

Der wirtschaftliche Druck, der auf Rudolf Diesel lastet, ist ohne Zweifel immens. Aber er steht damit in seiner Zeit keineswegs allein. Nur zum Vergleich: Mark Twain hatte eine Million Dollar in Paiges neue Setzmaschine investiert, die nie produziert wurde. Er war in vergleichbarer Weise verschuldet und hat diese Schulden auf Heller und Pfennig zurückzahlen können. Rudolf Diesel hatte sehr viel potentere Freunde und Geldgeber als Twain. Zitat Eugen Diesel: »Sein Name hatte ja gewaltigen Klang, alle Türen taten sich auf, *viele Hilfsmittel würden sich ihm jederzeit anbieten.*«

Zudem entlastet das, was Rudolf Diesel schreibt, ihn selbst von Schuld an der ökonomischen Misere. Es sind objektive Strukturen, die er benennt, ihn trifft kein persönliches Versagen – was immerhin ein möglicher Selbstmordgrund hätte sein können. Der Hinweis auf die Petroleumtrusts, die Diesel lieber heute als morgen den Tod wünschen und ihm jedenfalls mit ihren »Machinationen« (sprich: Machenschaften) das Leben so schwer wie möglich machen, zeigt die historisch prekäre Situation, in der Diesel sich befindet.

Diesel weist seinen Sohn Rudolf, der mittlerweile wieder in München lebt, an, noch verschiedene geschäftliche Transaktionen zu erledigen, und bittet ihn um telegrafische Bestätigung an seine Londoner Adresse:

»Bin eben im Begriffe mit Herrn George Carels über Antwerpen nach Harwich zu reisen (Linie Antwerpen–Harwich, die Schelde hinunter) morgen früh 6 Uhr (30. Sept.). Ankunft in Harwich, Fahrt nach Ipswich, Besichtigung der neuen Fabrik, nachmittags Fahrt nach London. Abends Diner mit Ellis im Royal Autom.-Club. –

Ich drahtete heute früh, dass ich doch in de Keysers *Royal Hotel* in London absteige, aus alter Gewohnheit. Dorthin sind also, meinen gestrigen Mitteilungen gemäß, wichtige Mitteilungen zu richten.«

An seine Frau:
»Es ist sommerlich warmes Wetter, nicht ein Lüftchen regt sich. Die Überfahrt scheint gut werden zu wollen.«

An seine Tochter:
»Eben reise ich nach England ab über eine für mich ganz neue Linie: Antwerpen, Schelde abwärts nach Harwich.«

All dies spricht für sich selbst. Am Nachmittag des 29. September hatte Rudolf Diesel jedenfalls keine erkennbare Absicht, seinem Leben ein Ende zu setzen. Bis zu diesen letzten Äußerungen ist die Liebe und Nähe zu seiner Familie vollkommen ungebrochen. Noch vor der Reise hatte Diesel übrigens die Veräußerung bestimmter Aktien veranlasst, das Geld sollte ihm nach London übersandt werden.

Diesel geht mit George Carels und dessen Chefingenieur Alfred Luckmann in Antwerpen an Bord der *Dresden*, die im Dienst der Great Eastern Railway steht. Diesel ist nach späteren Aussagen von Carels in bester Laune und im Vollbesitz seiner Kräfte. Beim Abendessen, als das Schiff den Antwerpener Hafen verlassen hat, äußert sich

Diesel voller Enthusiasmus über die Zukunft des Dieselmotors. Er will ein neues Ingenieurbüro gründen, den Motor einerseits so verkleinern, dass er für Automobile kompatibel wird, und andererseits mit einem Treibstoff aus Hanföl experimentieren.

Diesel speist mit gutem Appetit. In gelöster Stimmung verabschieden sich die Herren. Diesel gibt dem Steward Anweisung, ihn am nächsten Morgen um 6.15 Uhr zu wecken. Sein Nachthemd liegt bereits säuberlich ausgebreitet auf dem Bett, seine Taschenuhr hat er so neben seinem Bett aufgehängt, dass er im Liegen jederzeit die Uhrzeit ablesen kann. Im Schloss seines Koffers hängt sein Schlüsselbund.

Mehr wissen wir nicht. Von nun an sind wir auf Spekulationen und Hypothesen angewiesen. Nicht anders erging es Eugen Diesel. Ihm lagen die gleichen Fakten vor wie uns. Warum aber, nachdem die Familie zunächst an Mord glaubte, schwenkte sie kurz darauf um und verfocht die Selbstmordthese? Es ist schwer verständlich, dass eine Familie den Vater derartig belastet und sich gleichzeitig auch. Wir sehen in ähnlichen Fällen gewöhnlich das Gegenteil: Die Familie versucht die Erinnerung an den Vater zu bewahren, indem sie einen Selbstmord abstreitet! Denn was würde ein Selbstmord bedeuten? Das hieße, der Vater hätte sich ohne Rücksicht auf die Gefühle seiner Familie aus dem Staub gemacht.

Dies ist im Fall von Rudolf Diesel allerdings äußerst zweifelhaft. Gerade wenn es wirtschaftliche Schwierigkeiten gab, hätte Rudolf Diesel seine Familie niemals im Stich gelassen. Er selbst war ja der Einzige, der diese Misere hätte abwenden oder aber einen Neuanfang realisieren können. Er hatte große Gönner und finanzmächtige Freunde, die ihm jederzeit unter die Arme gegriffen hätten. Das Bild, dass Rudolf Diesel sich das Leben nimmt und seine Familie einer ungewissen Zukunft überlässt, widerspricht allem, was wir über seinen Charakter wissen. Im Übrigen war es im Unternehmertum jener Zeit keineswegs selten, dass man herbe Rückschläge einstecken musste. Diesel war darauf vorbereitet. Eugen Diesel schreibt: »Hätte man den bereits vor den Toren stehenden Weltkrieg vorausgesehen oder gar die Inflation, so wäre Diesel als einer der vermögendsten Leute aus der allgemeinen Geldzerstörung hervorgegangen, denn er besaß Grundstücke, Häuser, Aktien, und seine Schulden wären verschwunden.«

Aber noch unglaubwürdiger wird die Selbstmordthese von Eugen Diesel, wenn wir uns vorstellen, dass Rudolf Selbstmord beging, ohne seiner geliebten Frau und seinen Kindern einen Abschiedsbrief zu hinterlassen. Das ist psychologisch schlechterdings unvorstellbar. Nach Eugen hat Diesel ja schon seit Tagen, seit Wochen sein Selbstmordprojekt geplant! Also ließ er seine Familie bewusst nicht nur ökonomisch schutzlos, sondern auch seelisch enterbt zurück? Wer soll dies glauben können, wenn doch von Rudolf Diesels inniger Beziehung zu seiner Familie und von seiner überaus verantwortungsvollen Haltung in allen Lebensfragen in Eugens Buch immerfort Beispiel gegeben wird?

Wenn Rudolf Diesel Selbstmord begehen wollte, warum hat er es dann nicht getan, als er die günstigste Gelegenheit dazu hatte: in der leeren Villa, als seine Frau verreist war und die Hausangestellten ihren freien Nachmittag im Zoo verbrachten?

Es ist auffällig, dass Eugen Diesel in dem Buch über seinen Vater sehr früh und wiederholt Fährten legt, die auf einen späteren Selbstmord hinweisen sollen. Es wirkt teilweise aufgesetzt, teilweise an den Haaren herbeigezogen. Schon auf der ersten Seite des Buchs wird eine Widmung seines Vaters auf den Suizid hin umgedeutet. Und am Ende berichtet er, dass »in der Nacht vom 29. auf den 30. September [mein kleiner Neffe] geklagt und geschrien hat. Ich wanderte aufs schwerste bedrückt umher, stand entschlußlos und in tiefer Melancholie in den Steinbrüchen und an den Hängen und Felsen. Der 30. September, an dem mein Vater schon nicht mehr lebte, war am schlimmsten … Ich schlief bald ein und hatte schreckliche Träume.«

So erschütternd diese Empfindungen und ahnungsvollen Träume auch sein mögen, als hinreichendes Indiz für Rudolf Diesels Selbstmord taugen sie nicht.

Auch der Schlüsselbund, der noch in Diesels Koffer steckte, lässt die Vermutung zu, dass Diesel plötzlich überrascht wurde. Diesel war ein penibel ordentlicher Mann, und es erscheint eher unwahrscheinlich, dass er seinen Schlüsselbund im Koffer hätte stecken lassen. Oder soll man sich vorstellen, dass ihm plötzlich der Entschluss zum Selbstmord wieder eingefallen war und er nun flugs zur Tat eilte, quasi nach dem Zähneputzen?

Schließlich der ominöse Geldkoffer: Auch er soll ein Beleg für Diesels Selbstmord sein. Könnte er aber nicht ebenso gut ein Zeichen dafür sein, dass Rudolf Diesel um seine Bedrohung wusste und für den Fall seiner Ermordung zumindest eine Übergangssicherheit für seine Familie deponieren wollte? Auch in diesem Fall spricht für Eugen Diesels Hypothese nicht mehr als für die meinige. Die psychologische Ungereimtheit von Eugen Diesel hinzugenommen, spricht sogar sehr viel mehr für die meinige.

Ich bin Romancier, kein Detektiv. Ich wollte die Geschichte von Rudolf Diesel als Roman erzählen. Am Ende scheint es aber so, dass der Roman selbst einen Detektiv braucht. Es gibt noch eine dritte Hypothese, und ich breite sie hier nur mit größter Zurückhaltung aus, denn auch sie beruht auf Spekulation. Aber sie ist von atemberaubender Plausibilität.

Alles, was wir wissen, spricht gegen einen Selbstmord Diesels. Der Schluss, der hieraus folgt, ist denkbar einfach: Rudolf Diesel wurde ermordet. Warum aber behauptet Eugen Diesel, sein Vater habe sich das Leben genommen, während er zugleich in der Beschreibung der letzten Lebenstage seines Vaters Indizien zuhauf liefert, die einen Selbstmord nachgerade absurd erscheinen lassen?

Noch in der Ausgabe seiner Biografie von 1953 beschließt er die Anmerkungen zum Buch mit folgender Aussage:

»Über das Verschwinden Rudolf Diesels sind durch sensationslüsterne Journalisten und gewissenlose Schriftsteller zahllose fantastische und falsche Berichte in die Welt gesetzt worden, obwohl die sachlichen Pressenachrichten schon jener Zeit der Wahrheit sehr nahe kamen. Bald sollte Diesel von Agenten großer Öltrusts, bald von dem Geheimdienst der englischen oder deutschen Regierung ermordet worden sein. *New York World* schrieb während des Krieges: ›... Schöpfer des Dieselmotors hingerichtet als Verräter, um U-Bootgeheimnisse zu sichern ... Der Erfinder in die See geworfen, um Verkauf der Patente an englische Regierung zu verhindern. – Lange vor Beginn des Krieges sind von Deutschland Ölvorratstanks in die See versenkt worden.‹ Ein englisches Blatt meldete 1914, die deutsche Regierung habe zur Wahrung von Unterseebootsgeheimnissen Diesel verschwinden lassen ...

Aus manchen dieser sensationellen und höchst gewissenlosen Veröffentlichungen geht hervor, dass die Verfasser mein Buch genau kennen und sich doch nicht scheuen, ihre offensichtlichen Lügen und Erfindungen zu publizieren.«

Ich lese diesen Text und bin fassungslos. Warum findet Eugen Diesel es nötig, der Biografie seines Vaters ein solches Statement in den Anmerkungen hinterherzuschicken? Es gibt für mich nur eine Antwort: Es wurde ihm klar, dass die Hypothese des Selbstmords in seinem eigenen Buch allzu fadenscheinig war. Und noch dieses Statement schillert vor Zweideutigkeit, denn die ausführliche Zitierung der *New York World* könnte auch zu den »sachlichen Pressenachrichten schon jener Zeit« gehören, die »der Wahrheit sehr nahe kamen«. So ist alles, was Eugen zum Tode seines Vaters schreibt, gespickt mit aufgeblasener Behauptung, der die Tatsachen widersprechen. Wie können wir uns das erklären?

Rudolf Diesel hatte, daran besteht kein Zweifel, viele Feinde. Diese Feinde reichten in der Tat von Öltrusts bis hin zur deutschen Rüstungsindustrie und deren ministerieller Verlängerung in Berlin. Ein genialer Mann, der Ölmagnaten und Trusts ausstach, der für ein neues Wirtschaftsmodell eintrat, der den marinen Aufrüstungswahn Wilhelms II. – man wollte ja England, eine genuine Seemacht, übertrumpfen – dadurch unterlief, dass er Lizenzen für die kriegsentscheidenden Schiffsmotoren in aller Herren Länder vergab – ein solcher Mann hatte mächtige Feinde. Sein Tod war beschlossene Sache, möglicherweise in einer konzertierten Aktion, zumindest jedoch in konzertiertem Interesse.

Der besagte Koffer voller Geld könnte die Summe enthalten haben, welche die Hinterbliebenen brauchten, um nicht vollends in den ökonomischen Abgrund zu geraten – das wäre vielleicht ein hinreichendes Motiv, um dem Vater, der nicht mehr helfen kann und für den es ohnehin zu spät ist, einen Selbstmord anzudichten – eine Art Schweigegeld von fremder Seite. Dies könnte erklären helfen, warum die Familie Diesel so unvermittelt von ihrem Mordvorwurf abrückte und öffentlich nur noch den Freitod von Rudolf Diesel gelten lassen wollte.

Der 29. September 1913 ist ein sonniger, warmer Spätsommertag. Es weht ein leichter Wind, der den Geruch des nahen Meeres mit sich bringt. Rudolf Diesel ist bereits seit mehreren Tagen zu Gast bei George Carels und fährt an diesem Tag mit ihm und seinem Chefkonstrukteur Alfred Luckmann nach Antwerpen, wo sie zusammen das Fährschiff *Dresden* besteigen. Sie lassen sich ihre Kabinen zeigen, nachdem sie sich zum Abendessen verabredet haben. Rudolf Diesel macht sich frisch, dann legt er schon sein Nachtgewand aufs Bett, ordentlich zusammengefaltet. Er hängt seine Taschenuhr so an einen Haken, dass er, wenn er nachts aufwachen sollte, das Ziffernblatt sehen kann. Er setzt sich an den kleinen Schreibsekretär, der zum Luxus seiner Kabine gehört, und schreibt ein paar Postkarten und Briefe, die er zum Schalter der Zahlmeisterei bringt. Da bis zum Essen noch Zeit ist, beschließt er, anschließend eine Weile an Deck zu bleiben, um das Ablegemanöver des Schiffes zu beobachten und noch ein wenig die Umgebung zu betrachten. Diese Strecke ist neu für ihn, sonst hat er immer die

Fähre von Calais oder Boulogne nach Dover genommen, wenn er nach England gereist ist.

Das Schiff steht bereits unter Dampf. Plötzlich geht ein Rumoren durch den Schiffsbauch, das ganze Deck erzittert, und aus den beiden Schornsteinen pufft schwarzer, schweflig riechender Qualm. Für einen Moment ist der Himmel verdunkelt, doch dann mischt sich in den Qualm hellerer Dampf, der gleich darauf in regelmäßigen Stößen emporsteigt. Die Brise trägt ihn mit sich fort, das Schiff nimmt Fahrt auf.

Die Silhouette von Antwerpen zieht an ihm vorbei. Er mag diese Stadt mit ihren schmucken Kaufmannshäusern und dem spitzen Turm des Liebfrauendoms. Da entdeckt er auch die Kuppel der »Eisenbahnkathedrale«, wie die Antwerpener ihren neuen Hauptbahnhof nennen. Der Bau mit seinem riesigen Gewölbe erinnert ihn immer an das Pantheon in Rom. Rudolf Diesel ist immer wieder beeindruckt, wenn er mit der Eisenbahn in der Stadt ankommt.

Als das Schiff den Hafen verlassen hat und die Bebauung am Ufer immer weiter zurückweicht, wird der Wind stärker und kühler. Die meisten Passagiere, die eben noch wie er an der Reling gestanden haben, um die Stadt vorbeiziehen zu sehen, wandern ins Schiffsinnere zurück. Rudolf schließt seinen Mantel fester um sich, atmet tief durch. Obwohl zu beiden Seiten der breiten Schelde noch flaches Land zu sehen ist, macht ihm die Seeluft den Kopf frei. Er fühlt sich erfrischt wie nach einem Bad.

In einiger Entfernung stehen zwei Männer mit Zylinderhüten, die sie jeweils mit einer Hand festhalten. Sie tragen gleich aussehende lange, dunkelblaue Mäntel. Jetzt sehen sie zu ihm herüber, wenden aber gleich die Köpfe wieder ab. Sie sind ihm vorhin schon aufgefallen, als sie dicht hinter ihm an Bord gingen, und er hat das Gefühl, dass sie ihn beobachten.

Unsinn, sagt er sich. Seit vor einigen Tagen dieser Dolmetscher behauptet hat, man trachte ihm nach dem Leben, sieht er wohl Gespenster. Die Männer sind harmlose Reisende, die, wie er, nach England wollen.

Er freut sich auf diesen Besuch. Es ist für ihn jedes Mal ein erhebendes Erlebnis, ein neues Motorenwerk zu eröffnen, zumal diese Fabrik in Ipswich bereits die Auftragsbücher für die nächsten drei Jahre gefüllt hat. Mit dieser Aussicht werden die Aktionäre der britischen Diesel-Company es verkraften, wenn er ihnen in der morgigen Versammlung verkünden muss, dass es in diesem Jahr keine Dividende gibt.

In einer Viertelstunde ist er mit Carels und Luckmann verabredet, da lohnt es sich nicht, noch einmal in die Kabine zu gehen. Er starrt noch einen Moment in das tief unter ihm dahinziehende Wasser der Schelde, er ist jetzt der einzige Passagier an Deck.

Ihn fröstelt, und er begibt sich zum Speisesaal, wo er seinen Mantel an der Garderobe abgibt und sich an den reservierten Tisch setzt, Carels und Luckmann treffen unmittelbar nach ihm ein.

»Wir haben uns etwas verspätet«, sagt Carels. »Ich habe gerade ein Telegramm erhalten. Ein Großauftrag, auf den ich schon seit Wochen warte, ist endlich eingegangen. Champagner«, sagt er zum Kellner, der gerade an den Tisch tritt.

Er erzählt Rudolf, dass er eine Amsterdamer Großbrauerei als Kunden gewonnen hat, was Rudolf zum Anlass nimmt, als wenig später das Essen auf dem Tisch steht, seinen beiden Tischgenossen von seiner Zeit als Lindes Eismaschinenvertreter in Frankreich zu erzählen. »Diese Brauer«, sagt er, »haben mich meistens zum

Abendessen eingeladen, und dabei ging es natürlich in erster Linie ums Trinken. Die Herrschaften haben gebechert wie die Kutschpferde, da konnte ich nicht mithalten. Einmal, in Lyon, habe ich mitbekommen, dass der Brauereibesitzer und sein Sohn sich vornahmen, mich unter den Tisch zu trinken. Das ist ihnen nicht gelungen, da ich dafür gesorgt habe, dass ich direkt neben einer großen chinesischen Bodenvase zu sitzen kam.«

»Und da haben Sie …« Carels fängt an zu lachen, greift nach der Champagnerflasche und will nachschenken. Rudolf Diesel hält eine Hand über sein Glas. »Für mich reicht dieses eine«, sagt er. »Morgen geht es früh raus, und vor mir liegt ein anstrengender Tag.«

»Und hier haben Sie keine Vase zur Verfügung.«

Rudolf Diesel beteiligt sich aber weiter an der Unterhaltung, ist gut gelaunt, und die drei Herren gehen viel später auseinander als geplant. Sie verabreden sich zum Frühstück.

Rudolf Diesel geht in seine Kabine, nachdem er den Steward gebeten hat, ihn um Viertel nach sechs zu wecken. Er freut sich jetzt auf den Schlaf, der nach einem angenehmen Abend wie diesem sicher erholsam ist. Gerade will er den Mantel in den Schrank hängen, da klopft es hinter ihm an der Tür. »Wer ist denn da?«, ruft er und greift nach dem Drehknauf.

Er öffnet die Tür und erschrickt.

DANKSAGUNG

Zum Abschluss möchte ich all denen danken, die mich bei der Recherche unterstützt und zum Zustandekommen dieses Buches beigetragen haben, u. a. den Mitarbeiterinnen und Mitarbeitern des Archivs des Deutschen Museums in München, des Historischen Archivs der MAN in Augsburg, der Augsburger Stadt- und Staatsbibliothek sowie des Musée des Arts et Métiers in Paris und vielen anderen, die mir mit Hinweisen und Auskünften geholfen haben.

Viktor Glass, im Januar 2008